KERSTIN PFLIEGER

Die Alchemie der Unsterblichkeit

GOLDMANN
Lesen erleben

Buch

Das gelbe Mondlicht spiegelt sich auf dem See, seltsame Geräusche dringen durch die Nacht, und ein weißer Nebel nähert sich über die Wiesen. Es sind Irrlichter, seltsam schimmernde Lichtwesen, die Icherios Ceihn – der noch niemals in seinem Leben so etwas gesehen hat – eine ungeheure Angst einflößen. Schon bald fragt er sich, warum er diesen Auftrag überhaupt angenommen hat, warum er sich auf diesen Weg in die beängstigende Abgeschiedenheit gemacht hat? Doch die Antwort liegt auf der Hand: nur des Geldes wegen. Aus eigener finanzieller Kraft kann er sein Medizinstudium nicht bewältigen, da kam ihm dieses Angebot des Ordens der Rosenkreuzer ganz recht. Man schreibt das Jahr 1771, und in den Tiefen des nördlichen Schwarzwalds hat es eine Serie von brutalen Morden gegeben, die Icherios aufklären soll. Niemand würde freiwillig hierherkommen wollen. Irrlichter warten vor den Toren schon auf frisches Fleisch, und seltsame Wesen schreien in der Nacht. Auf was hat sich der junge Gelehrte da eingelassen?

Autorin

Kerstin Pflieger wurde 1980 in eine Surferfamilie hineingeboren. Durch Reisen an die Küsten Europas, Afrikas und Asiens lernte sie unterschiedliche Kulturen und Denkweisen kennen. Nach dem Abitur studierte sie Biologie in Heidelberg und arbeitet unter anderem für ein Institut zur biologischen Stechmückenbekämpfung. Kerstin Pflieger lebt mit ihren Hunden im Landkreis Heilbronn.

Das Schönste, was wir erleben können,
ist das Geheimnisvolle.

Albert Einstein

1

Die Kanzelley

Karlsruhe, 4. Septembris
Anno Domini 1771

Darum werden ihre Plagen auf einen Tag kommen: Tod, Leid und Hunger; mit Feuer wird sie verbrannt werden; denn stark ist Gott der Herr, der sie richten wird.« Der Prediger, dessen gramgebeugter Körper an einen krummen Weinstock erinnerte, schrie die Worte geradezu mit Inbrunst hinaus.

Gott wird euch nicht retten! Niemand wird uns retten. Icherios stand, geschützt vom Regen, dicht an eine Hauswand gepresst und beobachtete eine kleine Gruppe halbverhungerter Menschen, die den selbsternannten Verkünder umringten. Sie saßen zusammengekauert auf dem nassen Pflaster. Unter ihren Lumpen sah man die Knochen hervorstehen. In ihren Augen leuchtete fanatischer Wahnsinn auf, hervorgerufen durch viele Monate des Leidens. Auf der anderen Straßenseite, im Windschatten des großen Regierungsgebäudes, wühlte eine Schar magerer Kinder auf der Suche nach einer Münze im Schlamm. Der tagelange Regen hatte die Erde von den unbefestigten Nebenstraßen auf die Schlossgasse gespült. Immer wieder spähten die Kleinen zu einem großen dunkel gekleideten Mann hinüber, dessen Haut in schlaffen Falten herunterhing. Sie wussten, wo er auftauchte, gab es Ärger. Schon jetzt hatte sich seine Anhängerschaft um ihn geschart. Wütende Schreie gellten in Richtung des Predigers. Icherios presste sich dichter an die Mauer. Zweifelnd blickte er auf den Fetzen Pergament in seinen Händen. Darauf befand sich in krakeligen Lettern die Anschrift der *Kanzelley zur Inspektion unnatürlicher Begebenheiten*. Die Adresse führte zu dem schlichten Haus vor dessen Tür der Prediger von der ewigen Verdammnis sprach. Kein Schild deutete auf die Existenz der Kanzlei hin. Das Gebäude war unscheinbar mit Ausnahme der großen Bleiglasfenster, die sowohl von innen als auch von außen durch dicke Gitterstäbe geschützt wurden.

»Mein Sohn starb gestern wimmernd vor Hunger!« Ein Mann, dessen einziger Zahnstummel aus dem Mund hervorstach, packte den Prediger an der Schulter und riss ihn herum. »Wie kann Gott zulassen, dass Kinder sterben?«

»Gottes Wille ist unergründlich. Die Nachkommen büßen für die Sünden ihrer Eltern. Bettel um seine Gnade!«

Dann brach der Tumult los. Ein Jüngling warf sich auf einen Greis und schlug ihm die Fäuste ins Gesicht. Immer mehr Menschen strömten herbei, feuerten die Kämpfenden an oder stürzten sich ins Getümmel, um ihrer Frustration in blanker Gewalt Ausdruck zu verleihen. Icherios versuchte sich unbemerkt zum Eingang der Kanzlei zu schieben. Er stieg über zwei Männer hinweg, die bewusstlos an der Hauswand lehnten. Dann musste er innehalten, da sich die Schlägerei vor die Tür verlagerte. Wenige Minuten später eilte die Stadtwache heran und trennte die ineinander verschlungenen Leiber mit geübten Griffen. Zu oft waren sie in letzter Zeit schon ausgerückt, um Ausschreitungen zu unterbinden. Die Stadtverwaltung zwang sie, Exempel zu statuieren, obwohl die Soldaten unter den meuternden Menschen immer wieder ihre hungernden Nachbarn und Familien wiederfanden. Dieses Mal ließ sich der Mob allerdings nicht so leicht unter Kontrolle bringen. Schnell verbündeten sich die ehemals aufeinander einschlagenden Männer gegen die Vertreter der verhassten Obrigkeit. Der Aufruhr verlagerte sich zur nahegelegenen Kreuzung, sodass Icherios sich aus seiner Ecke heraustraute. Ein unbehagliches Gefühl beschlich ihn, als er den mächtigen Türklopfer in Form eines Basiliskenschädels betrachtete. Was verbarg sich im Inneren des Gebäudes, dass es mit schweren Eisenstangen gesichert werden musste? Er sammelte sich, dann klopfte er an. Kurze Zeit später schwang die Tür geräuschlos auf. Es dauerte einige Sekunden bis Icherios im Halbdunkeln einen alten, gebeugten Mann erkannte, den die massive Tür zur Hälfte verdeckte. Seine weiß gelockte Perücke saß schief auf dem kahlen Schädel. Puderflecken hatten ein Muster auf die Schultern seiner dunklen Weste gesprenkelt. Aus blassblauen, nahezu glasigen Augen starrte er Icherios stumm an.

»Raban von Helmstatt schickt mich, Herr.« Icherios verlagerte das Gewicht von einem Fuß auf den anderen.

Unvermittelt hellten sich die Gesichtszüge des Alten auf. »Anselm von Freyberg, Chronist der Kanzlei.«

Icherios verbeugte sich, wobei sein fast drei Fuß hoher, zylinderförmiger Kastorhut vom Kopf rutschte. Im Versuch den Hut aufzufangen, bevor er auf das dreckige Pflaster fiel, stolperte Icherios und stürzte beinahe auf den alten Mann. »Icherios Ceihn, Gelehrter und Assistent der Stadtwache«, stellte er sich stammelnd vor. Er hoffte, dass Freyberg die Übertreibung nicht auffiel. Seine Arbeiten als Gelehrter beschränkten sich auf gelegentliche Aufträge zur Herstellung von Rattengift und Mottenkugeln, und für die Stadtwache war er kaum mehr als ein Maskottchen.

Freyberg rückte grummelnd seine Perücke zurecht. *Was dachte sich Raban dabei, ihm diesen Tollpatsch zu schicken?* »Komm herein, mein Junge.« Blinzelnd spähte er zu Icherios hinauf, der sich mittlerweile gefangen hatte. Der Bursche überragte ihn um ein gutes Stück. »Kein Grund dich im Regen stehen zu lassen, wachsen musst du wahrlich nicht.« Freyberg drehte sich um und marschierte zügigen Schrittes einen breiten Gang hinunter.

Es blieb Icherios überlassen, die Tür zu schließen. Den Flur schmückte eine prächtige Holzvertäfelung. Öllampen spendeten schummeriges Licht. In den Ecken und auf den Lampenhalterungen hatte sich der Staub unzähliger Jahre gesammelt. Icherios fühlte sich sofort zuhause.

Die Decke schien neueren Ursprungs zu sein. Ebenfalls aus Holz getäfelt zogen sich rote Linien in undurchschaubaren Mustern über die gesamte Länge. Trotz ihrer scheinbar willkürlichen Anordnung, vermeinte Icherios ein System zu erkennen. Er war so in seine Betrachtungen vertieft, dass er erst bemerkte, dass Freyberg durch eine Tür verschwand, als er bereits an ihm vorbeigegangen war. Der alte Mann schüttelte ungeduldig den Kopf, enthielt sich aber eines Kommentars. Icherios musste sich ducken, um unter der niedrigen Tür hindurch zu passen. Als er aufblickte, schreckte er zurück, sodass sein Hinterkopf hart gegen den Türrahmen prallte. Schmerzerfüllt jaulte er auf. Vor ihm ragte das Antlitz einer riesigen Bestie in die Höhe. Beschämt stellte er fest, dass das Ungeheuer lediglich das gewaltige Skelett eines urtümlichen Monsters war. Er hatte Derartiges bereits gesehen, doch noch nie ein solch großes Exemplar. Icherios rückte seine Brille mit den gelb getönten Gläsern zurecht. Seine Sehschärfe war ausgezeichnet, aber er gefiel sich dabei, seine Andersartigkeit zu betonen. Staunend umrundete er das Gerippe, während er sein schmerzendes Haupt rieb. Freyberg packte Icherios am Arm, um ihn um einen Stuhl herumzuführen, auf dem sich die Abhandlungen Dreyers über den Ursprung der Welt stapelten. Dabei rutschte der überlange Ärmel von Icherios' weißem Hemd hoch und entblößte eine Reihe von Narben quer über die Handgelenke.

»Schneid das nächste Mal längs in den Arm, nur so trennst du die Adern erfolgreich auf.«

Icherios kehrte sofort auf den Boden der Tatsachen zurück. Hastig verdeckte er die Male. »So war es nicht.« Seine Miene verfinsterte sich. »Zumindest glaube ich das.«

Freyberg besaß genug Erfahrung, um das Thema vorerst fallen zu lassen. Mit einer weitläufigen Bewegung deutete er in den Raum. »Die Bibliothek der Kanzlei.«

Icherios erfasste erst jetzt ihre unglaubliche Größe. Das kuppelförmige Dach ließ vermuten, dass es sich ursprünglich um einen Ballsaal gehandelt hatte, der nun unzählige hohe Bücherregale beherbergte. An der Decke hingen die Skelette verschiedenster Kreaturen. Auf Tischen und Stühlen stapelten sich Bücher und Pergamente. Unter einem Bleiglasfenster, durch das fahles Tageslicht fiel, ruhte ein massiver Eichenholztisch, auf dem ein komplizierter alchemistischer Versuch dampfte und zischte. In den Kolben blubberten verschiedenfarbige Flüssigkeiten. Ein strenger, süßlicher Geruch wehte herüber und überlagerte den Duft von alten Knochen und modrigem Papier. Wo kein Buch lag, fanden sich Sezierbestecke und eiserne Apparate, deren Verwendungszweck Icherios nicht zu ergründen vermochte. Ausgestopfte Tiere verstellten die Gänge. Manche von ihnen schienen der Fantasie eines wahnsinnigen Präparators entsprungen zu sein. Der Raum war warm, obwohl Icherios keinen Kamin entdecken konnte. Stattdessen verliefen dicke, metallene Rohre an der Decke, aus denen zischender Dampf entwich – eine Erklärung für die hohe Luftfeuchtigkeit in der Bibliothek.

Freyberg gab dem Gelehrten ausreichend Zeit, die Eindrücke in sich aufzunehmen. Er erinnerte sich daran, wie er selbst vor Jahren staunend hier gestanden hatte. Er vergewisserte sich, dass Icherios ihn nicht beachtete. Dann sprang er ungewöhnlich schnell und mit nur vier Sätzen zum anderen Ende des Saales, ergriff eine Obstplatte und eilte zurück. »Etwas Obst, mein Junge?«

Icherios kam aus dem Staunen nicht mehr heraus. Er wusste nicht, wann er seinen letzten Apfel gegessen hatte. Durch die Hungersnot waren die Preise für frische Lebensmittel ins Unermessliche gestiegen. Hastig griff er nach einem rotwangigen Apfel und biss herzhaft hinein. Verlegen musterte er den alten Mann, während er kaute. Seine Kleidung war schlicht, aber gut geschnitten. Um seinen Hals hing an einer langen Kette ein Kreuz, dessen Enden jeweils von drei Halbkreisen umrahmt wurden. Die Mitte zierte eine Rose. Die Frucht blieb Icherios beinahe im Halse stecken. Er hatte das Kreuz zuvor gesehen, in einem Buch über die Rosenkreuzer, einem uralten Geheimbund. Als er Freybergs Hände einer genaueren Betrachtung unterzog, erschreckte er noch mehr. Sie waren riesig! Mit einer dieser Pranken könnte man Icherios' Kopf vollständig umfassen. Am Ringfinger der linken Hand prangte ein goldener Ring, auf dem die Monas-Glyphe, ein Symbol der geheimen Gesellschaft der Rosenkreuzer, eingeprägt war.

Freyberg blieb Icherios' Reaktion nicht unbemerkt. Er war daran gewöhnt. Immerhin fing der Junge nicht an zu schreien, wie manch anderer. »Jetzo. Du bist also der Neue? Raban hat von dir berichtet.«

In Icherios' Blick spiegelte sich seine Verwirrung wider, bis er sich seines Auftrags entsann. »Ich bin Assistent der Karlsruher Stadtwache.«

»Das sagtest du bereits, Jungchen, mir wurdest du jedoch als frischer Rekrut gemeldet. Die Kanzlei steht über der Wache, und seit Inspektor Filiskus in Ungarn verschollen ist, fehlen uns fähige Leute.«

Icherios drehte seinen Hut nervös in der Hand. Dies entwickelte sich nicht, wie er erwartet hatte. »Was für eine Bewandtnis hat es mit dieser Einrichtung?«

Freybergs Gesichtszüge entgleisten. »Jetzo! Sag nicht, dass dich Raban nicht aufgeklärt hat?«

Icherios schüttelte den Kopf. »Er gab mir nur diesen Zettel mit Anschrift und Uhrzeit.«

»Dieser alte Narr, ich sollte ihm den Kopf abreißen!«

Icherios erblasste bei den Worten.

»Wurdest du wenigstens den Einweihungsriten unterzogen?«

»Nein, tut mir leid.«

»Hast du denn das Handbuch erhalten?«

»Nein, Herr.«

»Hat man dein Blut getestet?«

»Nein.«

Freyberg fluchte verhalten. »Man könnte meinen, Raban wolle dich loswerden.« Auf seiner Stirn bildete sich eine nicht zu übersehende Falte. »Setz dich hin und kremple deinen Ärmel hoch.«

Zögernd gehorchte Icherios. Beim Anblick der Narben hielt der Alte inne. »Bist du sicher, dass du dir das nicht mit Absicht zugefügt hast? Selbstmordversuche machen die Seele anfällig.«

Als Icherios' Züge sich daraufhin verhärteten, glaubte der

Chronist erkennen zu können, was Raban von Helmstatt in ihm sah. Vielleicht hatte der Junge doch eine Chance.

»Ich erinnere mich nicht, wie ich an die Wunden gekommen bin. Ich weiß nur, dass mir an diesem Abend nichts ferner lag, als mich umzubringen.«

»Dann hoffen wir das Beste für dich, Jungchen.«

Der alte Mann wackelte zu einem Tisch und kam mit einer Spritze zurück, deren Größe Icherios etwas Angst machte. Mit geübtem Griff suchte er eine Ader in der Armbeuge und stach mit der Nadel zu. »Werd mir bloß nicht ohnmächtig!«

Die Warnung kam zu spät. Sobald das erste Blut in die Glasröhre sprudelte, dämmerte Icherios hinweg. Freyberg Zweifel keimten erneut auf. Kritisch musterte er den schlaksigen Jüngling. Seine Züge verrieten ausgeprägte Sturheit. Hinter der albernen Brille hatten seine Augen allerdings vor Intelligenz gefunkelt. Dennoch schien er zu verhaftet in der wissenschaftlichen Aufgeklärtheit zu sein, die keinen Raum für die übernatürlichen Phänomene bot, mit denen sich die Angehörigen der Kanzlei beschäftigten. Anselm schaute nach draußen in den verregneten Himmel. Der Lärm des Tumultes verklang, doch das schien erst der Anfang zu sein. Es war das zweite Jahr in Folge, in dem es bis in den Juli hinein schneite. Etwas Ungeheuerliches ging vor, und die Rosenkreuzer hatten nicht den geringsten Anhaltspunkt dafür, was es war. Es war eine Schande, das Leben eines neuen Rekruten derart leichtsinnig aufs Spiel zu setzen, aber was blieb ihnen in diesen Zeiten anderes übrig?

Sobald die Spritze gefüllt war, zog er die Nadel heraus und hielt Icherios Riechsalz unter die Nase. Langsam kehrten die Lebensgeister des jungen Gelehrten zurück. Freyberg nutzte die Zeit, um das Blut in einen gläsernen Kolben zu füllen und ein weißes Pulver hinzuzufügen. Sofort färbte sich die Lösung tiefschwarz. Mit einem Satz sprang Freyberg zurück. Icherios blinzelte. Hatte er das richtig gesehen? War der alte Mann regelrecht durch den Raum geflogen? Benommen schüttelte er den Kopf.

»Gute Nachricht, Jungchen! Deinem Blut fehlt die spezielle Anziehungskraft, die den Auftrag zu gefährlich für dich gestalten würde.«

»Anziehungskraft?«

»Jetzo, mach dir keine Gedanken. Du wirst es verstehen, wenn die Zeit gekommen ist. Lass uns nach deiner Order schauen.« Freyberg wandte sich einem dicken Stapel Papieren zu, die durch die Feuchtigkeit wie weiche Lappen nach unten hingen.

Fasziniert beobachtete Icherios, wie der alte Mann mühelos mit einer Hand einen Packen hochnahm, den er selbst mit beiden Armen nur mühsam hätte tragen können.

»Wo ist nur dieses dumme Ding?« Dann stieß Freyberg ein triumphierendes »Da haben wir es!« aus. Er hielt das Pergament gegen das Licht. »Meine Augen sind nicht mehr die besten«, grummelte er entschuldigend. »Jetzo! Dein Auftrag führt dich nach Dornfelde, einem Ort im nördlichen Schwarzwald. Fürst Calan von Sohon hat um unsere Hilfe bei der Aufklärung zweier bestialischer Morde gebeten.« Freyberg zögerte kurz. »Die besonderen Umstände der Taten, die Lage dieser Ortschaft und die Eigenschaften der Opfer machen ein Eingreifen der Kanzlei unumgänglich. Der Ordo Occulto, ein geheimer Orden der Rosenkreuzer, dem die Kanzlei angehör, und der über Außenstellen in allen wichtigen Städte verfügt, misst diesem Fall höchste Wichtigkeit zu.«

Icherios traute sich nicht, genauer nach den genannten Eigenarten zu fragen. Dieser Tag brachte bereits mehr zu verarbeiten mit sich, als er glaubte, bewältigen zu können. Verwundert bemerkte er die Abwesenheit seines sonst so unbändigen Wissensdurstes.

Der alte Mann räusperte sich vernehmlich. »Hör mir gut zu. Ich kenne Jungs wie dich. Aufgeklärt und nüchtern und doch den Kopf im Dreck. Ich gebe dir einige Ratschläge, die du beachten solltest, wenn dir dein Leben lieb ist. Gründe werde ich keine nennen, da du meinen Rat andernfalls in den Wind schlagen würdest. Nimm dir einfach zu Herzen, was ich nun sage.« Freyberg musterte Icherios prüfend. »Trage niemals ein Kreuz, egal in welcher Form, solange du dich im Bannkreis Dornfeldes befindest. Gehe niemals allein hinaus in die Nacht. Führe keine Bibel mit dir. Vermeide alle offenen Wunden und sei es nur ein Kratzer von der morgendlichen Rasur. Am besten lässt du das mit dem Rasieren ganz.«

Icherios verzog verächtlich das Gesicht. »Keine Kreuze? Alter Mann, ich bin doch nicht abergläubig!«

»Glaub, was du willst, Jungchen«, schnappte Freyberg zurück. »Aber wenn du nicht abergläubig bist, kann es dir ja egal sein, ob du ein Kreuz trägst oder nicht.«

Widerstrebend nickte Icherios. Alle Arten von Glaube und Aberglaube erschienen ihm äußerst suspekt. Sein Kreuz trug er nur als Andenken an seine Mutter. Fakten waren die einzige Wahrheit, nach der er sein Leben ausrichtete. Bei dem Gedanken an die Reise beschlich ihn ein mulmiges Gefühl. Er war noch nie weiter als eine Wegstunde von Karlsruhe entfernt gewesen. Raban von Helmstatt, sein Mentor, hatte immer daran gelegen, dass sich das änderte. Offensichtlich war er der Ansicht, lange genug gewartet zu haben, und ihn nun einfach ins kalte Wasser werfen zu können. Die Entscheidung, ob er dafür dankbar oder wütend darüber sein sollte, schob er bis zu seiner Rückkehr auf. Freyberg war mittlerweile zu einem der Bücherregale gegangen und sprang behände die Leiter hinauf. Der junge Gelehrte starrte ihn schaudernd an. Wenige Augenblicke später spürte er schon wieder Freybergs lederne Pranken auf seiner Schulter. »Dieses Buch gehört dir.« Er drückte Icherios einen ledergebundenen Folianten in die Hand. Auf dem rostroten Einband prangte ein Leitsatz. *Die höchste Tugend ist die Freiheit von Emotionen.* Icherios' Augen leuchteten auf.

»Ich dachte mir, dass dir dieser Spruch gefällt«, bemerkte Freyberg.

Auf der Innenseite des Buches befand sich eine farbige Darstellung der Tabula Smaragdina, dem einzigen erhaltenen Text aus dem *Geheimbuch der Schöpfung* und somit Grundlage der modernen Alchemie. Die restlichen Seiten glänzten schneeweiß.

»Nutze es, um deine Untersuchungen zu dokumentieren und fertige eine Aufstellung über deine Reisekosten an. Ich erwarte von dir, dass du es nach Erledigung deines Auftrages zusammen mit einem Bericht bei mir abgibst.«

Noch immer in die Betrachtung des unverhofft in seine Hände gelangten Schatzes vertieft, nickte Icherios abwesend. Der Beutel, den der Chronist ihm zuwarf, prallte an seiner Schulter ab und fiel klimpernd zu Boden. Erschrocken hob Icherios ihn auf.

»Mit dem Geld kannst du deine Ausgaben bestreiten. Bei deiner Rückkehr gibst du den Rest zurück und erhältst einen angemessenen Lohn.«

Icherios öffnete den Beutel und warf einen vorsichtigen Blick hinein. Goldgulden und silberne Kreuzer funkelten ihm entgegen. Es war genug, um ein kleines Dorf zu kaufen.

Dann drückte ihm Freyberg zwei Briefe in die Hand. »Der eine ist von Raban, der andere trägt das kaiserliche Siegel und weist dich als Inspektor im Dienste Joseph II. aus. Zudem gewährt er dir freies Geleit durch seine Länder.«

Icherios verschlug es den Atem. Unzählige Geschichten rankten sich um diese Geleitbriefe. Von den Meisten wurden sie als reiner Mythos abgetan. Er konnte gar nicht glauben, dass es nicht so war. Mit diesem Schriftstück stand ihm das gesamte Heilige Römische Reich offen.

»Jetzo, Jungchen. Schließ den Mund, sonst fliegt eine Mücke hinein. Deine Kutsche fährt zur dreizehnten Stunde am Marktplatz ab.«

»In drei Stunden?«, rief Icherios. »Ich brauche mehrere Tage, um meine Angelegenheiten zu regeln.«

»Ein Mörder wartet nicht auf den Ermittler.«

»Natürlich nicht.« Icherios funkelte den alten Mann an. »Aber heute Morgen konnte ich noch nicht ahnen, dass mich ein Auftrag erwartet. Ich kann nicht einfach kurzerhand verschwinden.«

Ein unmenschlicher Schrei, der das ganze Gebäude erzittern ließ, unterbrach ihre Diskussion. Freyberg erbleichte, packte Icherios am Arm und zog ihn wie eine Stoffpuppe auf den Gang hinaus. »Jetzo, Jungchen. Solange du für uns arbeitest, solltest du dich an kurzfristige Planänderungen gewöhnen.« Er riss die Tür auf und stieß ihn auf die Straße. »Viel Erfolg, du wirst das schon schaffen.«

Bevor die Tür vollends ins Schloss gefallen war, konnte Icherios einen letzten Blick auf Freybergs Gesicht werfen. Er hoffte, dass die Zweifel darin dem Geschrei galten und nicht ihm. »Ich wurde nie gefragt, ob ich für euch arbeiten möchte«, grollte Icherios. Die Tür, sein einziger Zuhörer, ersparte ihm eine Antwort.

2

Aufbruch

Icherios hastete, das Buch mit den Briefen unter den Arm geklemmt, nach Hause. Die fahle Sonne kämpfte sich nur schwer durch die Wolkendecke hindurch. Wo ein Sonnenstrahl auf den Boden traf, stieg die Feuchtigkeit in Nebelschwaden auf. Er fand sich in der Stadt mit geschlossenen Augen zurecht. Seit seiner Jugend hatte er ihre Gassen durchstreift. Früher hatten unzählige Händler und Schausteller die Straßen bevölkert, doch der Mangel an Nahrungsmitteln raffte die Gaukler nun als Erste hinweg, und den Straßenständen blieb nichts mehr, was sie verkaufen konnten. Vor wenigen Jahren noch galt Karlsruhe als Schmuckstück, geplant und erbaut von Markgraf Karl Wilhelm von Baden-Durlach. Wie der Rest des Reiches war sie von der Armut nicht verschont geblieben, und die einst so prachtvolle Stadt litt nun zusammen mit ihrer Bevölkerung unter der allgemeinen Not und Hoffnungslosigkeit. Icherios bemühte sich, nicht zu genau in die Ecken und Winkel zu blicken. Überall lagen regungslose Menschen. Viele von ihnen waren geschwächt vom Hunger, vor den Augen der teilnahmslosen Passanten zusammengebrochen. Die meisten würden sich nicht wieder erheben und am Abend mit den Leichenkarren aus der Stadt gebracht werden.

Ein Windstoß erfasste Icherios' Hut und stieß ihn von seinem Kopf. Er versuchte ihn zu fassen. Dabei stolperte er über seine eigenen Füße und fiel beinahe hin. Mit einem satten Platschen landete sein geliebter, abgewetzter Hut in einer Pfütze. Icherios schüttelte ihn angewidert und hoffte, dass der Anteil an Wasser in der Pfütze höher war als der an Urin. Der Geruch, der vom Hut ausging, besagte allerdings eher, dass diese Hoffnung ebenso realistisch war wie der Glaube an fliegende Schweine. Während er seinen Hut säuberte, sah er aus dem Augenwinkel eine ausgezehrte Frau mit einem Baby auf dem Arm, das bereits zu schwach zum Schreien schien. Ihr Alter war durch die eingefallenen Wangen und Augen, in denen keine Hoffnung mehr schimmerte, schwer einzuschätzen. Icherios vermutete, dass sie nicht mehr als fünfundzwanzig Jahre zählte und früher vermutlich eine Schönheit gewesen war. Zaghaft, voller Scham und Furcht, näherte sie sich einer prunkvoll verzierten Kutsche. Ihre Worte gingen im Lärm der Stadt unter; ihre Arme streckten sich flehend empor. Die Geste erregte bei dem grobschlächtigen Kutscher kein Mitleid. Drohend hob er die Peitsche. Sie fiel auf die Knie und brach in Tränen aus. Der Kutscher holte aus und knallte mit der Peitsche dicht über ihrem Kopf. Erschrocken stürzte die Frau in eine Pfütze, die Arme schützend um das Kind gelegt. Ein gut gekleideter Mann eilte, ohne sie eines Blickes zu würdigen, an ihr vorbei und stieg in das Gefährt. Der Fahrer spuckte neben der Frau aus, bevor er die Pferde anspornte. Ein Schwall Wasser ergoss sich über Mutter und Kind, als die Kutsche vorbeirollte. Icherios tastete in seiner Tasche nach seinem letzten Gulden. Sein Vermieter wartete zwar ungeduldig auf seine Miete, und Icherios knurrender Magen erinnerte ihn daran, dass er seit Tagen schon keine warme Mahlzeit mehr zu sich genommen hatte. Doch ein Blick auf die am Boden liegende, schluchzende Frau vertrieb jegliche Zweifel. Mit wenigen Schritten war er bei ihr und half ihr auf die Beine. Sobald sie stand, drückte er ihr die Münze in die Hand. Ihre Augen weiteten sich, und das Leuchten in ihren grauen Tiefen ließ ihre einstige Schönheit erahnen. Dankbar fiel sie vor ihm auf die Knie und küsste seine Füße. Verlegen löste sich Icherios, nickte ihr zu und entfernte sich hastig. Sein knurrender Magen und Meister Irgrim, sein Vermieter, würden ihn die Tat noch früh genug bereuen lassen. Wenigstens besaß er den Beutel Gold von der Kanzlei, mit dem er die nächsten Tage seinen Lebensunterhalt bestreiten konnte.

Icherios wohnte in einem der äußeren Ringe, die um das Karlsruher Schloss führten. In einer Gasse, die von der Amalienstraße abzweigte, stand das Haus des übellaunigen Schreiners Irgrim. Dort nannte Icherios eine Kellerwohnung sein Eigen, zumindest solange er die Miete bezahlte. Die Haustür aus dünnem Birkenholz öffnete sich unter lautem Knarren. Für sein Heim und seine Familie war der Schreiner nicht bereit viel auszugeben. Deshalb trugen seine Töchter die abgelegten Kleider ihrer älteren Schwestern auf, während er selbst sich in edles Tuch hüllte. Icherios zuckte zusammen. Von oben dröhnte die polternde Stimme seines Vermieters. »Ceihn, meine Miete!«

Hastig stürzte Icherios in sein Zimmer und schloss die Tür hinter sich. Es würde eine Weile dauern, bis Meister Irgrim seinen feisten Leib die Treppe hinuntergewuchtet hatte. Icherios' Finger tasteten nach dem Beutel mit den Münzen. Die Gulden verführten ihn. Wem würde ein weiterer Posten auf seiner Abrechnung schon auffallen? Dann besann er sich. Seine Ehrlichkeit würde er nicht aufgeben.

Bei Icherios' Wohnung handelte es sich um einen großen Raum, in dem es nach Schwefel und verrottendem Papier roch. Draußen regnete es wieder. Wasser lief durch das einzige Kellerfenster. Auf Tischen und Stühlen stapelten sich Bücher und alchemistische Geräte. Ein Athanor, ein spezieller Ofen für Alchemisten, stand in einer Ecke. Der Holzstapel neben der Feuerstelle war erbärmlich niedrig. Wann immer Icherios auszog, um Holz zu kaufen, endete er mit einem Buch in der Hand. In dem ramponierten Sessel vor dem Kamin wartete die nächste unangenehme Überraschung auf ihn: sein Vater. Donak Ceihn hatte, um sich Platz zu schaffen, Bücher und Aufzeichnungen achtlos auf den Boden geworfen, wo sie sich mit Wasser vollsogen. Icherios sah seinem Erzeuger so unähnlich, dass er in seiner Kindheit ständig als Kuckuckskind gehänselt worden war. Von kleiner, stämmiger Statur mit fleischigen Wangen, donnerte Donak Ceihn unbeherrscht und unaufhaltsam wie eine Walze durchs Leben. Icherios' Sturheit veranlasste ihn aufzubegehren und die Flucht zu ergreifen. Er wollte nicht wie seine Brüder ohne eigene Meinung und Willen enden. Mit einem hämischen Grinsen wedelte sein Vater mit einem Brief. »Hoffst du immer noch auf einen Studienplatz für Medizin?«

Zornig entriss Icherios ihm das Papier und schluckte eine böse Bemerkung hinunter. Das Siegel war geöffnet.

»Sie haben dich natürlich nicht genommen.«

Die ersten Zeilen bestätigten diese Behauptung. Beherrscht legte Icherios den Brief auf einen Tisch. Es wäre ein Fehler, seinem Vater seine Enttäuschung zu zeigen. Dieser verstand sich nämlich darauf, jede Art von Gefühl als Waffe zu verwenden. Icherios musste schlucken. Seit Jahren bewarb er sich um ein Stipendium für ein Medizinstudium. Immer wieder hatten sie ihn abgelehnt. Seine Familie war bekannt und galt als reich. Man erwartete von Icherios, sein Studium selbst finanzieren zu können.

Der Beutel in seiner Brusttasche wog schwer. Der Gedanke, Karlsruhe im Auftrag dieser seltsamen Kanzlei zu verlassen, verursachte in ihm ein ungutes Bauchkribbeln, aber eventuell konnte er mit seiner neuen Arbeit genug Gold ansparen, um seinen Traum eines Tages wahr werden zu lassen. Icherios zog einen stabilen Koffer unter dem Bett hervor. Die Unterseite leuchtete grünlich. Ein dicker schimmeliger Belag verbreitete einen üblen Geruch. Angewidert rümpfte sein Vater die Nase. »Es wird Zeit, dass du nach Hause kommst. Ernest möchte den Handel ausbauen, und du solltest dich nicht länger vor der Verantwortung drücken.«

Icherios fuhr fort, Bücher, alchemistische Geräte, Fläschchen und Pulver einzupacken und gab ihm so zu verstehen, dass er ihn ignoriert.

Das Gesicht seines Vaters lief rot an, die Adern an seiner Schläfe wurden immer dicker. »Schau mich gefälligst an, wenn ich mit dir rede!«

In diesem Augenblick stolperte Meister Irgrim herein. Sein Atem ging schwer. Es kostete ihn unendliche Mühe, die Treppen hinunterzusteigen. Der einzige Grund, warum er Icherios noch nicht hinausgeworfen hatte. »Ich verlange meine Miete, auf der Stelle!«

Donak Ceihn kniff die Augen zusammen. »So weit ist es mit dir also schon gekommen?« Mit flinken Fingern griff er in seine Tasche und zog einen Beutel hervor. Zielsicher warf er ihn dem Schreiner ins Gesicht. »Hier ist Ihr Gold, und nun verschwindet!«

Die Augen des Vermieters leuchteten auf, als er das Klimpern der Münzen vernahm. »Selbstverständlich, mein Herr.« Mit einer angedeuteten Verbeugung verließ er den Raum. Man hörte das gemeinsame Ächzen von Treppe und Meister, während dieser sich nach oben schleppte.

»So steht es also um dich? Du bist eine Schande für die Familie.«

Icherios hielt keine Minute inne. Er hatte das Gespräch schon zu oft durchgespielt. »Wenn du das sagst, Vater.«

»Was machst du da eigentlich? Kommst du etwa endlich nach Hause?«

»Ein Auftrag führt mich für einige Tage in den Schwarzwald.«

Sein Vater lachte auf. Manche verglichen sein Lachen mit dem Quietschen eines Schweines auf der Schlachtbank. »Du und ein Auftrag? Ist es so schlecht um die Regierung bestellt?«

»Vermutlich.« Icherios ging zu einem kleinen Käfig, aus dem ihm ein leises Piepsen entgegenkam. Maleficium war sein einziger Freund. Eine dicke, schwarze Ratte, die ihn überallhin begleitete.

Beim Anblick des Tieres verlor Donak Ceihn endgültig die Beherrschung. »Hast du das dreckige Vieh etwa immer noch? Ich befehle dir, sofort nach Hause zu kommen und einer ehrwürdigen Arbeit nachzugehen!«

»Ehrwürdig?« Icherios fuhr herum. »Was ist daran ehrwürdig, armen Menschen das Geld aus der Tasche zu ziehen?«

»Ich schaffe das Korn heran! Ohne mich würden sie verhungern!«

»Und gleichzeitig beutest du sie aus!«

»Von irgendetwas muss ich ja leben.«

Icherios Blick glitt verächtlich über den wohlgenährten Körper seines Vaters. »Das sieht man.«

Mit einem entschiedenen Handgriff stopfte er Maleficium in seine Jackentasche, dann warf er seine wenigen Kleidungsstücke in seinen Koffer und schloss ihn mit einem vehementen Ruck. Seinen größten Schatz, verschiedene Destillierkolben und alchemistische Geräte, packte er in die dazugehörige gepolsterte Kiste. Die beiden Gepäckstücke zusammen waren unhandlich und der Weg zur Postkutsche weit, aber er konnte einfach nicht noch mehr zurücklassen. Bereits beim Gedanken an all die Bücher, die er nicht mitnehmen konnte, fühlte er sich unwohl. Mit unbeholfenen Gesten öffnete er die Tür. »Schließ die Tür hinter dir, Vater. Und leb wohl!«

»Icherios, bitte.« Es war seiner Stimme anzuhören, wie schwer es ihm fiel, diese Worte auszusprechen. Es lag das erste Mal Gefühl in ihnen. »Bitte, komm zurück! Deine Mutter ist krank vor Sorge. Sie braucht dich.«

Icherios zögerte kurz, dann verließ er wortlos den Raum.

3

Nebelgestalten

Angetrieben vom Klang der Kirchenglocken, die ihn daran erinnerten, wie schnell die Zeit verrinnt, hetzte Icherios durch die Straßen. Maleficium quiekte ab und an empört, wenn eine Erschütterung ihn in der Tasche umherschleuderte. Der Regen legte zum Glück gerade eine Pause ein. Der graue Himmel, dessen dicke Wolken nichts Gutes verhießen, trieb die Menschen dazu, ihre Geschäfte im Freien eilig zu verrichten. Dampf stieg vom Lehmboden empor und verstärkte den unangenehmen Geruch von Fäkalien. Je mehr sich Icherios dem Stadtzentrum näherte, desto schwerer fiel ihm das Atmen. An einer Straßenecke kämpften zwei magere, räudige Hunde um die Überreste einer toten Ratte. Einem rotfelligen Rüden mit eingerissenem Ohr gelang es, ein Stück abzureißen und sich damit in eine schmale Gasse zu verkriechen. Icherios hoffte für ihn, dass er seine Beute schnell verschlang, bevor ein hungriger Mensch das Fleisch für sich beanspruchen konnte. Der junge Gelehrte keuchte unter der Last seines Gepäcks, aber er konnte es sich nicht leisten, langsamer zu werden. Schon jetzt erregte er die Aufmerksamkeit der Bettler. Gier spiegelte sich in ihren eingefallenen Gesichtern wider. Icherios blickte über seine Schulter. Bildete er sich das nur ein oder folgte ihm ein großer, schwarzbärtiger Mann? Dunkle Augen aus tief liegenden Höhlen fixierten ihn. Es gab keinen Zweifel: Er hatte einen Verfolger. Der ständige Hunger hatte seine Kräfte geschwächt, sodass seine Arme zitterten. Trotzdem gab er nicht auf. Verbissen legte er an Geschwindigkeit zu. Da ertönte ein panisches Wiehern, gefolgt von einem metallischen Kreischen. Ein Karren geriet ins Schleudern. Eines der Räder hatte sich von der morschen Achse gelöst und rollte die Straße hinunter. Der Schwung des Gefährtes riss die Pferde mit, sodass sie sich auf dem rutschigen Untergrund kaum aufrecht halten konnten. Ein Schrei ging durch die Menschenmenge. Der Wagen donnerte auf eine Hauswand zu. Ein Mann, der dort entkräftet auf dem Boden lag, versuchte sich noch aufzurappeln, doch es war schon zu spät: Der Unterleib des Unglücklichen wurde zwischen Karren und der Wand eingequetscht. Mit aufgerissenen Augen starrte der ausgezehrte Mann an sich hinab. Icherios konnte nicht fassen, dass er noch lebte. Sein Körper musste vom Bauchnabel abwärts zermalmt sein. Dann brach der Mann in lautes Geschrei aus und bemühte sich, den Wagen fortzuschieben. Anstatt ihm zu helfen, stürmten die umstehenden Menschen zum Karren und zerrten die Kisten und Pakete von ihm herunter, während der Wagenlenker sie zitternd davon abzuhalten versuchte. Icherios beobachtete den bärtigen Mann, der ihn verfolgt hatte, wie er eine große Holzkiste schulterte und sich rücksichtslos einen Weg durch die Menschenmasse bahnte. Mit einem Schaudern wandte er sich ab. Dem unglückseligen Mann, der unbeachtet seine Not hinausschrie, konnte er nicht helfen.

Endlich war er am Marktplatz angekommen. Eine Berline, vor die zwei wohlgenährte Füchse gespannt waren, wartete dort bereits. Ein untersetzter Mann mit Knollennase lud gerade einen Stapel Koffer auf das Dach. Vermutlich gehörten sie der edel gekleideten Frau, deren scharfer Blick an einen Raubvogel erinnerte, und die gereizt auf und ab flanierte. An ihrer Seite stand ihre Tochter, wie Icherios aus der Ähnlichkeit der Gesichtszüge schloss. Sie wirkte ausgesprochen hübsch, bis sie den Mund öffnete und eine Reihe schiefer Pferdezähne zum Vorschein kam. Mit zitternden Armen stellte Icherios sein Gepäck ab und verbeugte sich. »Guten Tag, die Damen. Icherios Ceihn ist mein Name.«

Die ältere Frau rümpfte die Nase, während die jüngere sich geziert ein Spitzentuch vor das Gesicht hielt. Der knollennasige Mann kam um die Kutsche herum, sah Icherios' Gepäck und hob die Kiste auf seine breite Schulter. »Sie sind der Inspektor?«

Icherios nickte. »Ich hoffe wir können bald aufbrechen. Wichtige Angelegenheiten warten auf mich.« Wie unbeabsichtigt rutschte der Brief mit dem kaiserlichen Siegel aus Icherios' Innentasche. Die Augen des Kutschers weiteten sich.

»Natürlich, Herr. Arohn Haferkorn ist mein Name, zu Ihren Diensten.«

Icherios musste sich ein Grinsen verkneifen. Es war ein gutes Gefühl, respektvoll behandelt zu werden.

Als der Kutscher die Kiste schwungvoll auf das Dach wuchtete, schrie Icherios entsetzt auf. »Vorsicht! Da sind zerbrechliche Instrumente drin!« Es war zu spät. Mit einem lauten Knall landete das Gepäck unsanft auf der Kutsche, und Icherios blieb nur zu hoffen, dass der Schaden nicht zu groß sein würde.

Arohn grinste entschuldigend, wobei er seine von Kautabak gefärbten Zähne entblößte. Icherios half, die restlichen Koffer im Innenraum zu verstauen. Sie würden den Reisenden neben der schmalen Bank als Sitzgelegenheit dienen.

Als Arohn gerade dabei war, das Gepäck auf dem Kutschbock zu verzurren, stürmte ein gut gekleideter, schlanker Mann mit aristokratischen Zügen auf sie zu. Er führte nur eine kleine Tasche Handgepäck mit sich.

»Gott sei gepriesen, dass ich es noch rechtzeitig geschafft habe. Die Zunft der Leinweber wollte mich nicht aus ihren Fängen lassen. Oleg Bartholus ist mein Name.« Seine Stimme klang leicht nasal.

Die Damen musterten ihn von oben herab, bevor die ältere sich vorstellte. »Thirza zu Molander und dies ist meine Tochter, die liebreizende Malicka.«

Das breite Lächeln auf Oleg Bartholus' Gesicht erstarb so schnell wie ein Frühlingsregen, als er Malickas Zähne erblickte. Hastig wandte er sich ab und stieg in die Kutsche. Icherios folgte seinem Beispiel und versuchte einen Platz auf der Sitzbank zu finden, während er seine langen Beine über das Gepäck ausstreckte. Diese Haltung stellte sich als ungemein unbequem heraus. Die grobe Holzwand drückte gegen seine Wirbelsäule, und die Nähte der Koffer hinterließen Druckstellen an Oberschenkel und Kniekehle. Der Händler beobachtete Icherios' Bemühungen mit einem Schmunzeln. Dann holte er zwei Kissen aus seiner Tasche und machte es sich bequem.

Die Pferde schnaubten empört auf. Ein Ruck ging durch die Kutsche, dann ertönte die quäkende Stimme der feinen Dame, die es entweder nicht kümmerte, dass Icherios sie hören konnte oder der es gleichgültig war. »Ich verlange, dass dieser angebliche Inspektor nicht im Innenraum sitzt. Ein einfacher Mann von zweifelhafter Herkunft ist nicht der geeignete Umgang für meine zarte Tochter.«

Icherios verstand Arohns genuschelte Antwort nicht. Aus den Augenwinkeln spähte er zu seinem Mitreisenden hinüber, in der Hoffnung der Händler hätte die Worte nicht gehört. Das amüsierte Zucken seiner Augenbrauen belehrte ihn eines Besseren. Icherios ließ sich in seinen Sitz zurücksinken und vergrub sein Gesicht im Aufschlag seines Mantels.

»Sie scheinen nicht zu verstehen. Meine Tochter ist auf dem besten Wege, eine einflussreiche Persönlichkeit zu heiraten. Auf keinen Fall werde ich dulden, dass solche heruntergekommene Kreaturen ihren guten Ruf ruinieren.«

»Sie scheinen nicht zu verstehen, Herrin.« Arohn wurde lauter. »Wer bezahlt, fährt. Wenn Sie jetzt bitte Platz nehmen würden. Die Zeit drängt.«

Erneut schnaubten die Pferde auf, dann erschienen die Damen zu Molander am Einstieg und hielten sich geziert parfümierte Tücher vor die Nase, während sie die Stufen der Kutsche betraten. Sie missachteten Icherios' helfende Hand und wendeten sich dem anderen Insassen zu. »Herr Bartholus, würden Sie so zuvorkommend sein und ihren Platz meiner Tochter und mir überlassen? Malicka verträgt es nicht, mit dem Rücken zur Fahrtrichtung zu sitzen.«

Mit einem belustigten Lächeln sprang der Händler auf, deutete eine Verbeugung an und setzte sich neben Icherios. Kaum hatten alle ihren Platz gefunden, erklang das Knallen der Peitsche und die Kutsche zog an. Etwa eine viertel Stunde später verließen sie die Stadt durch das Prinzentor. Nachdem sie den schützenden Palisadenzaun zurückgelassen hatten, schlug ihnen ein atemberaubender Gestank entgegen: Das Hungerlager nahm hier seinen Anfang. Es spannte sich um die gesamte Stadt. Verhungernde Menschen, die ihre letzte Hoffnung in Karlsruhe sahen, scharten sich um die Stadttore. Die Wachen hatten Anweisung, niemanden hereinzulassen. Deshalb sammelten sich die Obdachlosen vor den Mauern der für sie unerreichbaren Stadt und siechten langsam dahin. Einige der Bürger versuchten das Leid etwas zu lindern, indem sie das bisschen Nahrung, das sie erübrigen konnten, verteilten.

Erst mehrere Stunden nachdem sie die Stadt hinter sich gelassen hatten, versiegte der Menschenstrom.

Icherios konnte nun den Blick über das leicht hügelige Land schweifen lassen. Hin und wieder fuhren sie an verlassenen Höfen vorbei, vor deren Häusern frisch ausgehobene Gräber mit hastig gezimmerten Holzkreuzen standen. Von dem einst saftigen Grün der Weiden hatte kaum etwas den harten, langen Winter überstanden. Verhungernde Schafe zupften verloren an den verbliebenen Stängeln. Trotzdem war es für Icherios ein geradezu erhebendes Gefühl, die Freiheit des Reisens erleben zu können. Anfangs versuchten die Damen, ihre kerzengerade Haltung mit Tüchern vor der Nase und Fächern in der Hand aufrechtzuhalten. Eine Stunde nach Beginn der Fahrt gaben sie stöhnend auf. Die Kutsche holperte über ein Schlagloch nach dem anderen, und die Insassen fühlten sich, als wenn ihnen die Seele aus dem Leib geschüttelt werden würde. Häufig verlangsamte sich die Fahrt, weil sie auf der Straße liegenden Menschen ausweichen mussten.

Thirza von Molander ereiferte sich über diese Unterbrechungen: »Wie rücksichtslos von diesem Gesindel!«

»Ich denke nicht, dass sie sich freiwillig dort gebettet haben.« Oleg Bartholus schüttelte den Kopf.

»Das ändert nichts an ihrer Schuld an dem ganzen Elend.«

»Wie meinen Sie das, meine Dame?«

»Das ist doch offensichtlich. Diese unreinen Kreaturen haben in Sünde gelebt und Gottes Zorn auf sich gezogen.«

»Dem kann ich nicht zustimmen. Die Ursache für die Not liegt einzig beim Markgrafen von Baden-Baden, der die Ausfuhr und den Handel mit Nahrungsmitteln unterbindet. Während sein Volk fett und behäbig wird, verhungert unseres.«

Auf ihrem Gesicht bildeten sich feine Schweißperlen. »Wie können Sie es wagen! Das ist Gotteslästerung! Sehen Sie doch hinaus! Die Sünder sterben am Hunger.« Ihre Lippen umspielte ein arrogantes Lächeln. »Und die gottesfürchtigen Menschen können weiterhin unbesorgt in Wohlstand leben. Sobald die Unreinen von der Erde getilgt sein werden, wird sich auch das Wetter wieder bessern.«

Icherios wandte sich angewidert ab. Er kannte genug Frauen und Männer wie seine Mitreisenden, die ihre Selbstsucht hinter gespielter Frommheit verbargen. *Es gibt nichts Gefährlicheres und Gemeineres als einen frömmelnden Menschen, der sein Herz in der Kirche gelassen hat.* Dies war eine der wenigen Weisheiten seines Vaters, denen er zustimmen konnte.

Nach Einbruch der Dämmerung erreichten sie Galenbach. Von der Ortschaft konnte Icherios im Halbdunkel nicht viel erkennen. Sehr groß war sie allerdings nicht, denn das Gasthaus war zugleich auch die Poststation. Direkt nach ihrer Ankunft eilte ein Knecht nach draußen und schirrte die Pferde ab. Der Gastraum bestand aus einem einzigen großen Raum, der tagsüber der Bewirtung diente. Nachts räumten die Wirtsleute Tische und Stühle zur Seite, um Schlafplätze zu schaffen. Der Gastwirt war von knorriger Gestalt, und seine Töchter wirkten trotz ihrer jungen Jahre verhärmt. Die Damen zu Molander verlangten natürlich gleich lautstark nach einem separaten Zimmer und erhielten die Räumlichkeiten der Familie im Gegenzug für einen

Beutel Münzen. Eilig rückte der Wirt einen Tisch zurecht und brachte drei Stühle herbei. Auf dem Boden schliefen einige Holzfäller und Tagelöhner, die am nächsten Morgen noch vor der Dämmerung an die Arbeit mussten. Der Geruch ungewaschener Leiber hing schwer in der Luft, doch das leutselige Gesicht des Wirtes wirkte wie ein warmer Willkommensgruß. »Wir haben noch Suppe und Brot. Was möchtet Ihr trinken?«

Icherios liebte Weine, vor allem die roten. »Einen kräftigen Rotwein, mein Herr.«

Der Wirt pfiff durch eine Zahnlücke. »Nennt mich Holg. Den Wein bekommt Ihr.«

Nachdem er die Bestellung aufgenommen hatte, wieselte Holg flink davon und raunte seinen Töchtern die Anweisungen zu. Es waren Zwillinge mit großen, braunen Augen und langen, dunklen Haaren, zurückgehalten mit hellen Haarbändern. Um sie unterscheiden zu können, trugen sie Schürzen in unterschiedlichen Farben – die eine in rot, die andere in blau.

Die Suppe, die nun vor ihm stand, war so dünn, dass man die Maserung am Boden der Holzschale erkennen konnte. Dazu bekam jeder eine dicke Scheibe Brot. Nach dem ersten Bissen klebten Icherios zähe Sägemehlspäne zwischen den Zähnen. Auch auf dem Land streckten die Menschen das kostbare Getreide mit allem, was den Magen füllte. Auch der Rotwein schmeckte nicht besonders, er war so sauer wie unreife Johannisbeeren.

Nach dem Essen fingen Bartholus und Arohn an, Decken und Felle auf dem Boden auszubreiten. Icherios stellte bestürzt fest, dass er nicht daran gedacht hatte, Bettzeug mitzunehmen. In seinen Vorstellungen hatte immer ein warmes Bett und eine üppige Mahlzeit in gemütlich eingerichteten

Zimmern auf ihn gewartet. Er fühlte sich furchtbar unerfahren. Dann schob er zwei Stühle zusammen und versuchte, sich für die Nacht einzurichten.

Bartholus betrachtete diese Bemühungen kopfschüttelnd, bevor er sich hinlegte und augenblicklich in Schlaf versank.

Sobald Icherios sicher war, dass ihn niemand mehr beachtete, holte er Maleficium hervor und gab der Ratte ein Stück Brot. Glücklich sah er seinem kleinen Gefährten zu, wie er genüsslich an dem Kanten nagte. »Wäre ich nur eine Ratte, dann würden mir die Sägespäne auch nichts ausmachen.«

Nachdem Maleficium aufgefressen hatte, krabbelte er an Icherios Beinen herunter und begab sich auf Erkundung. Icherios wusste, dass er zurückkehren würde, um in seiner Manteltasche zu schlafen. Die Katze, die es vermochte, das freche Biest zu fangen, musste erst noch geboren werden. Nun da Ruhe einkehrte, überkam Icherios ein übermächtiges Verlangen nach einigen Tropfen seiner liebsten Tinktur. Er versuchte es zu unterdrücken und bemühte sich, nicht daran zu denken. Zur Ablenkung holte er Rabans Brief hervor. In Gegenwart der penetranten Damen zu Molander hatte er nicht gewagt ihn zu lesen.

Mein lieber Freund,
heute muss ich mit einer Bitte an Sie herantreten, die zugleich eine große Chance für Sie bereithält. Mein guter Bekannter, Calan von Sohon, Fürst von Dornfelde, bat mich um Unterstützung bei der Aufklärung einer Mordserie in seinem beschaulichen Städtchen. Natürlich habe ich sofort an Sie gedacht. Ich weiß ob Ihrer herausragenden Fähigkeiten, und die Ergreifung und mögliche Untersuchung

eines solchen Mörders würde Ihre Aussichten auf ein Stipendium deutlich erhöhen. Ich sollte Sie allerdings warnen, dass einige Dinge in Dornfelde nicht Ihren Erwartungen entsprechen werden, und hoffe, dass wir trotzdem auch nach Ihrer Rückkehr noch in einem freundschaftlichen Verhältnis verbleiben werden.

In Hochachtung
Raban von Helmstatt

Die Lektüre hatte ihn nicht wirklich beruhigt, ganz im Gegenteil, sodass sein Verlangen letztlich die Überhand gewann. Krampfhaft hatte er sich bemüht, an andere Dinge zu denken, aber es war zwecklos. Nachdem er zwei Stunden auf seinem Stuhl hin und her gerutscht war, schlich er hinaus, obwohl Arohn ihm eingeschärft hatte, den Gasthof in der Nacht nicht zu verlassen. Der Hunger konnte Menschen zu unvorstellbaren Gräueltaten treiben. Die Straßen waren so unsicher wie nie zuvor.

Leise schloss Icherios die Tür hinter sich, eine kleine Laterne in der Hand. Die Luft war feucht, dicke Nebelschwaden krochen durch die Gassen, weder Mond noch Sterne waren am Himmel zu sehen. Mit zitternden Händen tastete er nach dem Fläschchen in seiner Brusttasche. Ein erleichterter Seufzer kam über seine Lippen, als er die vertraute Form fühlte. Hinter dem Gasthof standen nur wenige Häuser. Ihre beleuchteten Fenster erschienen ihm wie funkelnde Augen, die ihn im dichten Nebel beobachteten. Ein schmaler Feldweg führte an verdorrten Wiesen vorbei in einen kleinen Forst. Grober Kies knirschte unter Icherios' Schuhen, als er sich dem Wald näherte. Ab und an rief ein einsames Käuzchen. Die Feuchtigkeit durchdrang Icherios' Kleidung und ließ sie klamm an seinem Körper kleben.

Von seinen schulterlangen Haaren rannen eiskalte Wassertropfen in seinen Nacken. Unter den Bäumen lichtete sich der Nebel allmählich und kroch nur noch hier und da wie ein weicher, weißer Teppich über den Boden. Icherios folgte dem Weg, bis er sich außerhalb der Sichtweite Galenbachs befand. Dann setzte er sich auf einen moosbewachsenen Baumstumpf. Mit zittrigen Fingern holte er das giftgrüne Fläschchen hervor. Die Beschriftung war verschmiert, doch Icherios waren die Buchstaben so vertraut, dass er sie selbst in dem Dämmerlicht der Laterne zu entziffern vermochte: Laudanum, sein liebster Gefährte und schlimmster Fluch. Er trank die beruhigenden Tropfen nicht gerne direkt aus der Flasche. Diese Nacht war jedoch unerträglich ohne die Leichtigkeit des Opium-Rausches. Kaum trat die Wirkung ein, sank er zurück. Alle Sorgen schienen unwichtig und fern. Ein allumfassendes Glücksgefühl hüllte ihn ein. Er vergaß Einsamkeit, Hunger und Not und verlor jegliches Zeitgefühl.

Als er ein raschelndes Geräusch vernahm, wusste er zuerst nicht, ob es kurz vor Morgendämmerung oder noch Anfang der Nacht war. Doch dann sagte ihm ein Gefühl, dass es zur unheiligen Stunde geschlagen haben musste: Mitternacht – die Stunde der Geister. In dem Dickicht hörte er erneut das Rascheln, das ihn aus seinen Träumen geholt hatte. Schmerzhaft erinnerte er sich an die Warnung des Kutschers. Icherios wusste, dass es kein Mensch war, der dort im Gebüsch auf ihn lauerte. Die Geräusche waren zu unbedacht. Langsam, jede hastige Bewegung vermeidend, stand er auf. Das Fläschchen hielt er fest umklammert, die fast erloschene Laterne in der anderen Hand. Die Geräusche verstummten. Gelbe Augen funkelten ihn an. Sie befanden sich auf seiner Augenhöhe. Mit einem Aufschrei prallte Icherios zurück. Dann rannte er. Weiche Pfoten huschten über den Boden. Aus einem Augenpaar wurden erst zwei, dann drei. Icherios rannte so schnell wie noch nie in seinem Leben. Endlich erreichte er den Waldrand. Auf dem Feldweg stolperte er und stürzte. Schluchzend rappelte er sich wieder auf. Im Nebel konnte er die Umrisse seiner Verfolger nicht erkennen, einzig ihre Augen leuchteten bedrohlich nah hinter ihm.

Dann endlich: die Lichter Galenbachs drangen rettenden Leuchtfeuern gleich durch den Nebel zu ihm durch. Sobald er sich dem Ort genähert hatte, verschwanden die Kreaturen. Icherios stürmte trotzdem ängstlich weiter, bis er keuchend vor dem Gasthaus zusammenbrach. Kurz darauf erklang ein langes, klagendes Geheul, in das rings um das Dorf weitere Stimmen einfielen. Sobald sich Icherios gesammelt hatte, versteckte er das Laudanum in seiner Tasche, löschte das Licht der Laterne, klopfte den Dreck von seiner Kleidung, wischte die Tränen aus dem Gesicht und schlich zurück in den Gastraum. Es dauerte Stunden, bis sein Körper nicht mehr von Angstkrämpfen geschüttelt wurde und er in einen nervösen Schlaf fiel.

4

Glashütte

Am nächsten Morgen fühlte sich Icherios wie erschlagen. Und die folgenden Tage sollten keine Besserung bringen. Jeden Abend bildeten sich neue Prellungen und blaue Flecken an seinen Beinen und an seinem Rücken von der holperigen Kutschfahrt. Am dritten Tag gab er seine Selbstbeherrschung auf und stöhnte bei jedem schmerzhaften Stoß auf. Die einzige Erleichterung bot die Tatsache, dass die Damen zu Molander am zweiten Tag der Reise in eine andere Kutsche umgestiegen waren. Während die Berge weiter in die Höhe wuchsen, wurden die Gasthäuser und Poststationen immer kleiner. In manchen Nächten teilten sie sich den Raum mit mehreren Schafen und Hunden. Nach seinem Erlebnis in Galenbach wagte Icherios allerdings keine weiteren Alleingänge mehr, und so quälte ihn stets sein Verlangen nach einer beruhigenden Dosis Laudanum.

Die Wälder verloren allmählich ihren hellen Glanz. Dunkle Nadelbäume lösten die lichten Laubbäume ab. Giftpflanzen wie Fingerhut, Fliegenpilze und Stechpalmen lauerten in grünem Dickicht. Trotzdem raubte der Anblick der nebelverhangenen Täler, durch die reißende Bäche flossen, Icherios den Atem. Die Luft gewann an Klarheit, prickelte in der morgendlichen Kälte auf der Haut. Während der regelmäßigen Pferdewechsel an den Stationen nutzte Icherios die Zeit, seine verspannten Gliedmaßen zu lockern. Er nahm Proben von Pflanzen, die er abends sorgfältig in sein Notizbuch abzeichnete. Je weiter sie in den Schwarzwald vordrangen, desto weicher und melodischer wurde die Mundart der Menschen. Icherios bereitete der Dialekt zeitweise Schwierigkeiten, sodass er Mühe hatte, den Unterhaltungen zu folgen.

Am fünften Tag erreichten sie am späten Nachmittag die Ortschaft Glashütte. Die kleine Ansammlung Häuser, die sich an die Ufer der Schönmünz drängte, verdankte ihren Namen der Schwarzenberger Glashütte, die 1733 errichtet worden war. Wie in allen Dörfern, die sie durchquerten, standen auch hier mehrere Gebäude leer. Man konnte annehmen, dass ihre Bewohner entweder geflohen oder verhungert waren. In Zeiten der Not waren wenige Menschen in der Lage, Geld für Glas auszugeben, wodurch die Situation in Glashütte nicht zum Besten stand. Auf den Straßen lungerten arbeitslose Holzfäller und magere Kinder herum. Sie bewunderten die dahinpreschende Postkutsche. Die Neuigkeiten, die deren Insassen mit sich brachten, gehörten zu den wenigen Abwechslungen, die sich in der abgelegenen Ortschaft boten. Der Gasthof beeindruckte Icherios. Stallungen und Wirtschaftsgebäude bildeten ein Hufeisen. Das Hauptgebäude war in dem für die Gegend typischen Baustil errichtet. Holzverkleidungen zierten die Hauswand oberhalb der prächtigen Balkone, die durch weit vorgezogene Dächer geschützt wurden. Aus Blumenkästen wucherten üppige Geranien, und lange Stränge Weihrauch hingen mehrere Meter herunter. Auf dem gepflasterten Hof klapperten die Pferdehufe.

Die Begrüßung durch den Wirt, ein junger, schlanker Mann mit rotem Haarschopf, der sich als Kurt Mess vorstellte, war herzlich. Das erste Mal seit Beginn der Reise schlief Icherios in einem eigenen Zimmer. Es war zwar schlicht, aber sauber. Ächzend fiel Icherios in die weichen Federn und war versucht, das Essen ausfallen zu lassen. Sein Magen hatte die immer größer werdenden Anteile Sägemehl im Brot nicht vertragen. Das Schwächegefühl, das nicht allein vom Entzug des Laudanums herrührte, zwang ihn aber aufzustehen und in den mit Sägespänen ausgestreuten Schankraum hinunterzugehen. Die Dämmerung war mittlerweile hereingebrochen, und Holzfäller, Glasbläser und Tagelöhner strömten hinein. Alle trugen Narben von verschiedenen Brandverletzungen. Einigen von ihnen fehlten mehrere Finger. Bei einem Mann musste Icherios sich zwingen, ihn nicht geradeheraus anzustarren. Eine seiner Gesichtshälften war vollkommen verbrannt, sein rechtes Auge vernäht und seine Nase ein unförmiger Klumpen. Sein schütteres, schwarzes Haar hatte er über die versehrte Seite gekämmt, wodurch seine Züge noch schiefer wirkten. Arohn löffelte bereits eine dünne Suppe aus Gras und Möhren, wobei er am gefürchteten Brot kaute. Icherios setzte sich zu ihm. Der Kutscher war für ihn die letzte Verbindung zu seiner Heimat und gab ihm ein Gefühl von Sicherheit. Er spürte, wie die Blicke der anderen Männer ihn argwöhnisch verfolgten.

Nachdem ihm der Gastwirt ebenfalls eine Schale Brühe serviert hatte, wandte sich Arohn an ihn. »Ich hoffe für Euch, dass Euer neuer Kutscher bald eintrifft.«

Icherios verschluckte sich und fing an zu husten. »Neuer Kutscher?«

»Kennt Ihr Eure Reiseroute etwa nicht?«

»Offensichtlich wurde ich nicht ausreichend informiert.«

»Ihr werdet hier von einer Kutsche abgeholt, die Euch an Euer Ziel bringt.«

»Könnt Ihr mich nicht fahren?« Icherios behagte der Gedanke nicht, an eine fremde Person ausgeliefert zu werden. Notfalls würde er Arohn bezahlen und einen guten Vorwand für die Kanzlei erfinden.

»Tut mir leid, Herr, aber für nichts in der Welt würde ich in das Dunkle Territorium fahren. Zudem warten in Baden die Menschen auf ihre Post.«

Icherios zuckte zusammen. »Dunkles Territorium?«

»Das ist nur ein Name. Kein Grund, sich Sorgen zu machen.«

»Und trotzdem wollt Ihr mich nicht fahren?«

Arohn stand auf, den Blick starr auf seine leere Schüssel gerichtet. »Tut mir leid, Herr. Es ist spät, und meine alten Knochen brauchen Ruhe. Lebt wohl.«

Icherios blickte ihm hinterher, während die Suppe erkaltete. Dann weckten die Gesprächsfetzen, die von einem Tisch mit einer Gruppe Holzfäller zu ihm herüberdrangen, seine Aufmerksamkeit. Ein Bär von einem Mann mit braunem Vollbart sprach in einem so tiefen Bass, dass die Tische zu beben schienen. »Im Dunklen Territorium soll es gutes Essen und reichlich Arbeit für mutige Männer geben.«

Ein schmalerer, aber großer, blonder Mann fiel ihm ins Wort. »Du meinst wohl eher lebensmüde.«

»Ich bin das Hungern leid. Ich ertrage den Anblick meiner Kinder nicht, wenn sie sich von Hunger gequält in den Schlaf weinen.«

»Aber wenn du mit ihnen ins Dunkle Territorium ziehst, kannst du ihnen auch gleich die Axt in den Rücken stecken.«

Ein rotbärtiger Mann, der ein Bruder des Wirtes sein

könnte, schlug donnernd auf den Tisch. »Niemand müsste hungern, wenn die Weizenpreise nicht so hoch wären.«

»Was bringen uns niedrigere Getreidepreise, solange unsere Löhne sinken?«

»Früher bekam ich ein Brot für zwei Groschen. Heute muss ich für diesen Dreck zwölf zahlen!« Der Rothaarige wedelte zornig mit einem Brotkanten. »Wie soll man da eine Familie ernähren?«

»Und dem Rest von uns lassen sie nicht einmal den Branntwein. Die Adligen sind doch allesamt Halsabschneider«, nölte der Blonde.

Der Schwarzbärtige fuhr wütend fort. »Sie sollten aus Getreide Brot machen anstatt diesen Fusel!«

In diesem Moment öffnete sich die Tür, und ein breiter, kantiger Mann betrat den Raum. Icherios warf an ihm vorbei einen Blick nach draußen. Die Sonne musste vor einer Stunde untergegangen sein. Die Dunkelheit schien bereits undurchdringlich.

Ein Raunen ging durch den Gastraum. Einer der Holzfäller wisperte leise. »Einer aus dem Dunklen Territorium. Schaut ihm nicht in die Augen, oder er stiehlt euch die Seele.«

Der Neuankömmling schlenderte zum Wirt hinüber. Nach einem kurzen Wortwechsel zeigte dieser mit gesenktem Kopf auf Icherios. In diesem Moment wünschte der junge Gelehrte sich, oben im Bett zu liegen und nicht die schweren Schritte des Mannes näher kommen zu hören. »Renfin Zwölffinger. Ich nehme an, Sie sind mein Fahrgast.«

Icherios starrte auf die Hände des Mannes. Er hatte tatsächlich zwölf Finger! Ohne den Namen wäre Icherios diese Besonderheit allerdings nicht aufgefallen. Die zusätzlichen

Gliedmaßen fügten sich nahtlos an die anderen an. Dann blickte er Renfin in die Augen. Für einen Moment hielt er den Atem an, doch nichts geschah.

Die blassblauen Augen des Kutschers funkelten belustigt. »Ich sammle keine Seelen.«

Icherios lief rot an und schaute sich im Gastraum um. Stille war eingekehrt. Die verbliebenen Gäste entfernten sich aus Renfins Nähe.

»Wir werden morgen früh abreisen. Ich lasse Sie wecken.« Renfin ließ seinen Blick durch den Raum schweifen. »Ich ziehe mich jetzt zurück. Der Gestank der Angst verdirbt mir den Appetit.« Bevor er sich abwandte, spuckte er verächtlich vor die Füße eines zusammengesunkenen Tagelöhners.

5

Die Steigenwacht

Mit Hilfe eines kleinen Schlucks Laudanum fiel Icherios in einen tiefen Schlaf, aus dem ihn noch vor Morgengrauen ein zaghaftes Pochen an der Tür weckte. Nur mit seinem Nachthemd bekleidet öffnete Icherios die Tür. Beim Anblick einer zierlichen, jungen Frau mit dunklen Rehaugen errötete er.

»Meister Zwölffinger schickt mich, Sie zu wecken, Herr.«

Icherios nickte verlegen.

Die Frau griff in die Tasche ihrer Schürze und zog ein mit Waldglassplittern besetztes Holzkreuz an einer langen Lederschnur hervor. »Nehmt das. Es soll Euch vor bösen Geistern schützen.«

Icherios wollte abwehren, doch sie packte sein Handgelenk und öffnete seine Finger mit erstaunlicher Kraft. Dann drückte sie ihm das Kreuz in die Hand und eilte davon. Mit einem Schulterzucken legte er es um.

Renfin wartete im Hof, über ihm war ein tief hängender, gelber Mond zu sehen. Die Kutsche erinnerte in ihrer kleinen, stabilen Bauweise aus dickem Holz an ein Kriegsgefährt. Eiserne Beschläge schützten die Seiten, und Kappen aus Metall zierten die Räder. Zwei Knechte spannten vier Kaltblüter mit gestutzten Schweifen und dunklen Mähnen ein. Mit derart schweren Tieren würde die Fahrt noch langsamer vorangehen. Icherios hörte ein lautes Klirren, als Renfin seine Kiste auf das Dach wuchtete. Icherios bezweifelte, dass eines seiner Geräte die Reise überstehen würde. Das Innere des Gefährts bot ausreichend Platz, und die Sitze wiesen weiche Polster auf. Als einziger Fahrgast breitete sich Icherios aus und genoss es, seine langen Beine nicht falten zu müssen. Noch bevor die Kutsche anzog, fielen ihm die Augen zu.

Ein kreischendes Geräusch und hartes Ruckeln weckten ihn. Beim nächsten Stoß fiel Icherios von der Bank. Sobald er Halt gefunden hatte, schob er die leichten Vorhänge am rechten Fenster zur Seite. Die Sonne stand hoch am Himmel. Als sein Blick nach unten glitt, fuhr er bei dem Anblick, der sich ihm bot, zurück und klammerte sich auf der anderen Seite des Innenraumes fest. Ein gähnender Abgrund tat sich neben der Straße auf. Der Sturm im letzten Herbst hatte alle Bäume niedergemäht, sodass man freien Blick auf den nahezu senkrecht abfallenden Hang hatte, der sich über hundert Meter in die Tiefe erstreckte. Der Weg war so schmal, dass die Räder der Kutsche auf der anderen Seite anstießen und ein markerschütterndes Kreischen erzeugten. Icherios rollte sich wimmernd auf dem Kutschenboden zusammen. Kalter Schweiß benetzte seinen Körper.

Es war bereits Nachmittag als sie anhielten. Icherios wollte sich aufrichten, aber die holprige Fahrt und die verkrampfte Haltung hatten seine Glieder steif werden lassen.

Nachdem Renfin mehrfach nach ihm gerufen hatte, öffnete er die Tür. Bei Icherios' Anblick verzogen sich seine Lippen zu einem Grinsen. Der junge Inspektor war nicht der erste Fremdling, den er zusammengekauert im Innern der Kutsche vorgefunden hatte. Von einem Mann, der die grausamen Morde aufklären sollte, hatte er allerdings mehr erwartet.

Mit Renfins Hilfe gelang es Icherios sich aufzurichten und zu einem Stein zu gehen, auf dem er sich stöhnend niederließ.

Renfin breitete seine Arme aus und drehte sich einmal um die eigene Achse. »Der Gipfel des Sängerkopfes.«

Icherios Atem hatte sich so weit beruhigt, dass er die Umgebung wahrnehmen konnte. Sie befanden sich auf dem Gipfel eines Berges, der ihnen einen Ausblick auf die benachbarten, dicht bewaldeten Höhen ermöglichte. Nirgends war ein Zeichen von Zivilisation zu erkennen, nur unendliche Reihen von Bäumen, durchschnitten von Bächen, die sich an manch felsiger Stelle in die Tiefe stürzten. Der Gipfel des Sängerkopfes bestand aus einem Hochmoor, das dicht bewachsen mit Wollgräsern, Rasenbinsen und Heidekräutern war. Die Luft war so kalt, dass sie in der Lunge schmerzte. Icherios befürchtete sein schweißdurchtränktes Hemd könnte am Körper festfrieren. Zitternd zog er den Mantel enger um sich.

Renfin nickte zufrieden. Der junge Mann zeigte ein angemessenes Maß an Bewunderung. Dann wandte er sich den Pferden zu, schirrte sie ab, brachte sie an einen Teich zum Trinken und band ihnen anschließend Futterbeutel um.

Die kalte Luft trieb Icherios die Röte in die Wangen. Allmählich kehrten seine Kräfte zurück. Renfin setzte sich zu ihm und holte aus einem Beutel einen Laib Brot und ein Stück Hartkäse. Er schnitt dicke Scheiben ab, die er Icherios anbot. Gierig griff der Gelehrte zu. Es war lange her, dass er Käse gegessen hatte. Zwischen vollen Backen presste er einen Dank hervor. Zu seinem Verzücken war es frisches Brot, das nicht mit Knospen oder Sägemehl gestreckt worden war. Früher hätte er über solch eine schlichte Mahlzeit die Nase gerümpft. Heute erschien es ihm das Beste zu sein, das er jemals gekostet hatte.

»Gibt wohl nicht viel zu Essen bei euch Flachländern?«

Bedauernd hielt Icherios im Kauen inne, um eine Antwort zu geben. »Die Hungersnot fordert ihre Opfer.«

»Bei uns nicht.« Renfin schnitt ihm eine weitere Portion ab. »Sobald wir die Porta Obscura durchquert haben, befolgen Sie meine Befehle, ohne zu widersprechen.«

So dankbar Icherios für die Nahrung war, so seltsam mutete es ihn an, einem Kutscher zu gehorchen. »Meine Anweisungen besagen, dass ich nach eigenem Ermessen handeln soll.«

»Ihre Anweisungen gelten hier einen Dreck.« Renfin kratzte mit seinem Messer Schmutz unter seinen Fingernägeln hervor. »Wenn Sie lebend ankommen wollen, tun Sie, was ich sage. Gefährden Sie mein Leben, lasse ich Sie verrecken.«

Icherios beschloss das Thema zu wechseln. »Was ist die Porta Obscura?«

»Mitten durch den Berg führt ein Tunnel. Breit genug, um ein Gespann hindurchzulassen. Niemand weiß, wer oder was ihn erbaut hat. Die Porta Obscura markiert die Grenze zu meiner Heimat. Das Gebiet, das ihr Flachländer Dunkles Territorium nennt.«

»Berichten Sie mir von den beiden Morden.«

»Drei.«

»Wurde noch ein Mensch umgebracht?«

Renfin zögerte. »Es gab einen weiteren Mord.« Er stand auf. »Ich darf nicht darüber sprechen.«

Während Renfin die Pferde einspannte, erkundete Icherios das Hochmoor. Er wünschte, er könnte mehr Zeit damit verbringen, die einzigartige Pflanzen- und Tierwelt zu studieren, doch schon bald erscholl der Ruf des Kutschers. »Steigen Sie ein! Wenn wir die Steigenwacht vor Einbruch der Dunkelheit erreichen wollen, müssen wir uns eilen.«

»Sie haben doch eine Muskete. Sollte die nicht Bären und Wölfe fernhalten?«

»Es gibt Schlimmeres in diesen Bergen. Los, steigen Sie schon ein!«

Icherios hatte gerade erst die Kutschentür geschlossen, da zog das Gespann an, und er wurde auf den Sitz geschleudert. Fluchend rappelte er sich auf, um nach Maleficium zu schauen. Der Ratte ging es gut. Eifrig nahm sie ein Stück Käse entgegen, das Icherios ihr reichte. Der junge Gelehrte hatte seine Lektion vom Vormittag gelernt. Die Vorhänge blieben geschlossen. Trotzdem zuckte er zusammen, wann immer die Räder gegen den Hang stießen.

Erst einige Stunden später hielten sie wieder an. »Ceihn, kommen Sie raus. Die Porta Obscura!«

Icherios spähte erst vorsichtig aus dem Fenster, bevor er die Tür öffnete und nach draußen ging. Sie befanden sich auf einer Wiese im Wald. Vor ihnen erhob sich ein mächtiger Bergrücken in dessen Mitte ein finsteres Loch gähnte. Ein hoher Bogen, geschmückt mit fremdartigen Runen, zierte den Tunneleingang.

»Da müssen wir durch?«

»Angst der Berg könnte über Ihnen zusammenbrechen?«

Icherios schüttelte stumm den Kopf.

»Gehen Sie mit einer Laterne voraus, und achten Sie darauf, dass die Kutsche nicht an die Wand stößt.«

Icherios Knie wurden schon bei der Aussicht, nur mit einem Licht bewaffnet den Tunnel zu betreten, weich. »Wie weit ist es denn?«

»Wenn wir uns beeilen, sind wir in zehn Minuten draußen.«

Renfin hakte eine der beiden Laternen, die neben dem Kutschbock hingen, aus und reichte sie Icherios.

Der Fels im Inneren des Tunnels war makellos glatt. Einzig an der Decke war eine Aneinanderreihung von Runen auszumachen. Renfin brauchte kaum Hilfe beim Rangieren, er wusste genau, wann es an einer Seite eng wurde. Der Gang machte eine Biegung, sodass sie bereits nach fünfzig Schritten das Sonnenlicht nicht mehr erreichte und nur das flackernde Licht der Lampen blieb. Die Dunkelheit griff mit eisigen Klauen nach dem jungen Gelehrten, drang in sein Fleisch und jagte frostige Schauer seine Wirbelsäule hinunter. Icherios schien es weit länger zu dauern als nur zehn Minuten. Bei jedem Flackern der Laterne zuckte er zusammen. Bilder, wie er für immer im Dunklen durch ein unendliches Labyrinth kroch, quälten ihn. Endlich kündete ein heller Schimmer vom nahen Ende der Finsternis. Icherios schritt zügig darauf zu. Plötzlich schob sich eine Gestalt vor den Eingang und raubte die Helligkeit. Sie musste riesig sein. Er wollte Renfin noch warnen, doch da war das Wesen schon verschwunden. Zurück im Sonnenlicht atmete Icherios auf. Die Pferde streckten der Sonne ihre Köpfe entgegen, als wollten sie ihre Leuchtkraft in sich aufnehmen.

Bis zum Abend studierte Icherios seine Aufzeichnungen und las Rabans Brief wieder und wieder, bis er ihn auswendig aufsagen konnte. Aber selbst dann hörte er nicht auf. Er hoffte, einen versteckten Hinweis zu finden.

Bei Einbruch der Dämmerung erreichten sie die Steigenwacht. Es handelte sich um eine in den Fels geschlagene Burg, die den Pass zwischen der Dunkeltracht und dem Schwarzschnee bewachte – den zwei höchsten Bergen dieser Gegend, um deren kahle Gipfel Raubvögel in den Aufwinden kreisten. Die Ruine eines ehemals hohen Turmes ragte über die mächtige Burgmauer empor. Renfin klopfte gegen ein großes, metallbeschlagenes Eisentor, in dessen Mitte eine kleine Tür mit Sehschlitz eingelassen war. »Steigmeyer, ehre den Pakt! Lass uns ein!«

Mit einem Quietschen öffnete sich der Schlitz. »Wer verlangt Einlass?« Die Stimme klang genauso rostig und staubig wie die Überreste der Feste aussahen.

»Bist du schon so blind und taub, dass du mich nicht mehr erkennst, alter Mann?«

»Der Pakt. Beweise, dass der Pakt geehrt wird. Zeig mir deine Haare und die deines Gefährten. Alt mag ich sein, aber noch kann ich das Schnaufen eines Flachländers hören.«

Renfin winkte Icherios herbei. Dann beugte er sich so weit vor, dass sein Haarschopf genau vor den Augen des Steigmeyers war. Eine runzelige Hand fuhr heraus, wühlte in den Haaren und riss anschließend ein Büschel heraus. Der Kutscher zuckte zusammen, beschwerte sich aber nicht.

»Jetzt Sie.« Renfin machte Platz vor dem Tor.

Icherios verspürte keine Lust, sich von einem greisen Kauz rupfen zu lassen. »Wieso ist das notwendig?«

»Weil ich es sage, Jungchen.« Die Hand des Steigmeyers fuchtelte ungeduldig in der Luft herum.

Renfin schubste ihn vor. »Wir brauchen eine Unterkunft für die Nacht. Los!«

Icherios fühlte sich lächerlich, als er den Kopf hinhielt und der Alte ihm einen Büschel Haare ausriss.

»Wartet hier.« Der Steigmeyer lachte. »Nicht, dass Ihr eine andere Wahl hättet.«

Sobald sich die Schritte schlurfend entfernt hatten, fuhr

Renfin Icherios an. »Ich sagte, Sie sollen meinen Anweisungen ohne Widerspruch Folge leisten!«

»Was soll das denn mit den Haaren?«

»Er glaubt daran erkennen zu können, ob wir Werwölfe oder Vampire sind.«

»Ist er geistig verwirrt?«

»Mit Sicherheit, aber nicht so, wie Ihr denkt. Die Einsamkeit war schon immer der größte Feind des Menschen.«

»Er lebt alleine hier?« Icherios schauderte. Er vermochte sich nicht auszumalen, was es bedeutete ohne Gesellschaft in einer alten Ruine zu hausen.

»Ja, er bietet den einzigen Unterschlupf in mehreren Wegstunden Entfernung. Wenn er unsere Haare prüfen möchte, ist das ein geringer Preis für eine Nacht im Schutz der Feste.«

Icherios schämte sich für seinen Widerstand. Die Welt hier draußen erschien ihm fremd, die Denkweise der Menschen so anders.

Dann endlich öffnete sich das Tor. Renfin sprang behände zur Kutsche und führte die angesichts des nahen Stalls unruhigen Pferde hinein. Icherios folgte ihm zögerlich. Das Innere der Steigenwacht bestand aus einem großen Hof, aus dem die Ruine des Turmes hervorragte. Auf der gegenüberliegenden Seite waren verschiedene Gebäude in den Stein geschlagen worden. Ein strenger Duft nach Tier überlagerte den Geruch von Blut und rohem Fleisch. Den Boden bedeckten große, quadratische Platten, auf denen sich der Dreck von Jahrzehnten zu häufen schien. In den Fugen wuchsen üppige Wildkräuter. Entlang der gesamten Mauer standen mit Wasser gefüllte Eimer. Über jedem hing ein Kreuz. Auch die Gebäude zierten die unterschiedlichsten Arten von Kreuzen. Manche waren direkt in den Stein gekratzt worden, andere hingen an Haken befestigt, teilweise bis zur Unkenntlichkeit verwittert, am Mauerwerk. Der Steigmeyer half Renfin beim Ausspannen der Pferde. Seine zerlumpte Kleidung schlotterte um seinen dünnen, klapperigen Körper. Das Gesicht gab keinen Hinweis auf sein wahres Alter, denn die Haut spannte sich straff über seinen Schädel. Eines seiner Augen war grob zugenäht, und seine Haut bedeckte eine bräunliche Substanz. Es dauerte einige Sekunden bis Icherios begriff, um was es sich handelte. Der Mann war von oben bis unten mit Blut beschmiert! Schaudernd schlang Icherios die Arme um seinen Leib.

»Ich habe gut auf die Worge geachtet. Der Fürst soll mir keinen seiner Diener schicken. Ich habe gut auf sie geachtet!« Die flehentliche Stimme des Steigmeyers hallte von den Wänden des Hofes wider.

»Dann lass sie uns anschauen«, brummte Renfin. »Der Flachländer muss sich ihnen vorstellen.« Der Kutscher bedeutete Icherios ihm zu folgen. Die Männer führten die Pferde in eine der dunklen Öffnungen im Berg. Die Tiere scheuten an der leichten Rampe, die hineinführte, doch Renfin duldete kein Zögern und trieb sie hinein. Im Inneren befand sich ein Gang, der sich in zwei Richtungen teilte. Die Wände waren grob bearbeitet. Halterungen für Fackeln säumten den Weg. Das schwindende Tageslicht, das durch die vergitterten, glaslosen Fenster fiel, spendete genug dämmriges Licht. Auf der rechten Seite lag ein geräumiger Stall. Darin warteten ihre Ersatzpferde. Gewaltige schwarze Kaltblüter mit buschigen, langen, weißen Mähnen und Schweifen. Es waren die massigsten Tiere, die Icherios je gesehen hatte. Dennoch bewegten sie sich mit der Leichtigkeit eines Vollblutes. Bei Renfins Anblick schnaubten sie freudig, während sie Icherios aus dunkelvioletten Augen misstrauisch beäugten. Ein großer Hengst schlug aus. Funken sprühten, wo die Hufe die Wand berührten. Aus den Hufen ragten scharfkantige Nägel hervor. Icherios bezweifelte nicht, dass ein Tritt tödlich wäre. Durch den Dampf, der aus ihren Nüstern blies, wirkten sie wie Ausgeburten der Hölle.

»Sind sie nicht prächtig?« Renfin kraulte die Nase einer Stute. »Die wilden Instinkte leben noch in ihnen.«

Icherios blieb in sicherem Abstand stehen. In den violetten Augen der schwarzen Ungetüme lauerte für seinen Geschmack zu viel Intelligenz.

»Wir sollten Sie den Worgen vorstellen.« Renfin packte Icherios am Arm und zog ihn zur anderen Seite des Ganges. Hinter einer einfachen Holztür hörte er ein Hecheln und ein Bellen.

»Was sind denn Worge?«

»Eine besondere Hundeart könnte man sagen.«

Renfin riss die Tür schwungvoll auf. Icherios spähte über seine Schulter in den düsteren Raum. Ein strenger Geruch von nassem Hund schlug ihm entgegen. Abgetrennt durch massive Gitter lauerten sieben wolfsähnliche Kreaturen. Ihre Augen leuchteten in einem hellen Blau, das fast schon weiß war. Geifer rann aus ihren Mäulern. Dichter, grauschwarz melierter Pelz bedeckte die muskulösen Körper. Ein riesiger Worg trat grollend einen Schritt nach vorne. Beim Knurren entblößte er eine Reihe scharfe Zähne. Die Fangzähne wirkten zu lang, viel zu lang.

»Das ist Lantag, das Leittier.«

Der Steigmeyer trat an Icherios heran und hielt ihm den blutüberströmten Kadaver eines Kaninchens hin. »Füttere ihn, dann wird er dich akzeptieren. Es schreit auch nicht mehr.«

Icherios zog angewidert die Hand weg. »Er muss mich nicht mögen.«

Renfin stöhnte genervt. »Wir werden die Tiere gleich freilassen. Wenn Lantag Sie nicht akzeptiert, werden Sie von ihm und den anderen Worgen in Stücke gerissen werden.«

»Freilassen?« Icherios blickte Renfin ungläubig an. »Können sie nicht im Käfig und an der Leine bleiben, bis wir in Dornfelde sind?«

Renfin lachte. »Ein gefangener Worg kann sehr wütend werden. So wütend, dass sie ausbrechen und uns alle töten könnten. Also geben Sie ihm schon den Hasen!« Renfin packte den Kadaver, drückte ihn in Icherios Hand und schob sie durch die Gitterstäbe.

Icherios drehte zitternd den Kopf weg. Er befürchtete, jeden Augenblick die Zähne der Tiere in seinem Fleisch zu spüren. Doch dann fühlte er weiches Fell, eine kalte Nase und eine raue Zunge an seinen Fingern, bevor ihm der Hase sanft abgenommen wurde. Icherios öffnete die Augen gerade so weit, dass er sehen konnte, wie Lantag sich mit seiner Beute in eine Ecke zurückzog. Die anderen Wolfswesen umringten das Leittier und warteten, bis er aufstand und ihnen den Rest überließ. Sobald Renfin den Griff um seine Hand gelockert hatte, zog Icherios sie aus dem Käfig.

»War doch nicht so schlimm.«

Icherios hörte das Reißen von Sehnen, das Knacken von Knochen, roch den metallischen Geruch von Blut. Zusammen mit der nachlassenden Panik löste das in ihm einen unbezwingbaren Brechreiz aus, und er übergab sich neben die Tür. Beschämt drehte er sich zu den Männern um.

»Wenigstens schreit er nicht«, stellte der Skigmeyer fest.

Bevor Icherios Einwände erheben konnte, öffnete Renfin die Tür zu den Worgen. Von dem Kaninchen waren nur noch Blutspritzer übrig. Lantag schritt als Erster majestätisch heraus, blieb vor Icherios stehen, schnüffelte an seinen Beinen und schob dann seinen mächtigen Kopf unter seine Hand. Er warf sie hoch, sodass sie genau auf seinem Schädel landete.

»Er mag Euch. Streichelt ihn«, wies ihn Renfin an.

Zögerlich folgte Icherios der Anweisung. Das Fell des Worg war erstaunlich weich. Mit wachsender Freude fuhr er durch den Pelz. Lantag beobachtete jede seiner Bewegungen, dann stieß er ein lautes Heulen aus und sprintete aus der Kammer in die hereinbrechende Nacht. Sein Rudel folgte ihm dicht auf. Trotz der Menge an Tieren spürte Icherios nicht mehr als den Hauch einer Berührung, bevor sie verschwanden.

»Jagdzeit«, grinste der Steigmeyer.

Die Nacht verbrachten sie in der Turmruine. Anstelle des eingestürzten Daches dienten eine Plane und grob zusammengezimmerte Planken als Schutz. In der Mitte befand sich eine kleine Feuerstelle, in deren Schein sich der Steigmeyer mit frischem Blut aus einem Eimer einrieb.

Renfin bemerkte Icherios fragenden Blick und flüsterte: »Es soll seinen menschlichen Geruch überdecken.« Renfin schnaubte verächtlich. »Als wenn das helfen würde.«

»Warum redet er ständig vom Schreien?« Icherios bemühte sich ebenfalls um einen leisen Tonfall, doch seine Stimme brach und krächzte, wann immer er es versuchte.

»Er behauptet, vor etwa dreißig Jahren das Weinen eines Kindes gehört zu haben. Außerdem meint er, ein Licht gesehen zu haben, das aus Dornfelde kam. Er glaubt ein Vampir oder Werwolf habe sich ein kleines Kind geholt und zur Mahlzeit gemacht. Niemand weiß, was genau er gesehen hat, aber seit dieser Zeit ist sein Geist verdreht. So schlimm wie heute war es allerdings noch nie. Irgendetwas muss ihm Angst eingejagt haben.«

Schaudernd wickelte Icherios die Decke fester um sich. In dieser Nacht wagte er es nicht, auch nur einen Tropfen Laudanum zu nehmen, obwohl sein ganzer Körper danach verlangte. Immer und immer wieder betete er vor sich hin, dass es nichts Übernatürliches gab. *Für alles gibt es eine wissenschaftliche Erklärung.*

6

Irrlichter

Die höchste Tugend ist die Freiheit von Emotionen.* Diese Weisheit, die sich auf dem Deckel seines Folianten wiederfand, flüsterte Icherios den ganzen Morgen vor sich hin, nachdem man ihn steif und zitternd mit einem Becher heißen Tee in die Kutsche gesetzt hatte. Dieser Leitsatz bestimmte Icherios' Streben, ein anerkannter Gelehrter zu werden. Im Moment fühlte er sich von diesem Vorsatz ebenso weit entfernt, wie Maleficium es von guten Tischmanieren war. Die Ratte verspeiste genüsslich einen Brocken Käse auf Icherios' Unterlagen und hinterließ fettige Spuren auf dem Papier. Der Anblick seines kleinen Gefährten weckte ihn aus dem tranceartigen Zustand, in den er gefallen war. Seufzend griff er mit seinen feingliedrigen Händen nach dem Tier und ließ es in seinen Kastorhut gleiten. »Du weißt doch, dass du meine Aufzeichnungen nicht beschmutzen sollst, dummes Ding.« Ein weiterer Seufzer schlich sich über seine Lippen. »Und ich sollte nicht mit einer Ratte reden.«

Das protestierende Quieken ignorierend, nahm Icherios den Brief seines Schutzherren heraus und studierte ihn erneut. »Nicht meinen Erwartungen entsprechen«, murmelte Icherios und lachte. Das war eine gewaltige Untertreibung. Draußen herrschte dämmeriges Licht. Obwohl die Sonne hoch am Himmel stand, wirkte alles düster und farblos. Es war als würde man durch eine getönte Glasscheibe blicken.

Gegen Mittag legten sie eine kurze Rast auf einer schmalen Lichtung ein. Die schwarzen Pferde waren ausdauernder als jedes andere Tier, das Icherios kannte. Sie hielten über Stunden einen zügigen Trab aufrecht. Renfin äußerte dennoch seine wachsende Besorgnis. »Wird Nacht werden, bis wir den Ort erreichen.«

»Können wir nicht woanders übernachten?« Icherios schalt sich einen abergläubigen Narren, die Dunkelheit zu fürchten, doch die letzten Tage und vor allem die Nächte brachten sein nüchternes Weltbild ins Schwanken.

»Es gibt keinen Unterschlupf bis Dornfelde. Wir werden uns durchschlagen müssen.« Renfin tätschelte die Pferde. »Wir sind gewappnet. Die Worge werden uns beschützen.«

Als hätten sie seine Worte gehört, tönte das tiefe Geheul der Meute aus dem Wald. Icherios war froh, dass die Tiere sich verbargen und jagten. Ihre Gegenwart flößte ihm Angst ein.

»Ich hoffe nur, dass die Blaufeuer zahlreich brennen.«

»Blaufeuer?«

»Sie gewähren den Menschen Zuflucht vor den Irrlichtern. Ortschaften werden im Dunklen Territorium nur in der Nähe von Blaufeuern gebaut. Erlöschen sie, ziehen wir an einen Ort, der mehr Schutz bietet.«

Icherios erschien die Situation so unwirklich wie ein schlechter Albtraum. Die ganze Zeit wartete er darauf, dass jemand ihn kneifen und er endlich aufwachen würde. »Irrlichter?«

»Böse Geister, sie schaben einem das Fleisch von den Knochen.«

Icherios schüttelte den Kopf. Er hatte den Kutscher für einen nüchternen Mann gehalten. Dass er derart abergläubig war, erschreckte ihn. Im Wald heulten die Worge erneut auf. Ein Schauer lief Icherios' Rücken hinunter.

Die Dunkelheit schlich sich an die Reisenden heran und fiel über sie her wie eine Natter über ihr Opfer. Renfin entzündete die Laternen am Kutschbock. Ihr Licht spiegelte sich in den violetten Augen der Pferde. Die Worge rannten lautlosen Schatten gleich dicht neben der Kutsche her. Lantag hob regelmäßig prüfend die Nase in die Luft. Und dann sah Icherios eines dieser Blaufeuer, das die Finsternis erhellte. Es loderte nahezu drei Meter hoch als leuchtender, tiefblauer Kranz. Er öffnete trotz der Kälte das Fenster und streckte seinen Kopf hinaus, um es besser sehen zu können. Die Pferde wieherten, als sie den Feuerring , und der junge Gelehrte hob in der Erwartung der Hitze schützend seinen Arm vor die Augen, aber das Blaufeuer brannte, ohne Wärme oder Geruch zu verströmen. Diese Tatsache und der gespenstische Anblick erschütterten den rational denkenden Icherios geradezu. Ein eisiger Schauer lief ihm den Rücken hinunter, doch dann besann er sich seiner wissenschaftlichen Ausbildung und verbrachte die nächsten Stunden damit, Aufzeichnungen über die Blaufeuer anzufertigen. Er gedachte dieses Phänomen nach der Aufklärung der Mordserie etwas genauer zu untersuchen. Es musste eine rationale Erklärung dafür geben! Die Existenz von Irrlichtern hielt er für ausgeschlossen. Geister gab es einzig in der Fantasie emotionsgeleiteter Menschen, und diese gab es im Schwarzwald offenbar zuhauf. Auf ein Klopfen des Kutschers hin streckte Icherios erneut den Kopf aus dem Fenster. Nachdem sich seine Augen an die Dunkelheit gewöhnt hatten, vermochte er die Umrisse einer Burg zu erkennen, die wie eine hungrige Raubkatze auf dem Berg lauerte. Das gelbe Mondlicht spiegelte sich in einem See, der direkt an der dicken Steinmauer lag, die Dornfelde umgab. Auf einer Halbinsel zeichneten sich die Konturen einer Kirche ab. Der dichte Nadelwald war in einem dreißig Meter durchmessenden Ring um den Ort gerodet worden. Die starke Befestigung des Ortes erschütterte Icherios mehr, als all die Geschichten von Geistern und Monstern. Selbst Karlsruhe verfügte über keine derart beeindruckende Befestigungsanlage. Mit der nächsten Wegbiegung verschwand Dornfelde hinter einer Reihe von Nadelbäumen. Der Schein der Lichter in den Häusern tanzte noch lange vor Icherios' Augen, bis er sich an die Finsternis gewöhnt hatte. Die Straße führte nun stetig bergab, und nach einigen Minuten tauchte die Ortschaft wieder in ihrem Blickfeld auf. Die Pferde rasten in gestrecktem Galopp den Weg entlang. Icherios musste sich am Sitz festklammern, um nicht umhergeschleudert zu werden, während sie von Schlagloch zu Schlagloch sprangen. Er fragte sich, ob Renfin den Verstand verloren hatte. Endlich hielten sie vor einem hohen, verschlossenen Tor. Es war gerade breit genug, um eine Kutsche passieren zu lassen. Icherios hörte Renfin fluchen. Dann sah er ihn zum Tor rennen. Der junge Gelehrte öffnete die Tür und kletterte den Tritt hinunter. Die feuchte Nachtluft schlug sich sofort auf seiner Brille nieder und verschleierte seine Sicht. Renfin hämmerte verzweifelt gegen das Tor und verlangte Einlass. Icherios verstand die Aufregung nicht, befanden sie sich doch im Schutz des Ortes. »Gibt es keine Glocke oder ein anderes Tor?«

Der Kutscher drehte sich nicht zu ihm um. »Bewegen Sie Ihren Städterhintern sofort zurück in die Kutsche, bevor Ihr warmes Fleisch die Irrlichter anlockt.«

Wie zur Bekräftigung seiner Worte zuckten die Worge zusammen und wandten sich knurrend zum Wald. Ein schwaches Glimmen war zwischen den Bäumen zu erkennen. Es schwankte im Wind hin und her, während das Leuchten intensiver wurde. »Gott verdammt, macht doch endlich jemand auf!« Die Panik in Renfins Stimme war nicht zu überhören.

Icherios faszinierte das Schimmern, welches einer Nebelschwade gleich über die Wiese glitt. Das Knurren der Worge wurde lauter. Ihre sehnigen Körper zitterten vor Anspannung. Der gefährlich glitzernde Nebel kroch auf sie zu. Er war nur noch wenige Schritte von ihnen entfernt, als er sich wiegend aufrichtete und Gestalt annahm. Icherios glaubte ein hohes Wispern zu hören. »Fleisch. Saftiges, rotes Fleisch. Blut. Köstliches, warmes Blut.«

Nun lief es auch ihm kalt den Rücken hinunter, während weitere Lichter aus dem Wald strömten, die die Gestalt fast durchsichtiger Figuren annahmen und sich im Wind wiegten. Icherios rannte zum Tor und suchte verzweifelt nach einer Möglichkeit in den Ort zu gelangen. Seine Finger glitten über Scharniere und Balken. Das Knurren der Worge wurde bedrohlicher, unterbrochen von vereinzeltem, heiserem Bellen. Endlich hörten sie schlurfende Schritte näherkommen. Die Wolfswesen waren mittlerweile bis zum Tor zurückgewichen und schützten den Rücken der Menschen mit ihren mächtigen Körpern. »Wer da?«, rief jemand von drinnen.

»Die gottverdammte Kutsche mit dem Flachländer. Lasst uns ein, bevor die Irrlichter einen Nachtschmaus erhalten!« Renfins Stimme donnerte durch die Nacht. Dann sprangen die Worge mit einem Aufheulen los, mitten unter die fresslüsterne Ansammlung von Geistern. Der Kutscher und

Icherios drückten von Todesangst erfüllt mit aller Kraft gegen das Tor. Langsam schwang es auf. Aus den Augenwinkeln warf Icherios einen Blick auf das Gemenge aus Worgen und Geistern. Blut färbte den Schnee rot, während sich das Leuchten im Wald noch immer verstärkte. Lange würden die Wolfswesen nicht mehr durchhalten können. Die Pferde wieherten zornig. Ihre Augen glühten im Dunklen. Aufgebracht schlugen sie nach dem Dunst, der sich zu ihren Füßen sammelte. Ihre Leiber zitterten vor Kampfeswut. Kaum war der Spalt breit genug, trieb Renfin sie voran, wobei er darauf achtete, dem Nebel nicht zu nahe zu kommen. Die Kaltblüter weigerten sich, seiner Anweisung Folge zu leisten. Mit Kampfeslust in den Augen versuchten sie sich zu befreien, um die Worge zu unterstützen. Dann preschten sie vorwärts. Icherios konnte sich in letzter Sekunde zur Seite werfen, er hörte die Hufe neben seinem Kopf auf den Boden trommeln.

»Schnell! Helft mir das Tor zu schließen!« Die Schläfrigkeit war aus der Stimme des Torwächters gewichen.

Ein Pfiff von Renfin genügte, um die Worge zu veranlassen, sich aus dem Kampf zu lösen und den Schutz der Ortschaft aufzusuchen, bevor sich das Tor krachend schloss. Beim Anblick der Verletzungen drehte es Icherios den Magen um. Den Tieren war an einigen Stellen sogar das Fleisch von den Knochen geschält worden.

Renfin bemerkte seinen Blick. »Keine Sorge, die werden wieder. Der Fürst ist für seinen guten Worgzwinger bekannt. Es sind zähe Viecher.« Liebevoll tätschelte er Lantags Schulter. »Steigen Sie ein. Ich bringe Sie zum Haus des Bürgermeisters.«

Bevor Icherios irgendwelche Einwände erheben konnte, marschierte Renfin zur Kutsche. Der Torwärter verriegelte das Tor, nickte Icherios mit unsicherem Blick zu, um anschließend in eine Gasse davonzuschleichen. Mühsam kletterte Icherios in die Kutsche und sank in die Polster. Seine Knie zitterten, und bunte Flecken tanzten vor seinen Augen. Nachdem sich sein rasender Herzschlag endlich beruhigt hatte, starrte er neugierig aus dem Fenster. Dornfelde war eine kleine Stadt mit gepflegten Fachwerk- und Steinhäusern. Die Straßen glänzten im Mondlicht, und in ihren Schatten verbarg sich so manch eine Ratte. Die Hauptstraße war gepflastert, die anderen Wege bestanden aus festgetretenem Lehm, in den Fuhrwerke tiefe Rinnen gegraben hatten. Ein Weg aus groben Holzbohlen säumte die größten Straßen, um Fußgänger vor dem durch die ständigen Regenfälle entstandenen Matsch zu schützen. Ein einsamer Hund gab ein nächtliches Konzert. Trotz der vordergründigen Idylle rutschte Icherios unruhig auf dem Sitz hin und her. Etwas war anders, fremdartig. Dann fiel es ihm auf. Der Geruch! Die Luft roch metallisch nach Kupfer und feuchtem Hund. *In was war er nur hineingeraten?*

Die Fahrt endete an einer breiten Kreuzung. Das Haus des Bürgermeisters ragte hoch in den Himmel, beleuchtet von einer einzelnen Laterne, deren Licht einen verlorenen Kampf gegen den aufziehenden Nebel führte. Im Fachwerk leuchteten die Umrisse der mit kunstvollen Läden verschlossenen Fenster.

Renfin lud das Gepäck ab, wobei er es diesmal sogar achtsam behandelte. Icherios bezweifelte allerdings, dass noch etwas vorhanden war, das beschädigt werden konnte. Danach ging der Kutscher zur Tür und betätigte den gusseisernen Türklopfer in Form eines Eberkopfes. »Zeit sich zu verabschieden. Passen Sie auf sich auf, und sorgen Sie für Ordnung!«

Icherios wusste nicht, was er antworten sollte und sagte schließlich nur: »Danke«. Manchmal wünschte er sich die Beredsamkeit seines Vaters.

Renfin drehte sich um, bestieg die Kutsche und trieb die Pferde an. Icherios beobachtete, wie das Gespann in Begleitung der Worge im Nebel verschwand. Die verletzten Tiere hinterließen eine Blutspur auf dem Boden, die im Mondlicht schwarz glänzte.

Schnelles Getrappel erklang hinter der Tür, dann wurde sie von einer blassen, jungen Frau aufgerissen. »Sie wünschen, Herr?« Ihre Stimme klang ebenso dünn und sphärisch, wie ihre gesamte Erscheinung wirkte.

»Inspektor Icherios Ceihn aus Karlsruhe. Man erwartet mich.«

»Treten Sie ein. Ich bin Marie.« Die Frau sank in einen tiefen Knicks. Nachdem sie sich aufgerichtet hatte, griff sie nach Icherios' Gepäck, doch er kam ihr zuvor. Mit gesenktem Blick trat sie zur Seite.

7

Das Spiel beginnt

Wie so oft hatte er sich in die Finsternis geflüchtet, in der er sich so wohl fühlte, während er den Neuankömmling beim Aussteigen aus der Kutsche beobachtete. Die Augen hatten den Inspektor als Unwissenden verraten – das ungläubige Staunen, das sich in den Gesichtern aller Städter widerspiegelte, die sich nach Dornfelde verirrten. Die wenigsten überlebten ihre erste Nacht in dem Ort. Er schmunzelte. Sollte der Inspektor doch zu den Ausnahmen gehören, würde er ihm noch einige blutige Überraschungen bereiten. Er war gut vorbereitet.

Er lehnte sich an die moosbewachsene Hauswand, in deren nächtlichen Schatten er sich verbarg, und genoss wie die Kälte sein erhitztes Blut abkühlte. Zu frisch war die Erinnerung an das Blutbad, das die Irrlichter vor Dornfelde angerichtet hatten. Zu sehr hatte ihn die Erregung beim Anblick und Duft des Blutes gepackt. Er holte sein kleines, holzgeschnitztes Kreuz – eine Erinnerung an längst vergangene Tage – hervor und küsste es. Schon bald würde sein Werk vollendet sein.

Widerstrebend verließ er sein Versteck unter dem tief nach unten gezogenen Dach und schlich um das Haus des Bürgermeisters, nachdem der Inspektor darin verschwunden war. Er musste zurück, bevor jemandem sein Fehlen auffiel. Niemand ahnte, was sich hinter seiner Fassade verbarg; sah die Gefahr, die unter ihnen lauerte. Dieser Inspektor würde ihn nicht aufhalten. Niemand würde ihn aufhalten.

Eine Katze sprang bei seinem Anblick fauchend auf und rannte davon. Im Gegensatz zu den Tieren hatten die Menschen verlernt, auf ihre Instinkte zu vertrauen.

8

Die sieben Elemente

Im Inneren des Hauses vom Bürgermeister befand sich eine kleine Eingangshalle, von der ein breiter Hausflur, dessen Wände mit dunklem Kirschholz getäfelt waren, abzweigte. Eine blank polierte und mit edlem Teppich bedeckte Treppe führte in das obere Stockwerk.

»Möchten Sie ablegen?« Marie lächelte dienstbeflissen.

Icherios drehte sich unter dem Vorwand in seinen Koffern nach etwas zu suchen von ihr weg, um Maleficium aus seiner Manteltasche in eine Tasche seiner Weste gleiten zu lassen. Anschließend überreichte er ihr mit einem Lächeln Mantel und Hut.

»Nehmen Sie bitte Platz.« Sie deutete auf ein üppiges, mit grünem Samt bezogenes Kanapee. Beim Anblick der geschwungenen, schmalen Füße bezweifelte Icherios, dass das Möbel ihn tragen würde. Vorsichtig setzte er sich, wobei er sich bemühte sein Gewicht mit den Beinen abzustützen. Er lächelte verkrampft.

»Ich werde den Bürgermeister über Ihre Ankunft verständigen.« Mit einem weiteren Knicks verabschiedete sich das Hausmädchen und huschte davon.

Es dauerte nicht lange, bis ein runder, schwerfälliger Mann mit Schweinsaugen und Halbglatze aus einer Tür trat und auf Icherios zusteuerte. Marie folgte ihm mit gesenktem Kopf. Ihre Hände kneteten nervös an der schneeweißen Schürze, die sie über einem schlichten, grauen Kleid trug. »Ihr seid der Inspektor? Icherios Ceihn?«

»Ja, Herr. Ich wurde auf Ersuchen des Fürsten von Sohon geschickt.« Icherios sprang auf und streckte ihm die Hand entgegen.

Der fette Mann ignorierte die höfliche Geste und polterte weiter. »Seid Ihr nicht zu jung, um Inspektor zu sein?«

Icherios zog seine Hand zurück. »In Karlsruhe ist man nicht dieser Ansicht. Ich kann Ihnen gerne meine Referenzen vorlegen, Herr ...?«

»Endrik zu Arken.«

Der Bürgermeister richtete sich stolz auf und brüstete sich dermaßen, dass Icherios schon fürchtete das Hemd könnte platzen, so straff war es über den mächtigen Bauch gespannt.

»Bürgermeister von Dornfelde. Aber was stehen wir hier rum? Ihr Lohn ist zu hoch, um die Zeit mit diesem Geplänkel zu vertrödeln. Schlimm genug, dass Ihr erst jetzt angekommen seid, wo wir Euch bereits heute Nachmittag erwartet hatten.« Arken tätschelte Maries Wange mit einem anzüglichen Lächeln, wobei seine Hand länger als nötig auf der weichen Haut verweilte. »Danke, Marie. Sie kann zu Bett gehen.«

Hastig eilte das Hausmädchen den Gang hinunter.

»Gehen wir in mein Amtszimmer. Sie werden bereits erwartet.«

Icherios folgte ihm durch die mit dickem Teppich ausgelegte Eingangshalle zu der nächstgelegenen Tür. Er wunderte sich, dass der Bürgermeister mit seiner Leibesfülle durch die schmale Öffnung passte. Von den Wänden des Amtszimmers starrten die Köpfe ausgestopfter Tiere vorwurfsvoll herab. Icherios war, als wenn die toten Knopfaugen ihn verfolgten. Die dunklen Kirschholzmöbel nahmen das Licht der Kristallleuchter auf und tauchten den Raum in ein düsteres Rot.

Mit einem entschuldigenden Kopfschütteln in Richtung Icherios begrüßte der Bürgermeister die drei anwesenden Männer. »Meine Herren, darf ich vorstellen, Icherios Ceihn, der Inspektor aus Karlsruhe.«

Ein Mann fortgeschrittenen Alters, dessen schwarze Robe und die dazugehörige Kette mit dem großen, silbernen Kreuz ihn als Geistlichen auswiesen, trat vor. »Willkommen in Dornfelde, junger Mann. Ich bin Pfarrer Lef Bernsten, verantwortlich für das Wohlergehen der Seelen in diesem Ort.« Bernsten ergriff Icherios' Hände mit schwitzigen Stummelfingern. »Zögern Sie nicht damit, zu mir zu kommen, sollte Sie etwas belasten.« Er warf einen hastigen Blick in die Runde. »Meine Tür steht jedem Menschen offen.«

Aus dem Schatten eines monströsen Sessels löste sich eine schlanke, hochgewachsene Gestalt. Icherios hatte so einen großen Mann noch nie zuvor gesehen. Unter kaum vorhandenen Augenbrauen funkelten ihn goldene Augen aus tiefen Augenhöhlen an. »Wie Sie das Wort Mensch betonen, Pfarrer.« Der Riese spuckte den Titel regelrecht aus. Dann wandte er sich an Icherios. Ein Lächeln verlieh dem spitzen Gesicht einen freundlichen Glanz. »Ich bin Jorm Rabensang, Schreiner und Führer der …«

»Das ist nicht von Bedeutung«, fiel der Bürgermeister ihm ins Wort. »Lasst uns nicht noch mehr Zeit verschwenden.« Mit einer wegwerfenden Handbewegung deutete er auf einen unscheinbaren, grauen Mann von etwa dreißig Jahren, der am Schreibtisch Papiere sortierte. »Das ist Kindel, mein Assistent. Und nun genug des höflichen Getues.

Wir haben Wichtiges zu entscheiden. Ein weiteres Opfer wurde gefunden.«

Stille breitete sich im Raum aus. Icherios konzentrierte sich auf das Knistern des Feuers im Kamin, um sich seine Erleichterung nicht anmerken zu lassen. Der Mörder war ungeduldig. Das ersparte ihm, Monate auf ein neues Verbrechen zu warten. Die Aussicht längere Zeit in Dornfelde zu bleiben, wirkte nicht gerade verführerisch auf ihn.

»War es wieder ein Verlorener?«, brach der Pfarrer das Schweigen.

Der Bürgermeister schüttelte den Kopf. »Das ist noch nicht bekannt. Der Fürst bringt das Opfer gerade zum Schloss, anschließend wird er zu uns stoßen.«

Icherios wusste, dass von ihm mehr erwartet wurde, als nur stumm herumzustehen, aber es fielen ihm keine schlauen Worte ein. Hufgetrappel vor dem Haus erlöste ihn aus der Zwangslage. Kurz darauf öffnete sich die Tür und ein Mann, der trotz seiner jungen Jahre nur der Fürst von Sohon sein konnte, fegte begleitet von einem kalten Luftzug herein. Es war nicht die edle Kleidung mit dem taillierten Mantel aus rotem Samt oder der schwere Siegelring, sondern der herrische Blick aus seinen tiefschwarzen Augen, der den Adel verriet. In der rechten Hand hielt er einen mannshohen Stab aus Ebenholz, auf dessen Spitze ein faustgroßer Kristall thronte. Innerhalb weniger Sekunden erfasster er die Situation.

»Ich nehme an, Sie sind Inspektor Ceihn?« Die Stimme des Fürsten klang bedrohlich und weich zugleich und hatte fast schon eine hypnotische Wirkung.

»Zu Euren Diensten, Durchlaucht.« Icherios verbeugte sich unbeholfen.

Sohon winkte ab. »Zu viel der Förmlichkeiten. Niemand

spricht mich mit meinem Adelstitel an. Wurden Sie über die besondere Natur der Einwohner meiner Ländereien unterrichtet?« Der Fürst blickte stirnrunzelnd auf das Kreuz aus Waldglas, das Icherios seit dem Morgen in Glashütte um den Hals trug.

Schlagartig kehrte die Erinnerung an Anselms Warnung, keine Kreuze zu tragen, zurück. Törichter Aberglaube! Stur umklammerte Icherios das Geschenk. »Mir sind keine Einzelheiten zu den Morden bekannt.«

»Dann sollten wir Ihnen einige wichtige Fakten darlegen, bevor wir uns dem vierten Opfer zuwenden.« Sohon legte eine bedeutungsvolle Pause ein. »Dieser Ort wird nicht nur von Menschen bewohnt, sondern auch von Vampiren und Werwölfen. Keines der Opfer war ein Mensch.«

Icherios starrte ihn an. War das ein Test für seinen rationalen Verstand? Hielten sie ihn für abergläubig? »Sie nehmen doch nicht an, dass ich das glaube? Ich bin Gelehrter und Inspektor im Auftrag des Kaisers.«

»Ja, genau das erwarte ich. Wenn Sie die Augen vor den Tatsachen verschließen, werden Sie nicht in der Lage sein, den Mörder zu fangen.«

»Ich bitte Sie, Werwölfe und Vampire sind Legenden.«

»Ebenso wie Worge und Irrlichter? Ich weiß, was in den Städten gelehrt wird. Wissenschaft scheint mir ein neuer Ausdruck für Ignoranz zu sein.« Sohon verzog verächtlich den Mund.

Icherios wollte weiteren Einspruch erheben, da fuhr Rabensang aus seinem Sessel auf. »Jetzt reicht es.« Er baute sich drohend vor Icherios auf. Seine Augen leuchteten hellgelb. »Wenn er Beweise will, kann ich sie liefern.«

Der Pfarrer sprang dazwischen. »Ungehobeltes Tier, wage es nicht, Hand an einen meiner Schützlinge zu legen!«

Ein tiefes Grollen drang aus Rabensangs Kehle, das abrupt verstummte, als ein leises Klopfen an der Tür erklang. Eine junge Frau mit goldenen Locken betrat leichtfüßig den Raum und versank in einen anmutigen Knicks. »Verzeiht die Störung. Ich hatte noch keine Gelegenheit, unseren Gast zu begrüßen und die Höflichkeit gebietet es, dass ich dies nachhole, bevor ich mich zur Nachtruhe zurückziehe.«

Icherios konnte nicht umhin sie anzustarren. Sie war eine Schönheit von zierlicher Gestalt mit zarter Porzellanhaut. Ihre Augen trafen sich. Icherios glaubte in ihrem silbrigen Grau versinken zu müssen.

Dem Bürgermeister entging der Blickwechsel nicht. Er räusperte sich vernehmlich. »Darf ich vorstellen, meine Tochter Loretta.« Arken warf Icherios einen warnenden Blick zu, dann wandte er sich an die junge Frau. »Loretta, dies ist Icherios Ceihn, der Inspektor aus Karlsruhe.«

Lorettas Lächeln vertrieb die Zweifel, die sich auf Icherios' Gemüt gelegt hatten. »Soll ich dem Herrn seine Räumlichkeiten zeigen, Vater?«

Mit einer besitzergreifenden Geste legte Sohon seinen Arm um ihre Schulter. Man konnte seinen Zorn regelrecht spüren. »Das wird nicht nötig sein, meine Liebe. Wir haben noch einiges zu besprechen. Eine weitere Frau wurde ermordet.«

Loretta erstarrte in seinem Griff. Sie riss die Augen auf. »Wer?« Ihre Stimme versagte.

»Merelle. Sei unbesorgt, ich werde nicht zulassen, dass dir ein Leid zugefügt wird.« Mit einem bedeutsamen Blick in Richtung Icherios schob er sie zur Tür. »Leg dich schlafen, meine Schöne.«

»Aber Herr Ceihn hat noch nicht gegessen.«

»Dein Vater wird sich um alles kümmern.«

Mit einem leisen Seufzen verabschiedete sich Loretta und zog die Tür hinter sich zu.

Hielt sie sich auch für einen Vampir oder gar einen Werwolf? Icherios verdrängte seine Gefühle. Er hatte eine Mordserie aufzuklären, gleich was die Menschen dachten. »Was können Sie mir über die Opfer mitteilen?«

Es herrschte einen Moment Stille. Rabensang starrte auf seine Stiefel, der Bürgermeister studierte ein Pergament und der Pfarrer polierte sein Kreuz. Schließlich räusperte sich Sohon. »Den ersten Toten fand man am Samstag vor zwei Wochen. Es handelte sich um Urch Dornschweif, einen Werwolf. Er war mit Hel verheiratet, Vater einer sechs Monate alten Tochter und arbeitete als Holzfäller.«

»Ein Werwolf, der als Holzfäller arbeitet?« Icherios erschienen die Menschen immer verrückter.

»Von irgendetwas müssen wir schließlich leben.« Rabensang funkelte Icherios aus gelben Augen an.

»Natürlich, verzeiht. Bitte fahrt fort, Fürst.«

»Man fand ihn in der Nähe seiner Hütte. Der Mörder hatte ihn nackt an der Mauer aufgehängt und ihn ausbluten lassen, hatte ihm Erde in den Mund gestopft und ihm anschließend den Kopf abgetrennt.«

»Ergab die Obduktion irgendwelche Besonderheiten?« Icherios holte seinen alten Notizblock und einen Kohlestift hervor.

»Selbstverständlich nicht!«, fuhr Bernsten dazwischen. »Die Toten lässt man ruhen, bis man sie in die Hände Gottes gibt.«

Icherios erinnerte sich, einst über die Geschichten der Stadtwache, die von ihren Erlebnissen auf dem Land berichtet hatten, gelacht zu haben. Er hatte ihre Erzählungen über die Rückständigkeit der Bevölkerung für Übertreibungen gehalten. Nun merkte er, dass dem doch nicht so war. »Ich bitte darum, mich in Zukunft zu benachrichtigen und die sterblichen Überreste nicht anzurühren. Ohne ausgiebige Untersuchungen wird es mir nicht möglich sein, den Mörder zu finden.«

Sohon nickte zustimmend. »Eines noch: Etwas war seltsam an den Leichen. Ihr Blut war schwarz.«

»Seid Ihr sicher, dass es nicht einfach geronnen war?«

»Glaubt mir, mit Blut kenne ich mich aus. Es war schwarz und entbehrte den üblichen, süßen Geruch.«

»Das zweite Opfer war Bamian Centh«, erläuterte der Bürgermeister, den Blick auf Sohon gerichtet. »Er arbeitete auf der Feste als Verwalter und hatte dort seinen Wohnsitz. In seinem Herz befand sich ein Pflock. Ihm wurden die Augen ausgebrannt, bevor man ihn an der Mauer aufhängte, um ihn ausbluten zu lassen. Seinen Kopf fand man zu seinen Füßen.«

Icherios schluckte. Der Täter ging mit unglaublicher Brutalität vor.

»Die Dritte war Jaine Windsucher«, fuhr Sohon fort. »Werwolf, jung, beliebt, lebte mit ihren Eltern und Brüdern zusammen. Sie wurde ebenfalls nackt außen an der Stadtmauer aufgehängt und blutete aus. Dann hat er sie wohl mit Wasser übergossen und enthauptet.«

»Dann ist das neue Opfer ein weiblicher Vampir?«

Die Frage schwebte einen Moment unbeantwortet im Raum.

»In der Tat. Doch all Ihre klugen Schlussfolgerungen werden nichts nützen, wenn Sie die Existenz von Vampiren und Werwölfen nicht akzeptieren.«

Ein Blick in die Runde bestätigte Icherios' Vermutung, dass sie auf eine Reaktion von ihm warteten. Er würde ihr

Spiel mitspielen. Was anderes blieb ihm nicht übrig. »Ich werde die besondere Natur der Opfer berücksichtigen.« Der junge Gelehrte stakste im Zimmer auf und ab. Dann reckte er den Finger wie ein alter, bebrillter Schulmeister in die Luft. »Der Mörder scheint sich nach den Elementen zu richten. Der Rachen der ersten Leiche wurde mit Erde gefüllt, die zweite wurde mit Feuer markiert und die Jungfer Jaine mit Wasser übergossen. Merelle wird ein Zeichen der Luft tragen.«

»Sehr gut!« Arken strahlte. »Morgen wird die Kutsche Sie zurückbringen. Vier Tote, vier Elemente – die Bestie hat ihre Arbeit verrichtet.«

»Es sind sieben.« Icherios hielt in seiner Wanderung inne und rückte seine Brille zurecht. »In der Alchemie gibt es sieben wichtige Elemente: Erde, Feuer, Wasser, Luft, Mercurius, Sulphur und Salz.«

»Neumodischer Schwachsinn.« Das Gesicht des Bürgermeisters rötete sich, wodurch seine picklige Haut wie von Kratern durchsetzt wirkte. »Sie wollen nur mehr Geld.«

»Wir wissen nicht, welche Pläne der Mörder verfolgt, und ich möchte die Bestie zur Rechenschaft ziehen. Der Inspektor bleibt.« Der Fürst duldete keinen Widerspruch.

Icherios fühlte Dankbarkeit für Sohon in sich aufkeimen. Nun musste er sich das Vertrauen verdienen. »Kann ich den Fundort besichtigen? Sie können mir auf dem Weg alle weiteren Informationen geben.«

Selbst der Bürgermeister stimmte zu, offensichtlich erleichtert, Icherios aus dem Haus zu haben.

9

Schreie in der Nacht

Sohon führte sie durch die nächtlichen Straßen. Icherios fiel erneut der leicht metallische Geruch auf. Mit einem Schaudern erinnerte er sich an die Begegnung mit den Irrlichtern. Wenn es fleischfressende Nebelwesen gab, warum nicht auch Vampire? War einer seiner Begleiter kein Mensch? Er betrachtete Rabensangs Augen. Sie reflektierten das Licht der Laterne und funkelten in hellem Gelb. Rabensang bemerkte seine Blicke und wandte sich ihm mit einem Lächeln, das schneeweiße, scharfe Zähne entblößte, zu.

»Ich dachte Ihr Stadtmenschen seid besser darin, Eure Gedanken zu verbergen. Und ja, ich bin ein Werwolf.« Er deutete auf die schmale Sichel des Mondes, dessen Schein kaum die Nacht zu erhellen vermochte. »In Nächten wie diesen, wenn die Macht Lunas schwindet, ist eine Verwandlung allerdings schmerzhaft und schwierig.«

Icherios' wissenschaftliche Neugier erwachte. Was, wenn es wahr war? Wenn er einem echten Werwolf gegenüberstand? Das Aufsehen, das solch eine Nachricht in Karlsruhe und an den Universitäten auslösen würde, könnte ihm den lang ersehnten Studienplatz einbringen.

»Wir bauen auf Ihr Schweigen«, fuhr Sohon dazwischen. »Zu viel steht für diesen Ort auf dem Spiel, und Raban wäre nicht erfreut, wenn Ihr sein Geheimnis verraten würdet.«

Icherios entging die unterschwellige Drohung nicht. »Sein Geheimnis?«

»Was glaubt Ihr, warum ich ausgerechnet Raban um Hilfe bat? Er ist ein Vampir.«

Diese Nachricht erschütterte Icherios. Sollte sein geliebter Mentor ein Blut trinkendes Monster sein? Hatte er das mit seinen abschließenden Worten im Brief gemeint? Icherios' einst so stabile Welt schien auf wackeligen Füßen gebaut zu sein. Er brauchte etwas, um sich abzulenken, bis er einen ruhigen Moment fand, um über alles nachzudenken. Mit fahrigen Bewegungen kramte er seinen Notizblock und den Kohlestift aus der Jackentasche. Maleficium piepste empört über die grobe Behandlung, doch niemandem fiel das Geräusch auf. »Können Sie mir bitte die Namen der Angehörigen der Opfer und die Personen, die die Leichen entdeckten, nennen? Je mehr ich weiß, desto leichter wird es, den Täter zu finden.«

»Urch Dornschweifs einzige Verwandte sind seine Frau Hel und seine Tochter. Hel fand ihn am frühen Morgen.«

»Warum erst am nächsten Tag?«

Rabensang räusperte sich. »Er besuchte oft *Die Schwarze Maid*, eine Schenke. Manchmal wurde es etwas später.«

»Bamian Centh lebte ohne Angehörige«, fuhr Sohon fort. »Er erschien nicht zu einer Besprechung, deshalb suchte ich ihn Zuhause auf und gewahrte, was man ihm angetan hatte.« Der Fürst holte tief Luft. Ihre Schritte hallten gespenstisch von den Hausmauern wider, während sie der gepflasterten Straße folgten. Hier und da sah man schemenhaft, wie Gesichter aus den Fenstern blickten, schnell wurden aber meist die Vorhänge wieder geschlossen.

»Jaine Windsucher wohnte zusammen mit ihrer Familie. Am besten kannten sie ihr Vater und ihre drei älteren Brüder. Sie sind dem Wahnsinn nahe vor Kummer. Ihre Mutter hatte das Unglück sie zu finden. Seither weigert sie sich zu sprechen.« Sohon zögerte. »Merelle Sgund lebte ebenfalls allein. Nachbarn fanden sie.«

Icherios bemühte sich alles im Gehen zu notieren. Er hoffte nur, seine Schrift später entziffern zu können. Seine Brille war beschlagen, wodurch er kaum erkennen konnte, wohin sie gingen, geschweige denn, was er aufschrieb. Er musste die Angehörigen und Freunde verhören. Zwei Werwölfe und zwei Vampire, jeweils ein männliches und weibliches Exemplar, das veränderte Blut und die Markierungen durch die Elemente – alles deutete auf einen Serientäter hin, der seine Opfer nicht aus persönlichen Gründen wählte. Das bereitete ihm Sorgen.

Die Gruppe blieb vor einem schmucken Fachwerkhaus stehen. Die Wände waren frisch getüncht, und die Balken glänzten von einem neuen Anstrich. Wein rankte über einen kleinen, hölzernen Torbogen. Sohon führte sie nicht hinein, sondern einen schmalen, verschlungenen Pfad entlang zu dem Garten hinter dem Haus. Eine hohe Trauerweide beschattete den größten Teil der Wiese und ragte über die Palisade hinaus. Rabensang zündete eine Fackel an. Ihr flackerndes Licht verlieh dem Baum eine gespenstische Erscheinung. Als sie näher kamen, konnte Icherios Stricke an den Ästen erkennen. Der Boden war dunkel von geronnenem Blut.

Ein Mann in Icherios' Alter mit hellen Haaren und sorgenzerfurchtem Gesicht kam ihnen entgegen. Bei Icherios' Anblick hellten sich seine Züge auf. Er ergriff Icherios' Hände und schüttelte sie überschwänglich. »Sie müssen der Inspektor aus Karlsruhe sein.«

Icherios nickte und wollte zu einer Antwort ansetzen,

doch der Mann redete sofort weiter. »Ich bin Lynnart Kolchin, Flurhüter und Amtsmann von Dornfelde. Sie wissen nicht, wie froh ich bin Sie zu sehen. Was hier vorgeht, ist nicht normal.«

Sohon legte eine Hand auf Kolchins Schulter. Der Flurhüter erblasste, doch die Stimme des Fürsten klang erstaunlich sanft, als er ihn ermahnte. »Lynnart, was können Sie uns über den Mord berichten?«

Der Amtsmann schaute mit schreckgeweiteten Augen zu dem Vampir auf. Er war der kleinste Mann in diesem Kreis.

»Herrin Sgund wurde hier gefunden.« Kolchin zitterte. »Sie war wie die anderen Opfer nackt und gefesselt. Der Mörder hat sie an den Armen am Baum aufgehängt, die Füße frei über dem Boden hängend. Sie verblutete durch Schnitte in der Oberschenkelinnenseite. Ein Pflock im Herz sorgte dafür, dass sie sich nicht mehr bewegen konnte. Zum Schluss trennte der Mörder ihren Kopf ab. Wir fanden ihn am Fuß der Weide.«

Icherios ging bedächtigen Schrittes um den Baum herum. Die Stricke waren grob und kräftig. An manchen Stellen hatte getrocknetes Blut sie schwarz gefärbt. Es gab zu viele Fußspuren, um einen Hinweis zu finden.

»Wurde das Haus durchsucht? Auf dem Boden ist zu wenig Blut. Eventuell wurde sie woanders umgebracht.«

Kolchin schüttelte den Kopf. »Das Haus ist unversehrt. Der Mörder muss sie herausgelockt haben. Auch bei den anderen Toten fanden wir kaum Blut. Wir vermuten, dass der Täter das Blut sammelt.«

»Wie ein Vampir?«

»Vampire trinken kein erkaltetes Blut.« Kolchin warf einen hastigen Blick zu Sohon, doch dieser starrte ungerührt in die Nacht.

»Und wenn es weder Mensch, Vampir noch Werwolf war?«, warf Pfarrer Bernsten ein. »Vielleicht ist der Blutdämon erwacht?«

»Verschwendet unsere Zeit nicht mit Ammenmärchen, Pfaffe!«, schnaubte Rabensang verächtlich.

»Dann verschwinde zu deinen räudigen Kötern. Ich bin sicher, der Inspektor legt Wert darauf, dass ihm keine Information vorenthalten wird.«

Icherios fühlte sich wie zwischen zwei Wagen gespannt, die in verschiedene Richtungen zogen. Entschuldigend lächelte er Rabensang an. »In manch einer Legende steckt ein Funken Wahrheit. Das ist mir heute bewusster denn je.«

Bernsten warf Rabensang einen arroganten Blick zu. »Die Geschichte besagt, dass das Schloss einst von einem mächtigen Fürsten beherrscht wurde. Kein Reichtum konnte seine Machtgier stillen. So wandte er sich der Alchemie zu und erschuf tödliche Wesen, deren Existenz ein Verbrechen an der Natur darstellte.« Er legte eine dramatische Pause ein. »Über den weiteren Verlauf ist nicht viel bekannt. Eine Gruppe von Kriegern und Alchemisten gelang es, ihn zu besiegen. Doch in seinem Wahn hatte der Fürst bereits alles Menschliche abgelegt. Die Alchemisten sprachen einen Zauber, der ihn hinab in die Gewölbe der Festung zwang. Er soll dort ruhen, bis seine Untertanen Beistand brauchen. Dann wird der Blutdämon erwachen, um Wiedergutmachung an seinen Opfern zu leisten.«

»In meinem Schloss wandelt kein Geist umher. Die Kellergewölbe dienen als Lager, und noch nie hat jemand einen Dämon beobachtet.« Sohons Augen wirkten, als versprühten sie dunkles Feuer.

»Ihr müsst tiefer graben. Euer Schloss steht auf den Ruinen einer alten Burg. Verborgen in der Erde liegen die vergessenen Räume. Wenn nicht eine Horde Vampire und Werwölfe eine Bedrohung für die Menschen darstellt, was dann?«

»Vielleicht seid Ihr der Mörder. Aus Eurem Hass auf uns habt Ihr nie ein Geheimnis gemacht.« Rabensang bebte vor Zorn. »Warum sollte der Blutdämon ausgerechnet jetzt erwachen, obwohl wir seit Jahrhunderten über die Länder herrschen. Es muss ein Mensch sein. Kein Werwolf würde einen Artgenossen auf derart schändliche Weise töten.«

»Meine Herren, beruhigen Sie sich.« Der Bürgermeister trat zwischen die streitenden Männer. »Lasst den Inspektor seine Arbeit machen. Wenn er sein Geld wert ist, wird er den Mörder fangen.«

»Ich werde mich bemühen. Allerdings hätte ich eine Bitte. Sollte es ein weiteres Verbrechen geben, möchte ich der Erste am Tatort sein. Niemand soll die Leiche vor mir berühren.«

Sohons und Rabensangs Mienen verdunkelten sich bei der Erwähnung zukünftiger Opfer.

Nachdem Icherios den Garten abgegangen war, bat er darum, die Leiche untersuchen zu dürfen. Das Haus würde er morgen bei Tageslicht besichtigen. Der Pfarrer verabschiedete sich ungehalten. Ihm genügte es wohl, den Leichnam zu sehen, wenn er ihm den endgültigen Frieden schenkte. Auch Rabensang verließ sie. Er brummte, dass er sich abreagieren müsse und sie sich auf dem Schloss treffen würden. Dann verschwand er mit schnellen Schritten in einer Seitenstraße. Icherios lächelte Kolchin dankbar an, als sie gemeinsam mit dem Fürsten und Arken losgingen. Bald ließen sie die Stadtmauern hinter sich, an die sich eine weitere, niedrigere Steinmauer anschloss, die den Aufgang zur Festung schützte. Ein Worg trabte mit blau leuchtenden

Augen aus der Dunkelheit auf sie zu, hob die Nase witternd in die Luft, um dann den fahl leuchtenden Mond anzuheulen. Sein Ruf wurde aus allen Richtungen von weiteren dieser Wolfskreaturen beantwortet. Icherios bewunderte den steilen Hang, an dessen Ende die Feste thronte. Zwei Wege führten zu ihr. Der eine war breit genug, um mühelos zwei Karren aneinander passieren zu lassen und mit grauen Platten gepflastert. Er wand sich in ausladenden Kurven hinauf. Der andere bestand aus einer Treppe, die den Berg schnurgerade emporführte. Beim Anblick des blanken Steines, der gefährlich im Mondlicht glitzerte, zitterten Icherios Knie. Er war nie der Kräftigste gewesen, und nun sollte er eine mehrere hundert Meter lange Treppe erklimmen? Zudem fühlte er sich in Sohons und Arkens Gegenwart nicht wohl. Der Bürgermeister machte keinen Hehl aus seiner Abneigung gegen ihn und klagte ein weiteres Mal über die hohen Kosten, die ihm durch Icherios entstanden. Lautstark verlangte er nach neuen Erkenntnissen und reagierte ungehalten, als ihm Icherios eine Antwort verweigerte. Sohon schritt stumm, in Gedanken versunken neben ihm. Im Gegensatz zu den anderen Männern verursachte er kein Geräusch beim Laufen und glitt wie ein bedrohlicher Schatten durch die Nacht. Die Burg erinnerte Icherios schmerzlich an seine Heimat. Auch wenn mehrere Jahrzehnte oder gar Jahrhunderte die Schlösser trennten, glichen sie sich im Baustil. Schlichte, klare Linien, durchbrochen von filigranen Türmen ohne dabei verspielt zu wirken. Doch während das Karlsruher Schloss hell erstrahlte, schien die Feste von Dornfelde wie sein dunkler Zwilling, der das sanfte Mondlicht gierig verschlang.

Nachdem sie die Schlossmauern passiert hatten, führte Sohon sie zu einem kleinen Gebäude, das sich an die

Steilwand duckte. Es gab nur wenige, vergitterte Fenster. Die Tür war aus schwerem Eichenholz gezimmert und mit schwarzem Eisen beschlagen. Wollte man die Toten am Entkommen hindern? Die Tür öffnete sich mit einem lauten Knarren. Zögerlich trat Icherios in den dahinterliegenden Raum. Er war vollkommen ohne Zierde. Selbst das übliche Kreuz fehlte an der Wand. Mehrere Tische waren ohne einer bestimmten Anordnung zu folgen in der niedrigen Halle verteilt worden. In der Mitte war die Leiche aufgebahrt. Mit zitternden Händen entfernte Icherios das Tuch, das den toten, geschundenen Körper bedeckte. Während der Bürgermeister blass wurde und Sohon zusammenzuckte, vergaß Icherios alles um ihn herum. Der Anblick einer Leiche gab ihm Sicherheit und lenkte ihn auf vertrautes Gebiet. Sie wusste so viel zu erzählen.

»Wie kann man so etwas einem anderen Wesen antun?«, murmelte der Bürgermeister.

Merelle Sgund war eine schöne Frau gewesen, wenn auch auf den ersten Blick eher unscheinbar. Sie war zierlich mit Rundungen an den richtigen Stellen. Ihr herzförmiges Gesicht umspielten braune Locken, die jetzt blutig an ihrem Kopf klebten.

»Im Grunde recht einfach«, antwortete Icherios in seine Untersuchungen vertieft. »Sehen Sie die gezackten, groben Wundränder? Sie sagen mir, dass der Kopf mit einem kleinen Messer nach dem Tod abgetrennt wurde.« Icherios hob den Schädel an den Haaren hoch.

In diesem Moment betrat Rabensang den Raum. Als er Icherios sah, blieb er stehen. »Auch eine Tote hat Respekt verdient.«

»Indem ich ihren Mörder finde, erweise ich ihr allen nötigen Respekt«, entgegnete Icherios in Gedanken versunken. »Die Schnitte verlaufen schräg. Der Mörder hat sich nicht die Mühe gemacht, die Leiche abzuhängen.« Icherios schnupperte an ihrem Mund. Neben vertrauten Gerüchen haftete ihr ein ungewohnter Duft an. »Sie hat vor ihrem Tod Wein getrunken. Vermutlich war darin ein Gift, um sie zu betäuben, eventuell sogar ein Blutverdünner. Er hat wirklich an alles gedacht.«

»Das klingt, als bewunderten Sie ihn!« Die Stimme des Bürgermeisters vibrierte vor rechtschaffener Empörung.

»Man kann auch einen Feind für seine Leistungen bewundern.« Es war das erste Mal, dass Sohon sich zu Wort meldete, seit sie die Leichenhalle betreten hatten.

»Leistungen? Er ist ein widerwärtiger Mörder, der uns nichts als Scherereien bereitet.«

Der Fürst antwortete in einem Tonfall, den er für ein kleines Kind verwenden würde. »Und doch ist er von hoher Intelligenz. Wären seine Energien nicht so fehlgeleitet, könnte er es weit bringen.«

Icherios ignorierte den Streit der Männer. Er würde morgen, wenn niemand in der Nähe war, wiederkommen, um den Leichnam zu sezieren. Er mochte sich nicht die Reaktion des Pfarrers auszumalen, wenn er den Leib der Toten öffnete. Selbst in Karlsruhe, wo es üblich war, Leichen zu obduzieren, war der Widerstand der Kirche groß.

Der Pflock in der Mitte des Körpers hatte die Frau nicht getötet. Dazu war er nicht tief genug eingedrungen. Die Schnitte an den Schenkeln waren mit erschreckender Brutalität ausgeführt worden und hatten die Oberschenkelarterie durchtrennt. Mit Hilfe eines Blutverdünners musste sie in kürzester Zeit verblutet sein. Zumindest ein Mensch wäre es. »Können Vampire verbluten?«

»Nicht im herkömmlichen Sinn. Wir verlieren das Bewusstsein, aber einige Tropfen Blut vermögen uns wiederzuerwecken.« Sohon beobachtete Icherios, als er ihm so zu verstehen gab, dass auch er ein Vampir war.

Der junge Gelehrte ließ sich seine Zweifel nicht anmerken. »Dann könnten wir sie wiederbeleben?«

»Nein, das Abtrennen des Kopfes ist auch bei einem Vampir endgültig.«

Icherios drehte den Schädel in seinen Händen. »Wie betrüblich.« Sorgfältig legte er den Kopf zur Seite. Eine Vertiefung in der Brust der Toten erregte seine Aufmerksamkeit. Mit dem Leichentuch wischte er das geronnene Blut weg. Unter dem Schlüsselbein hatte der Mörder ein Zeichen in die Brust geschnitten. Ein nach oben gerichtetes Dreieck, dessen Mitte ein waagerechter Balken kreuzte. »Das Zeichen für Luft.«

»Was sagten Sie?«

Icherios deutete auf die Leiche. Der Bürgermeister watschelte sofort herbei und drängte den jungen Inspektor zur Seite.

»Auf ihrer Brust ist das alchemistische Zeichen für Luft eingeritzt.«

Sohon runzelte nachdenklich die Stirn. »Ob die anderen ebenfalls ein Zeichen trugen?«

»Das kann ich Ihnen nicht sagen, aber ich hoffe, Sie erkennen nun, warum es wichtig ist, dass ich die Leichen untersuche.«

»Warum markiert er seine Opfer?«, verlangte Kolchin zu wissen.

Icherios entsann sich, dass der Flurhüter an der Besprechung nicht teilgenommen hatte. »Ich vermute, dass er seine Verbrechen den sieben Elementen weiht. Genaueres weiß ich erst nach weiteren Ermittlungen.«

Der Fürst nickte zustimmend. Während der Bürgermeister weiterhin auf das Mal starrte, wandte Icherios sich erneut dem Schädel zu. Den Mund zu öffnen erwies sich als schwierig. Ohne den Körper hatte der Kopf keinen Halt, und die eintretende Leichenstarre erschwerte die Aufgabe zusätzlich. Die Männer erstarrten, als Icherios der Kopf beinahe aus den Fingern glitt. Der Anblick, der sich dem jungen Gelehrten dann bot, ließ ihn sein Ungeschick sofort vergessen. Hinter den Eckzähnen verborgen, befand sich ein weiteres Paar Zähne. Sie waren lang und messerscharf. Nach all dem Gerede über Vampire und Werwölfe war Icherios selbst überrascht von dem Ausmaß der Erschütterung, die ihn erfasste. Verzweifelt suchte sein Verstand nach anderen Erklärungen, aber er endete immer wieder bei der Tatsache, dass vor ihm die Leiche eines Vampirs lag. Er musste raus hier. »Für heute habe ich genug gesehen. Ich werde meine Untersuchungen morgen fortsetzen.« Zitternd sammelte er seine Notizen ein.

Der Rückweg erwies sich als ebenso beschwerlich wie der Hinweg. Nebelschwaden zogen durch die Nacht und hatten die Treppe feucht und glitschig gemacht.

Verstärkt durch die Wärme im Haus des Bürgermeisters übermannte Icherios sofort die Müdigkeit. Die Reise und die Ereignisse der Nacht forderten ihren Preis. Dankbar ließ er sich von Kindel in seine Räumlichkeiten führen. Arken war erbost gewesen, als er seinen Gehilfen in ein Buch vertieft vorgefunden hatte. Icherios fühlte eine Verbundenheit mit dem jungen Mann. Nur zu oft hatte sein eigener Vater ihn tobend von seinen geliebten Büchern weggezerrt. Schweigend gingen sie die Treppe hinauf, dann einen langen schmalen Flur entlang, bis sie vor einer hohen Tür stehen blieben.

»Hier ist Ihr Zimmer. Ihr Gepäck wurde bereits nach oben gebracht. Die Köchin Maren kommt früh am Morgen, sollten Sie ein zeitiges Frühstück wünschen.« Kindel zog seine Augenbrauen verächtlich zusammen. »Die Herrschaften haben sich an den Lebensrhythmus der Vampire angepasst und stehen erst auf, wenn die Sonne hoch am Himmel steht.«

»Leben Sie schon immer hier?«

»Seit meinem dritten Lebensjahr.« Kindel zuckte mit der Schulter. »Ich bin ein Waise. Der Bürgermeister nahm mich bei sich auf.«

Icherios wunderte sich über Arkens Großmut. Er hätte ihm kein Mitleid zugetraut. »Dann sind Sie also ein Mitglied der Familie Arken?«

Kindel behagte das Thema offensichtlich nicht. Seine Finger spielten unruhig an den Knöpfen seines Hemds. »Nein, er gab mir nie seinen Familiennamen. Ich bin einfach nur Kindel.«

Icherios konnte die Trauer, die sich in seinem Gesicht abzeichnete, nachvollziehen. Trotz seiner Streitereien mit seinen Eltern, blieb ihm wenigstens der Respekt, den ein Familienname einforderte.

»Ich muss mich verabschieden.« Kindel verbeugte sich. »Der Bürgermeister erwartet morgen Bericht über die zunehmende Anzahl an Vagabunden in den Wäldern.«

Icherios nickte ihm freundlich zu. Er wartete, bis der junge Mann verschwunden war, dann öffnete er die Tür zu seinem Zimmer. Es war schlicht eingerichtet, aber Icherios war Luxus nicht mehr gewöhnt, seit er das Haus seines Vaters verlassen hatte. Auf einem kleinen Tisch stand eine Waschschüssel. Eine gemusterte Tagesdecke schützte das Bett. Icherios sank in die weichen Federn und versuchte sich zu entspannen. Maleficium krabbelte aus seiner Tasche und setzte sich auf seine Brust. »So hungrig kannst du nicht sein. Du hast heute schon reichlich Käse gehabt.« Trotz seiner Worte richtete sich Icherios seufzend auf und kramte in seiner Reisetasche nach ein paar Nüssen und legte sie für seinen Begleiter auf den Boden. In Karlsruhe hatte er viele Nächte damit verbracht, Maleficium kleine Kunststücke beizubringen. Die Ratte hatte sich dabei als ebenso gelehrsam erwiesen wie ein Hund. Icherios war froh über Maleficiums Gesellschaft. Zu viele Dinge gingen ihm durch den Kopf, von denen die meisten ihn verängstigten. Es fiel ihm schwer es einzugestehen, aber Dornfelde schien tatsächlich von Vampiren und Werwölfen bevölkert zu sein. Noch hegte er die Hoffnung, dass die Obduktion am nächsten Tag keine neuen Auffälligkeiten bringen würde, doch er befürchtete weitere Hinweise auf Vampire zu finden. Was sollte er tun? Fliehen und hoffen, dass die Irrlichter ihn nicht fingen? Sein Ansehen in Karlsruhe wäre ruiniert, wenn er am ersten Tag aufgab. Wer würde ihm glauben, dass er es mit Wesen aus Legenden zu tun hatte? Außerdem fürchtete er Rabans Reaktion. Icherios fühlte sich betrogen. Wie hatte er nicht erkennen können, dass sein Mentor ein Monster war? Wenn er bliebe, würde der Fürst ihn dann mit dem Wissen um ihre Existenz ziehen lassen? Konnte er einen Mörder fassen, der mühelos übernatürliche Kreaturen tötete? Und wenn Pfarrer Bernsten recht hatte und der Blutdämon umging? Während er so vor sich hin grübelte, zog er sich aus und setzte sich auf das Bett. Todmüde fiel er in die Federn, zog die Beine an und drehte sich auf die Seite, sodass sein Kopf auf dem Kissen zu liegen kam. Ein leises Knistern erklang. Icherios zuckte zurück, sammelte seinen Mut und riss das Kissen mit einem Ruck zur Seite. Erleichtert seufzte er auf. Jemand hatte ein altes Pergament daruntergelegt. Vorsichtig nahm er es in die Hände. Es war eine Landkarte, datiert auf das Jahr 1684. Das Papier war an den Rändern eingerissen und vom Alter vergilbt. Mit feinen Strichen hatte ein Künstler Dornfelde und die umgebenden Ländereien verewigt. Große Teile waren mit »von Freylung« gekennzeichnet.

Icherios fand es interessant zu wissen, dass das Land um den Ort zumindest früher nicht dem Fürsten gehört hatte. Aber viel wichtiger war die Frage, wer die Karte versteckt hatte und vor allem warum. Icherios faltete sie sorgfältig und verbarg sie in seinem Koffer. Seine Zehen rollten sich von der Kälte des Bodens zusammen. Heute Nacht würde er keine Antworten mehr finden. Als sein Blick auf das Fläschchen mit dem Laudanum fiel, zögerte er kurz, dann schloss er den Koffer. Er wagte es nicht, sich in dieser Umgebung dem Rausch hinzugeben. Mit Maleficium auf seiner Brust versank er in einen unruhigen Schlaf.

Gelbliches Mondlicht drang durch die weißen Vorhänge in das Schlafzimmer, zeichnete gespenstische Muster auf den Boden, als ein lautes, klagendes Geschrei durch das Haus hallte. Icherios fuhr hoch. Er zog die Decken eng um sich und kauerte sich in einer Ecke seines Bettes zusammen. Maleficium piepste aufgeregt und kletterte auf seinen Kopf. Icherios sah seine langen Schnurrhaare vor seiner Stirn wippen. Der Schrei verstummte, um sogleich erneut einzusetzen, nur diesmal noch höher und panischer. Icherios wünschte sich, er könnte mit der Wand verschmelzen, fest presste er seinen Rücken an die Mauer. Er zog den Vorhang etwas beiseite und konnte durch das Bleiglasfenster den großen, gelben Mond über den spitzen Dächern stehen sehen. Aus den Kaminen der Häuser stiegen Rauchsäulen in den dunklen Himmel empor. Ab und an flatterte eine Fledermaus vor die Mondscheibe. Irgendwann ertrug Icherios die Dunkelheit nicht mehr und zündete am glimmenden Rest des Kaminfeuers eine Öllampe an. Auf ihrem Glas waren Markierungen angebracht, die es ermöglichten am Ölstand die vergangene Zeit abzuschätzen. Icherios wartete zehn Minuten, doch die Schreie wurden nicht leiser, sondern nahmen an Intensität weiter zu. Konnte es sein, dass er der Einzige war, der das Wehklagen hörte? Warum gingen keine Türen auf, trappelten keine Schritte, um nach dem Rechten zu sehen? Nach einem langgezogenem Schrei, der mehr an das Heulen eines Wolfes denn an eine menschliche Stimme erinnerte, trat er barfuß auf den Gang hinaus. Die Geräusche kamen von unten. Das Licht der Öllampe warf flackernde Schatten an die Wand, die in die Holzvertäfelung geifernde Fratzen zeichnete. Icherios' Zehen gruben sich tief in den Teppich. Bei jedem Knarren der Holzbohlen zuckte der junge Gelehrte zusammen. Ein Gefühl mahnte ihn, sich nicht erwischen zu lassen. Schweiß perlte auf seiner Stirn, während er sich der Quelle der Laute näherte. Es waren eindeutig die Schreie einer Frau, dumpf, als wenn sie unter einem Stapel Decken begraben wäre. In der Eingangshalle hielt Icherios einen Moment inne. Die nächtliche Kälte drang durch die Türen und Fenster und grub sich in seine Knochen. Das Wehklagen lenkte Icherios an Arkens Amtszimmer vorbei, um die Treppe herum, vor eine Tür, die den Weg hinunter zum Keller versperrte. Zögerlich betätigte Icherios den Griff, aber sie war verschlossen. Die Schreie verstummten, als hätte die Frau die Geräusche bemerkt. Plötzlich hörte Icherios das Quietschen einer Tür im obersten Stockwerk. Schreckerfüllt blickte er sich um. An der gegenüberliegenden Seite befand sich eine weitere Tür, die zu seiner Erleichterung unverschlossen war. Er öffnete sie, wobei er sie am Knauf nach oben zog, um jedes verräterische Geräusch zu vermeiden. Dann trat er in das Zimmer und schloss sie ebenso leise hinter sich. Ein Blick verriet ihm, dass es sich um den Speisesaal der Familie handelte. Üppige, geblümte Vorhänge verzierten die Fenster. Eine Schale mit frischem Obst schmückte einen blank polierten, fast schwarzen Kirschholztisch. Eine große Kuckucksuhr tickte mit einer Ruhe, die im Kontrast zu Icherios' innerer Aufruhr stand. Im Kamin glimmten die Reste eines Feuers. Rasch löschte Icherios seine Lampe und spähte durch das Schlüsselloch. Schritte näherten sich. Die Person war besonnener vorgegangen als Icherios und hatte daran gedacht, Schuhe anzuziehen. Icherios' eisigkalte Zehen krümmten sich. Eine geisterhafte Gestalt tauchte vor der Kellertür auf. Das Licht der Öllampe, die sie mit sich führte, ließ das weiße Nachthemd durchsichtig erscheinen und entblößte eine schlanke, aber wohlgerundete, weibliche Figur. Lange, blonde Locken fielen lose über die Schultern, als Loretta einen schweren Schlüssel in das Schloss steckte und die Tür öffnete. Einen Moment befürchtete Icherios sie hätte ihn entdeckt, als sie über die Schulter blickte und ihre Augen auf dem Eingang zum Speisezimmer verharrten. Dann verschwand sie im Dunkeln und verschloss die Tür hinter sich. Icherios holte erleichtert Luft. Die Schreie verstummten. Fahrig entzündete er seine Lampe am Kamin und kehrte in seine Kammer zurück.

10

Familiengeheimnisse

Die ersten dünnen Lichtstrahlen weckten Icherios aus einem unruhigen Schlaf, in den er bei Einbruch der Dämmerung gefallen war. Fröhliches Gezwitscher ließ die Ereignisse der letzten Nacht wie einen bösen Traum erscheinen. Mit steifen Gliedern kleidete er sich an. Maleficium forderte mit allem Nachdruck, zu dem eine Ratte fähig ist, sein Frühstück. Wie jeden Morgen beobachtete der Gelehrte seinen kleinen Gefährten beim Verzehr einer Nuss. Angetrieben vom eigenen Magenknurren suchte Icherios die Küche. Der warme Duft von frischem Brot und heißem Tee führten ihn in den hinteren Teil des Gebäudes. Während der Rest des Hauses schlief, werkelte die Köchin in ihrem Reich. Wäre der Geruch ihrer Speisen nicht so köstlich, hätte Icherios an ihren Kochkünsten gezweifelt. Knochig traten die Gelenke an ihren Fingern hervor. Das Gesicht ausgemergelt und die Arme so dürr, dass es an ein Wunder grenzte, dass sie ihre Rührschüssel halten konnte. »Gott zum Gruß, gute Frau. Darf ich um ein Frühstück bitten?«

Maren blickte ihn aus zusammengekniffenen Augen an. Sie erinnerte ihn an eine Hündin, die Fremde in der Nähe ihrer Welpen misstrauisch beäugte. »Ihr müsst mir schon sagen, wer Ihr seid, bevor ich Euch durchfüttere und mir der Bürgermeister wohlmöglich Ärger macht.« Freundlichkeit war offenbar keine Tugend in diesem verlassenen Winkel des Reiches.

Icherios beschloss, sich nicht beirren zu lassen. »Verzeiht, ich bin Icherios Ceihn, Inspektor und Gast im Haus des Bürgermeisters.«

Die Köchin schien besänftigt, warf ihm aber noch einen zweifelnden Blick zu. »So, so, ein Inspektor ... Na, dann setzen Sie sich mal an den Tisch. Mehr als Brot, Tee und Waffeln gibt es zu dieser Stunde aber nicht.« Ein verächtliches Schnauben drang aus ihrer Kehle. »Die Herrschaften stehen erst auf, wenn rechtschaffene Menschen ihr Tagewerk fast vollbracht haben.«

»Dann sind Sie ein Mensch?«

»Na was dachten Sie denn? Sehe ich aus wie einer von diesem Lumpenpack?«

Hastig schob sich Icherios ein Stück Waffel in den Mund. Er brauchte dringend Zeit, um sich eine vernünftige Antwort einfallen zu lassen. Langsam kauend stellte sich dennoch keine sinnvolle Erwiderung ein. »Woran erkennt man dann einen Vampir oder Werwolf?«

»Wer ist denn hier der Inspektor? Wenn Sie nicht mal das wissen, wozu sind Sie dann gut?«

Icherios beschloss, seine Mahlzeit schnell und schweigend zu beenden. Er war froh, dass Maleficium sich so brav benahm. Die Begegnung zwischen Maren und der Ratte nähme sicher kein gutes Ende für das Tier.

Nach dem Mahl entschied der junge Gelehrte, die Gunst der Stunde zu nutzen und die Obduktion an Merelle Sgund vorzunehmen, solange die anderen noch schliefen. Höflich verabschiedete er sich von der Köchin, die nur ein abfälliges Schnauben für ihn erübrigte. In seinem Zimmer versicherte er sich, dass in dem alten Arztkoffer, den er für seine

Zwecke entfremdet hatte, alle notwendigen Dinge vorhanden waren und ging hinaus auf die Straße. Bei Tageslicht wirkte Dornfelde wie jedes verschlafene Dörfchen, nur dass die Menschen im Gegensatz zum Rest des Reiches wohlgenährt und gesund schienen. Handelte es sich überhaupt um Menschen? Trotz des sonnigen Herbstwetters lief Icherios ein Schauer den Rücken hinunter. Mit gesenktem Kopf, jeden Blickkontakt meidend, folgte er dem Weg, der zur Feste führte. »Inspektor! Bitte warten Sie!«

Icherios erwog weiterzugehen, bis er zu seiner Erleichterung Kolchins Stimme erkannte und stehen blieb. Der junge Mann rannte, die Arme unbeholfen in der Luft wedelnd, auf ihn zu. Bei Tage konnte Icherios die Sommersprossen auf seinem offenen, arglosen Gesicht erkennen. »Verzeiht die rüde Anrede. Ich wünsche Ihnen einen guten Morgen.«

»Ihnen ebenfalls, aber nennen Sie mich Icherios.«

»Sind Sie auf dem Weg zum Schloss?«

Icherios nickte.

»Darf ich Sie begleiten?«

Der Flurhüter schien für Icherios' Arbeitsweise empfänglich zu sein. Es wäre gut, einen Verbündeten zu haben, deshalb willigte er dankbar ein. Zudem hatte er unzählige Fragen, die einer Antwort harrten. Sie folgten dem Lehmweg schweigend, bis sie auf die gepflasterte Hauptstraße kamen, an deren Ende der Anstieg zur Burg wartete. Icherios seufzte erleichtert, als Kolchin das Wort ergriff. »Ich bin so froh, dass Sie hier sind. Bei uns ist es die letzten Jahre friedlich gewesen. Ich muss gestehen, dass mich die Aufklärung der Morde überfordert.«

»Obwohl Ihr mit Werwölfen und Vampiren zusammenlebt?«

»Werwölfe sind ganz in Ordnung. Sie jagen am liebsten

Wild in den Wäldern, und die Vampire, nun, sie lassen uns in Ruhe und halten die Vagabunden und Räuber in Schach.«

»Deswegen haben die Menschen also Angst vor diesem Gebiet?«

»Vermutlich. Wer ohne Einladung hierherkommt, darf nicht damit rechnen heimzukehren. Wobei einige Zigeunerfamilien gerne durch das Dunkle Territorium streifen. Die Vampire und Werwölfe sorgen dafür, dass die Menschen keinen Hunger leiden. Im Gegenzug verraten wir sie nicht.«

»Und bezahlt dafür mit Menschenleben.«

»Was sollen wir denn sonst machen?«, fuhr Kolchin empört auf. »Sollen wir uns etwa gegen sie auflehnen? Ihr wisst nicht, wie mächtig sie sind; keiner würde überleben, und es gibt genug Menschen, die bereit sind, sich auf einen Pakt mit dem Teufel einzulassen.«

Icherios hielt es für das Beste, das Thema zu wechseln. »Ich habe diese Nacht Schreie im Haus des Bürgermeisters gehört. Sie schienen aus dem Keller zu kommen. Wisst Ihr etwas darüber?«

Kolchin schaute sich in alle Richtungen um. Als wenn jemand sich an dem steilen, steinigen Hang verbergen könnte!

»Das war sicher Maribelle, Lorettas Schwester.«

»Und sie sperren sie in den Keller?« Icherios wollte nicht glauben, was er da hörte.

»Es ist nicht so, wie Ihr denkt.«

»Dann erklärt es mir.«

»Maribelle ist die ältere Schwester. Als sie noch jung war und Loretta kaum mehr als ein Baby, starb ihre Mutter. Kurze Zeit später begann Maribelle Anzeichen des Wahnsinns zu zeigen. Ihr Zustand verschlimmerte sich Tag für Tag. Der Bürgermeister wäre sie gerne losgeworden, doch Loretta kümmerte sich bereits als kleines Kind aufopferungsvoll um Maribelle.«

Icherios schüttelte sich, um die Kälte abzuwehren, die sich seiner bemächtigte, bei dem Gedanken, Loretta in der Nähe einer Verrückten zu wissen. »Herr Arken gestattet es?«

»Loretta lässt ihm keine Wahl. Sie kann sehr starrköpfig sein. Kein Wunder bei ihrem Schicksal.«

»Sie führt doch ein gutes Leben.« Icherios musste an die Frau in Karlsruhe mit dem verhungernden Baby auf dem Arm denken.

»Sie ist der einzige heiratsfähige Nachfahre des Bürgermeisters. Wenn sie nicht heiratet und Kinder bekommt, wird seine Linie aussterben.«

»Das sollte kein Problem sein. Sie ist hübsch, aus gutem Haus und reich.«

»Und sie hat eine verrückte Schwester. Kein Mann wagt es, ihr den Hof zu machen aus Furcht, sie würde dasselbe Schicksal ereilen. Einzig Calan von Sohon zeigt Interesse. Der Bürgermeister ist davon begeistert, seine Tochter wird in eine wohlhabende Adelsfamilie einheiraten! Aber Loretta fürchtet das Dasein als Vampir.«

Icherios hielt kurz an, um Luft zu holen. »Dann will sie ihn nicht?«

»Das kann ich nicht beurteilen, aber sie hat mit Sicherheit Angst, ihre Schwester zurückzulassen. Vor allem solange die Grabende Helene im Haus ihr Unwesen treibt.«

»Wer ist denn das nun schon wieder?«

»Der Hausgeist der Familie Arken. Beim Bau des Anwesens fiel sie in einen Erdspalt und wurde bei lebendigem Leib begraben. Erst Stunden später fand man sie tot, erstickt, mit aufgeplatzten Fingerkuppen und gesplitterten Fingernägeln von dem Versuch, sich in die Freiheit zu graben. Seitdem spukt ihre Seele im Haus umher. Manche Leuten behaupten sogar, dass die Grabende Helene der Grund für Maribelles Wahnsinn ist.«

»Warum wird das Gebäude nicht abgerissen und ein neues gebaut?«

Kolchin sog entsetzt die Luft ein. »Damit würde man den Geist entwurzeln und erzürnen, und er würde an allen Rache üben. Bisher war sie ein friedlicher Gast, und niemand kann beweisen, dass sie an Maribelles Leid Schuld trägt.«

Schweigend gingen sie weiter. Icherios fragte sich erneut, ob er träumte. Es passte nicht in seine Vorstellung der Wirklichkeit, dass er über das Verhalten von Geistern diskutierte. Sein Blick schweifte in die Ferne. Dichte Wälder hüllten die Berge in ein grünes Kleid. Von den weißen Gipfeln wehte ein kalter Herbstwind und brachte den frischen Geruch nahenden Schnees mit sich. Unter ihnen erstreckte sich das Tal. An seinem Tiefpunkt lag ein moosgrüner See. Die Stadtmauer führte an seinem Ufer vorbei bis zu einer Brücke, die zu einer Insel hinüberführte auf der eine schiefergraue, mit zahlreichen eckigen Türmchen und Gebäuden verschachtelte Kirche stand. Um das ganze Dorf und den See herum war der Wald gerodet worden. Im Osten stiegen mehrere Rauchsäulen auf, verwoben sich zu einer einzigen grauen Masse, die dem Himmel entgegenstrebte, bevor sie im Höhenwind zerstob. »Von wo kommt der Rauch?«

»Das ist die Köhlerei. Die meisten Menschen und Werwölfe Dornfeldes arbeiten entweder als Holzfäller oder Köhler.«

»Ist es nicht gefährlich so weit entfernt von den sicheren Mauern des Ortes?« Icherios dachte schaudernd an die Irrlichter.

»Die Köhlerei ist von einer Mauer umgeben und wird im

Sommer, wenn es viel Arbeit gibt, zudem gut bewacht. Früher lag sie neben dem Ort, doch dann griff das Feuer in einer stürmischen Nacht auf ein Haus über. Die halbe Stadt brannte nieder, Unzählige fanden den Tod, bevor es gelöscht werden konnte.«

Sie gingen weiter und standen wenige Minuten später vor der massiven Tür der Leichenhalle. Icherios zögerte, sie zu betreten. Erinnerungen an Geschichten über Tote, die zum Leben erwachten, jagten einen Schauer seinen Rücken hinunter. Kolchin kannte kein Zögern und riss die Tür schwungvoll auf. Merelle Sgund lag unverändert in der Mitte des Raumes. Die vergitterten Fenster ließen genug Licht herein, um ein müheloses Arbeiten zu gewährleisten. Den typischen Leichengeruch bemerkte der junge Inspektor nur am Rande. Er zog einen der freien Tische zu der Leiche. Staubflocken wirbelten auf und tanzten einen Reigen in den Sonnenstrahlen.

Sorgfältig breitete er seine Werkzeuge auf einem weißen Tuch aus. Seinen Hut platzierte er samt Maleficium daneben. Kolchins Augen weiteten sich beim Anblick des Tieres. »Sie haben eine Ratte in Ihrem Hut!«

»Das ist Maleficium, eine ausgebildete Spürratte«, erklärte Icherios mit einem breiten Grinsen.

»Wie ein Suchhund?«

Icherios unterdrückte ein Seufzen. Kolchin war zu leichtgläubig. »In der Tat, nur handlicher.«

Kolchin streckte der Ratte behutsam die Hand hin. Deren Schnurrhaare bebten kurz, dann krabbelte sie den Arm des Flurhüters empor und setzte sich auf seine Schulter. Dieser lachte vergnügt. Das Gute an ihm war, dass er sich nicht zu viele Gedanken machte und verbissen auf seiner eigenen Meinung beharrte.

»Ich werde jetzt mit der Obduktion beginnen. Falls Sie einen empfindlichen Magen haben, sollten Sie lieber gehen.«

»Ich bin einiges gewohnt.«

Mit einem Schulterzucken wählte Icherios ein Skalpell. Dann besann er sich und ergriff zuerst eine Spritze aus Metall mit gläsernem Hohlkörper. Er suchte eine Ader am Arm der Leiche und bemühte sich, etwas von dem verbliebenen, schwarzen Blut aufzuziehen. Sorgfältig packte er es weg, um die Substanz später zu untersuchen. Anschließend nahm er erneut das Skalpell und vergewisserte sich, dass Kolchin seine Meinung nicht geändert hatte. Vorsichtig begann er mit der Obduktion. Das Erste, das ihm auffiel, war die Weichheit des Körpers. Im Vergleich zu einem Menschen war ihr Fleisch schwammig und dehnbar. Dann stieß er auf das Herz. Wäre das Herz eines Menschen ein kräftiger Baum, so wäre Merelles Herz ein vertrockneter, kleiner Busch. Schlaff und kümmerlich lag es in Icherios' Händen. Die Zeit verging, ohne dass er es bemerkte. Ständig stellte er neue Eigenarten fest, fertigte Notizen und Zeichnungen an.

»Wie ich sehe, sind Sie bereits bei der Arbeit.«

Sohons Stimme war unverkennbar, doch Icherios hatte niemanden den Raum betreten hören. Vor Schreck zuckte er zusammen, das Skalpell in der Hand. Tief drang die Klinge in seine Handfläche. Erst als er das Messer herauszog, setzte der Schmerz ein. Das Blut lief an seinen Fingern entlang und tropfte dann auf den Boden.

»Sie sollten vorsichtiger sein.« Sohon bewegte sich geschickt von einem schattigen Flecken zum nächsten und reichte ihm ein Tuch. Seine Augen leuchteten rot. »An diesem Ort ist es nicht klug, Blut zu vergießen.«

Icherios nickte zögerlich. Trotz all der Beweise weigerte sich sein Verstand immer noch, die Existenz von Vampiren zu akzeptieren. Sohon tippte gegen das Kreuz aus Waldglas auf Icherios' Brust. Seine Fingernägel schimmerten gläsern. »Das bietet keinerlei Schutz.«

»Es ist ein Geschenk.« Trotzig starrte Icherios ihn an.

»Seien Sie vorsichtig. Manch einer meiner Artgenossen könnte sich beleidigt fühlen.«

»Der Pfarrer trägt auch ein Kreuz.«

Sohon strich sanft über Merelles Wange. »Er ist nicht so sehr auf mein Wohlwollen angewiesen wie Sie. Haben Sie neue Erkenntnisse gewonnen?«

»Ja«, Icherios drehte sich zum Leichnam um. »Die Anatomie von Vampiren ist äußerst faszinierend. Obwohl ihr Herz offenbar nur unmerklich schlägt, zirkuliert das Blut weiterhin. Ich habe bisher keine Erklärung dafür gefunden.«

»Ich meinte Hinweise auf den Mörder.«

Verlegen blickte Icherios zur Seite. »Leider nicht viele.« Bedächtig griff er nach dem Skalpell und begann, es gewissenhaft zu reinigen. Seine Hand pochte schmerzhaft bei jeder Bewegung. »Die Art wie der Täter den Kopf abtrennte, sagt mir, dass er zur Hast gezwungen wurde. Entweder näherte sich jemand, oder er ist nicht so selbstsicher, wie er uns glauben machen will.«

»Inwiefern?«

»Er gibt sich große Mühe mit der Tötungsweise und wählt belebte Gegenden für seine Verbrechen. Die ungenaue Arbeit bei der Enthauptung bedeutet, dass es ihm entweder schwerfiel und er nicht vollkommen gefühllos ist oder dass etwas ihn zur Eile antrieb.« Icherios zögerte. Die nächste Frage war heikel. »Um weiterzukommen, brauche ich allerdings weitere Informationen über die möglichen Tötungsweisen von Vampiren und Werwölfen. Pflock und Silber oder doch Kruzifix und Weihwasser?«

Sohon fluchte verhalten. »Pflöcke in der Brust lähmen uns, das Vernichten unserer Körper durch Verbrennen, Säure und Ähnlichem tötet uns, ebenso wie das Abtrennen des Kopfes. Wasser löst einen Schock aus, der uns für ein paar Augenblicke lähmt. Silber hinterlässt Wunden, die niemals oder nur langsam heilen. Alles andere sind Märchen, erdacht von Männern in kleinen, dunklen Kammern.«

»Und Werwölfe?«

»Sie sind wie Menschen. Sie heilen nur schneller und sind weniger anfällig für Krankheiten und Gifte.«

»Der Mörder kennt sich gut aus.«

»Jeder Bewohner Dornfeldes weiß davon.«

»Genau, und das bedeutet, dass der Mörder im Dorf leben muss oder sich sehr gründlich informiert hat.«

Sohon nickte zustimmend. »Der Bürgermeister hat zum Essen für heute Abend geladen. Wir können dort alles Weitere besprechen – ohne ihre Ratte.«

Sohon drehte sich um und verschwand in den Schatten. Ein leises Knirschen erklang, dann kehrte Stille ein. Kolchin stand reglos in einer Ecke. Er hatte mit wachsender Sorge dem Gespräch gelauscht. »Calan ist beunruhigt. So kenne ich ihn nicht.«

Icherios füllte Wasser in eine Schale und fuhr fort, seine Werkzeuge zu reinigen. »Er scheint nicht der Mann zu sein, der um ein paar Tote trauert.«

»Fürwahr, doch bald könnte es gewaltigen Ärger geben. Die Vampire und Werwölfe werden unruhig.«

»Wegen der Morde?«

»Sie glauben, dass ein Mensch dafür verantwortlich ist, und wollen uns alle auslöschen.«

Die Last auf Icherios' Schultern verdoppelte sich mit jedem Wort. »Der Fürst hindert sie daran?«

»Ja, aber niemand weiß, wie lange er die Gemüter beruhigen kann. Er hat viel Mühe darauf verwendet, Dornfelde und seinen Frieden aufzubauen.«

Schweigend packte Icherios seinen Koffer und ging mit Kolchin auf den Hof hinaus. Der Amtsmann schien an keinem Gespräch interessiert zu sein, und den jungen Inspektor trieben dunkle Gedanken um. Vor seinem inneren Auge tauchten Bilder von Menschen auf, die von haarigen Bestien und langzähnigen Vampiren durch die Straßen gejagt und getötet wurden.

Am Ortseingang verabschiedete sich Kolchin. Icherios bemerkte es kaum und kehrte erst in die Wirklichkeit zurück, als er vor dem Haus des Bürgermeisters stand. Leise schlich er hinein. Er wollte ungesehen in seine Kammer kommen, um in Ruhe seine Aufzeichnungen durchzuarbeiten. Seine Pläne wurden von Loretta vereitelt, die ihn auf dem mittleren Treppenabsatz erwartete. »Icherios! Wie wunderbar, Sie hier anzutreffen. Ich befürchtete schon, Sie hätten uns verlassen.« Ein kokettes Lächeln umspielte ihr Gesicht. »Aber ein edler Mann wie Sie würde eine Dame natürlich niemals alleine mit einem Mörder zurücklassen.«

Icherios verfluchte innerlich die Enge der Treppe. Die Frau kam ihm viel zu nah. Er konnte ihren Veilchenduft riechen. »Sie brauchen sich nicht zu sorgen. Ihr Vater wird nicht zulassen, dass Ihnen ein Leid zugefügt wird.«

Sie lächelte. »Ich habe noch nie zuvor einen so gebildeten Mann getroffen. Erzählen Sie mir von der Stadt.« Loretta warf ihm einen verführerischen Blick unter dunklen Wimpern zu.

Hilfe suchend schaute sich Icherios um. War denn niemand in der Nähe? »Ich würde Ihrem Wunsch zu gerne entsprechen, doch ist mir soeben ein wichtiger Gedanke gekommen, den ich sofort verfolgen muss.« Ruckartig wandte er sich ab und eilte die Stufen hinunter. Er war bereits halb zur Haustür hinaus, als eine Stimme ihn innehalten ließ. »Junger Mann, ich muss mit Ihnen sprechen.« Der Bürgermeister klang verärgert. Offensichtlich hatte er unter der Treppe verborgen dem Gespräch mit seiner Tochter gelauscht. »Loretta ist ein unerfahrenes Mädchen, und ich dulde nicht, dass Sie das ausnutzen. Haben wir uns verstanden?«

Icherios lief feuerrot an. »Ich kann Ihnen versichern, dass ich keine unehrenhaften Absichten hege.«

»Ihre Absichten sind mir egal. Ich weiß doch, was ihr jungen Kerle denkt.« Der Bürgermeister geriet in Fahrt. »Sie ist dem Grafen von Sohon versprochen, und ich hoffe für Sie, dass ich mich nicht bei ihm über Ihr Betragen beschweren muss.«

Icherios wich das Blut aus dem Gesicht. Ein eifersüchtiger Vampir war das Letzte, was er jetzt gebrauchen konnte. Aber was würde aus Loretta werden? Wäre ihr Vater tatsächlich bereit, sie einem Vampir zu opfern? Ein Blick in Arkens Gesicht verriet alles. Er kannte keine Skrupel. »Ihre Sorgen sind unnötig. Ich habe Sie sehr gut verstanden. Entschuldigen Sie mich bitte. Ich habe Nachforschungen zu tätigen.«

Auf der Straße herrschte mehr Betrieb als am Morgen. Frauen eilten mit Körben von Laden zu Laden. Schwere Fuhrwerke, beladen mit Holz, frischem Wild und Weinfässern, bahnten sich ihren Weg zum Schloss. Die Luft war mild und ließ Icherios Haut angenehm prickeln. Er wanderte ziellos durch den Ort, dann ging er zu einem Stand und kaufte eine Mischung verschiedener Nüsse für Maleficium. Er beabsichtige das mit seinen Reisekosten zu verrechnen. Die Idee mit der Spürratte hatte etwas für sich. Eine Schar Kinder spielte in einer Gasse ein Spiel, bei dem sie in einem mit Kreide gezeichneten System aus Kreisen hüpften. Dabei sangen sie ein Lied:

Brüderlein, komm, tanz mit mir!
Beide Hände reich' ich dir.
Einmal links, einmal rechts,
Linksherum, das ist nicht schwer.

Ei, das hast du schön gemacht!
Ei, das hätt ich nicht gedacht!
Einmal rechts, einmal links,
Rechtsherum, das ist nicht schwer.

Noch einmal das schöne Spiel,
Weil es mir so gut gefiel:
Einmal rechts, einmal links,
Linksherum, das ist nicht schwer.

Icherios erinnerte sich, wie er das Lied einst mit seiner damaligen Verlobten gesungen und getanzt hatte, allerdings hatte er es etwas anders in Erinnerung. Wie lange war das her. Betrübt ließ er die Kinder zurück und wanderte weiter, bis er sich vor Merelle Sgunds Haus wiederfand. Die Haustür öffnete sich lautlos. Im Inneren fiel ihm sofort die Ordnung auf. Selbst die Blumen zeigten eine strenge Ausrichtung. Nicht ein einziges Staubkörnchen fand sich auf den schmucklosen, aber geschmackvollen Möbeln. Icherios holte Maleficium aus seiner Tasche. »Schau dich um.«

Das Gespür des Nagers für versteckte Dinge war geradezu unheimlich. Manchmal fragte sich Icherios, ob das

Tier nicht mehr verstand, als es sollte. Oft hatte sein Talent bei der Auflösung eines Falles geholfen. Auch diesmal enttäuschte sein kleiner Gefährte ihn nicht. Ein erregtes Quietschen ertönte aus dem Schlafzimmer. Maleficium rannte aufgeregt unter das Bett, um sogleich wieder hervorzukommen. Auf den ersten Blick konnte Icherios nichts Besonderes sehen. Mit einem Seufzer legte er sich auf den Bauch. Warum fand die Ratte keine Verstecke an leicht zu erreichenden Stellen? Auch unter dem Bett hatten Dreck und Staub keinen Schutz vor Merelle Sgunds Putzzwang gefunden. Doch das war es nicht, was Icherios' Aufmerksamkeit fesselte. Aus dem Holzboden waren einige Bretter herausgelöst worden. Sie lagen locker auf einer quadratischen Vertiefung, in der eine Schatulle ruhte. Mit seinem Fund in den Händen kehrte Icherios ins Wohnzimmer zurück. Bevor er sich dem Kästchen zuwandte, suchte er in seiner Tasche nach einer besonders schönen Nuss. »Hier mein Kleiner. Das hast du dir verdient.« Ein zustimmendes Piepsen, dann verschwanden Walnuss und Ratte in eine Ecke.

Die Schatulle ließ sich ohne Schwierigkeiten öffnen. Sie bestand aus einfachem Birkenholz. Das Innere war mit weichem, grünem Samt ausgelegt, auf dem eine Auswahl kostbarer Juwelen lag. Ein Zettel klemmte an der Seite. *Für die wundervolle Frau, die jede meiner Nächte erhellt.*

Stammten Brief und Schmuck von einem Liebhaber? Oder waren es Erinnerungen an vergangene Zeiten? Ein weiterer Rundgang förderte keine neuen Erkenntnisse zutage. Icherios blieb trotzdem, bis die Sonne hinter den Bergen verschwand. Er hatte es nicht eilig, in das Haus des Bürgermeisters zurückzukehren. Seine Notizen konnte er auch hier durchsehen.

11

Die Besprechung

Am Abend empfing ihn der Bürgermeister im Speisezimmer mit einem ungnädigen Stirnrunzeln. Die anderen Männer beobachteten jede seiner Bewegungen. Kolchin war der Einzige, der ihn mit einer herzlichen Umarmung begrüßte. Nach einigen Minuten des unbehaglichen Schweigens forderte Arken sie auf sich zu setzen. Eine blütenweiße Decke und goldene Kerzenleuchter zierten den Tisch. Das Geschirr war aus erlesenem Porzellan, das Besteck aus Silber. Trotzdem wünschte sich Icherios seinen selbst geschnitzten Holzteller und Löffel herbei.

»Irgendwelche Neuigkeiten?«, erkundigte sich Rabensang.

Trotz seines Lächelns fühlte sich Icherios vom tiefen Brummen seiner Stimme eingeschüchtert. »Ich habe heute viele Dinge gelernt. Inwiefern sie mich dem Mörder näher bringen, kann ich noch nicht sagen.«

Rabensang wollte sich mit dieser Antwort noch nicht zufriedengeben, bekam aber keine Gelegenheit nachzuhaken, da Marie mit den Speisen hereinkam. Der köstliche Duft von Schweinebraten, Kartoffeln und in Zucker glasierten Karotten machte sich breit. Zum ersten Mal verspürte Icherios so etwas wie Mitleid mit Sohon, der gezwungen war, ihnen beim Essen zuzuschauen, bis ihm Marie ein Glas Wein einschenkte. Der junge Gelehrte hielt den Atem an. Wie würde der Fürst reagieren? Doch Sohon nahm ungerührt das Glas und trank einen Schluck.

»Ihr trinkt Wein?«, platzte es aus Icherios heraus.

»Auch wenn wir seine berauschende Wirkung nicht zu spüren vermögen, genießen wir dennoch den Geschmack edler Getränke«, erläuterte der Fürst. »Einzig den festen Speisen müssen wir fernbleiben, da unsere veränderte Physiologie diese nicht verträgt.«

Für einen Moment legte sich Stille über den Raum, die nur durch das ferne Jaulen eines Hundes durchbrochen wurde. Icherios wagte es nicht, nach Lorettas Verbleib zu fragen. Hatte Arken sie fortgeschickt? Icherios wusste nicht, ob er Erleichterung oder Enttäuschung empfand. Schließlich beendete der Fürst das unangenehme Schweigen und begann mit Rabensang eine Unterhaltung über den Holzertrag der letzten Monate. Während des restlichen Mahls drehte sich das Tischgespräch um Alltagsprobleme, wie sie in jeder Ortschaft vorkamen. Nur dass hier die verschiedenen Clans der Menschen, Vampire und Werwölfe und ihre Spannungen untereinander die Angelegenheit erschwerten. Mit einem kräftigen Rülpser beendete der Bürgermeister seine Mahlzeit. Fett und Bratensaft hatten ihre Spuren auf seinem Hemd hinterlassen. »Lasst uns in mein Arbeitszimmer gehen. Marie wird dort Schnaps und Zigarren für uns anrichten.«

Icherios bildete das Schlusslicht und schloss mit einem vernehmlichen Klacken die Tür.

»Wenn Sie uns nichts zu berichten haben, gibt es etwas, mit dem wir Ihnen weiterhelfen können?« Sohon war höflich wie immer. Oder schwang da ein drohender Unterton mit? Wusste er von dem Gespräch mit Loretta?

»Es wäre mir eine große Hilfe, wenn ich das wahre Alter von Merelle Sgund kennen würde.«

»Der letzte Winter war ihr fünfundsechzigster.«

Icherios bemühte sich, sich seine Bestürzung nicht anmerken zu lassen. Wie alt mochte Sohon sein? Und wie alt war womöglich der Mörder? Konnte er jemanden fassen, der ihm Jahrzehnte an Erfahrung voraus war? Die nächste Bitte war deutlich schwerer hervorzubringen. »Es gibt tatsächlich noch etwas, das mir die Suche erleichtern würde.« Icherios stockte. »Eine Obduktion der anderen Leichen, um Muster im Vorgehen des Täters feststellen zu können.«

»Aber die sind inzwischen schon begraben«, fuhr der Bürgermeister dazwischen. Dann zeichnete sich Fassungslosigkeit auf seinem Gesicht ab. »Oh …«

»Das kommt auf keinen Fall in Frage!«

Ein Blick in das rote Gesicht des Pfarrers bestätigte Icherios' Befürchtung. Er hatte einen Verbündeten verloren. So schwach dieses Bündnis auch war, so hatte es doch Schutz versprochen.

»Die Totenruhe zu stören, ist selbst bei solch gottlosen Wesen eine schändliche Tat.«

Bei Bernstens Worten zuckte Rabensang zusammen. Icherios' Bitte hatte ihm die Sprache verschlagen. Sohon hingegen wirkte ungerührt. »Bernsten, beruhigen Sie sich!«

»Ich will mich nicht beruhigen! Das Böse greift in diesem Ort schnell um sich. Oder habe ich mich in Ceihn getäuscht? War er von Anfang an Ihr kleiner Handlanger?«

»Ich bin niemandes Handlanger!« Icherios fuhr empört auf. Seine Brille verrutschte. In seiner Aufregung bemerkte er es nicht. »Ich wurde gebeten, dem Morden ein Ende zu bereiten. Auch wenn es mir nicht gefällt, muss ich alle wissenschaftlichen Mittel nutzen, die mir zur Verfügung stehen.«

»Mir sind die Seelen dieses Ortes anvertraut worden. Nur im Tode können sie Frieden finden. Was kümmern mich die gottlosen Kreaturen, wenn sie noch leben, aber wenn ihre leiblichen Hüllen unter der Erde sind, dann kann ich ihre Seele retten.« Mit einem Ächzen stand der Pfarrer auf und ging zur Tür. »Wie ich sehe, ist meine Meinung nicht gefragt. Doch glaubt nicht, dass ich eine Leichenschändung klaglos hinnehmen werde.«

Mit aller Würde seines kirchlichen Amtes verabschiedete er sich. Nur das Zittern seiner Schultern zeugte von seiner Erregung.

»Der wird uns noch Ärger machen«, murmelte Rabensang in seinen Bart.

»Nicht mehr als sonst auch.« Die Stimme des Bürgermeisters klang verkrampft fröhlich.

»Ist eine Exhumierung wirklich notwendig?« Sohon forschte in Icherios' Gesicht nach den wahren Absichten des Gelehrten.

»Wenn ich nicht erst auf die nächste Leiche für meine Untersuchungen warten soll.«

»Dann ist es entschieden. Montagmorgen werde ich Arbeiter schicken. Vorher ist es nicht möglich. An einem Samstag die Leichenruhe zu stören, würde auch die verständnisvollsten Menschen erzürnen. Kümmern Sie sich nicht um Bernsten. Er gerät schnell in Zorn, kühlt aber ebenso rasch wieder ab.«

Icherios setzte bereits zu einer Antwort an, als die Tür aufsprang. Eine atemberaubende Frau mit langen, rabenschwarzen, sanft gelockten Haaren stürmte hinein. Ihre edle Kleidung und ihr Schmuck deuteten auf eine adelige Herkunft. Sohon seufzte, ging aber mit einem Lächeln auf die dunkle Schönheit zu und küsste sie auf die Wange.

»Schwesterherz, was führt dich zu uns? Ich dachte du wärst zu einem Ball deiner Freunde gereist?«

»Wie könnte ich auf ein Fest gehen, ohne unseren neuen Besucher zu begrüßen?« Sie schob ihre Unterlippe schmollend nach vorne. »Es war schändlich von dir, eine so faszinierende Person vor mir zu verbergen.«

»Er ist hier, um zu arbeiten, und braucht keine Ablenkung«, wies Sohon sie zurecht. »Aber ich bin unhöflich. Inspektor, dies ist meine Schwester Carissima von Sohon. Schwesterchen, Icherios Ceihn, der Inspektor aus Karlsruhe.«

Icherios ergriff ihre Hand. Er setzte zu einer Verbeugung an, doch sie presste sich an ihn und hauchte ihm einen Kuss auf die Wange. Ein Duft von Nachtviolen und Wunderblumen umgab sie.

»Hier in den Bergen sind wir nicht so förmlich.«

»Du vielleicht nicht, anständige Menschen schon.« Loretta rauschte durch die geöffnete Tür.

»Wer will anständig sein, wenn er Spaß am Leben haben kann?«

»Meine Damen, das ist nicht der passende Moment für philosophische Diskussionen«, mischte sich Sohon ein. »Es ist spät und Angelegenheiten, die keinen Aufschub dulden, warten auf mich.« Er deutete eine Verbeugung in Richtung des Bürgermeisters an. »Vielen Dank für die Einladung, wenn Sie mich entschuldigen.« Sohon packte seine Schwester am Arm und zog sie mit nach draußen. Icherios konnte sehen, wie sie unwillig die Zähne fletschte.

Der Rest stand hilflos im Raum herum, bis sich einer nach dem anderen verabschiedete.

12

Geheimnisse

Mit einem leisen Quietschen schloss sich die Tür hinter Pfarrer Bernsten. Seine dunkle Robe raschelte über den Teppich. Sorgenfalten zogen steile Linien durch sein zerfurchtes Gesicht. Er verabscheute diesen Raum. Die Kadaver an den Wänden grinsten ihn an wie Ausgeburten der Hölle. Wären es wenigstens Wolfsschädel. »Wir müssen die Exhumierung verhindern!« Er hatte sich entschieden, den Bürgermeister noch einmal aufzusuchen, um die Frage der Exhumierung zu bereden, aber er beabsichtigte keine Zeit mit unnützem Gerede zu verschwenden.

Der Bürgermeister wischte seine feuchte Stirn mit einem spitzenverzierten Tuch ab. Die Dinge entwickelten sich nicht wie erwartet. »Mit Ihrem Auftritt haben Sie uns nicht gerade gedient.«

»Sollte ich etwa zulassen, dass die Särge geöffnet werden?«

»Fürst Sohon wird sowieso tun, was dieser Taugenichts empfiehlt, Einwände sind da zwecklos. Es wäre ratsam gewesen, die Aufmerksamkeit nicht auch noch auf uns zu lenken.«

»Und was sollen wir jetzt unternehmen?«

Arken verzog ärgerlich das Gesicht. Erst forderte Bernsten einen Gefallen ein für eine Sache, die lange Jahre zurücklag, und nun geriet er auch noch in Panik und gefährdete damit sie beide. »Nichts, wir warten erst mal ab. Der Inspektor wird überrascht sein, wenn er die Gräber öffnet.«

»Sie hätten niemals zulassen dürfen, dass Sohon einen Gesandten der Kanzlei herbeiruft.«

»Wie hätte ich das bitteschön bewerkstelligen sollen, ohne unangenehme Fragen beantworten zu müssen? Dieser Ceihn ist sowieso ein Narr. Er wird schon nichts herausfinden.« Arken wischte sich seine Stirn mit einem Tuch ab.

»Er schnüffelt aber herum. Du weißt, dass wir viel zu verlieren haben.«

Arken fühlte sich von Bernstens Gejammer genervt. Schließlich hatte der Pfarrer nicht die geringste Ahnung, welches Geheimnis er wirklich hütete. »Sobald er gefährlich werden sollte, können wir uns immer noch um ihn kümmern. Bisher scheint er von anderen Dingen abgelenkt zu sein. Gott sei Dank ist der Ordo Occulto zurzeit zu beschäftigt, um einen fähigen Mann zu schicken.«

Der Pfarrer seufzte ergeben. »Es war Gottes Wille. Wir dürfen das nicht vergessen. Er wird uns schützen.«

13

Die Witwe Dornschweif

Icherios verbrachte den nächsten Vormittag damit, Versuche an Merelle Sgunds Blut durchzuführen, leider erfolglos. Zweifel kamen in ihm auf, ob die Schwarzfärbung wirklich mit einer Substanz zusammenhing, die der Frau verabreicht worden war, oder ob sie von einem Ritual herrührte. Der seltsame Geruch blieb ihm weiterhin ein Rätsel. Er hatte das Gefühl, der Lösung näher zu kommen, aber er konnte sie noch nicht recht fassen. Frustriert gab er auf und beschloss, seinem Geist etwas frische Luft zu gönnen.

Ein feiner Nieselregen tröpfelte aus dem grauen Himmel herab, als Icherios das Haus verließ. Die Füße der Menschen und die Hufe der Zugtiere trampelten die Feuchtigkeit in den Boden und wühlten die Straße zu einem schlammigen Pfuhl auf. Nachdem Icherios einige Minuten verloren im Regen gestanden hatte, besann er sich auf seine Aufgabe als Ermittler. Der wichtigste und erste Schritt war, Informationen zu sammeln. Er beabsichtigte, die Angehörigen in chronologischer Reihenfolge aufzusuchen. Zuerst die Familie von Urch Dornschweif, dem Werwolf.

Da er nicht in das Haus des Bürgermeisters zurückkehren wollte, beschloss er, der Wache einen Besuch abzustatten. Er hoffte, dort Kolchin anzutreffen, damit er ihn nach dem Weg fragen konnte. Bereits am Morgen war er an der Wache vorbeigekommen, sodass er keine Schwierigkeiten hatte, das kleine, geduckte Haus mit den vergitterten Fenstern und efeuüberwucherten Mauern wiederzufinden.

Im Gegensatz zu den Nachbarhäusern war das Gebäude mit dunklen Schindeln gedeckt und hatte keinen Balkon. Einzig die Form des Daches glich den anderen und zog sich bis dicht über den Boden, sodass es einen Unterstand vor dem Regen bot. Ein Holzschild hing an einem langen, rostigen Metallbogen über der geöffneten Tür und zeigte zwei gekreuzte Schlüssel vor einem Baum. Es war das Zeichen des Flurhüters in dieser Gegend.

Nachdem er leise angeklopft hatte, trat Icherios ein. Das Innere bestand aus einem großen Raum mit einem Schreibtisch und Bücherregalen, in denen sich Papiere und Akten stapelten. Ein einziges Bild mit einer Jagdszene verschönerte die Wände, an denen die Feuchtigkeit Spuren hinterlassen hatte. Lynnart Kolchin saß über einen Stapel Dokumente gebeugt, die Finger geschwärzt von Tinte. Als er Icherios sah, schien er erfreut. »Gibt es etwas Neues?«

»Leider nein, aber ich würde gerne mit der Witwe von Dornschweif reden.«

»Hel ist eine gute Frau! Ich kann Ihnen den Weg zeigen.«

»Wenn es Ihnen nichts ausmacht?«

»Ich bin froh, wenn ich eine Ausrede habe, um mich vor den Akten zu drücken. Schreibarbeit ist eine der lästigen Dinge in meinem Amt.«

Gemeinsam gingen die Männer zum nordöstlichen Ende der Ortschaft, wo die Häuser immer kleiner wurden und kaum noch an die Gebäude im Zentrum erinnerten. Mit ihren strohgedeckten Dächern ähnelten sie fast schon Höhlen oder Tier-Bauten.

»Die Ränder der Stadt werden von Vampiren und Werwölfen bevölkert«, erläuterte Kolchin. »Angeblich zu unserem Schutz, obwohl auch viele der Meinung sind, dass es so ist, um uns unter Kontrolle zu halten. Vor allem die Werwölfe bevorzugen niedrige Räume, wie es Wölfe gewohnt sind.«

Icherios beobachtete interessiert die Menschen, bei denen es sich angeblich um Werwölfe handeln sollte. Er konnte keinen Unterschied erkennen, außer dass ihre Augen allesamt goldgelb leuchteten. Kinder spielten genauso auf der Straße und tollten herum, wie es auch menschliche Kinder tun würden. Mütter trugen Babys auf ihren Armen, und Männer schleppten Holz und Fleisch zu den Feuerstellen. Allesamt machten sie einen glücklichen, zufriedenen Eindruck. Wären da nicht immer wieder diese misstrauischen Blicke in ihre Richtung. Männer hoben die Nasen in die Luft, als wenn sie ihre Witterung aufnehmen würden. Unter der Oberfläche schien es zu brodeln.

Hel Dornschweifs Hütte befand sich in einem Winkel der Stadtmauer. Sie lebte in einem zeltartigen Haus, dessen aneinandergelehnte Holzpfähle und Äste mit einer dicken Schicht Stroh bedeckt waren, die zu Matten verknotet wurden. Den Eingang verdeckte eine Felldecke. Ein Kochfeuer flackerte im Freien. Hinter der Hütte, die genug Platz für vier oder fünf Menschen bot, stand ein Apfelbaum, an dessen Äste Kinder eine Schaukel geknotet hatten. In einem bescheidenen Garten wurden Kartoffeln und allerlei Gemüse angebaut. Töpfe mit Kräutern säumten die Mauer und zeigten eine wuchernde Pracht aus Salbei und Lavendel.

Hel Dornschweif war eine stämmige Frau, robust und mit schweren blonden Haaren und buschigen Augenbrauen. Ihre Augen funkelten vor Lebenslust, doch beim Anblick der beiden Männer verfinsterte sich ihr Blick. Sie trug ein Baby auf dem linken Arm, während sie mit dem rechten in einem Topf rührte.

»Hel, der Inspektor möchte dir ein paar Fragen stellen.«

»Ein Stadtmensch?«, schnaubte sie verächtlich. »Wie soll er die Morde aufklären?«

Icherios hatte sich allmählich an den rauen Umgangston und die Zweifel an seinen Fähigkeiten gewöhnt. »In der Stadt geschehen viele Verbrechen. Ich verfüge über mehr Erfahrung als die Bewohner dieser Gegend. Zudem benötige ich aber auch Informationen. Was können Sie mir über Ihren Mann sagen?«

Die stämmige Frau starrte ihn prüfend an. Dann seufzte sie und nahm den Topf vom Feuer. »Urch war ein feiner Kerl. Grob, ganz gewiss, mit Sicherheit nicht einfühlsam, aber er hatte ein gutes Herz und sorgte immer für uns. Er war ein großartiger Jäger, immer vorsichtig. Ich verstehe nicht, wie ihm jemand so etwas antun konnte.« Tränen schimmerten in ihren Augen und verliehen ihrem Gesicht eine beunruhigende Weichheit.

»Hatte er Feinde?«

Sie zögerte. »Möchten Sie eine Tasse Tee? Ich habe frischen Salbei und Fenchel.«

Kolchin stimmte dankbar zu. Niemand sprach ein Wort, während die Witwe heißes Wasser in Becher mit getrockneten Kräutern goss und ein paar Bröckchen Honig hineingab. Nachdem sie ihnen die Tassen gereicht hatte, rührte sie gedankenverloren mit einem Holzlöffel in ihrer umher. »Ich weiß nicht, wie ich es ohne ihn schaffen soll. Was soll ich nur unserer Tochter sagen?« Sie strich mit einem Finger über die Wange des vergnügt lächelnden Babys. »Dass er ermordet wurde? Von einem Menschen?«

»Warum ein Mensch?«, fragte Icherios.

Hel Dornschweif zog erstaunt ihre Augenbrauen hoch. »Man merkt, dass Sie ein Städter sind. Wer sonst würde einen Werwolf töten? Schon immer waren es die Menschen. Was ihr nicht versteht, bekämpft und vernichtet ihr.«

»Könnte es nicht auch ein Werwolf oder ein Vampir gewesen sein, der Streit mit ihm hatte?«

»Sie kennen uns nicht. Wir sind fast wie Menschen. Wir haben Gefühle, wir können sterben. Das Einzige, was uns unterscheidet, ist das unbändige Temperament. Wenn wir wütend werden, gehen wir aufeinander los. Wir kämpfen, wir brüllen und dann vertragen wir uns. Selten wird jemand ernsthaft verletzt. Heimliche Morde, heimtückisch und bestialisch, das ist nicht unsere Art.«

»Und wenn es jemand war, der körperlich unterlegen war? Es heißt Ihr Mann wäre sehr stark gewesen.«

Hel schnaufte empört auf und wandte sich an den Flurhüter. »Wie soll dieser Fremdling den Mörder fangen? Er kennt uns nicht. Du hast dich bisher um unsere Angelegenheiten gekümmert und deine Sache gut gemacht.«

Kolchin trat verlegen von einem Fuß auf den anderen. »Gib ihm eine Chance. Zwei sind besser als einer. Erklär es ihm.«

Die Mutter seufzte und brachte ihre Tochter zu einer alten Holzwiege. »Wenn die Werwölfe ihn hätten umbringen wollen, dann hätte sich sein Clan zusammengerottet und ihn getötet. Oder er hätte sich unterworfen, wie es in der Natur der Wölfe liegt. Es gibt Anführer und Gefolgsleute. Urch war ein guter Führer, der sich wiederum Rabensang unterwarf.«

»Wenn wir die Werwölfe ausschließen können, bleiben noch die Vampire.«

»Die könnten uns ganz einfach in der Luft zerreißen. Kein Blutsauger würde sich die Mühe machen, uns ausbluten zu lassen. Zudem töten Vampire keine Artgenossen.«

»Warum nicht?«

Sie starrte ihn finster an. Kolchin sprang erklärend ein. »Stirbt einer, stirbt ein Teil der anderen. Zumindest bei denen, die durch Blutsbande miteinander verbunden sind.«

»Sie meinen Verwandte?«

»Gebunden im Blut. Entweder geboren in derselben Familie oder gemacht aus demselben Blut.«

»Wie kann man aus Blut gemacht sein?«

»Es gibt zwei Möglichkeiten, ein Vampir zu werden. Entweder wird man von Vampiren gezeugt wie der Fürst, oder man wird in einem Blutritual zu einem verwandelt. Dadurch entstehen die Blutsbande.«

»Das werde ich bei meinen Untersuchungen bedenken. Aber ich muss wissen, ob Urch Dornschweif Feinde hatte.«

Seine Frau schaukelte ihr Kind in der Wiege. Ihr Blick ging ins Leere. »Er hatte keine.«

Ein Flackern in ihren Augen veranlasste Icherios, die Wahrheit ihrer Worte anzuzweifeln.

Die Männer entschlossen sich aufzubrechen. Als sie sich verabschieden wollten, packte die Witwe Kolchin am Arm. »Fang den Mistkerl, und überlass ihn uns Werwölfen. Erspart dir viel Arbeit.«

Der Flurhüter umarmte sie und gab ihr einen Kuss auf die Wange. Nachdem sie außer Hörweite waren, seufzte er. »Es ist schwer, sie so zu sehen. Meine Frau und Hel bekamen ihre Töchter mit nur drei Tagen Abstand. Eva und sie freundeten sich während der Schwangerschaft an.« Er holte voller Stolz ein Medaillon hervor, das ein Abbild seiner Frau und seiner Tochter Kassandra zeigte. Eva war eine blonde

Schönheit, deren grüne Augen auf dem Papier leuchteten. Icherios spürte einen Funken Neid. Seit er ein kleiner Junge war, hatte er davon geträumt, eine große Familie zu haben.

Die Unterhaltung mit der Werwolfswitwe warf neue Fragen auf. Nachdem sein Begleiter sich verabschiedet hatte, um mit einem wehleidigen Grinsen zu seinen Akten zurückzukehren, schlenderte Icherios zum Haus des Bürgermeisters. Er hoffte, dass er niemandem begegnete, denn er brauchte jetzt Ruhe, um seine Gedanken zu sortieren. Doch kaum öffnete er die Tür, trat ihm Calan von Sohon entgegen. Offenbar hatte der Fürst auf ihn gewartet. Wie immer trug er seinen Stab. Die weißen Rüschen an den Ärmeln seines Hemds, das unter dem weinroten Gehrock hervorblitzte, milderten die Strenge seiner starren, schwarzen Augen. »Inspektor!«

»Wie kann ich Ihnen zu Diensten sein?«

»Was machen Ihre Ermittlungen?«

»Ich habe mit Hel Dornschweif gesprochen, und sie ist der Ansicht, dass weder ein Werwolf noch ein Vampir die Morde begangen haben könnte. Ich gebe zu, dass ihre Erläuterungen einsichtig erscheinen, auch wenn es oft so ist, dass raffinierte Mörder nicht den allgemeinen Verhaltensregeln entsprechen. Aber fürs Erste gehe ich davon aus, dass es sich um einen Menschen handeln muss, wodurch der Kreis der möglichen Täter deutlich eingegrenzt wird.«

»Ich hoffe für Sie, dass Sie ihn bald fassen.« Sohon trat so dicht an Icherios heran, dass der Gelehrte die Kälte der Vampirhaut spürte. Der Fürst schien die Wärme seiner Umgebung aufzusaugen wie ein Egel das Blut. »Menschen verschwinden häufig in dieser Gegend. Vor allem Menschen, die keinen festen Wohnsitz in Dornfelde besitzen. Sollten Sie die Morde aufklären, kann ich Ihnen meinen Schutz gewähren und eine sichere Heimkehr garantieren. Wenn nicht, könnte so manch einer meinen, dass Sie inzwischen zu viel wissen.« Mit einem als Lächeln getarntem Zähnefletschen verbeugte er sich. »Aber das wird natürlich nicht geschehen.«

Fasziniert und etwas schockiert betrachtete Icherios die langen Fangzähne hinter seinen Eckzähnen. In ihm breitete sich die Gewissheit aus, dass er Dornfelde nicht lebend verlassen würde.

Nachdem der Fürst gegangen war, zitterten Icherios' Knie so sehr, dass er sich an der Wand abstütze. Einige Minuten später kam Marie in die Eingangshalle und zündete die Kerzen in einem Leuchter an. Die Sonne sank und tauchte das Haus in Dunkelheit. Er lächelte, doch sie zuckte erschreckt zurück. »Könntest du mich bitte vom Essen entschuldigen? Ich werde mich früh zurückziehen.«

Marie erbleichte. Der Gedanke, dem Bürgermeister mit dieser Nachricht gegenüberzutreten, schien ihr nicht zu behagen. Doch Icherios nahm ihre Reaktion nicht wahr. Mit einer angedeuteten Verbeugung ging er zur Küche. Vor dem Speisesaal hielt er kurz inne. Die Erinnerung an Maribelles Schreie zerrten an seinen Eingeweiden.

Die Köchin gab ihm auf seine Bitte hin einen Teller mit einer dicken Scheibe Schinken, Brot, Butter und Honig. Icherios sah sie das erste Mal lächeln. »Sehen Sie sich mal den Bürgermeister an. Im Herzen ist er zwar kein guter Mensch, doch zumindest die Figur täuscht einen stattlichen Charakter vor. Sie brauchen mehr Speck auf den Rippen, junger Mann.«

Zurück auf seinem Zimmer verschloss Icherios sorgfältig die Tür und setzte sich mit dem Teller an den Tisch. Lustlos stocherte er im Essen herum. Lange hatte er sich so eine frische, reichhaltige Mahlzeit gewünscht und nun, da er sie endlich vor sich hatte, verwandelten sich die Bissen in seinem Mund zu zäher Pappe. Immer wieder durchforstete er seine Gedanken nach Möglichkeiten, aus Dornfelde zu fliehen. Er war noch nicht bereit zu sterben, aber seine Situation schien ihm ausweglos. Durch den Wald würde er es nicht schaffen. Die Erinnerung an die Irrlichter und das abgeschälte Fleisch der Worge spukte immer noch sehr lebhaft in seinem Kopf herum. Er bezweifelte, dass er jemanden bestechen könnte, um ihn aus der Ortschaft zu bringen. Seine einzige Chance bestand im Moment darin, sich schon jetzt auf eine möglicherweise überstürzte Flucht vorzubereiten und auf Sohon zu hoffen. Doch was, wenn der Fürst der Mörder war? Ein finsteres Geheimnis schien den Vampir zu umgeben. Eines, das dunkler noch als seine Herkunft war. Sollte Icherios jemand anderes beschuldigen, um sein eigenes Leben zu retten? Er beschloss, sich mit Arbeit von diesen beängstigenden Gedanken abzulenken, breitete seine Unterlagen aus und holte einen seiner größten Schätze hervor – das äußerst seltene und begehrte Buch *Monstrorum Noctis*. Mehrfach las er in dem Buch die Abhandlungen über Vampire, Werwölfe und Geister.

Während er die Seiten wieder überflog, verschwand die Sonne langsam hinter den Hausdächern. Aufgrund der merkwürdigen Lichtverhältnisse im Dunklen Territorium färbte sich der Himmel hier tiefschwarz, und die Sterne glommen sterbenden Glühwürmchen gleich in traurigem Gelb. Das flackernde Licht der Kerze tanzte an den Wänden und ließ die Buchstaben vor Icherios' Augen verschwimmen. Beinahe wäre er über seinen Aufzeichnungen eingeschlafen, als eine Bewegung vor dem Fenster seine Aufmerksamkeit erregte. Er beugte sich vor, eine Hand auf das Bleiglasfenster gestützt. Ein feiner Ring aus Feuchtigkeit bildete sich um seine Fingerabdrücke. An der gegenüberliegenden Hauswand sah er erneut, wie sich etwas bewegte. Ein Schatten huschte die Mauer herunter, zu groß für eine Spinne und zu gewandt für ein Nagetier. Mit Entsetzen erkannte Icherios die Silhouette einer Frau. Ihre Gestalt wurde nicht von der Schwerkraft beeinträchtigt. Sie hing kopfüber herunter und glitt wie eine Echse, Hände und Füße Saugnäpfen gleich auf dem feuchten Stein haftend, nach unten. Dennoch blieben Haare und Kleid unbeeinträchtigt, als wenn sie auf ebener Erde stünde. Icherios erinnerte sich, dieses Haar bereits gesehen zu haben. Es gehörte zu Carissima, Sohons Schwester. Drei Meter über dem Boden stieß sie sich von der Wand ab und sprang elegant herunter. Der Rock blähte sich bei der Landung auf und entblößte schlanke, weiße Fesseln. Carissima drehte sich um und blickte Icherios direkt ins Gesicht. Wie ein Kaninchen beim Anblick seines Jägers erstarrte er. Sie warf ihm ein verschmitztes Lächeln zu, dann verschwand sie im Dunkeln. Icherios taumelte auf seinen Stuhl. Der Abdruck seiner Hand am Fenster verblasste. Carissimas Erscheinung an der Hauswand war zu grotesk und fremdartig, um es erfassen zu können. Schaudernd schloss er die Bücher. Er musste hier weg. Irgendwie, so schnell wie möglich. Die Idee, irgendjemand ans Messer zu liefern, nur um diesen Ort endlich verlassen zu können, erschien ihm verlockend. Ohne sich auszuziehen, ging er zu Bett. Er beschloss, eine Kerze brennen zu lassen. Dunkelheit konnte er jetzt nicht ertragen. Unruhig wälzte er sich hin und her. Manchmal fiel er in einen leichten Schlummer, nur um sogleich mit rasendem Puls und völlig verschwitzt zu erwachen. Das Verlangen nach Laudanum quälte ihn, doch die Angst vor dem, was geschehen würde, wenn er in die selige Bewusstlosigkeit hinabsank, half ihm der Lust zu widerstehen. Er wusste nicht, wie viel Zeit vergangen war, als er erneut Maribelles Schreie durch das Haus hallen hörte. Icherios zuckte zusammen, wickelte sich die Decke um die Ohren und hoffte, die Geräusche ausblenden zu können. Doch je mehr er versuchte, sie zu ignorieren, desto deutlicher hörte er sie in seinen Gedanken. Spät in der Nacht übermannte ihn die Verzweiflung. Er stand auf und holte aus seiner Tasche das verheißungsvolle grüne Fläschchen. Er zögerte, dann nahm er einen tiefen Schluck. Seine Muskulatur entspannte sich, sein Geist gab sich der Gleichgültigkeit hin, dann fiel er in einen traumlosen Schlaf. Nicht erholsam, aber besser als eine Nacht des bangen Wachens.

14

Maribelle

Ein kalter, feuchter Lappen holte Icherios zurück in die Wirklichkeit. Verschlafen blinzelte er in das Morgenlicht. Die Vögel sangen vor dem Fenster ihren Morgengruß, während er benommen damit kämpfte, die Nachwirkungen des Laudanums abzuschütteln. Verwirrt blickte er empor und erkannte in Loretta die Inhaberin des nassen Waschlappens. Ihr hübsches Gesicht veranlasste ihn, seine missmutigen Worte hinunterzuschlucken.

Sobald sie bemerkte, dass er die Augen öffnete, begann sie ihn zu schütteln. »Wacht auf! So wacht doch bitte auf!«

Der drängende Ton in ihrer Stimme vertrieb den letzten Rest Verschlafenheit aus dem jungen Gelehrten. Er versuchte sich von ihr zu lösen, doch er konnte mit seinen Armen nur ziellos umherfuchteln. Fast hätte er ihr in die Magengrube geschlagen in dem Bemühen, ihre Hände zu ergreifen. Er wollte sie fragen, was geschehen war, aber die Laute, die über seine Lippen kamen, erinnerten wenig an die menschliche Sprache. Endlich erlangte Icherios genügend Beherrschung über seinen Körper, um sich zu befreien und aufzurichten. Er stand auf, packte Loretta an der Hüfte, hob sie hoch und stellte sie in sicherem Abstand ab. Sie hielt einen Moment inne, schaute ihn von oben bis unten an, dann errötete sie schamhaft und senkte den Kopf.

Zu Icherios' Entsetzten bemerkte er, dass sich sein Hemd bis zum Bauchnabel geöffnet hatte und er halb nackt vor ihr stand. Hastig schloss er mit zittrigen Fingern die Knöpfe. »Beruhigen Sie sich erst einmal. Was ist denn eigentlich geschehen?«

Innerhalb weniger Minuten hatte sich der Himmel zugezogen. Die Vögel waren verstummt und ein Blitz erhellte den Raum, gefolgt von bedrohlichem Donnergrollen. Das Prasseln von Regen gegen das Fenster übertönte Lorettas Seufzer, als sie tief durchatmete. »Verzeiht die frühe Störung. Meine Schwester ist krank. Maribelle ist geistig nicht normal, und niemand ist bereit sie zu untersuchen.« Flehentlich sah sie ihn an. »Sie sind ein gelehrter Mann. Könnten Sie nicht nach ihr schauen?«

»Gibt es denn hier keinen Arzt?«

»Nein, und selbst wenn, würde er sich nicht um eine Person wie Maribelle kümmern.«

»Ich bin aber doch kein Mediziner, sondern Inspektor.«

»Aber Sie wissen doch so viel! Vielleicht erkennen Sie die Symptome und vermögen ihr zu helfen.«

Ein Blick in ihre großen, tränengefüllten Augen veranlasste Icherios seine Zweifel über Bord zu werfen. Schließlich war er angehender Medizinstudent und verstand vermutlich mehr von Heilkunde als jeder sogenannte Dorfarzt. »In Ordnung, geben Sie mir nur einen Moment.« Erst schlüpfte er in seine Schuhe, dann schnappte er sich seinen Koffer, während er sich bemühte, ein Zittern zu unterdrücken. Seine Kleider klebten durchtränkt von Nachtschweiß an seinem Körper, und die feuchte, regenschwangere Luft tat ihr Übriges, um eine klamme Kälte in seine Knochen dringen zu lassen. »Warum wurde mir Ihre Schwester nicht vorgestellt?«

»Mein Vater schämt sich ihrer, doch was kann sie für die Prüfung, die Gott ihr auferlegt hat?«

Ohne nachzudenken, antwortete Icherios. »Manch einer meint, dass nur verdorbene Seelen solches Elend zu bewältigen haben.«

Loretta fuhr erbost zu ihm herum. »Was für eine schwarze Seele kann denn ein kleines Kind haben? Sie war so rein und unschuldig wie ein zarter Engel.«

Icherios bereute seine unbedachten Worte. »Verzeiht, das war unangemessen.«

Stolz wandte Loretta sich ab und führte ihn schweigend durch das Haus nach unten. Die Kellertür schwang lautlos auf. Hinter ihr lag eine schmale Treppe mit steilen, grob gehauenen Stufen. An ihrem Ende befand sich ein großer Raum, in dessen Mitte ein freistehender Käfig stand. Wie ein Tier wanderte darin eine magere, blonde Frau mit kurzen, zerzausten Haaren auf und ab. Ihre Züge wiesen erschreckende Ähnlichkeit mit Lorettas auf. Icherios fühlte sich wie ein Zuschauer in einem Zoo, der eine seltene Kreatur betrachtete. Maribelle trug ein Kleid, das zuvor vermutlich Loretta gehört hatte. Es bestand aus edlem Tuch, von dem die wertvollen Spitzen und Perlen abgetrennt worden waren. Trotz des Schmutzes, der an dem Gewand haftete und der Tatsache, dass es locker an ihrem dürren Leib hing, verlieh es ihr einen Rest Würde.

Maribelle glich einer grotesken, verschmutzten Puppe, die im Rinnstein lag. Zu ihren Füßen hatten sich Essensreste und zerbrochenes Geschirr gesammelt. In der Ecke befand sich ein stinkender Abort. Trotz der Feuchtigkeit, des Schimmels und des Mooses an den Wänden, konnte man erkennen, dass Loretta sich bemüht hatte, Maribelles Wohnraum etwas Schönheit zu verleihen. Wandteppiche zierten die groben Mauern. Bett, Tisch und Stuhl wiesen zahlreiche Kratzer auf, waren aber von solider Machart. Neben der Feuchtigkeit, die sich wie ein schleimiger Film auf die Haut legte, herrschte in dem Raum ein übler Geruch von verdorbenem Essen und ungewaschenen Leibern.

Icherios empfand tiefes Mitleid mit Lorettas Schwester. Er erinnerte sich lebhaft an seinen Besuch in einem Irrenhaus. Noch immer verfolgten ihn die Schreie der Geisteskranken, die nackt an blanke Wände gekettet, in ihrem Wahn übereinander herfielen. Die friedlichen, nur leicht verwirrten Menschen hatten keine Chance gegen die brutale Gewalt in dieser Einrichtung. Im Vergleich zu ihnen lebte Maribelle in einem Palast und wurde zumindest körperlich nicht misshandelt.

Mit einem kleineren Schlüssel sperrte Loretta die Tür zu Maribelles Käfig auf. Ihre Schwester kauerte sich auf ihrem Bett zusammen und beäugte den Fremden misstrauisch. Icherios zögerte hineinzugehen. Schon der Gedanke, sie berühren zu müssen, erschreckte ihn. Er musste an seinen Großvater denken, der ein stattlicher, reicher Mann gewesen war. Er hatte immer Süßigkeiten und ein gutes Wort für ihn gehabt, bis er eines Tages dem Wahnsinn verfallen war. Sabbernd und geifernd war er nur noch durch das Haus geirrt, bis ihn zwei Männer abgeholt hatten und er aus seinem Leben verschwunden war. Jahre später erfuhr Icherios, dass er alleine, ohne Kontakt zu seiner Familie, gestorben war. Seitdem plagte ihn die unsägliche Angst, ebenso dem Irrsinn verfallen zu können wie sein Großvater. Und nun sollte er eine Geisteskranke berühren und sich womöglich anstecken? Lorettas Flehen ließ ihm keine Wahl. Sie setzte sich neben ihre Schwester, legte beruhigend einen Arm um sie und schaute fragend zu dem jungen Inspektor auf.

Icherios trat näher an Maribelle heran. Er vermied jedoch jede Art von Blickkontakt. Während er innerlich mit sich rang, ging er zögerlich um sie herum. Der Eimer, der als Abort diente, zeigte Spuren von Erbrochenem. »Was für Symptome weist sie auf?«

Loretta strich feuchte Strähnen aus dem Gesicht ihrer Schwester. »Als ich sie heute Morgen fand, wand sie sich in Bauchkrämpfen. Ihre Haut ist nass und kalt. Fühlen Sie!«

Icherios ignorierte die Aufforderung. »Fiebert sie?«

Loretta legte die Hand auf die Stirn ihrer Schwester und blickte ihr prüfend in die Augen. Plötzlich packte Maribelle ihren Arm und presste unbeholfene Worte heraus. »Mein Bruder? Warum ist er verloren?«

Loretta löste sich sanft aus Maribelles Griff. »Ist ja gut, meine Liebe.« Dann wandte sie sich an Icherios. »Sie glüht.«

»Weshalb fragt sie nach einem Bruder? Ich dachte, es gäbe nur sie beide?«

»Beachten Sie sie nicht. Sie redet wirr, seit ich mich erinnern kann.« Loretta strich ihrer Schwester liebevoll über die Wange. »Was fehlt ihr?«

»Eine harmlose Schwäche. Der Keller ist kalt und nass. Ein Wunder, dass sie so lange überlebt hat. Wenn sie genesen soll, muss sie in ein warmes, trockenes Zimmer. Mit sorgfältiger Pflege wird sie bald wieder gesund werden. Sorgt Euch nicht.« Icherios hoffte, dass sich seine Worte nicht als Lüge erweisen würden. Es war gewagt, eine derart positive Diagnose zu stellen, ohne die Patientin zu berühren.

Dann erklang plötzlich ein Poltern im dunklen Treppenaufgang, und Icherios fuhr herum. Begleitet von lautem Schnaufen trampelte der Bürgermeister die Treppe herab.

»Was geht hier vor?« Arkens Unmut, seine Tochter zusammen mit Icherios anzutreffen, war nicht zu übersehen.

»Seid nicht böse. Ich habe den Inspektor darum gebeten, Maribelle zu untersuchen. Sie ist krank.«

»Du hättest mich vorher fragen sollen.«

»Ich war so in Sorge, dass ich mich vergaß.« Lorettas Gesichtsausdruck wirkte hart und bestimmt und schien so gar nicht zu dem demütig gesenkten Kopf zu passen.

»Was fehlt dem Ding?«

Icherios sah sich gezwungen, seine Diagnose zu wiederholen. Jedes seiner Worte verstärkte sein schlechtes Gewissen. »Es ist eine Schwäche, verursacht durch Miasmen, Gifte, die aus dem Erdreich aufsteigen. Sie muss in ein richtiges Zimmer umziehen, um zu genesen.«

»Was soll es denn mit einem Zimmer anfangen? Es wird nur die Möbel zerschlagen und die Tapeten von den Wänden reißen.«

»Vater, bitte. Ich flehe Euch schon lange an, ihr einen vernünftigen Platz zu gewähren. Seht nur, wie krank sie ist. Sie ist doch Eure Tochter!«

»*Du* bist mein Kind und nicht dieses Ding.« Der Bürgermeister runzelte die Stirn. Es war ihm offensichtlich unangenehm, mit Maribelle in Verbindung gebracht zu werden.

»Wie könnt Ihr so einfach zulassen, dass sie stirbt?« Tränen liefen über Lorettas Gesicht.

Arkens Züge wurden weich. »Mach mit dem Ding, was du willst, aber sie soll mir nicht unter die Augen kommen.« Angewidert wandte er sich ab und stieg ächzend die Treppe hinauf.

Loretta fasste das als Zustimmung auf. Ihre Augen leuchteten, als sie sich zu Icherios umwandte. »Vielen Dank! Ihr wisst nicht, wie dankbar ich Euch bin.« Einen Moment zögerte sie, dann schlang sie die Arme um Icherios' Hals und drückte ihm einen Kuss auf die Wange. »Ich muss das Zimmer für Loretta vorbereiten.« Verlegen blickte sie zu Boden, bevor sie mit wehenden Röcken davoneilte.

Icherios lief dunkelrot an. Er stand noch lange mit hochrotem Kopf im Keller. Eine Hand lag auf der Stelle, an der ihn Lorettas Lippen berührt hatten.

15

Der Flurhüter

Icherios klopfte an die Tür der Wache. Er hoffte, sich mit dem Besuch beim Amtsmann von dem Gefühlschaos, das Lorettas Kuss in ihm verursacht hatte, zu erholen.

»Inspektor! Wie schön Sie an diesem frühen Morgen zu sehen!«

»Danke, Lynnart. Können Sie mir einige Fragen beantworten und mit mir Ihre Aufzeichnungen durchgehen?«

»Natürlich! Treten Sie ein!« Während er einen Stapel Papiere von seinem Schreibtisch auf den Boden verlagerte, redete er unaufhörlich. »Ich habe leider wenig Zeit. Zwei Vagabunden sind letzte Nacht verschwunden.« Der Flurhüter schüttelte den Kopf. »Sie kommen und gehen wie sie wollen, aber wir müssen mit einer Untersuchung unseren guten Willen zeigen. Wer weiß, vielleicht besteht auch eine Gefahr für das Dorf.«

»Leben die Landstreicher denn völlig im Freien?«

»Manche ja, andere ziehen als Sippschaft mit Wagen und Zelten umher.«

»Wie können sie im Wald überleben mit den Irrlichtern, die dort herumstreichen?«

»Das fragen sich viele. Vermutlich besitzen sie schwarze Magie. Gerüchte besagen, dass sie Menschen und Tieropfer bringen, um die Geister fernzuhalten.«

Icherios schauderte bei dem Gedanken. Die Vagabunden und Streuner, die er kannte, waren arme, hungerleidende Wesen, die gebrandmarkt von Ort zu Ort zogen und auf ein kleines Almosen hofften. Das Dunkle Territorium verwandelte selbst die Obdachlosen in bedrohliche Kreaturen.

Kolchins Aufzeichnungen bestanden aus einem Stapel Papiere, in denen sich Zeichnungen der Opfer und Berichte über den vermuteten Tathergang befanden. Während sie gemeinsam die Akten durchgingen, stellte Icherios ab und an eine Frage. »Die erste Leiche lag also auf dem Boden?«

Die Dokumente in den Händen des jungen Mannes zitterten. »Abgelegt wie ein Sack schimmeliges Mehl.« Er runzelte die Stirn. »Ist das von Bedeutung?«

»Nun ja, die anderen Leichen wurden aufgehängt. Vermutlich hat der Mörder gefallen gefunden an dem schockierenden Anblick und der entsetzten Reaktion der Menschen.«

»Wenn es ihm vorher nicht darum ging zu schockieren, warum brachte er sie auf diese bestialische Weise um?«

Für einen Moment herrschte Stille, dann griff Icherios in die Innentasche seines Hemdes und holte die Karte hervor. »Ich habe eine Bitte, aber ich muss auf Verschwiegenheit bestehen.«

Kolchin richtete sich auf und erwiderte fast ein wenig beleidigt: »Selbstverständlich.«

Der junge Gelehrte breitete das Pergament auf dem Tisch aus. »Vorletzte Nacht fand ich diese Karte unter meinem Kopfkissen. Wissen Sie, was es mit ihr auf sich hat?«

»Ein Teil der Ländereien gehört dem Fürsten von Sohon.« Kolchin strich vorsichtig mit den Fingern die Grenzen ab.

»Ist bekannt, dass diese Gebiete ursprünglich nicht Teil des Schlosses waren?«

»Mir nicht, und ich kenne keine derartige Urkunde, aber ich habe mich nie mit der Geschichte Dornfeldes beschäftigt. Die Gegenwart bietet genug Ärger, da muss man nicht auch noch in alten Problemen wühlen.«

»Wusste eines der Opfer um ihre Existenz?«

»Wenn der Fürst Kenntnis von ihr hatte, dann auch sein Verwalter Bamian Centh. Warum ist das wichtig?«

Icherios drehte seinen Bleistift zwischen den Fingern. Kolchins Augen weiteten sich. »Wollen Sie etwa andeuten, dass Sohon der Mörder sein könnte?«

»Behaupten möchte ich nichts, aber ich finde es auffällig, dass vermutlich einer der Toten die Karte kannte. Immerhin könnte sie dem Fürsten große Teile seines Besitzes streitig machen.«

»Solange Sie nicht sicher sind, würde ich keine schlafenden Hunde wecken.« Kolchin blickte ängstlich aus dem Fenster.

»Natürlich nicht. Vorerst sammle ich nur Informationen. Wer ist diese Familie Freylung? Ich bin ihr bisher nicht vorgestellt worden.«

»Doch, das sind Sie. Loretta und Maribelle sind die letzten Nachfahren der Freylungs.« Kolchin seufzte. »Es ist eine lange Geschichte.«

»Versuchen Sie es mit einer Kurzfassung.«

»Lorettas Mutter, Anna, war eine geborene Freylung und somit Teil einer Familie reicher Gutsbesitzer. Anna war der einzige Nachkomme und ihr zukünftiger Gatte der Erbe sämtlicher Besitztümer. Angeblich liebte sie einen anderen Mann, heiratete aber zur großen Überraschung und gegen den Willen ihrer Eltern Endrik von Arken. Mein Vater behauptete immer, dass die Dorfbewohner verblüfft über ihre Entscheidung waren, da dieser weder Land noch Geld besaß. Doch die Freylungs vergötterten ihr einziges Kind und erfüllten ihr jeden Wunsch.«

»Wen liebte sie denn tatsächlich?«

»Das hat mir mein Vater nie verraten.«

»Wie ist sie gestorben?«

»Sie gebar Arken zwei Töchter. Bei der Geburt des dritten Kindes, angeblich ein Sohn, verstarb sie.«

Icherios ging im Raum auf und ab. Eine Angewohnheit, die ihm beim Nachdenken half. »Ein Junge? Das Kind wurde geboren?«

Kolchin zuckte mit den Schultern. »Spielt das eine Rolle? Fragen Sie den Pfarrer. Vielleicht weiß er mehr oder kennt die Hebamme.«

Icherios musste an Maribelle denken, die immer wieder nach ihrem verlorenen Bruder gerufen hatte. Der Tod ihrer Mutter und ihres kleinen Geschwisters mochte sie traumatisiert und in den Zustand des Wahnsinns versetzt haben.

»Was geschah mit Annas Eltern?«

»Zu Arkens Glück kamen sie kurz nach der Hochzeit bei einem Unfall mit der Kutsche um.«

»Wollen Sie damit andeuten, dass der Bürgermeister seine Finger im Spiel gehabt haben könnte?«

»Es wurde nie etwas bewiesen.«

Icherios verabschiedete sich. Statt Antworten zu finden, stellten sich ihm nun noch mehr Fragen.

16

Geisterhafte Begegnung

Icherios streifte durch die Straßen von Dornfelde und verspürte keinerlei Bedürfnis, in das Haus des Bürgermeisters zurückzukehren. Selbst seinem Elternhaus hätte er im Moment den Vorzug gegeben. Voller Scham entsann er sich an die Begegnung mit Maribelle und der Tatsache, dass er es nicht vermochte, sie zu berühren. Wie konnte er hoffen, Arzt zu werden, wenn er Kranke fürchtete?

Icherios' Blick schweifte an den Hausfronten entlang. Mittlerweile fiel es ihm leichter Menschen, Vampire und Werwölfe voneinander zu unterscheiden. Offenbar gab es eine Arbeitsteilung. Die Werwölfe beschäftigten sich mit groben Tätigkeiten, brachten Holz und Fleisch herbei, wuchteten schwere Gegenstände auf die Karren. Die Vampire hingegen wandten sich den feineren Künsten zu und organisierten den Bau von Häusern, die Verteilung der Lebensmittel und stellten Körbe, Tische und Dinge für den alltäglichen Gebrauch her. In jedem Garten wurden Obst und Gemüse angebaut. Dadurch, dass die Vampire keiner normalen Nahrung bedurften und die Werwölfe hauptsächlich von der Jagd lebten, stand den Menschen selbst in Zeiten des Hungers ausreichend Essen zur Verfügung. Diese kümmerten sich um die Tiere, betrieben Fischerei am See, bebauten Felder und verarbeiteten die Nahrungsmittel.

Nach den zahllosen Berichten, die Icherios über Vampire gelesen hatte und dem Bild, das dort von den Kreaturen gezeichnet wurde, wirkte eine Stadt wie Dornfelde geradezu absonderlich. Wer würde ihm glauben, dass Vampire als Handwerker arbeiteten und zusammen mit normalen Menschen Dorfgemeinschaften bildeten?

Trotz des äußerlichen Friedens vergaß Icherios nie, dass das zarte Gleichgewicht drohte ins Wanken zu geraten. Da war ein unvorsichtiger Kutscher, der einen Werwolf beinahe umfuhr, und im Gegenzug von einer pöbelnden Masse davongejagt wurde. Da gab es Vampire, auffällig mit ihrer weißen Haut und den spitzen Zähnen, die die Menschen, die ihre Waren begutachteten, misstrauisch beäugten. Icherios wurde sich schmerzhaft bewusst, wie wenig Zeit ihm blieb, um das drohende Unheil abzuwenden. Die Balance in Dornfelde beruhte auf gegenseitigem Vertrauen, und dieses begann schneller als ein Erdrutsch zu zerfallen.

Zurück im Haus des Bürgermeisters ging Icherios seine Notizen durch. Ihn beschlich das Gefühl, etwas Entscheidendes übersehen zu haben. Er beschloss, sein *Chymisches Werk* durchzuarbeiten, um eine Erklärung für das schwarze Blut zu finden. Er war sich sicher, dass es mit einem alchemistischen Ritual zusammenhing.

Er war noch nicht über die erste Seite hinaus, die eine umständliche Danksagung an Lehrer und Verwandte beinhaltete, als es zurückhaltend an der Tür klopfte. Icherios wappnete sich innerlich für ein neuerliches Streitgespräch mit dem Bürgermeister, bevor er die Tür öffnete. Doch dann stand Loretta, schön wie die Abendsonne, vor ihm. Sie trug ein weißes Kleid mit grün-gelben Blumen und einer passenden dunkelgrünen Jacke, die ihren Hals mit einem spitzenbesetzten Kragen umschloss. Kleine Glasperlen ersetzten die Knöpfe. Ihr Haar war nachlässig hochgesteckt worden. Einzelne, vorwitzige Locken spielten um ihre feinen Züge. »Ich wollte mich dafür bedanken, dass Sie sich so gut um Maribelle gekümmert haben. Sie schläft jetzt in ihrem neuen Zimmer.«

Scham machte sich erneut in Icherios breit. »Ihr braucht mir nicht zu danken.«

»Doch, doch!« Loretta trat vor und ergriff seine Hände. Er konnte den schwachen Geruch von Pfefferminz in ihrem Atem riechen. An der Stelle, an der sie sich berührten, prickelte seine Haut. »Ich bin so froh, sie endlich aus dem Keller zu wissen. Diese Behandlung hat sie nicht verdient. Sie ist nicht gefährlich, nur unendlich traurig und verwirrt.«

Icherios wusste, dass er sich von ihr lösen sollte, doch die Gefühle, die sie in ihm auslöste, spülten seine Selbstbeherrschung davon. Seine Finger blieben in die ihren verschränkt. »Es ist mir eine Ehre, Euch helfen zu können, Herrin.«

»Nennt mich Loretta.«

»Wie Sie wünschen, Loretta.«

»Mein Dank ist nicht der einzige Grund, der mich hierher führt. Ich darf euch doch Icherios nennen?« Loretta riss ihre Augen in gespielter Unschuld auf.

Abgelenkt durch ihre Nähe und die Wärme, die ihr Körper ausstrahlte, nickte Icherios.

»Ich möchte, dass Ihr mich nach Karlsruhe mitnehmt. Mich und Maribelle.«

Icherios zuckte zurück. »Was?« Er hatte vieles erwartet, aber nicht diese Bitte.

»Versteht Ihr denn nicht? Dornfelde ist ein einziges Gefängnis. Ich will nicht zum Vampir werden, und ich will auch nicht die Gemahlin des Fürsten werden. In Karlsruhe wären Maribelle und ich in Sicherheit. Was geschieht sonst mit meiner Schwester, wenn ich die Fürstin von Sohon bin? Calan würde sie niemals im Schloss dulden.«

»Der Fürst ist Euch sehr zugetan. Er wird Euch jeden Wunsch gewähren.«

»Nur nicht den Wunsch, am Leben zu bleiben.«

»In Karlsruhe seid Ihr aber nicht außer Gefahr. Wie wollt Ihr den Vampiren und Werwölfen entkommen?«

»Wir hätten immerhin eine Chance. Sie dürfen in der Stadt schließlich nicht offen auftreten und fristen ihr Dasein im Verborgenen.« Loretta holte tief Luft. Ihr Busen bebte. Die folgenden Worte kosteten sie sichtlich Überwindung. »Heiraten *Sie* mich! Dann haben sie keine Macht über uns.« Röte stieg in ihre Wangen.

Icherios riss die Augen auf. Wäre ihr Verlobter kein Vampirfürst, hätte es der glücklichste Tag seines Leben werden können. »Sie könnten uns immer noch töten.«

»Warum sollten sie?«

Icherios wusste zahlreiche Gründe, doch in Lorettas Augen lag ein Glanz, der deutlich zeigte, dass sie alle Bedenken beiseitewischen würde.

»Bitte Icherios, überlegt es Euch.« Loretta hauchte ihm einen Kuss auf die Wange. »Mein Leben hängt davon ab.«

Mit diesen Worten rauschte sie aus dem Raum und ließ einen verwirrten Icherios zurück. Loretta war wunderschön, intelligent und einfühlsam, doch was würde der Fürst mit ihm machen, wenn er ihm die Braut raubte? Icherios' Wissen über Vampire war für Sohon schon jetzt Grund genug ihn umzubringen. Die Konsequenzen für das Durchbrennen mit Loretta mochten weitaus schrecklicher sein. Vor allem wenn es stimmte, dass ein großer Teil Dornfeldes eigentlich der Familie Freylung gehörte. Loretta wäre somit Sohons einzige Möglichkeit, sich seinen Besitz zu sichern.

Icherios beschloss, sich wieder seiner Arbeit zuzuwenden und seinen Versuchsaufbau zur Analyse des Blutes vorzubereiten. Er zog seine schwere Holzkiste unter dem Bett hervor und mühte sich damit ab, den vernagelten Deckel zu lösen. Er wollte nicht im Haus umherirren, um nach einem Stemmeisen zu suchen. Für einen Tag hatte er genügend unangenehme und verwirrende Begegnungen durchgestanden. Endlich gelang es ihm, den Deckel anzuheben. Zu seiner Erleichterung waren seine Geräte, Fläschchen, Kolben, Mörser und anderes zerbrechliches Zubehör unversehrt. Die dicke Holzwolle hatte sie wider Erwarten vor der groben Behandlung durch die Kutscher geschützt. Sein Tisch bot nicht ausreichend Platz, um auf ihm den Aufbau zu errichten. Deshalb rückte er sein Bett zur Seite und breitete seine Utensilien auf dem Boden aus. Maleficium erkannte die Anzeichen und verkroch sich in eine Ecke, in der er sich zusammenrollte und in das Reich der Rattenträume zurückzog. Icherios wollte mit der Analyse des Blutes herausfinden, was die Schwarzfärbung und den eigentümlichen Geruch verursachte. Vielleicht fand er sogar einen Hinweis darauf, womit die Vampire betäubt worden waren. Er beabsichtigte, eine mehrstufige Destillation durchzuführen und das Destillat in einer Zwischenstufe mit Schwefelpulver zu mischen. Er hoffte am Ende das Mittel zu erhalten, das für eine der Abnormitäten verantwortlich war. Allerdings bestand das Problem darin, dass er keine Ahnung hatte, wie sich normales Vampirblut verhielt. Er brauchte unbedingt eine Vergleichsprobe.

Die Alchemie zusammen mit der Medizin waren schon immer seine Leidenschaft gewesen. Während andere Kinder ihr Taschengeld für Süßigkeiten und Spielzeug ausgaben, hatte er sich heimlich Bücher und Arbeitsmaterialien besorgt. Sein Vater hatte noch nie viel von solchen Spinnereien gehalten. Die einzige Wissenschaft, die in seinen Augen nützlich war, war die grundlegende Mathematik, die man zur Führung eines Unternehmens benötigte. In Vallentin Zirker hatte Icherios seinen einzigen, wahren Freund gefunden. Auch wenn er aus keinem reichen Elternhaus stammte, waren seine Eltern wohlhabend genug gewesen, um ihm einen eigenen Hauslehrer zu ermöglichen. Sein Interesse an den Wissenschaften und an der Politik war groß. Donak Ceihn hatte allerdings von Anfang an versucht, ihre Freundschaft zu unterbinden, aber Icherios und Vallentin umgingen einfach seine Verbote. Immer wieder hatte Donak sich bemüht, seinen Sohn mit Jugendlichen, die nichts anderes im Sinn hatten, als ihre Jugendzeit möglichst leichtlebig zu verbringen, zusammenzubringen. Die Kontakte, die man in der Jugend knüpft, würden sich im Alter als äußerst gewinnbringend erweisen, pflegte sein Vater zu sagen. Vermutlich hätte er damit sogar recht behalten, grübelte Icherios. Er hatte keine Freunde, um es überprüfen zu können.

Der junge Gelehrte bemerkte beim Arbeiten nicht, wie die Zeit verging. Erst als die Dunkelheit es ihm unmöglich machte, seine eigenen Handgriffe zu erkennen, stand er auf, um den Kamin und einige Lampen zu entzünden. Wenig später war der Aufbau errichtet. Mit Hilfe eines Trichters füllte er Wasser in den vorderen Kolben, um einen Durchlauf zur Reinigung und als Test auf Dichtheit durchzuführen. Nachdem er die Feuer unter den Glasgefäßen entzündet hatte, holte er aus seiner Tasche ein kleines, in Tücher eingeschlagenes Päckchen heraus, das eine Stange gelblichen Materials enthielt: Schwefel, auch Sulphur citrinum genannt. Er schnitt ein paar Brocken ab, gab sie in einen Mörser und mahlte sie. Der Schwefel war schwer zu zerkleinern, da die Körner immer wieder am Stößel kleben blieben. Nachdem er das Sulphur zu einem feinen Pulver verarbeitet hatte, stellte er es auf die Fensterbank ins Mondlicht, damit der Himmelskörper die veränderliche Wirkung des Schwefels verstärken konnte. Anschließend sank er mit dem Rücken an die Wand gelehnt auf den Boden. Erschöpft schloss er die Augen. Das Trippeln kleiner Füßchen kündigte Maleficiums Besuch an, der sich in seine auf dem Bauch verschränkten Hände kuschelte. Die Arbeit hatte Icherios nicht völlig abgelenkt. Immer wieder schwirrten Bilder einer nackten Loretta durch seine Gedanken. Es war nicht allein ihre Schönheit, die ihn bezauberte, sondern auch ihre ehrliche Art, so vermutete er. Zumindest hoffte er, dass er diesmal einer Frau trauen konnte. Der Verrat der einzigen Liebe seines Lebens, schmerzte ihn noch immer.

Grete zu Aiersbach war ihm bei ihrer Geburt versprochen worden. Er war zu dem Zeitpunkt erst acht Jahre alt, und obwohl sie in Heidelberg aufwuchs, richteten es ihre Eltern ein, dass sie sich mehrmals im Jahr besuchten. Von ihrer Geburt an wurde sie dazu erzogen, eine perfekte Gemahlin zu sein. Sie war wunderschön und besaß alle Eigenschaften, die Icherios sich von seiner Ehefrau wünschte, außer dass sie nicht viel von Bildung hielt. *Bücher lenken eine Frau von ihren wesentlichen Pflichten ab.* Nachdem Icherios sich von seiner Familie losgesagt hatte und seiner inneren Berufung, der Wissenschaft, gefolgt war, löste sie ihre Verlobung und heiratete nach wenigen Monaten einen vermögenden, alten Bankier. Grete strich ihn wie ein lästiges Insekt aus ihrem Leben. Damals hatte Icherios nicht hinter den schönen Schein sehen können. Er hoffte, dass Loretta anders war. Sie hatte einen wohlhabenden Vater, und die Aussicht, einen reichen Fürsten zu heiraten, der ihr zudem die Unsterblichkeit versprach. Trotzdem wollte sie mit ihm nach Karlsruhe fliehen.

Die höchste Tugend ist die Freiheit von Emotionen. Icherios klammerte sich an diese Weisheit. Er durfte seinen unbedachten Gefühlen nicht die Herrschaft über ihn geben. Leise betete er die Lehrsätze der *Tabula Smaragdina* vor sich hin, bis er in einen leichten Schlaf fiel.

Stunden später erwachte er und ärgerte sich, eingeschlafen zu sein. Sein Versuchsaufbau funktionierte und wartete auf den Durchlauf. Mit steifen Knochen stand Icherios auf. Maleficium ruhte noch immer in seinen Händen und quiekte empört über die Störung. Gott sei Dank war das kleine Tier bestechlich und verkroch sich mit einem Stück Käse in eine Ecke. Der junge Gelehrte streckte sich. Dann verdünnte er die Blutprobe mit einigen Tropfen Wasser und gab den Schwefel hinzu. Anschließend füllte er die Mischung in die Apparatur. Nachdem er die Flammen erneut entzündet hatte, beobachtete Icherios, wie die Flüssigkeit verdampfte und seinen Weg durch das System startete. Er löschte alle Lampen. Einzig die flackernden Flammen unter den Kolben spendeten Helligkeit. Er setzte sich mit dem Rücken an den Bettpfosten gelehnt auf den Boden, legte die Hände auf die Knie und stützte seinen Kopf darauf. Geistesabwesend verfolgte er wie der Dampf in den Röhren perlend kondensierte. Zuerst glaubte er zu träumen, als ein leiser Singsang erklang. Dann wurde ihm bewusst, dass die Laute näher kamen. Langsam drehte er sich um. Hinter ihm stand eine hochgewachsene Frau, die ihn mit dunklen Augen fixierte. Sie war hübsch, vielleicht etwas zu kräftig im Gesicht. Ihr glattes braunes Haar fiel lang den Rücken hinab. Die vollen Lippen verzogen sich zu einem Lächeln, während sie weitersang. Ein enges Mieder brachte ihren üppigen Körper zur Geltung. Das einzige und dafür umso erschreckendere Problem bestand darin, dass sie durchsichtig war und einen Meter über dem Boden schwebte. Icherios presste sich an den Bettpfosten. Das musste die Grabende Helene sein, der Geist von dem ihm Kolchin erzählt hatte. Angst und Faszination kämpften in seinem Inneren um die Vorherrschaft.

Dann verwandelte sich der Singsang in Worte.

»In Wissen liegt Macht,
verkannt in Gier,
die wahre Pracht
des Lebens holde Zier.«

Icherios rieb sich die Augen. Er hatte vieles erwartet, nur nicht einen reimenden Geist. Dann nahm er die kläglichen Reste seines Mutes zusammen. »Bist du Helene?« Seine Stimme krächzte.

Der Geist kicherte. In die glockenhellen Töne mischte sich ein unterschwelliges, metallisches Kreischen.

»Findet er mich hübsch
oder doch eher drüsch?«

Icherios starrte sie an. Verlangte der Geist tatsächlich zu wissen, ob er sie attraktiv fand? Er kniff sich in die Wangen, um sich zu versichern, dass er nicht schlief. Sie schwebte weiterhin vor ihm. »Zu Lebzeiten konnte dir sicher keiner widerstehen.«

Wieder lachte der Geist. Sie schien ein fröhliches Naturell zu haben. Ganz anderes als die in den Abhandlungen erwähnten bösen Erscheinungen, die die Menschen plagten.

»Flinke Zunge führt er in seinem Munde,
so gewinnt er die erste Runde.
Er nehme meinen Rat
und vergesse nicht den Grat
zwischen Erkenntnis und Wissenschaft,

denn nur der, der sieht, auch Wissen schafft.
Suche im Amtes Zimmer,
nach des Wissens Schimmer.«

Helene schwebte auf ihn zu. Bevor Icherios ausweichen konnte, strich ihre Hand wie ein kühler Lufthauch über seine Wange. Ihre Fingerkuppen waren blutig und mit Erde beschmiert, die Fingernägel abgerissen. Icherios starrte sie an. Dann verblasste sie wie ein Nebelschleier, den der Wind davontrug. Ihr Lachen klang noch lange im Raum nach. Icherios kauerte sich neben Maleficium in die Ecke. Seine Zweifel an seinem Verstand wuchsen.

Die nächsten Stunden blickte er stumpfsinnig in die Flammen. Ab und an drehte er den Kopf, um sich zu vergewissern, dass er nicht erneut Besuch von einem Geist erhielt. Er musste sich über vieles klar werden.

Die Morgendämmerung nahte, als er aufstand und das Ergebnis seines Versuchs betrachtete. Anstatt der erhofften Lösung hatte sich eine schwarze, faulig stinkende Masse im letzten Kolben gebildet, die in der kühlen Nachtluft schnell kristallisierte. Frustriert baute er die Apparatur ab und begann, die Gläser zu säubern. Danach ging er zu seinem Bett. Müde und zermürbt fiel er in die Kissen. Obwohl Maribelle ruhig war, fand Icherios keine Ruhe. Sein Vorrat an Laudanum schwand, und er wagte nicht, ihn zu verschwenden. Bilder einer nackten Loretta in seinen Armen suchten ihn heim, um sogleich von Sohons wutverzerrtem Gesicht ersetzt zu werden.

Der erste Hahn begrüßte die Rückkehr der Sonne, als Icherios in einen erschöpften, ohnmachtähnlichen Schlaf glitt.

17

Auf dem Friedhof

Am nächsten Vormittag ging Icherios zum Friedhof hinaus. Er wollte einige Minuten für sich sein, bevor er sich der Exhumierung stellte. Es war ein klarer Herbstmorgen, die Sonne schien, die Vögel zwitscherten, sodass die Gedanken an Vampire und Morde absurd erschienen.

Die aus großen, quadratischen Steinblöcken zusammengesetzte Brücke, die zur Insel hinüberführte, auf der die Kirche stand, wies eine leichte Wölbung auf. Eine breite Mauer an den Seiten schützte Wagen und Menschen vor einem Sturz ins kalte Wasser. Die Kirche war aus demselben grauen Stein gebaut wie die Brücke und wirkte sehr groß für eine Dorfkirche. Sie war offenbar von einem verrückten Baumeister nach und nach zusammengestellt worden. An das Grundgerüst aus Turm und Langhaus schlossen sich weitere kastenförmige Gebäude an. Durch die planlose Bauweise wirkte die Kirche zusammengestaucht und wenig beeindruckend, auch wenn sie im Schatten der Feste ruhte. Das Wasser des Sees, gespenstisch glatt wie ein Spiegel, glänzte in der Morgensonne. Ab und an begrüßte ein Fisch im kraftvollen Sprung den neuen Tag. Die kreisförmig auseinanderlaufenden Wellen bildeten dunkle Flecken.

Der Friedhof lag am hinteren Ende der Insel, gegenüber der Kirche, ein dutzend Schritte vom Ufer entfernt. Aufgrund der Nähe zum Wasser konnten die Gräber nicht tief sein. Einige hohe Bäume beschatteten die zum Teil alten und verwitterten Grabsteine. Icherios schlenderte ihre Reihe entlang. Ihm fiel auf, dass es immer wieder Jahre gegeben hatte mit besonders vielen Toten. Vor allem unter den jungen Menschen. Waren diese Todesfälle natürlichen Ursprungs, oder wüteten in diesen Zeiten die Werwölfe und Vampire? Unweigerlich fragte Icherios sich, wie oft Wissenschaftler die falschen Rückschlüsse zogen und Krankheiten und Krieg die Schuld für das massenhafte Sterben gaben, während in Wirklichkeit übernatürliche Wesen die Verantwortung trugen.

»Wollen Sie diesen Wahnsinn geschehen lassen?« Der Pfarrer kam schnaufend über den Kiesweg auf Icherios zu.

»Ich fürchte, ich habe keine andere Möglichkeit.«

»Gott lässt einem immer eine Wahl. Tun Sie das Richtige, und stören Sie nicht die Toten.«

»Gestattet Gott einem Mörder davonzukommen?«

Bernsten schnaubte verächtlich. »Was für ein Verbrechen ist es, Werwölfe und Vampire zu vernichten?«

»Und wenn er sich irgendwann an Menschen vergeht?«

»Dann können Sie ihn immer noch fangen. Tote ihrer Totenruhe zu berauben, ist eine Sünde.«

»Wenn Sie Vampire und Werwölfe derart verabscheuen, wie können Sie es zulassen, dass die Menschen unter ihrer Herrschaft leben? Ist das Gottes Wille? Mir scheint es Heuchelei zu sein.« Icherios wunderte sich, wo er den Mut hernahm, diese Worte auszusprechen und bereute es sofort, als er den Hass in den Augen des Pfarrers erkannte.

»Wenn ich könnte, würde ich jede einzelne dieser Kreaturen niedermeucheln, aber ich bin nicht dumm. Rufe ich zum Aufstand, werden alle sterben. Das kann ebenfalls nicht Gottes Wille sein. So warte ich und hoffe Tag für Tag, dass sich die Gelegenheit bietet, uns von diesem Joch zu befreien.«

Drei hünenhafte Männer betraten das Friedhofsgelände. Ihre Schritte zermalmten den Kies unter ihren Füßen.

»Jorge Windsucher und seine Brut«, zischte der Pfarrer. Im Gegensatz zu den anderen Werwölfen – ihre goldenen Augen verrieten ihre Abstammung – waren sie nicht von sehniger, schlanker Statur, sondern breit und kräftig gebaut wie Riesen aus dem Sagenland. Icherios hegte keinen Zweifel daran, dass eine ihrer schwarz behaarten Pranken seinen Kopf wie eine Melone zerplatzen lassen könnte.

»Ist das der verfluchte Städter, der meine Tochter schänden will?«, wandte sich der Älteste an den Pfarrer. Sein dunkles, kurz geschorenes Haar zeigte erste graue Strähnen und in seinem Gesicht hatten Trauer und Müdigkeit tiefe Furchen gegraben. Kleine Fältchen um die Augen zeugten von einer Vergangenheit voller Lachen, die nun mit seinem Kind in der Erde verrottete.

Icherios trat einen Schritt vor. »Ich bin wohl derjenige, den Sie suchen, auch wenn mir nichts ferner liegt, als Ihrer Tochter ein Leid zuzufügen. Alles, was ich will, ist, ihren Mörder zu fassen.«

»Haben Sie denn keinen Respekt vor den Toten?«

»Offensichtlich nicht«, warf Bernsten ein und baute sich vor dem Gelehrten auf. Neben den Werwölfen wirkte er wie eine aufgedunsene Kartoffel.

»Ich erweise ihr den nötigen Respekt, indem ich ihren Mörder zur Rechenschaft ziehe.« Icherios fragte sich, wie oft er die Worte noch wiederholen musste.

»Jaine war so lebenslustig, so rein. Sie verdiente es nicht

so zu sterben. Gewähren Sie ihr den letzten Frieden.« Die Stimme des Vaters zitterte vor Erregung.

»Sie wird Ruhe finden, wenn der Unmensch, der sie getötet hat, seine Strafe bekommen hat.« Icherios glaubte den Vater so etwas beruhigt zu haben, doch dessen Söhne starrten ihn weiterhin mit unvermindertem Groll an.

»Was könnte Ihnen Jaines Leiche verraten?«

»Das weiß ich erst, wenn ich sie untersucht habe. Deshalb muss ich sie exhumieren.«

»Dann erwarten Sie von uns, dass wir ihnen gestatten, die Totenruhe unserer Schwester zu stören ohne zu wissen, ob es notwendig ist?«

»Alles in Ordnung?« Der Ruf erschallte von der Brücke auf der Rabensang eiligen Schrittes zu ihnen hinübereilte. Sein Gesicht spiegelte Besorgnis wider.

»Natürlich, wir unterhalten uns nur«, versuchte Icherios zu beschwichtigen, doch Rabensang erfasste die Situation in wenigen Augenblicken.

Aufgebracht fuhr er die Windsucher-Männer an. »Habt ihr nichts Besseres zu tun, als hier für Unruhe zu sorgen? Wer hat euch überhaupt verraten, was heute geschehen soll?« Rabensang spuckte vor Pfarrer Bernsten aus. »Ich vermute, ich weiß es.« Dann wandte er sich den Brüdern zu. Ihre Schultern sanken unter seinem vernichtenden Blick schuldbewusst herab. »Ihr solltet euch um eure Mutter kümmern. Und du, Jorge, deine Frau leidet an gebrochenem Herzen. Sie wird nicht mehr lange leben, wenn du ihr keine neue Kraft verleihst. Kümmert euch um sie, anstatt einen Mann zu belästigen, der nur helfen möchte.«

Bernsten erkannte, dass er die Unterstützung der Werwölfe verloren hatte. Er ballte die Fäuste.

»Wenn es Ihnen nichts ausmacht«, durchbrach Icherios

das bedrohliche Schweigen. »Könnten Sie mir ein paar Fragen beantworten?«

Die drei Windsucher warfen ihm einen finsteren Blick zu. Dann nickten sie.

»Haben Sie einen Verdacht, wer der Mörder sein könnte?«

»Es war ein Mensch, das ist alles, was ich weiß«, knurrte der größere der Brüder.

»Jaine hatte keine Feinde«, fügte der andere hinzu. »Sie war unser Sonnenschein, stets fröhlich und hilfsbereit.«

»Sie war so vertrauensselig und sah immer nur das Gute.« Jorge Windsuchers Stimme brach. »Der Mörder hatte leichtes Spiel mit ihr. Sie hätte nie geglaubt, dass ihr jemand etwas antun könnte.«

»Seid Ihr sicher, dass sie niemanden verärgert hat? Ein abgewiesener Verehrer oder eine eifersüchtige Freundin?«

Der Vater schüttelte den Kopf. »Sie war bei allen beliebt.«

»Außer bei Menschen, die uns aus Prinzip hassen«, wandte Rabensang mit einem bedeutungsschwangeren Blick in Richtung des Pfarrers ein.

»Wollt Ihr etwa andeuten, ich hätte die Morde begannen?« Bernsten lief rot an.

Jorge Windsucher ignorierte die streitenden Männer. »Bitte finden Sie den Mörder, und wenn Sie ihn haben, dann lassen Sie mich fünf Minuten mit ihm allein.« Dann packte er seine Söhne und ging mit ihnen zurück in den Ort. Trotz seiner Größe und körperlichen Stärke war er ein gebrochener Mann. Icherios bezweifelte, dass sein Herz jemals heilen würde.

Der Pfarrer wandte sich ebenfalls ab. »Hier riecht es nach stinkendem Hund. Ich komme wieder, wenn die Arbeiter eintreffen, um einen letzten Rest an Gottesfürchtigkeit zu vertreten.«

Kaum war Bernsten außer Hörweite, wandte sich Rabensang an Icherios. »Seid bitte vorsichtig im Umgang mit den Windsuchern. In ihnen fließt das ungezähmte Blut der Wölfe. Sie sind friedfertig, aber wenn sie in Rage geraten, können sie schnell die Beherrschung verlieren.«

Icherios schluckte. »Zwischen Ihnen und dem Pfarrer scheint es Spannungen zu geben.«

Rabensang kniete neben einem Grab nieder. »So kann man es nennen. Wir Werwölfe leben seit Jahrhunderten in diesem Teil der Welt. Dornfelde ist das Zentrum meines Volkes.« Er strich liebevoll über die verwitterte Inschrift eines Grabsteins. »Hier liegt mein Großvater begraben. Früher schätzten und respektierten uns die Menschen. Wir boten Schutz, wir halfen bei der Jagd, und im Gegenzug brachten sie uns Achtung entgegen und lehrten uns, unser Temperament zu zügeln. Dann brach das Christentum mit seinen Anhängern über uns herein.«

»Die Werwölfe lebten bereits vor Christi Geburt in dieser Gegend?«

»Nein, wir siedelten uns an, nachdem Hunger und Krieg fast alle Menschen ausgelöscht hatten. Die Kirche stand zu dieser Zeit leer. Vor einigen Jahren kam Pfarrer Bernsten und übernahm sie angeblich im Auftrag des Heiligen Stuhls persönlich.«

»Glauben Sie das nicht?«

»Der Papst hat sich nie für uns interessiert. Wir passen nicht in das Weltbild der Christen. Anstatt uns zu verfolgen, wie es über Jahrhunderte lang Tradition war, beschloss Papst Pius V. vor zweihundert Jahren, uns zu ignorieren und unsere Existenz zu leugnen. Der Preis an Menschenleben war ihm zu hoch.« Stolz schwang in Rabensangs Stimme mit. »Für jeden toten Werwolf mussten drei seiner Diener sterben.«

»Und dann tauchte Bernsten auf?«

»Ohne Vorwarnung oder Ankündigung. Er ist anders, stiftet Unruhe, wann immer er kann. Er versucht die Menschen gegen uns aufzubringen und betrachtet mein Volk als Ausgeburten der Hölle.« Er zeigte auf eine Reihe frischer Gräber, die sich abseits, am Seeufer befanden. »Er verscharrt die Leichen von Vampiren und Werwölfen getrennt von den Menschen. Bevorzugt nah am Wasser, um es den Vampiren unmöglich zu machen, ihre Toten in Ruhe zu betrauern.«

»Vampire fürchten das Wasser?«

»Ja, deshalb ist Sohon heute nicht anwesend. Wasser beunruhigt sie, lähmt sie bei Berührung.«

»Warum wurde kein neuer Friedhof angelegt?« Icherios deutete auf den Wald. »Es gibt ausreichend Platz.«

»Sohon befürchtete Unruhen. Die Aufgabe der alten Gräber hätte Familien im Tod auseinandergerissen, und ein eigener Friedhof für Vampire würde zu Übergriffen verleiten. Während wir Werwölfe den Menschen nur unheimlich erscheinen, aber keine direkte Bedrohung darstellen, sind Vampire wirklich Menschenjäger und brauchen Menschenblut, um zu überleben.«

»Nicht das von Werwölfen?«

»Angeblich stinken wir.« Rabensang wog einen grauen Kiesel in der Hand. »Es wäre, als wenn man sie zwänge, flüssige Jauche zu trinken.«

»Die Werwölfe scheinen davon auszugehen, dass ein Mensch der Mörder ist.«

»Bedenkt man die Art der Vampire und Werwölfe, erscheint es wahrscheinlich. Doch in meinem Herzen möchte ich nicht glauben, dass ein Mensch uns derart leicht töten kann und uns so sehr hasst.« Er warf den Stein weit in den See hinaus.

»Ich bezweifle, dass Hass das Motiv ist. Der Mörder wird von etwas anderem angetrieben. Zu wahllos hat er seine Opfer ausgewählt.«

Kolchins aufgeregte Stimme drang an sein Ohr. Icherios beobachtete, wie der Flurhüter auf zwei zerlumpt aussehende Männer einredete, während sie die Brücke überquerten.

Der Pfarrer musste sie die ganze Zeit belauert haben, denn sobald sie die Kirche passiert hatten, trat er aus einer Hintertür heraus. Icherios ging ihnen zusammen mit dem Werwolf entgegen.

»Wer sind diese Männer?«, verlangte Bernsten zu wissen.

»Tagelöhner, die bei der Köhlerei im Wald leben. Sie werden das Graben übernehmen«, erläuterte Kolchin. »Ich kann leider nicht anwesend sein, ein wichtiger Auftrag zwingt mich zur Eile.« Mit einem aufmunternden Schlag auf Icherios' Schulter verabschiedete sich der Flurhüter und eilte zum Ort zurück.

Die Tagelöhner zögerten, zu den frischen Gräbern am Seeufer hinüberzugehen. Angst zeichnete sich auf ihren Gesichtern ab. Rabensang stellte sich zwischen sie und trieb sie vorwärts.

Der Grabschmuck war bereits zur Seite gelegt worden. Die provisorischen Holzkreuze, die als Ersatz dienten, bis die Grabsteine gemeißelt waren, stapelten sich am leise plätschernden Ufer. Die Wiese ging dort in einen schmalen Strandstreifen über, auf dem große, runde Kiesel lagen.

Rabensang befahl den Arbeitern, das vorderste Grab auszuheben.

»Wessen Ruhestätte ist das?«, fragte Icherios.

»Jaine Windsuchers.«

Icherios war nicht in einem gottesfürchtigen Haus aufgewachsen. In der Familie Ceihn herrschte das Geld und nicht der Glaube. Trotzdem zuckte er zusammen bei den lateinischen Versen, die der Pfarrer beim ersten Spatenstich zu rezitieren begann. War es wirklich richtig, was er hier tat? Sollte er sich nicht lieber in sein Schicksal fügen und den Mörder sein grausiges Werk verrichten lassen? Die Werwölfe wirkten nett und menschlich, doch sie waren keine Menschen. Konnte etwas anderes als schwarze Magie ihre Existenz verursacht haben? Und Vampire! Sie lebten von Menschenblut und gehörten getötet und ausgerottet wie jedes gefährliche Tier. Trotz seiner logischen Folgerungen fiel es dem jungen Gelehrten schwer, das Böse in der Familie Windsucher zu erkennen.

Der herbe Geruch feuchter Erde stieg in die Luft. Die Tagelöhner standen hüfttief in der Grube. Schweißflecken breiteten sich auf ihren Hemden aus. Ein dumpfes Geräusch erklang aus dem Erdreich. Die Arbeiter zuckten zusammen. Das Klopfen wiederholte sich. Etwas trommelte im Inneren des Sarges gegen das Holz. Voller Panik schrien die Tagelöhner auf. Einer sprang behände aus dem Loch, während der andere im schlammigen Grund ausrutschte und schreiend in das Grab zurückfiel. Sein Gefährte half ihm auf, dann rannten sie davon. Rabensang versuchte sie aufzuhalten, doch sie stießen ihn grob zur Seite.

Furchtsam verbarg sich Icherios hinter dem Werwolf, als ein weiteres Klopfen durch die morgendliche Stille dröhnte. Der Pfarrer stellte sich einige Meter von ihnen entfernt aufrecht hin. Sein Gesicht war blass. »Das ist die Strafe Gottes«, murmelte er. Sein Körper wiegte wie Schilf im Wind vor und zurück.

Rabensang fluchte wüst, schnappte sich eine Schaufel und fing zu graben an. Die Kraft mit der er sich in die Tiefe arbeitete, ließ seine menschliche Maske bröckeln und das wilde Tier zum Vorschein kommen. Das Pochen aus dem Grab war in ein Kratzen übergegangen. Schmatzende, glucksende Laute drangen heraus. Ein dumpfes Klacken von Metall auf Holz signalisierte, dass die Schaufel auf den Sarg gestoßen war. Icherios kauerte sich zitternd am Rand der Grube zusammen und beobachtete, wie Rabensang den Sarg freilegte. Jemand hatte liebevolle Blumenschnitzereien in das Holz eingearbeitet. Messingschlösser sollten die Totenruhe schützen. Nun hielten sie etwas darin gefangen. Es hämmerte und kratzte am Deckel, jemand verlangte fauchend hinausgelassen zu werden. Ängstlich umklammerte der Pfarrer sein Kreuz. Icherios wich einige Schritte zurück. Einzig Rabensang ließ sich nicht beirren und riss mit einem heftigen Ruck den Deckel auf. Eine Kreatur sprang aus dem Inneren hervor, fiel kreischend über den Werwolf her. Icherios sah einen grauen Leib in schäbigen Röcken gekleidet, der Busen war von Maden befallen und faulte bereits. An den Gelenken hatten Fliegen und Larven die Knochen entblößt, an anderen Stellen löste sich die Haut vollständig ab und offenbarte ein Gerüst aus Sehnen und Muskeln. Rabensang hatte alle Hände voll zu tun, sich das fauchende Biest vom Hals zu halten. Lange, scharfe, spitze Zähne und Krallen versuchten ihn zu zerfleischen. Glühend rote Augen suchten nach einem Weg ihn zu zerfetzen. Sobald das Wesen erkannte, dass es gegen Rabensang keine Chance hatte, riss es sich los und stürzte sich auf Icherios. Im letzten

Moment gelang es dem Gelehrten auszuweichen. Der Pfarrer schrie auf, als das Monster mit unglaublicher Wendigkeit herumfuhr und eine Kralle seinen Arm aufschlitzte. Die Kreatur heulte voller Blutdurst auf, doch sie hatte nicht mit Rabensangs Schnelligkeit gerechnet. Mit einem gewaltigen Satz hechtete der Werwolf aus dem Grab und packte das Wesen am Genick. Das Kreischen wandelte sich in ein Gurgeln, als der Werwolf mit einem heftigen Ruck den Kopf von den Schultern trennte. Selbst dann hörte die Kreatur nicht auf zu zucken und um sich zu schlagen. Erst nachdem Rabensang ihm ein Grabscheit durch die Brust gerammt hatte, mit dem er es an den Boden nagelte, erstarben die Zuckungen.

Icherios brach zitternd unter einem Baum zusammen und vergrub den Kopf in den Händen. Aus den Augenwinkeln beobachtete er, wie Rabensang gelassen den Körper untersuchte. Der Pfarrer stand steif neben dem offenen Grab. Mit einer Hand umklammerte er die Wunde an seinem Arm. Blut tropfte auf eine kleine, weiße Herbstblume. Trotz seiner Fleischwunde schien er weniger mitgenommen als Icherios. Doch als er ihm in die Augen sah, erkannte der Gelehrte in ihnen ein tiefes Entsetzen.

»Das war nicht Jaine Windsucher.«

Bernsten zuckte bei Rabensangs Worten zusammen.

»Jaine war schmaler, trug andere Kleidung und hatte eine Narbe am Beim. Das Ding dort hat keine Male.«

Icherios spürte noch immer den Schreck in seinen Gliedern. Seine Knie hörten nicht auf zu zittern. Rabensang hingegen bewies, dass er ein guter Anführer war, indem er bereits damit begann, das nächste Grab zu öffnen. Bevor die tobende Kreatur im Inneren des Sarges eine Chance hatte sich zu befreien, rammte er die Schaufel durch den Deckel hindurch und trennte den Kopf ab. Der dritte Sarg war leer.

»Da wollte jemand nicht, dass wir die Leichen untersuchen und hat uns eine böse Überraschung dagelassen.«

Allmählich kehrte Icherios' Verstand zurück. »Die Leichen müssen von jemandem ausgetauscht worden sein, der von der Exhumierung wusste und die Möglichkeit hatte, solch eine Kreatur zu erschaffen. Ich vermute, dass es sich um Ghoule handelt.« Icherios konnte sich immer noch nicht daran gewöhnen, von Wesen, die er nur aus Schauermärchen und Sagen kannte, zu sprechen als wären sie das Natürlichste weit und breit. Dennoch zwang er sich, die nächste Frage zu stellen. »Sind Ghoule heimisch in dieser Gegend?«

»Bisher nicht.« Rabensang hob die Köpfe auf und legte sie zu ihren Körpern.

»Alchemisten vermögen Ghoule ins Leben zu rufen.«

»Oder eine schwarze Katze ist bei Vollmond von links nach rechts über die Leichen gesprungen«, warf Bernsten ein. »Es muss kein Mensch dahinter stecken.«

»Es gab keinen Vollmond seit dem ersten Mord«, wiegelte Rabensang ab. »Vampire könnten allerdings ebenfalls durch ihren Biss Ghoule erschaffen.«

Icherios zog sich der Magen zusammen, als er die volle Bedeutung erfasste: ein weiterer Hinweis auf Sohon. Wer sonst sollte in dieser verlassenen Gegend ein mächtiger Alchemist sein?

Nachdem sich Rabensang vergewissert hatte, dass es Icherios wieder besser ging, verabschiedete er sich mit dem Versprechen, die Ghoule zur Leichenkammer zu bringen, damit Icherios sie untersuchen konnte.

Obwohl es früher Nachmittag war, kehrte der junge Gelehrte erschöpft in sein Zimmer zurück, nahm mehrere Schlucke Laudanum und sank in sein Bett. Der Trank schenkte ihm das Vergessen, das er sich herbeisehnte.

Mondlicht schimmerte durch die Vorhänge, als Icherios erwachte. Maleficium saß auf der Fensterbank und starrte in die Dunkelheit. Es schien beinahe, als vermisste er das freie Leben. Sobald sich Icherios regte, piepste das Tier erfreut und eilte zu ihm, um sich eine Nuss und ein paar Streicheleinheiten abzuholen. Icherios überlegte, ob er versuchen sollte weiterzuschlafen. Dann entschied er sich jedoch dafür aufzustehen. Die Worte der Grabenden Helene fielen ihm ein. Beim ›Zimmer des Amtes‹ konnte es sich nur um das Amtszimmer des Bürgermeisters handeln. Und wenn er einem Geist glauben wollte, war dort ein Hinweis verborgen. Icherios schlich zur Tür und lauschte. Alles war still. Selbst Maribelle war nicht zu hören. Es würde keine bessere Gelegenheit geben, nach Beweisen zu suchen. Kurz entschlossen zog er sich seinen Mantel über und tapste barfüßig in den Gang. Bei jedem Knarren der Dielen und Stufen zuckte er zusammen und hielt atemlos inne, bis er sicher war, niemanden geweckt zu haben.

Die Tür zum Amtszimmer schwang mit einem klagenden Quietschen auf. Verlassen lag die Stube vor ihm. Mit wenigen Handgriffen entzündete er eine Kerze und begann mit der Durchsuchung. Er fand Aufstellungen über Einnahmen, Gesuche um Streitschlichtungen, Beschwerden über Unruhen und andere Dinge, die zum Alltag eines Bürgermeisters gehörten. Dann ging Icherios in Kindels Kammer. Vielleicht befanden sich die Hinweise bei Arkens Gehilfen. Aber auch dort gab es nichts Außergewöhnliches. Icherios schlich zurück in den Hauptraum. Er wollte schon aufgeben, da fiel sein Blick auf die vertäfelte Wand hinter dem Vorhang. Ein

Stück der Holztäfelung stand auffällig vor. Langsam glitten seine Finger darüber. Das Brett war locker. Vorsichtig und darauf bedacht, kein Geräusch zu verursachen, zog er daran. Es löste sich aus der Vertäfelung. Dahinter befand sich eine Vertiefung, in der ein kleines Büchlein lag. Er legte das Holzbrett auf den Tisch und blätterte in den Seiten. Es war das Tagebuch einer Anna Freylung. Aus den Zeilen ging hervor, dass es sich um Arkens verstorbene Frau und somit Lorettas Mutter handelte. Die Lektüre des Tagebuches erschütterte Icherios. Anna Freylung war vom Bürgermeister vergewaltigt worden, wurde schwanger und dadurch gezwungen ihn zu heiraten. Sie begann eine Affäre mit einem Mann, den sie immer nur als ihren Liebsten bezeichnete. Sie fürchtete, was mit ihr passieren würde, wenn ihr Mann erfuhr, dass sie von einem anderen schwanger war. Das Tagebuch endete kurz vor der Geburt. Die letzte Seite war tränenverschmiert.

Endrik weiß es, ich bin mir sicher. Gott steh mir bei! Ich kann nicht fliehen mit dem Kind in meinem Leib. Hoffentlich rettet mich mein Liebster. Er kommt…

Icherios tastete mit den Händen in der Vertiefung und fand mehrere Papiere. Bei einem handelte es sich um eine Aufzeichnung über eine Zahlung vor siebenundzwanzig Jahren an eine Bauernfamilie, die bei Glashütte lebte. Dahinter war ein Bericht geheftet. Er besagte, dass die Familie ein halbes Jahr später bei einem Brand umgekommen war. Nachdenklich legte Icherios alles zurück und verschloss das Versteck. Er lehnte den Kopf an den Fensterrahmen und ließ das Gelesene auf sich wirken. Plötzlich sah er draußen einen Schatten vorbeihuschen. Zuerst glaubte er einen Geist gesehen zu haben, doch dann erkannte er die schlanke Gestalt einer Frau, die unter einem braunen Mantel ein weißes Kleid trug. Ängstlich sah sie sich um. Für einen Moment trafen sich ihre Blicke. Angst schimmerte in ihren Augen. Icherios erinnerte sich, das Gesicht in Kolchins Amulett gesehen zu haben. Es musste Eva sein, seine Frau! Icherios packte die Neugier. Was trieb sie spätnachts allein auf der Straße? Er beschloss, ihr zu folgen.

Icherios beeilte sich, aus dem Haus zu gelangen. Es war schwierig Geschwindigkeit und Lautlosigkeit miteinander in Einklang zu bringen. Beinahe hätte er eine Vase umgeworfen, als er mit den Zehen schmerzhaft gegen einen Schrank stieß. Im letzten Moment konnte er ihren Fall auffangen.

Kaum war er vor der Haustür, rannte er die Straße hinunter. Seine Füße wurden schnell taub vor Kälte. Erst jetzt bemerkte er, dass er außer Mantel und Nachtgewand nichts trug. Aber zur Umkehr war es inzwischen zu spät. Die Neugier trieb ihn vorwärts. An der Wegkreuzung blickte er sich suchend um. Da! In der Gasse zur Linken war die Frau gerade um eine Ecke verschwunden. Einige Kreuzungen weiter erkannte er ihr Ziel: die Kirche! Icherios verbarg sich im Schatten eines am Seeufer liegenden Hauses. Von dort aus beobachtete er, wie die Frau über die schmale Brücke eilte. Immer wieder versicherte sie sich, dass ihr niemand folgte. Mit einem letzten prüfenden Blick öffnete sie das Kirchenportal und verschwand im Inneren. Sobald Icherios sicher war, dass sie nicht wieder herauskommen würde, rannte er zur Kirche und duckte sich unter den Fenstern vorbei. Im Kirchenschiff war nichts zu erkennen. Aber als er an die Rückseite kam, konnte er durch ein kleines, von innen beschlagenes Fenster in die Räumlichkeiten des Pfarrers blicken. Eva Kolchin lag lang ausgestreckt und ohne ihre Kleidung auf dem Bett. Der Pfarrer presste seinen feisten Leib, ebenfalls nackt, zwischen ihre Schenkel. Bei jeder Zuckung seines massigen Körpers schwabbelte das Fett auf seinem Rücken. Icherios brannte die Röte in den Wangen. Er konnte den Blick nicht abwenden. Plötzlich drehte sie den Kopf und starrte ihm direkt ins Gesicht. Schnell ließ Icherios sich fallen und hielt den Atem an, doch außer dem Ächzen des Pfarrers drang kein weiteres Geräusch an sein Ohr. Entweder hatte sie ihn nicht bemerkt oder wollte ihn nicht verraten. Icherios jedenfalls hatte genug gesehen. Mehr als er wollte. Er rannte zurück zum Haus des Bürgermeisters. Er achtete nicht darauf leise zu sein, als er die Treppe hinaufstürmte. In seinem Zimmer verkroch er sich unter seine Decken. Er verfluchte seine Neugierde. Was sollte er bloß Lynnart Kolchin sagen?

18

Die Ghoule

Am nächsten Morgen erwachte Icherios mit dröhnendem Schädel und dem Gefühl, sich nicht im eigenen Körper zu befinden.

Ein schmerzhaftes Ziehen in seiner Magengrube erinnerte ihn daran, dass er seit dem Frühstück am gestrigen Tag nichts mehr gegessen hatte. Unbeholfen zog er sich an. Das Bild der beiden Liebenden wollte nicht aus seinen Gedanken verschwinden.

Auf dem Weg in die Küche kam er an Maribelles Zimmer vorbei. Ein leises Wimmern war zu vernehmen. Loretta musste seine Schritte gehört haben, denn genau in diesem Moment riss sie die Tür auf. »Bitte kommen Sie! Maribelles Zustand hat sich verschlechtert!«

Icherios verharrte auf der Treppe und drehte sich nicht um. Die Vorstellung, die Geisteskranke zu berühren, erschreckte ihn noch immer. Loretta kam näher, flehte ihn regelrecht an: »Bitte, bitte schaut sie Euch noch einmal an.«

Icherios zögerte. Die Haustür war so nah. Aber Loretta vertraute ihm. Ruckartig wendete er sich schließlich um und marschierte entschlossen in Maribelles Zimmer. Seine Finger verschränkte er fest ineinander, um das Zittern zu unterdrücken.

Lorettas Schwester lag in einem sauberen Federbett. Den

Raum zierten geblümte Tapeten und weiße Spitzenvorhänge. Auf einem Nachtschränkchen aus Ebenholz befand sich eine wassergefüllte Schüssel, an deren Ränder Leinentücher hingen. Maribelle war schweißgebadet. Von fiebrigen Träumen geplagt, warf sie den Kopf von einer Seite auf die andere. Eine magere Wade ragte unter der Decke hervor. Ein feuchtes Tuch kühlte ihre Stirn. Trotz seines schlechten Gewissens und dem Bewusstsein, einen Fehler zu begehen, weigerte sich Icherios, mehr als einen Schritt in das Zimmer zu treten. Er konnte sich einfach nicht überwinden. »Beruhigt Euch. Eine kurzzeitige Verschlechterung ist ein gutes Zeichen. Ihr Körper scheidet die Miasmen aus. Morgen wird es ihr besser gehen.« Icherios rückte die Brille auf seiner Nase zurecht. »Ich muss mich jetzt entschuldigen. Man erwartet mich.« Mit diesen Worten drehte er sich um und eilte den Gang hinunter.

Loretta stürzte zur Tür. »Aber ihre Augen!«

Icherios gab vor, sie nicht zu hören. Vor dem Haus lehnte er sich an die Hauswand und holte tief Luft. Er hasste sich für seine Schwäche. Dann flüchtete er zu dem einzigen Ort, der ihm in dieser gottverlassenen Ortschaft eine Zuflucht versprach: die Wache. Er war erleichtert Lynnart Kolchin dort vorzufinden. Der Amtsmann begrüßte ihn mit einem herzlichen Händedruck. »Es tut mir leid, dass ich Sie gestern alleingelassen habe. Ich hatte keine Ahnung, dass so etwas passieren würde.«

»Beruhigen Sie sich. Es ist nicht Ihre Schuld.«

»Der Bürgermeister befahl mir, auf zwei abgelegenen Höfen nach dem Rechten zu sehen. Dort streiten sie ständig um ihre Grenzen. Mehrmals hat es dort schon blutige Auseinandersetzungen gegeben. Kindel bestand darauf, dass ich sofort aufbreche.« Kolchin schüttelte sich. »Sie müssen furchtbare Angst gehabt haben. Ich hätte mir in die Hose gemacht. Leichen sollten nicht herumlaufen. Das ist nicht normal.«

»Werwölfe und Vampire auch nicht. Dennoch finden Sie sich mit ihnen ab.«

»Werwölfe leben wenigstens. Ihnen kann man eine aufs Maul hauen, und sie bluten.« Verschwörerisch stieß er ihm in die Seite. »Geben Sie zu. Sie hatten Angst.«

Icherios wusste, dass es sinnlos war, es zu leugnen. Sein Zusammenbruch auf dem Friedhof hatte mit Sicherheit im Dorf bereits die Runde gemacht.

»Furchtbare Angst.« Icherios schüttelte sich. »Ich kann mich an das alles nicht gewöhnen.«

Der Flurhüter nickte mitfühlend. Seine großen, unschuldigen Augen glänzten im Licht der Morgensonne. »Die Menschen sind beunruhigt wegen der Vorkommnisse. Es soll geheime Versammlungen geben.«

»Sie fürchten sich.«

»Nicht nur die Menschen. Auch Vampire und Werwölfe sammeln sich. Dadurch wiederum fühlen sich die Menschen bedroht und haben Angst, dass sie alle getötet werden.«

»Gibt es keine Anstifter, die sie festnehmen könnten?«

Nur Peyr Teker, ein Mann, der jede Gelegenheit nutzt, um Beachtung zu bekommen. Er ist nicht der schlauste und leicht zu durchschauen.« Kolchin zuckte mit den Schultern. »Aber mir ist lieber, dass er es ist als ein anderer. Die Vampire und Werwölfe sind gerissener. Sie vermuten den Mörder in den Reihen der Menschen. Die meisten würden uns wie gefährliche Tiere abschlachten. Nehme ich einen fest, werden Unruhen ausbrechen.«

Icherios sank auf einen Stuhl. Er wünschte sich zurück in die sicheren Mauern Karlsruhes. Seine Knochen knackten, als er den Kopf zurücklegte und die Augen schloss. »Ich muss die Ghoule untersuchen. Würden Sie mich begleiten? Vielleicht kennen Sie ja einen von ihnen.«

»Glauben Sie, dass es einmal Menschen waren?« Kolchin presste die Lippen aufeinander. »Natürlich waren es Menschen, was rede ich denn da. Was geschieht hier nur? Es ist doch nicht normal, dass Menschen andere Menschen anfallen.«

»Sie wären überrascht, wozu Menschen alles fähig sind.«

Kolchin stand auf und holte seinen Mantel aus einem hohen Schrank mit wackeligen Türen. »Lassen Sie nur, ich will es gar nicht wissen, aber ich begleite Sie gern.«

Icherios atmete erleichtert auf. Der Gedanke, alleine mit den Ghoulen zu sein, behagte ihm nicht sehr. Die Gegenwart des Flurhüters stellte zumindest einen kleinen Trost dar.

Die Ortschaft lag still und stumm vor ihnen. Es wirkte fast so, als sei sie das angeschlagene Opfer, das nun auf die Ankunft des Jägers wartete. Dunst und Nebelschwaden, die in langen Bändern vom Wald herüberwehten, versuchten das Schloss zu verhüllen. Hin und wieder lichtete sich der Nebel, und man sah eine schwache Sonne gegen das Zwielicht ankämpfen. Bereits nach wenigen Schritten war ihre Kleidung klamm und ihre Haare klebten am Kopf. Kolchins Gesicht erinnerte ohne die wirr abstehenden Haare an ein verängstigtes Frettchen. Ein Karren versperrte die breite Straße zur Festung und zwang sie, die Treppe zu nehmen. Die durch die Feuchtigkeit tückischen Stufen brachten Icherios auf halbem Weg zu Fall, wodurch Maleficium aus seiner Tasche rutschte. Empört piepste das Tier und krabbelte Kolchins Hosenbein empor. »Er scheint mich zu mögen«, grinste der junge Mann. Die restlichen Stufen legten sie schweigend zurück.

Als sie endlich vor dem Eingang der Leichenhalle standen, wollte keiner von ihnen zuerst eintreten. Kolchin stand zwar der Tür am nächsten, neigte aber den Kopf auffordernd Icherios zu. Dieser wiederum erblasste und verneigte sich in gespielter Demut vor Kolchin. »Ihr seid Amtsmann in diesem Gebiet. Ich möchte Euch Eure wichtige Aufgabe nicht streitig machen.«

Widerstrebend öffnete Kolchin daraufhin die Tür und trat ein, sorgsam darauf bedacht, seinen Rücken zur Wand auszurichten. In dem Raum lagen nun drei Leichen. Die eine Gestalt unter dem weißen Tuch war Icherios vertraut: Merelle Sgund. Bei den beiden anderen musste es sich um die Ghoule handeln. »Es ist kein Blut an den Tüchern«, murmelte Icherios.

Kolchin umklammerte das Medaillon mit dem Abbild seiner Familie. Icherios nahm all seinen Mut zusammen, stellte seinen Koffer auf einen Tisch und zog die Laken von den Leichen der Ghoule. Beim Anblick der wächsernen, grauen, kopflosen Leiber lief Kolchin grün an und begann leicht zu schwanken. Angespornt durch diese Reaktion, versuchte Icherios, seine eigene Angst zu verbergen, und hob den ersten Schädel an. Er gehörte zu einem Mann, der bereits tot gewesen sein musste, als er abgetrennt wurde: Es klebte kein Blut am Halsstumpf. Seine Iris und das ehemals weiße Augeninnere leuchteten in düsterem Rot. Der Schleier, der sich normalerweise über die Augen von Toten legte, fehlte. Fasziniert studierte er die schwachen Linien im Augapfel. Sein Gesicht näherte sich dem Schädel, bis sie nur noch wenige Zoll trennten. Plötzlich blinzelte der Ghoul. Mit einem lauten Schrei warf Icherios den Schädel in eine Ecke.

Kolchin presste sich an die Wand. »Was ist los?«

Icherios zwang sich zur Ruhe. »Es scheint noch Leben in diesen Dingern zu sein. Es hat mich angezwinkert.«

Kolchin rezitierte das Vaterunser, während er zurückwich und sich zitternd an die Wand drückte. Icherios wandte sich dem leblosen Körper zu. Zuerst schnitt er die Kleiderfetzen von dem Leib. Dabei entdeckte er getrocknetes Blut und zahlreiche Stichwunden im Oberkörper.

Kolchin nahm seinen Mut zusammen und trat an Icherios heran. »Sie sind ermordet worden, oder?«

»Offensichtlich hat das Wesen, das die Ghoule erschuf, sich erst das benötigte Rohmaterial beschaffen müssen.« Icherios hob den Oberkörper an und betrachtete den glatten Halsstumpf.

»Warum hat er nicht die Leichen genommen, die bereits in den Särgen lagen?«

Kolchin ging zum Fenster. Das fahle Tageslicht regte seine Gedanken an. »Vielleicht braucht man frische Leichen zur Herstellung dieser Monster.«

»Seid Ihr sicher, dass es sich nicht um die Opfer der Ritualmorde handelt?«

»Ich habe diese Menschen nie zuvor gesehen.«

»Gab es irgendwelche Morde in dieser Gegend, von denen ich nichts weiß?« Icherios legte den Oberkörper zurück.

»Mir ist nichts bekannt.« Kolchin senkte seine Stimme zu einem Flüstern. »Es gibt Gerüchte über Verliese in der Festung, in denen angeblich Menschen gefangen gehalten werden. Wie Vieh sollen sie von Vampiren geschlachtet werden.«

Icherios holte tief Luft. Es war so leicht zu vergessen, dass unter der kultivierten Oberfläche des Fürsten von Sohon ein bluttrinkendes Ungeheuer lauerte. »Wie weit ist der nächste Friedhof entfernt? Vielleicht wurden die Körper dort gestohlen.«

»Mehrere Tagesmärsche.«

Icherios verzichtete vorerst auf eine Obduktion des Mannes und wandte sich der Frau zu. Ihr zerfetztes Kleid und die Wölbung ihrer Brüste waren das Einzige, das von ihrer einstigen Weiblichkeit zeugte. Die Verwandlung zum Ghoul hatte ihre Gesichtszüge zu einem grotesken Zerrbild eines Menschen gewandelt mit kantigen, breiten Knochen und einer platten Nase. Auch in ihren Augen schien ein letzter Funke von Leben zu schimmern. Ihr Körper war deutlich schlimmer zugerichtet, als der des Mannes. Unzählige Stichwunden verstümmelten ihren Leib. »Der Mörder muss Frauen hassen, zumindest diese arme Seele.«

»Das können Sie an der Leiche ablesen?«

Icherios nickte. »Sie war spätestens nach dem fünften Stich tot.« Seine Finger fuhren über die glatten Wundränder. »Trotzdem hat er weitere elf Mal auf sie eingestochen.«

Icherios hob einen Arm an, um die langen Klauen, die aus einer Verschmelzung von Fingernägeln und Fleisch entstanden waren, zu begutachten. Dabei fiel ihm auf der Innenseite des Handgelenkes ein eingebranntes »V« auf. Manche Städte markierten Vagabunden und Bettler auf diese Weise, um sie leichter erkennen und verjagen zu können. Vor allem in Zeiten des Hungers, in denen es die Notleidenden in größere Ortschaften zog, nur um dort noch elendiger dahinzusiechen.

Kolchin stöhnte beim Anblick des Brandmals auf und schlug sich mit der Hand gegen die Stirn. »Verdammt, jetzt weiß ich. Das müssen die verschwundenen Vagabunden sein. Erinnert Ihr Euch?«

»Gibt es jemanden, der sie identifizieren könnte?«

Kolchin fuhr mit den Fingern die Maserungen im Tisch nach. »Ihre Gruppe ist bereits weitergezogen. Warum ist mir das nur nicht früher eingefallen?«

»Zumindest können wir nun davon ausgehen, dass unser Unbekannter die Ghoule erst nach Ankündigung der Exhumierung erschaffen hat. Somit muss der Mörder von unseren Plänen gewusst haben.«

»Das bedeutet auch«, Kolchin stockte, »dass er es auf Euch abgesehen hat. Er wollte die Ghoule auf Euch hetzen.«

Icherios bemühte sich, seine Fassung zu wahren. »Er betrachtet mich als Bedrohung. Das ist gut. Wir wissen dadurch, dass wir es nicht mit einem Verrückten im herkömmlichen Sinn zu tun haben.«

»Wie kann ein Mensch nicht irre sein, der anderen dies antut?«

»Hätte er den Verstand verloren, würde er nur nach einem einzigen Schema töten. Dieser Mörder hingegen scheint mit uns zu spielen und mit seinen Taten einen Zweck zu verfolgen. Wir müssen jetzt nur noch herausfinden welchen.«

»Wenn es weiter nichts ist.«

Nach der oberflächlichen Untersuchung der Ghoule wanderte Icherios im Raum auf und ab. Es widerstrebte ihm, Leichen zu sezieren, die ihn anzwinkerten. Er entschied sich dazu, vorerst auf eine Obduktion zu verzichten. Seine wissenschaftliche Neugier verbat ihm jedoch, sie direkt zur Verbrennung freizugeben. Vielleicht würde er später die Zeit finden, eine genauere Untersuchung vorzunehmen. Falls es für ihn überhaupt eine Zukunft gab. Wütend verzog er das Gesicht bei dem fürchterlichen Gedanken. Er spürte, wie Zorn in ihm aufkochte. Nicht nur, dass ein Mörder es auf ihn abgesehen hatte, die Tochter seines Gastgebers und Verlobte eines Vampirs ihn darum bat, mit ihm durchzubrennen, nun fing er auch noch an, an seinem Verstand zu zweifeln. Wie sollte er es sich sonst erklären, dass er die Existenz von Werwölfen, Vampiren, Geistern und Worgen als gegeben hinnahm und sie nicht als Täuschung entlarvte?

Icherios ging zu dem in der Ecke liegenden Schädel. Das aufgedunsene Gesicht grinste ihn mit gebleckten Zähnen an. Er hob den Kopf an den Haaren hoch und hielt ihn so weit wie möglich von seinem Körper weg. »Veranlassen Sie bitte, dass die Ghoule in verschließbare Truhen gepackt werden.«

Kolchin riss die Augen weit auf. »Glauben Sie etwa, dass sie noch einmal aufstehen könnten?«

»Wollen Sie es denn darauf ankommen lassen?«

Der Flurhüter wich zurück. »Ich denke nicht.«

Icherios nahm jedes Detail des Raumes in sich auf, bevor er die Ghoule zudeckte und hinausging. Der Nebel, der die beiden Männer erwartete, war genauso beständig, wie die nagenden Zweifel in Icherios Innerem. Voller Neid betrachtete er seinen Begleiter, der trotz der Ereignisse der letzten Tage mit einem leichten Lächeln auf den Lippen die Treppen nach unten stieg. Er wünschte, er könnte ebenso gelassen sein. Icherios zwang sich, sich wieder auf den Fall zu konzentrieren. Seine größte Überlebenschance lag in der Aufklärung der Morde. Falls der Fürst nicht selbst der Mörder war.

Kolchin fuhr sich mit den Händen durch die nassen Haare. »Man kann sein ganzes Leben hier verbringen und gewöhnt sich trotzdem nicht an die Feuchtigkeit.«

Icherios war nicht nach sinnlosem Geplapper. »Gibt es eigentlich Boote am See?«

»Natürlich, sie liegen an Nordufer, frei verfügbar.«

»Dann könnte also jemand zum Friedhof gerudert sein, die Leichen entfernt und die Ghoule in die Särge gepackt haben. Anschließend muss der Unbekannte die Leichen mit Steinen beschwert und im See versenkt haben.«

»Das kann nicht sein. Jeder weiß, dass die Seemännchen alles an das Ufer bringen, das nicht in ihr Reich gehört.«

Icherios stöhnte innerlich auf. War das etwa wieder eine Sagengestalt, die er noch vor einigen Tagen als dummen Aberglauben abgetan hätte? »Was sind denn Seemännchen?«

Kolchin zuckte mit den Schultern. »Gute Geister, die den See schützen. Wann immer man etwas in ihm verliert, ein Boot sinkt oder eine Leiche verschwindet, findet man es am nächsten Tag am Ufer. Das ist einer der Gründe, warum Vampire den See nicht überqueren können.«

»Dann trifft das vermutlich auch auf Ghoule zu.«

»Sie sind nicht normal, also können sie das heilige Wasser nicht passieren.«

»Werwölfe sind ebenfalls nicht normal.«

»Das ist etwas anderes.«

»Nehmen wir an, dass es nicht möglich ist, Ghoule über den See zu bringen. Wie gelangten sie sonst auf den Friedhof?«

»Sie müssen dort erschaffen worden sein oder man brachte sie über dic Brücke. Vampire fühlen sich auf ihr unwohl, aber sie könnten es ertragen.«

Icherios bezweifelte, dass es Seemännchen gab, aber solange die Dorfbewohner daran glaubten, würde keiner von ihnen eine Leiche in den See werfen. Wurden die sterblichen Überreste zerhackt, vergraben oder an die Worge verfüttert? Icherios schüttelte sich bei dem Gedanken.

Welche Möglichkeiten boten sich noch? Verbrannt! »Sagtet Ihr nicht, dass es hier eine Köhlerei gibt?«

Kolchin nickte, aber sein Gesicht war eine einzige Frage.

»Wo ist sie, und wer betreibt sie?«

»Sie liegt eine gute halbe Stunde in den Wald hinein, flussaufwärts vom See aus. Meister Kuntz Belwin ist der Eigentümer. Er war ein enger Freund meines Vaters.«

Icherios trat einen Stein zur Seite. »Leichen zu verbrennen, erfordert hohe Temperaturen und viel Zeit. Wenn ich eine Leiche entsorgen wollte, würde ich es in der Köhlerei versuchen. Wir müssen dorthin.«

»Wir sollten reiten, ansonsten holt uns auf dem Rückweg die Dunkelheit ein.«

Icherios stimmte zu. Seine Knie wurden weich beim Gedanken daran, eine Nacht außerhalb der schützenden Mauern Dornfeldes verbringen zu müssen. Erst recht nicht ohne Kutsche und eine Meute Worge an seiner Seite.

»Wo bekommen wir Pferde her?«

»Ich habe zwei. Keine schnellen Reittiere, aber sie sind tapfer und treu. Sie stehen bei Herrn Flauer.«

Sie machten sich zügigen Schrittes auf den Weg zur Wache, denn dort gegenüber sollte der Stall liegen. Im Dorf angekommen verließen sie den Hauptweg, um eine Abkürzung durch eine Gasse zu nehmen. Die Häuser neigten sich, geschwächt vom Alter und von der Witterung aufeinander zu, sodass sich ihre Giebel an manchen Stellen sogar berührten und den Weg in eine Art Tunnel verwandelten. Von schiefen Fensterläden tropfte Wasser, das der Nebel an ihnen hinterlassen hatte. Am Ende der Gasse hockte neben der Haustür eines kleinen, verwitterten Gebäudes eine alte Frau auf einem niedrigen Schemel. Unter dicken Decken ragte eine vorspringende, warzige Nase hervor. Als Icherios an ihr vorbeiging, stieß sie ihren krummen Stock zwischen seine Beine. Stolpernd versuchte er sich an der Hauswand festzuhalten. »Frau, seid Ihr von allen guten Sinnen verlassen?«

Kolchin packte Icherios am Arm und versuchte ihn weiterzuziehen. »Lasst die alte Vettel. Sie ist nicht der Mühe wert.«

Hinter den Decken erklang ein keckerndes Lachen. »Glaubst du, Jungchen?« Ächzend richtete sie sich auf, wobei sie sich schwer auf ihren Stock stütze. Das Alter hatte sie gebeugt und ihre Knochen verbogen, sodass sie wie ein krummer Rebstock wirkte. »Dein Vater hat mehr Respekt vor dem Alter gezeigt.« Sie trat auf Icherios zu. Kam ihm zu nahe, viel zu nahe. Er roch den fauligen Geruch ihres Atems, den sie stoßweise zwischen den gelben Resten ihres Gebisses hervorstieß. »Niemand beachtet eine alte Frau. Dabei sehen und hören die Altvorderen viel.«

Kolchin packte die Alte und versuchte sie wegzuziehen. »Frau Durmbach, ich bitte Sie. Wir sind in Eile.«

Doch sie stand unverrückbar wie ein tief gemauertes Kreuz.

»Was wollt Ihr uns sagen?« Icherios' Neugier war geweckt. Sein Mentor Raban, selbst ein Mann fortgeschrittenen Alters, hatte Icherios oft darauf hingewiesen, dass alte Menschen Rat wussten, wenn die Jungen hilflos im Kreis rannten.

»Seid Ihr sicher, dass Ihr den Mörder, solltet Ihr ihn finden, auch stellen könntet?« Die Greisin wackelte auf beunruhigende Weise mit dem Kopf. Ihre fahlblauen Augen zuckten ziellos umher. Als Icherios nicht antwortete, fuhr sie fort. »Es mag interessant für Euch sein zu wissen, dass der Fürst von Sohon ein Verhältnis mit der toten Vampirfrau hatte.«

Kolchin schob sich aufgebracht dazwischen. Diesmal gelang es ihm, die Alte ein Stück zur Seite zu schieben. »Ihr seid verrückt, Weib. Ich sollte mit Eurer Tochter reden, damit sie Euch nicht mehr hinauslässt. Was wisst Ihr schon von den Vorgängen im Schloss?«

Frau Durmbach hustete. »Dein Vater hätte dir so einiges erzählen können. Gott hab ihn selig.«

»Missbraucht den Namen meines Vaters nicht!« Kolchin ballte die Fäuste. Es war das erste Mal, dass Icherios ihn zornig sah. Fast erschreckte es ihn, dass Kolchin zu solch einem Gefühlsausbruch fähig war. Was mochte noch unter dieser sonst so sanften und stillen Oberfläche brodeln?

Mit einem heiseren Lachen humpelte die alte Frau zur Eingangstür. »Ihr solltet Euch wahrhaftig fragen, ob Ihr den Mörder fangen könntet«, rief sie ihnen zu, bevor sie im Haus verschwand und die Tür mit einem Krachen in Schloss fallen lies.

Die beiden Männer gingen weiter. Sobald sie außer Sichtweite waren, versuchte Kolchin den jungen Inspektor zu beruhigen. »Sorgt Euch nicht wegen der alten Vettel. Sie ist verrückt und verursacht nichts als Ärger.«

Doch es war zu spät. Icherios kamen mehr und mehr Zweifel an den Motiven seines Auftraggebers. War der Schmuck, den er bei Merelle gefunden hatte, ein Geschenk des Fürsten?

19

Im Schatten

Im Schatten eines Hauses verborgen, beobachtete er, wie dieser trottelige Flurhüter mit seinem neunmalklugen Freund, dem Inspektor, in Herrn Flauers Stall verschwand.

Er drehte sich zur Straße, wo nichts ahnende Menschen, Vampire und Werwölfe an ihm vorbeigingen und ihn freundlich grüßten. Frau Flick, die Gemahlin des Bäckers lächelte ihm verschmitzt zu. Sie hatte zwei Töchter, die älteste von ihnen, glupschäugig und mit Pferdezähnen, suchte noch einen Gemahl. Es war kein Zufall, dass er von ihr regelmäßig kleine Geschenke erhielt.

Vampire und Werwölfe stolzierten mit ihrer überheblichen Selbstsicherheit vorbei. Keiner ahnte, dass er das gefährlichste Raubtier in Dornfelde war. Nach Außen hin trug er seine freundliche Maske. Doch innerlich erfreute er sich an den Todesschreien seiner Opfer. Sie hatten es nicht anders verdient. Die ganze heuchlerische Bande. Sie schienen so ordentlich, doch in Wirklichkeit schwelte in ihnen die Verderbtheit missbrauchter Moral.

Der Inspektor und Kolchin führten zwei stämmige Kaltblüter aus dem Stall heraus. Eines der Pferde fand Gefallen an dem Hut des Gelehrten. Dieser versuchte unter lautem Gezeter, das Tier davon abzuhalten, auf dem Ding herumzukauen.

Er spuckte verächtlich auf den Boden. Was für ein Exemplar eines treuen Gefolgsmann des Gesetzes. Trotzdem war er der Einzige, der zu einer Bedrohung für ihn werden konnte. Ein wahrlich aufregender Zug im sonst so einfachen Spiel. Allerdings könnte der Inspektor ihm nur gefährlich werden, wenn er seine eigene Unsicherheit vergessen würde.

Dann beobachtete er, wie die beiden Männer in Richtung Köhlerei aufbrachen. Ihr Ziel war leicht zu erraten. Es wunderte ihn, dass Ceihn so lange dafür gebraucht hatte.

»Mal sehen, ob du in der Lage bist, mit deinem dort erworbenen Wissen zurückzukehren«, murmelte er leise.

Eine Passantin blickte ihn verwirrt an. Er grüßte sie freundlich. Sofort vergaß sie sein Selbstgespräch. Die Menschen sahen nur, was sie sehen wollten.

20

Die Köhlerei

Der Weg zur Köhlerei führte über einen dunklen Pfad, der sich tief in das Erdreich eingegraben hatte und überdacht war mit einem undurchdringlichen Gespinst aus Ästen. Der intensive Geruch von modrigem Holz lag in der Luft. Vereinzelte Lichtstrahlen, in denen man Staubflocken und Fliegen tanzen sehen konnte, durchdrangen das Halbdunkel.

Icherios ritt auf einem grauen, alten Wallach namens Achilles. Es war ein gutmütiges Tier. Trotzdem musste sich Icherios darauf konzentrieren oben zu bleiben. Reiten gehörte nicht gerade zu seinen Fähigkeiten. Der Name des Pferdes wollte allerdings so gar nicht zu dessen plumper Statur und dem krummen Rücken passen. Kolchin erklärte, dass der Name die Idee seiner Frau gewesen war. Sie liebte die griechischen Sagen. Bei der Erwähnung von Kolchins Frau fühlte Icherios sich hin- und hergerissen. Zum einen war er sich nicht sicher, ob sie wirklich diejenige war, die er mit dem Pfarrer zusammen gesehen hatte. Das Risiko einer falschen Beschuldigung war groß. Auf der anderen Seite fühlte er sich verpflichtet, seinen Freund nicht im Ungewissen zu lassen.

Kolchin hing seinen eigenen Gedanken nach. Sie ritten schweigend durch den Wald, bis sie zu einer Weggabelung kamen. Auf der Lichtung tanzten Schmetterlinge im hohen Gras und fingen die letzten warmen Sonnenstrahlen des Jahres ein. Auf einem dunkel angelaufenen Holzschild waren die Worte »Köhlerei« und »Dreinachtshof« zu lesen.

»Es gibt Höfe hier draußen?«

»Der Dreinachtshof ist einer der wenigen Ausnahmen. Er ist wie eine kleine Festung angelegt und wird durch mehrere Worge geschützt. Dort lebt eine alteingesessene Familie, aber die Einsamkeit hat ihrem Verstand nicht gut getan.«

Der Weg führte weiter in den Wald hinein, weg vom Hohlweg. Zahlreiche Mücken, Bremsen und andere blutsaugende Tiere schwirrten um sie herum. Bei den ersten Bissen schrie Icherios noch auf. Dann versank er in die gleiche Teilnahmslosigkeit, die auch sein Begleiter zeigte. Sie kamen an einen breiten, flachen Bach – die Bleiche, an deren Ufer die Köhlerei lag. Das Wasser rauschte an großen, rundgeschliffenen Felsbrocken vorbei, die verstreut im Bachbett lagen. Die reißende Strömung spritzte die Gischt bis ans Ufer. An den tiefen, ruhigen Stellen leuchtete das Wasser in intensivem, dunklem Türkis.

Die Köhlerei erstreckte sich über ein gewaltiges Areal und war umgeben von einem Wall aus Holzstämmen, der einen unüberwindlichen Schutz bot. Der Flurhüter erklärte, dass wandernde Tagelöhner, die hier im Sommer arbeiteten und übernachteten, die Mauer als Abschirmung vor den Irrlichtern und anderen finsteren Kreaturen nutzten. Zugleich diente sie als Holzvorrat für den Winter.

Fünfzig Schritte vor der Anlage saßen sie ab. Kolchin machte mit lauten Rufen auf sie aufmerksam. »Oben auf dem Wall befinden sich geladene Musketen«, erläuterte er. »Es ist gesünder sich bemerkbar zu machen, um sich nicht eine Kugel einzufangen.«

Sie betraten die Köhlerei durch ein breites Holztor, durch das unzählige Werwölfe Holzstämme trugen. Icherios staunte darüber, wie die schlanken, menschengleichen Wesen gewaltige Baumstämme wuchten und auf einen großen Lagerplatz neben dem Eingang stapeln konnten. In der Köhlerei selbst arbeiteten vorwiegend Menschen. Rückepferde, die dazu da waren die schweren Stämme von einer Ecke zur anderen zu transportieren, waren im Einsatz. In der Luft hing dicker schwarzer Ruß, der an Mensch und Tier kleben blieb. Auf der Innenseite des Walles befanden sich Leitern, mit denen die Männer schnell die Mauer erklimmen konnten. Auf dem Wall lagen in den Zwischenräumen zwischen den Rundungen der Stämme wie erwartet geladene Musketen.

Auf Icherios' Nachfragen erklärte Kolchin, dass nicht nur die Irrlichter Probleme bereiteten, sondern auch Räuber und Landstreicher. Seitdem sie allerdings diese Verteidigungsanlage besaßen, waren die Überfälle seltener geworden. Es kam aber immer noch vor, dass einige Verzweifelte versuchten einzubrechen, um die Einnahmen und Löhne zu stehlen.

An der Nordseite stand eine Reihe solider Hütten. Moosüberzogene Schindeln bedeckten die Dächer. Auf einem breiten Tisch befanden sich mehrere Krüge und Tonbecher, aus denen die Arbeiter Wasser tranken, um den hohen Flüssigkeitsverlust durch die Nähe zu den heißen Schloten auszugleichen. Im Zentrum ragten die Kohlemeiler in den Himmel, kegelförmige Haufen, die man mit eingelassenen Stufen oder angelehnten Leitern besteigen konnte.

»Wisst Ihr, wie ein Kohlemeiler aufgebaut ist?«

Icherios schüttelte den Kopf.

»Um einen mit Reisig und Spänen gefüllten Feuerschacht werden Pfähle gesetzt, sodass sich die typische Kegelform ergibt. Diese wird dann mit einer luftdichten Decke aus Gras, Moos und Erde bedeckt. Im Feuerschacht wird der Meiler entzündet. Je nach Größe bildet sich in acht Tagen bis mehreren Wochen Holzkohle. Daher muss ständig darauf geachtet werden, dass der Meiler nicht erlischt oder in Flammen aufgeht. Wegen der Irrlichter wird die meiste Kohle im Sommer erzeugt. Nur Kuntz Belwin wagt es, im Winter hierzubleiben.«

»Ihr kennt Euch gut aus.«

Kolchin zog verlegen die Schultern hoch. »Mein Vater arbeitete für Meister Belwin. Deshalb war ich oft in der Köhlerei unterwegs und habe geholfen.« Er zeigte auf eine Narbe an seinem Unterarm. »Ich lernte früh, bei den aktiven Meilern vorsichtig zu seien und niemals auf ihnen zu spielen.« Er linste verstohlen auf Icherios Arme. »Eure Narben an den Handgelenken, darf ich fragen, wo Ihr sie herhabt?«

»Das ist eine lange Geschichte«, wiegelte Icherios ab. »Wo finden wir den Meister?«

»Vermutlich bei den Hütten. Er ist im Sommer mehr mit der Buchhaltung beschäftigt als mit den Arbeiten in der Köhlerei. Ihr solltet geduldig im Umgang mit ihm sein. Sein Verhalten ist manchmal etwas merkwürdig. In den Wintermonaten ist er oft der Einzige hier draußen.« Kolchin deutete auf ein niedriges, fensterloses Gebäude, das wie ein dunkler, stabiler Würfel aussah. »Seht Ihr diesen Schuppen?« Er vergewisserte sich, dass Icherios ihm folgte. »In diesem Verlies verbringt er die Nächte, um seine Meiler im Winter nicht verlassen zu müssen. Diese einsamen Stunden haben Spuren in seinem Geist hinterlassen.«

Die Ankunft der Männer hatte bereits die Aufmerksamkeit des Meisters erregt. Ein kleiner magerer Mann mit einer roten Kappe eilte auf sie zu. Seine Bewegungen waren unruhig und abgehackt, als wenn er ständig darauf gefasst wäre, sich in Deckung werfen zu müssen. Stürmisch umarmte er den Flurhüter, dann erfasste er mit einem hektischen Blick Icherios. Die Hände auf Kolchins Schultern gelegt, zischte er: »Was schleppst du denn da an, mein Junge? Von Außen kommt nur Schlechtes. Denk an deinen Vater!«

Icherios versuchte, die Hände des Mannes nicht die ganze Zeit anzustarren, denn es fehlten an jeder Hand mehrere Finger. Außerdem waren sie übersät mit verhärteten Brandnarben. Ruß und verbrannte Haut bildeten einen ledrigen Überzug, unter dem das rohe Fleisch hervorbrach.

Icherios stellte sich vor. »Inspektor Ceihn aus Karlsruhe. Ich bin mit der Aufklärung der Mordserie betraut.« Die grobe Unhöflichkeit der Menschen im Dunklen Territorium prallte inzwischen an ihm ab. Das harte, einfache Leben verlangte Vertrauen untereinander, aber ebenso schürte es Misstrauen allem Fremden gegenüber.

»Dann glauben Sie, dass der Junge hier nicht gut genug ist, um sich um unsere Angelegenheiten zu kümmern?«, fuhr Meister Belwin ihn an.

»Ist schon gut, Meister Belwin, ich habe ihn gerufen«, wandte Kolchin verlegen ein. Das Gespräch fing noch schlechter an, als er befürchtet hatte. »In der Stadt hat man mehr Erfahrung mit Morden.«

»Ich sag doch: Alles Böse kommt von Außen. Niemand hier würde eine derartige Schandtat begehen. Ich kenne meine Arbeiter seit Jahren und vertraue ihnen jeden Tag mein Leben an. Also, was wollt Ihr von mir? Schaut lieber bei den Vagabunden nach!«

»Genau das ist unser Problem«, erklärte Kolchin. Danach berichtete er ihm von den Ghoulen auf dem Friedhof. Der Meister umklammerte ein massives Eisenkreuz, das an einer kurzen, dicken Kette um seinen Hals hing. Seine Augen zuckten noch nervöser als zuvor. »Was hat das mit mir zu tun?«

»In einem Kohlemeiler lassen sich unliebsame Leichen vernichten«, mischte sich Icherios ein. »Ist etwas Seltsames vorgefallen in letzter Zeit?«

»Natürlich nicht.«

Icherios gab seinem Begleiter unmerklich ein Zeichen, weiter nachzufragen.

»Kuntz, weißt du sonst etwas über die Ghoule oder den Verbleib der Opfer?«

»Opfer kann man dieses unheilige Pack wohl nicht nennen. Was mit ihnen geschah, war Gottes Wille.«

Icherios staunte über die Doppelmoral des Meisters. Auf der einen Seite nutzte er die Arbeitskraft der Werwölfe, auf der anderen verfluchte er sie. Er fragte sich, wie das Zusammenleben in Dornfelde so lange hatte friedlich verlaufen können. »Sind Ghoule auf dem heiligen Boden des Friedhofs ebenfalls Gottes Wille?«

Der Meister wiegte den Kopf hin und her. »Gottes Wille ist unergründlich.«

»Nur, der Mörder konnte die Leichen verstecken.« Icherios beobachtete die Reaktion des Meisters.

»Niemals!«, brauste er auf. Seine Empörung schlug in Angst um, als er sich seines Fehlers bewusst wurde.

»Also weißt du doch etwas?« fragte der Flurhüter verwundert.

»Nur dass die Leichen nicht vom Mörder entfernt wurden.«

»Dann hast du sie verbrannt?«

Der Meister nickte widerwillig.

»Wer gab den Auftrag?«

»Tut mir leid, Junge. Das werde ich nicht verraten. Gottes Fluch würde mich treffen.«

Meister Belwin verweigerte, trotz aller Nachfragen, Auskunft über den Leichenräuber. Da sich die Sonne bereits bedenklich dem Wald entgegensenkte, beschlossen die beiden Männer zurückzureiten. Dabei beunruhigten Kolchins ständige, ängstliche Blicke zum Himmel auch Icherios. Die Sonne sank rasch, und nur vereinzelte Sonnenstrahlen fanden noch den Weg zum Waldboden. Die Angst vor einer Begegnung mit den Irrlichtern verursachte bei Icherios Magenkrämpfe. Er wünschte, sie hätten ein paar Worge an ihrer Seite. Kaum hatte sich dieser Gedanke gebildet, drängte die Furcht, sich selbst zu verlieren, mit Macht an die Oberfläche. Vor weniger als einer Woche hätte er über Irrlichter, Vampire, Ghoule, Geister und Werwölfe gelacht und sie im festen Glauben an die Erkenntnisse der Wissenschaft als einfachen Aberglauben abgetan. Nun fürchtete er sich vor Irrlichtern und sehnte sich magische Wölfe herbei. Trotz der Beweise kamen immer wieder Zweifel in ihm hoch. Was, wenn er verrückt war und sich alles einbildete? Er hoffte, dass von seinem rationalen Verstand etwas übrig war, sollte er jemals nach Karlsruhe zurückkehren.

Sie näherten sich der Wegkreuzung, die zum Hohlweg hinunterführte, als Icherios sich an die Blaufeuer erinnerte. Noch so ein unerklärliches Phänomen! »Warum können wir nicht Zuflucht an einem Blaufeuer suchen?«

»Sie erlöschen nach und nach in der Umgebung Dornfeldes. Früher gab es auf dieser Lichtung eines. Es verblasste vor einem Jahr.«

»Renfin behauptet, dass ihr vielleicht sogar die Ortschaft aufgeben müsst deswegen?«

»Das betrifft nur normale Siedlungen und Höfe, aber

Dornfelde ist durch Worge, Vampire und Werwölfe ausreichend geschützt. Aber er hat schon recht, sicherer ist es nicht geworden.« Kolchin wandte den Kopf zur sinkenden Sonne. »Wir müssen uns beeilen. Uns bleibt nicht viel Zeit.«

Icherios trieb seinen Wallach an. Das Tier war schweißüberströmt, obwohl es bisher kaum belastet worden war, wahrscheinlich vor Angst. Kolchin hatte die Kräfte der Tiere schonen wollen. Dennoch spürte der Wallach ebenso wie Fleck, dass die Nacht nahte. Selbst die Pferde sogen mit der Muttermilch die Angst vor der Dunkelheit auf.

»Wir sollten morgen zur Köhlerei zurückkehren und den Meister mitnehmen. Es gibt wenig, das ein Mann unter entsprechender Befragung nicht preisgibt.«

Der Flurhüter schaute ihn entsetzt an. »Das werde ich nicht gestatten!«

»Warum nicht? Er verweigert uns wichtige Informationen. Vielleicht möchte er seine Mitschuld verbergen.«

»Das würde er niemals tun. Der Meister ist ein ehrenhafter, gottesfürchtiger Mann. Er würde nie zulassen, dass noch mehr Leute zu Schaden kommen.«

»Bisher waren es nur Vampire und Werwölfe. Meister Belwin hat keinen Zweifel an seiner Abscheu gelassen.«

»Das ist bloß das übliche Gerede. Nur einem Mann, dem der Meister bedingungslos vertraut, hätte er erlaubt, die Leichen zu vertauschen und bei ihm zu verbrennen.«

»Oder einer Frau«, fügte Icherios hinzu.

»Frauen fehlt die List für derart komplexe Morde und ihre Gefühle sind zu schlicht, um Anlass dafür zu geben.«

Es überraschte Icherios immer wieder, wie oft Männer die Macht und Intelligenz des weiblichen Geschlechts unterschätzten. Der Gedanke, der Mörder könnte eine Frau sein, beunruhigte ihn. Ein Mann wäre für ihn einfacher zu durchschauen.

»Der Mörder und derjenige, der die Leichen vertauscht hat, müssen unterschiedliche Personen sein«, fuhr Kolchin fort.

»Und wenn Sie sich irren? Können Sie es mit Ihrem Gewissen vereinbaren, eine Bestie in Menschengestalt walten zu lassen, nur um einen alten, starrköpfigen Mann zu schützen?«

»Ich vertraue Kuntz voll und ganz. Ich kenne ihn seit meiner Geburt.«

»Und wem würde der Meister vertrauen? So sehr, dass er sich weigert, den Namen preiszugeben?«

Kolchin spielte unruhig mit den Zügeln. »Ich weiß es nicht.«

Schweigend ritten sie in den Hohlweg hinein. Icherios rang mit sich, ob er den Meister morgen festnehmen und verhören sollte oder nicht. Einerseits glaubte er seinem Begleiter und wollte ihre sich gerade entwickelnde Freundschaft – seine erste seit Vallentins Tod – nicht riskieren. Andererseits fürchtete er, der Meister könnte sich irren oder gar selbst in die Morde verwickelt sein. Die Menschen Dornfeldes vertrauten einander, niemand konnte in ihren Augen der Täter sein, doch irgendjemand war es. Zumindest wenn man sich auf die Aussagen der Vampire und Werwölfe verließ. Icherios fühlte sich schuldig. Sollte er als Mensch nicht auf der Seite der Menschen stehen, anstatt Unruhe in ihre Reihen zu bringen? Das Leben im Dunklen Territorium war schwer genug. Sie waren zwar geschützt vor Hungersnöten, hatten aber andererseits mit einer ständigen Bedrohung ihres Lebens und ihrer Menschlichkeit zu kämpfen. Natürlich bestand immer noch die Möglichkeit, dass der Blutdämon, von dem der Pfarrer sprach, sein Unwesen trieb. Trotz der Ereignisse der letzten Tage wollte Icherios die Existenz eines Dämons nicht in Betracht ziehen. Er war gekommen, um Morde aufzuklären und nicht, um Gespenster zu jagen. Dennoch war er nicht bereit, es zu einem Streit kommen zu lassen. »Alles Schlechte kommt von Außen«, murmelte er leise.

»Was haben Sie gesagt?« Kolchins schmale Augenbrauen hoben sich fragend.

»Ich musste an die Aussage des Meisters denken. Was hat es mit dem Tod Ihres Vaters auf sich?«

Kolchin ritt schweigend weiter. Icherios wollte schon nachfragen, weil er dachte, sein Begleiter hätte sie nicht gehört, da setzte dieser mit eingezogenen Schultern, als wenn er sich vor unsichtbaren Schlägen schützte, zu einer Antwort an. Plötzlich zügelte er sein Pferd und hob die Hand.

»Habt Ihr das auch gehört?«

Icherios fragte sich, ob es ein Ablenkungsmanöver war. »Nein.« Er trieb Achilles voran. Er beabsichtigte, nicht noch mehr Zeit zu vertrödeln, nur um auf ein vorgetäuschtes Geräusch zu warten. Da ertönte ein lautes Brüllen, und aus dem Dickicht über dem Hohlweg stürzte sich ein Bär herab, direkt vor die Füße der Pferde. Die Tiere scheuten. Icherios' Wallach bäumte sich wiehernd auf und versuchte, sich auf den Hinterbeinen umzudrehen. Icherios war zu überrascht, um sich rechtzeitig festklammern zu können. Während er durch die Luft flog und der Boden rasch näher kam, dachte er noch, dass der Aufprall sehr schmerzhaft werden würde. Die Pein, die er verspürte, als er mit einem dumpfen Laut aufschlug und sich spitze Steine in seinen Rücken bohrten, übertraf seine Befürchtungen allerdings noch. Für einen Moment schien sich die Welt so sehr zu drehen, dass er sich eine Ohnmacht herbeisehnte, um den Schmerzen entfliehen zu können. Achilles' Hufe trafen ihn am Knie, als das Pferd panisch davonrannte, und fügten seiner Sinfonie der Schmerzen einen neuen Akkord hinzu. Schwer atmend rollte er sich auf die Seite und beobachtete den Bären, während er versuchte, seinen Körper unter Kontrolle zu bekommen. Das Geschöpf war ein ausgewachsener Braunbär mit einer Schulterhöhe von guter Manneshöhe. Sein riesiger Kopf ruhte auf einem massigen Körper. Wie bei den Ghoulen leuchteten seine Augen in einem dämonischen Gelb. Das Fell hing in Fetzen vom Leib. Darunter stachen Sehnen und blanke Muskeln, die von Maden und Würmern durchsetzt waren, hervor. Aus dem Maul mit den langen, gewaltigen Zähnen lief dunkles Blut. Ein lautes Brüllen erklang aus der Kehle, in das sich ein hohes metallisches Kreischen mischte, als würden im Rachen des Bären zwei Eisenfeilen gegeneinandergerieben. Es bestand kein Zweifel, dass dieses Wesen ebenso wenig lebte wie die Ghoule auf dem Friedhof. Der Bär streckte den Kopf vor, die Lefzen in Gier gefletscht, und stürmte auf Icherios zu. Dem Gelehrten gelang es, sich im letzten Moment zur Seite zu werfen. Er spürte ein Kribbeln auf der Haut, wo die Pranken nur knapp an ihm vorbeistrichen. Fauliger Gestank schlug ihm entgegen, der ihn würgen ließ. Doch der Bär hatte sich bereits wieder umgedreht und raste zu Icherios zurück. Laub wirbelte auf, wo seine Pranken sich in die Erde bohrten. Er zog eine dunkle Furche in den Boden. In dem Moment kam Kolchin auf ihn zugeritten, packte Icherios am Arm und zog ihn mit überraschender Kraft aufs Pferd.

Sie duckten sich zu zweit auf dem Pferderücken, um den herunterhängenden Ästen auszuweichen, und folgten dem Pfad in Richtung Köhlerei keuchend vor Anstrengung. Selbst wenn der Bär sie nicht erwischte, würden die Irrlichter sie töten. Mit dem Ungetüm im Nacken war eine Umkehr unmöglich, und die Köhlerei würden sie erst lange nach Einbruch der Nacht erreichen.

Hinter ihnen erklang das frustrierte Brüllen des Bären. Er heftete sich an ihre Fersen, obwohl Fleck in ihrer Panik alle Kraftreserven ausschöpfte. Der Bär nahm weiter an Geschwindigkeit auf.

»Er kommt näher«, brüllte Icherios. »Wie kann ein Bär so schnell rennen?«

Kolchin antwortete nicht, sondern schüttelte nur den Kopf. Er war zu konzentriert darauf, seine Stute anzutreiben und einen sicheren Weg über den unebenen Boden zu finden. Plötzlich drehte er sich um, schlang einen Arm um Icherios und riss ihn mit sich vom Pferd. Gemeinsam fielen sie in ein dorniges Dickicht unter dem sich eine flache Mulde befand. Die Dornen zerrissen ihre Kleidung und gruben sich in ihr Fleisch, bevor sie auf einem weichen Moosbett landeten. Obwohl der Sturz diesmal sanfter verlief, flammte der Schmerz in Icherios' Rücken heftig auf. Kaum lagen sie auf dem nassen Boden, bebte die Erde – und der Bär raste an ihnen vorbei. Sobald das Trommeln der Hufe und das Röhren des Ungetüms verklungen waren, zog Kolchin seinen Kumpanen hoch. »Wir müssen hier weg.« Der Flurhüter keuchte schwer. Icherios' Knie schmerzten, wie er es noch nie zuvor erlebt hatte, als er sich durch die kratzenden Ranken kämpfte. Einen Moment erwog er, sich einfach hinzulegen und zu hoffen, dass der Tod ihn schnell ereilen würde. Er war es müde zu kämpfen. Doch Kolchin ließ ihm keine Wahl. Wütend zerrte er an ihm.

»Los, weiter. In der Nähe ist eine Hütte, in der wir Schutz suchen können.«

Mühsam arbeiteten sie sich aus dem Dickicht heraus. Im schwindenden Tageslicht erkannte Icherios, dass sie sich am Fuß der Donnerkappe befanden. Ein schmaler Pfad führte den Hang hinauf. Icherios musste sich bereits nach wenigen Metern auf Kolchin stützen, um nicht einzuknicken. Er spürte ein warmes Rinnsal seinen Arm hinunterlaufen. Kolchin blutete aus einem tiefen Riss am Hals, der nur knapp die Halsschlagader verfehlt hatte.

Die Sonne stand als kleiner Halbmond über den Gipfeln der Berge. Icherios verfolgte, wie sie rasch dahinter versank. Der Weg endete an einer Einbuchtung im Fels, in der eine alte Eiche wuchs. In ihrem Schutz stand eine heruntergekommene Holzhütte, in die die Männer mit letzter Kraft hineinstürzten.

21

Die Zuflucht

Nach Atem ringend lagen die Beiden nebeneinander auf dem Boden. Mit jedem Herzschlag spürte Icherios die Schmerzen in seinen Knien und seinem Rücken deutlicher. Er drehte seinen Kopf zu Kolchin. Die Wunde an dessen Hals schien zwar nur oberflächlich zu sein, aber sie hörte nicht auf zu bluten.

»Hoffen wir, dass der Bär dem Pferd folgt und uns dabei vergisst.«

»Fleck war ein gutes Tier.«

Für einen Moment kehrte Stille ein. Regentropfen trommelten auf das Dach. Icherios lauschte angestrengt, ob er ein verräterisches Geräusch hören konnte, das die Ankunft der Bestie ankünden würde. Irgendwann hielt er die Spannung nicht mehr aus. »Was war das für ein Geschöpf? Eine weitere Besonderheit des Dunklen Territoriums?«

»Ich weiß es nicht. Die Alten berichten vom großen Urs, der die Wälder vor Jahren heimsuchte. Er fraß über ein Dutzend Menschen bevor ihn Jäger erlegten. Vielleicht ist er zurückgekehrt, um Rache zu nehmen.«

»Was auch immer es war, es lebte nicht mehr.« Icherios fröstelte in der Abendluft. »Wie kommen wir jetzt wieder zurück?«

»Uns bleibt nichts anderes übrig, als die Nacht hier zu

verbringen. Die Sonne ist untergegangen, und mit einem untoten Bären auf den Fersen und Wälder voller Irrlichter haben wir keine Chance, lebend nach Dornfelde zu gelangen.« Kolchin setzte sich auf und umschlang seine Beine mit den Armen. »Ich hoffe Eva sorgt sich nicht zu sehr.«

»Die Hütte bietet aber doch kaum Schutz.«

»Wir haben aber nichts Besseres.«

Icherios blickte zweifelnd durch ein Astloch in der Wand. Die ersten Sterne waren am Himmel erschienen, und ein einsames Käuzchen begrüßte die Nacht. Icherios beachtete die Schönheit der Natur nicht, sondern suchte nach einer Möglichkeit, den Schuppen zu befestigen oder einen anderen Zufluchtsort zu finden. Sie hatten jedoch keinerlei Werkzeug, und der Hang lag trostlos und in alle Richtungen ohne Deckung vor ihnen. Kolchin hatte recht. Sie mussten bleiben und darauf hoffen, so überleben zu können. Icherios wünschte sich wie nie zuvor, tatsächlich ein gläubiger Mensch zu sein. Leider war er nur nach christlichen Traditionen erzogen worden, ohne jemals das Vertrauen in Gott zu empfinden. Mit einem gefestigten Glauben wäre diese Situation viel leichter zu überstehen.

Icherios schreckte auf. Von draußen war ein Geräusch zu hören. Steinbrocken waren den Hang heruntergerollt. Er hoffte, dass nur ein Fuchs oder ein Hase der Verursacher gewesen war. Kolchin blickte ihm stumm in die Augen. Beide hielten die Luft an. Die Angst des Einen spiegelte sich im Gesicht des Anderen wider. Dann ertönte ein lautes Brüllen, und Tatzen schlugen gegen die Wand. Die Hütte erzitterte. Dann kehrte Stille ein. Icherios verspürte Todesangst, trotzdem beugte er sich zu dem Astloch vor und spähte in die Nacht. Es war nichts zu sehen außer den Wäldern, dem Mond und ein paar Sternen.

Doch plötzlich schob sich ein riesiges, gelbes Auge vor den Schlitz. Der Bär stieß ein weiteres Brummen aus. Seine Pranken schlugen wild auf die Hütte ein. Blut spritze aus seinem Maul durch die Löcher in der Wand und hinterließ ein Muster auf Icherios' Weste. Ängstlich rutschten die beiden Männer an die hintere, gegen die Felswand gelehnte Wand. »Können wir auf das Dach klettern und dann den Hang hinauf?«

Kolchin schüttelte resigniert den Kopf. »Der Bär klettert besser als wir, und es ist viel zu steil.«

Icherios war nicht bereit aufzugeben. Die kleine Pause hatte seine Kampfgeister wieder geweckt. Verzweifelt versuchte er, an die Decke zu gelangen, um ein Loch hineinzuschlagen.

Der Flurhüter hingegen wurde immer ruhiger. »Füchse beißen sich manchmal eine Pfote ab, um einer Falle zu entkommen. Sobald der Bär reinkommt, rennt Ihr los. Kümmert Euch nicht um mich.«

Icherios fühlte Hoffnung in sich aufkeimen, unterdrückte sie aber sogleich voller Scham. Wie konnte er in Erwägung ziehen, einen Freund zurückzulassen! Vallentins Verlust war unerträglich gewesen. Er wollte nicht noch jemanden verlieren. »Niemals! Ihr habt Frau und Kinder! Falls einer zurückbleibt, dann ich!« Icherios überwand sich, diese Worte auszusprechen. Er war sich nicht sicher, ob er den Mut besaß, sich zu opfern.

»Meine Familie wird erst in Sicherheit sein, wenn die Morde aufgeklärt sind. Nur Ihr könnt sie retten.« Kolchin riss sich seinen Anhänger vom Hals und drückte ihn Icherios in die Hand. »Gebt ihnen das Amulett von mir und sagt ihnen, dass ich sie liebe.« Er packte Icherios Arm und zwang ihn einen Moment innezuhalten. »Bitte, tut es für mich!«

Icherios schüttelte den Kopf. Er wollte gerade etwas erwidern, als das Holz der Bretterwand zerbarst. Der Bär stürmte herein. Kolchin stieß Icherios zur Seite und hetzte mit einem kleinen Messer bewaffnet auf das untote Monster zu. Icherios fühlte sich elend und schämte sich, doch er rannte los. Ein lauter Schrei erklang in seinem Rücken. Im Laufen drehte er sich um. Kolchins Anblick brannte sich in sein Gedächtnis ein. Der Bär packte den Amtsmann und schleuderte ihn zu Boden. Dieser versuchte von dem Biest wegzukriechen, während bereits Blut aus seiner Schulter schoss. Mit einem befriedigten Grunzen folgte ihm das Ungetüm, denn jetzt hatte es keine Eile mehr. Sein Opfer lag bewegungsunfähig vor ihm.

Vom Grauen gepackt hielt Icherios inne. Dann nahm er ein Holzbrett zur Hand und stürmte schreiend auf den Bären zu. Das Monstrum beachtete ihn nicht, sondern richtete sich über dem Flurhüter auf. Icherios befürchtete, es nicht mehr rechtzeitig zu schaffen. Doch in dem Moment, als der Bär auf sein Opfer niedergehen wollte, stürzte ein schwarzer Schatten auf das Biest herab. Mit einem lauten Krachen gingen sie zu Boden. Icherios konnte im Dunkeln nicht erkennen, wer oder was ihnen zur Hilfe gekommen war, doch es schien menschliche Gestalt zu haben. Der Schatten huschte zur Seite, während der Bär sich mühsam aufrichtete. Eines seiner Beine war gebrochen und knirschte bei jedem Schritt. Das Monster bemerkte die Verletzung nicht, sondern wandte sich dem neuen Gegner zu. Der Schatten war jedoch zu schnell und gewandt für das schwere Tier. Immer wieder stürmte er auf den Bären zu, stieß einem Habicht gleich auf ihn nieder, um sogleich auf Abstand zu gehen. Es war ein tödlicher Tanz, der damit endete, dass der Schatten auf den Rücken des Biestes sprang. Ein Brüllen erklang, das abrupt verstummte, als er dem Ungetüm den Kopf abriss.

Ihr Retter richtete sich langsam auf. Ein bleiches Gesicht schimmerte im Mondlicht. Es war der Fürst von Sohon. Seine Kleider hingen zerfetzt und blutbeschmiert von seinem schmalen Körper herab. Innerhalb von wenigen Augenblicken hatten sich seine Wunden jedoch wieder geschlossen. Der Schädel des Bären lag zu seinen Füßen. In diesem Moment erkannte Icherios die unbändige, tierische Kampfeswut der Vampire. Ein blaues Feuer leuchtete in Sohons Augen. Er zitterte und schien kurz davor, sich auf Icherios zu stürzen. Ein lautes Jaulen lenkte ihn davon ab. Aus dem Wald unterhalb des Hanges strömte eine Meute Worge und hetzte den Berg herauf. Sohon schien sich bei ihrem Anblick zu beruhigen. Dann fauchte er Icherios an, der immer noch mit dem Knüppel in der Hand vor der Hütte stand. »Kümmert Euch um den Flurhüter. Ich kann nicht … das Blut.«

Scham wallte erneut in Icherios auf. Da hatte er nutzlos in die Nacht gestarrt, während sein Freund Hilfe benötigte!

Trotz der vereinzelten Wolken, die den Mond umtanzten, war die Nacht hell genug, um die große Wunde an Kolchins Schulter zu erkennen. Seine Lippen waren zusammengekniffen, die Augen weit geöffnet und starr gen Himmel gerichtet. Die Verletzung war nicht lebensgefährlich, aber der junge Amtsmann hatte viel Blut verloren. Er brauchte dringend Ruhe und Wärme.

Hechelnd erreichten die Worge die kleine Gruppe. Der riesige Leitwolf Lantag schob zur Begrüßung seine Schnauze unter Icherios Hand und verlangte gestreichelt zu werden.

»Hier können wir nicht bleiben. Die Irrlichter kommen.« Sohon deutete auf den Waldsaum am Fuß des Hanges. Dort sammelte sich der dichte Nebel der Geisterwesen.

Icherios schluckte. Der Dunst erstreckte sich bis weit unter die Bäume.

»Es sind zu viele. Wir müssen fort.« Der Fürst bedeckte Kolchins Wunde mit einem Tuch und warf sich den jungen Mann über seine Schulter. »Lauft!«, brüllte er.

Gemeinsam stürzten sie los, gefolgt von der aufgeregt hechelnden Meute Worge. Die Tiere freuten sich über den Ausflug und genossen es, mit ihren weichen Pfoten nahezu lautlos über das Gestein hinwegzufegen. Trotz Kolchins Gewicht war Sohon schneller als der Gelehrte. Federleicht schien er über die Felsbrocken zu springen und sie direkt zum Waldsaum zu führen, in dem der Nebel sich verfestigte. Es fiel Icherios schwer, doch er vertraute dem Fürsten und folgte ihm in den Dunstschleier hinein. Nur ein leichtes Prickeln strich über seine Haut, dann waren sie schon hindurch. Gierig sog er die klare Luft in seine brennenden Lungen.

Im Wald konnte er dann nicht mehr mithalten. Sein Knie pochte als würde es gleich zerspringen, sein Atem rasselte. Zornig trieb der Fürst ihn an, zerrte ihn vorwärts. Die Irrlichter zogen ihren Kreis immer enger. Auf einer Lichtung gab Sohon den Befehl anzuhalten. Vor ihnen türmte sich ein Wall aus Nebel auf.

»Da kommen wir nicht vorbei.« Sohon legte Kolchin sanft ab, während die Worge schon in Vorfreude auf den Kampf aufjaulten. Der Fürst reckte seinen Stab den Sternen entgegen. Kurz darauf schimmerte er in einem weißen Licht. »Dilabit in lux aeterna!« Dann fiel er auf die Knie. Den Stab packte er mit beiden Händen und schlug das Ende in den Boden, sodass es ein Stück im Erdreich versank. Eine Druckwelle gepaart mit einem grellen Lichtblitz schoss kreisförmig aus dem Stab und riss Icherios von den

Füßen. Die Feuchtigkeit kroch aus der Erde in seine Kleidung und sog seine Körperwärme gierig auf. Er war müde, so unendlich müde und erschöpft. Er wollte nicht mehr aufstehen, nicht mehr weiterrennen. Das Leuchten verblasste. Wimmernd öffnete Icherios die Augen – die Irrlichter waren verschwunden! Einzelne Nebelschwaden irrten noch ziellos über den Boden, aber das Mondlicht löste sie rasch auf. Die Worge winselten voller Enttäuschung. »Schnell, wir müssen fort. Es wird sie nicht lange aufhalten.«

Sohon warf sich den Verletzten wieder über die Schulter. Der Flurhüter hatte das Bewusstsein verloren. Dann packte Sahon Icherios am Genick und zog ihn auf die Beine wie eine Hündin ihre Welpen. Sie eilten weiter. Der Fürst gab dem Leitwolf einen Befehl in einer Sprache, die Icherios nicht kannte. Daraufhin trieb ihn der riesige Worg vorwärts. Wann immer er langsamer wurde, stieß ihm das Tier die spitze Schnauze in den verletzten Rücken. Icherios verlor das Zeitgefühl. Die Welt raste an ihm vorbei. Zwei graue Worge flankierten ihn und verhinderten, dass er umfiel. Sie führten ihn auf sicherem Wege, unter niedrigen Ästen hindurch und an spitzen Steinen vorbei. Wolken verdunkelten den Mond und tauchten den Wald in tintenschwarze Dunkelheit. Der Rhythmus des hechelnden Atems der Wolfswesen schien im Einklang mit Icherios' rauschendem Blut. Zweige und Dornenranken peitschten seinen Leib.

Endlich waren die Lichter Dornfeldes durch die Baumstämme zu sehen. Nur wenige Schritte später brachen sie durch das Dickicht auf die Wiesen. Icherios stürzte mit letzter Kraft auf das Stadttor zu. Die Worge jaulten vor Kampfeswut und bildeten einen schützenden Ring um sie. Sohon legte Kolchin ab und sprang mit einem einzigen Satz über die Mauer. Icherios hörte ein Quietschen, dann schwang das Tor auf. Der Fürst packte den Flurhüter an den Handgelenken und zog ihn in den sicheren Ort, während Icherios hinterhertaumelte. Die Worge folgten widerwillig. Immer wieder drehten sie sich knurrend um und fixierten sehnsüchtig die Irrlichter, die hinter ihnen lauerten.

Ihre Ankunft war nicht unbemerkt geblieben. Menschen kamen herbeigelaufen und halfen dem Fürst das Tor zu schließen. Kolchins Frau sank schluchzend neben ihrem Mann zusammen. Trotz seiner Erschöpfung und seines Schmerzes erkannte Icherios in ihr die Frau, die er in der Kirche gesehen hatte. Die Gewissheit lastete schwer auf seiner Brust. Mittlerweile waren sie von einem Ring hilfsbereiter Menschen umgeben, die auf sie einredeten. Kolchin erwachte stöhnend. Seine Frau übersäte sein Gesicht mit Küssen und brach erneut in Tränen aus.

Nachdem das Tor wieder fest verriegelt worden war, schob sich der Fürst durch die Menschenmenge hindurch zu den beiden Geretteten. Mit einem Lächeln beugte er sich zu Icherios hinunter, als wenn er ihm Mut zusprechen wollte. »Du siehst, du kannst mir nicht entkommen.«

Niemand anderes hatte ihn gehörte. Die Menschen nickten Sohon anerkennend zu, als er sich von der Menge befreite und mit seinen Worgen zum Schloss zurückkehrte.

Icherios nahm dankbar eine Decke an. Kolchins Frau hatte eine Trage organisiert, auf die der Flurhüter gehoben wurde. Er stöhnte bei jeder Erschütterung vor Schmerzen. Dann kam Rabensang mit großen Schritten herbeigeeilt. »Wir hatten solche Angst um Euch. Als Eure Pferde herrenlos in den Ort zurückgekehrt waren, ist Sohon sofort aufgebrochen.« Rabensang stieß erleichtert die Luft aus. »Bei den Wölfen, es tut gut, Euch zu sehen.«

Icherios wies alle helfenden Hände ab und wankte allein

zum Haus des Bürgermeisters. Sein einziger Wunsch war, sich mit Laudanum zu betäuben und seine wirren Gedanken hinter sich zu lassen. Eines wusste er mit Sicherheit, dass er kurz davor war, seinen Verstand zu verlieren und obendrein sich selbst. Zudem fiel es ihm immer schwerer, den Fürsten von Sohon einzuordnen. Er glaubte nicht an Zufälle. Aber wenn Sohon der Mörder war und den Bären geschickt hatte, warum sollte er sie dann retten? Wollte er von sich ablenken und Icherios erschrecken? Oder war er doch nicht der Mörder? Wer sonst wäre in der Lage, einen Bären ins Leben zurückzurufen? Der Vampir verfügte über ausreichend Macht. Das hatte er eindrucksvoll demonstriert.

Icherios lehnte sich einen Moment lang gegen seine Zimmertür. Dann zog er seine schlammverschmierten Stiefel aus, gab dem besorgniserregend ruhigen Maleficium eine Nuss und ging zu seiner Tasche. Verborgen zwischen seinen Büchern befand sich das Fläschchen mit den beruhigenden Tropfen. Bevor er jedoch einen Schluck trinken konnte, hörte er ein leises Klopfen. Die Tür öffnete sich und Carissima trat ein. Hastig verbarg Icherios das Fläschchen hinter seinem Rücken. Maleficium verkroch sich unter das Bett. Er mochte keine Frauen.

Carissima war wunderschön, strahlte aber auch eine Gefahr aus, die Icherios faszinierend und abstoßend zugleich fand. Ihre weißen Fangzähne glänzten im Kerzenschein. Im Gegensatz zu ihrem Bruder versuchte sie nicht, diese zu verbergen. »Ich hörte von dem Angriff und wollte mich nach Eurem Befinden erkundigen. Mein Bruder vergisst nur zu gerne, wie schwach Menschen körperlich sind.«

Icherios wich einen Schritt zurück und stellte das Fläschchen hinter der Gardine ab. »Danke, mir geht es gut. Nur ein paar Prellungen und ein verdrehtes Knie. Ihr solltet

Euch lieber um Kolchin kümmern. Er wurde schwer verletzt.«

Carissima machte eine wegwerfende Handbewegung. Selbst in dieser kleinen Geste schwang Eleganz und ein Hauch von Sinnlichkeit mit. »Seine Frau wird sich um ihn kümmern und die ganze Menschenbagage ebenso.«

Sie trat näher. Ihr flammend rotes Kleid war eindeutig zu tief ausgeschnitten. Errötend wanderte sein Blick wieder nach oben. Ein wissendes Lächeln spielte um ihre weichen Lippen. Icherios errötete noch stärker.

»So viel frisches Blut.« Ihre Finger glitten über seine hochroten Wangen.

Icherios fühlte eine Mischung aus Entsetzen und Verlangen in sich aufsteigen. Carissima schien nicht sehr an dem Wohlergehen von Menschen interessiert zu sein. Würde ihn der Tod in der Gestalt dieser wunderschönen, verführerischen Vampirin ereilen? »Euer Bruder braucht mich«, stammelte Icherios.

Carissima presste ihn mit ihrem festen, schlanken Körper an die Wand. Er konnte ihre weichen Brüste an seinem Oberkörper spüren. Der Duft von Violen und Mondscheinblumen umgab sie.

»Glaubt ihr etwa, dass ich Euch aussaugen will?« Das Mondlicht glänzte auf ihren Zähnen, als sie amüsiert lächelte. Ihr Mund strich zart über sein Ohr. »Ich möchte etwas ganz anderes von Euch.« Sanft spielte ihre Zunge mit seinem Ohrläppchen.

Icherios wollte zurückweichen, aber es gelang ihm nicht. Er saß fest zwischen Carissima und der Wand.

»Es gibt einfach keine brauchbaren Liebhaber in dieser Gegend.«

Ihre Lippen näherten sich seinen. Dann trafen sie sich in

einem Kuss. In Icherios wallte Lust auf, die Angst, Müdigkeit und Schmerzen vergessen ließ. Ihre Lippen lösten sich widerstrebend voneinander. Icherios rang nach Luft. Carissimas Augen leuchteten verheißungsvoll im Dunkeln. Seine Hände glitten über ihre Schultern hinab zu ihren Hüften. Icherios' Selbstbeherrschung schwand: Er wollte sie besitzen. Seine Männlichkeit drückte schmerzhaft gegen die Hose. Ein Stöhnen entrang sich seiner Kehle, als ihre langen, schlanken Finger seinen Gürtel öffneten und ihn umschlossen. Seine Lippen legten sich erneut auf ihre, seine Hände griffen nach ihren prallen Brüsten, und alles versank in einem wollüstigen Rausch.

Spät in der Nacht lag er erschöpft auf seinem Bett. Carissima schlang ihre blassen Beine um seinen Leib. Mit einem sehnsuchtsvollen Kuss verabschiedete sie sich von ihm. »Ich muss gehen, sonst ziehen wir zu viel Aufmerksamkeit auf uns.«

Lasziv streckte sie sich, gönnte ihm einen letzten Blick auf ihren makellosen, porzellanweißen Körper, bevor sie sich anzog. Icherios war zu müde, um aufzustehen. Zudem kehrten seine Schmerzen in Knie und Rücken zurück. Er fragte sich, ob Carissima die Tür oder das Fenster nehmen würde. Nun, da die Leidenschaft abgeklungen war, brach der Schrecken wieder über ihn ein. Nur zu gut erinnerte er sich daran, wie sie die Mauer hinuntergeklettert war. Sie glich einer Gottesanbeterin. Würde sie ihm den Kopf abbeißen, wenn sie genug von ihm hatte?

Carissima beobachtete, wie Icherios sich in seine Gedanken zurückzog. Sie lächelte wissend. So erging es allen menschlichen Männern nach der ersten Nacht. Kindel war nicht anders gewesen, bis ihr Bruder ihre kleine Liebschaft aus Mitleid mit dem jungen Mann beendet hatte. Amüsant und geschickt im Bett war Kindel zwar gewesen, aber in ihm lag eine Bitterkeit, die die Freude trübte. Icherios war hingegen erfrischend.

Sie wartete, bis leise Schritte auf der Treppe erklangen. Den Zeitpunkt hatte sie gut gewählt. Bewusst ließ sie die obersten Knöpfe ihres Kleides offen, sodass ihr Busen hinausquoll, als sie genau in dem Moment aus dem Zimmer trat, in dem Loretta von dem Besuch bei ihrer Schwester zurückkehrte. Sie warf ihr ein triumphierendes Lächeln zu, während Loretta mit verletztem Blick den Gang hinauf in ihre Kammer stürmte.

22

Vorhersagen

Das erste Mal seit seinem Aufbruch aus Karlsruhe erwachte Icherios mit einem wohligen Gefühl. Maleficium, der sich auf seiner Brust putzte, quiekte empört, als er sich genussvoll rekelte. Mit den Schmerzen in Knie und Rücken kehrten die Erinnerungen an den gestrigen Tag und die Nacht zurück. Wie der Wind verflüchtigte sich das Wohlbehagen und machte dem alten Gefährten Angst wieder Platz. Was hatte er sich dabei gedacht, mit Carissima zu schlafen? Als wenn seine Situation nicht schon verzwickt genug war. Was würde geschehen, sollte Sohon davon erfahren? Er musste mit Carissima reden und sicherstellen, dass sie schweigen würde. Aber wie brachte man einen Vampir zum Schweigen? Lorettas Antlitz blitzte vor seinen Augen auf. Wie sollte er ihr diese Nacht erklären? Der Gedanke mit Loretta aus Dornfelde zu verschwinden, erschien verlockender denn je. Der gestrige Tag hatte ihm jedoch deutlich gezeigt, dass er keine Chance hatte zu entkommen.

Auf einem Bein hüpfend schlüpfte Icherios in seine Hose. Sein Knie schmerzte bei der geringsten Belastung. Eine dunkelblaue Schwellung verlieh ihm den doppelten Umfang.

Er hatte beschlossen, den Flurhüter zu besuchen, und humpelte daher langsam zu dessen Hütte. Sonnenlicht drang mühsam durch eine fast lückenlose Wolkenschicht.

Das Haus des Amtsmannes, das etwas abseits der anderen am Dorfrand lag, war umgeben von einem kleinen Garten. Ein dichtes Netz aus wildem Wein und Efeu wucherte an seinen Wänden. Blühende Geranien zierten die Blumenkästen, die den breiten, hölzernen Balkon umsäumten.

Auf sein Klopfen hin öffnete ihm Eva Kolchin. Bei seinem Anblick wurde sie blass. Wissen glitzerte in ihren Augen. Sie hatte ihn wiedererkannt. Icherios nickte ihr verlegen zu. Er konnte ihren nackten Körper unter dem Pfarrer nicht vergessen.

»Guten Morgen, Frau Kolchin. Ist Euer Mann zu sprechen?«

Unwille spiegelte sich in ihrem Gesicht wider. Icherios fragte sich, ob aus Besorgnis um ihren Mann oder Angst. Entweder war sie eine großartige Schauspielerin und hatte am gestrigen Abend eine preisverdächtige Vorführung geliefert, oder sie war ihrem Mann aufrichtig zugetan. Aber weshalb gab sie sich dann mit Bernsten ab? Auf den ersten Blick war sie keine Schönheit, trotz ihres glänzenden, blonden Haares. Ihr Liebreiz strahlte eher von innen heraus und verlieh ihr ein Leuchten und einen Glanz, der schwer zu fassen war. Dem Künstler, der Kolchins Medaillon angefertigt hatte, war es gelungen, diese Aura einzufangen. Icherios verstand, warum sich die Menschen fragten, wie der Flurhüter sie hatte erobern können.

Zögerlich bat sie ihn herein. Vom Eingang führten zwei Gänge ins Haus. Sie führte ihn den rechten hinunter in einen gemütlichen Raum mit Kamin und einer bequemen Chaiselongue. Auf dem Boden lagen fransige, cremefarbene Teppiche, auf denen Spielzeug verstreut lag. Ein robuster alter Tisch wurde von einer weißen Spitzendecke bedeckt, auf der eine kunstvolle Porzellanschüssel mit rotwangigen Äpfeln thronte. In einer Wiege unter dem Fenster schlief Kassandra, Kolchins Tochter. Kolchin selbst ruhte in einem Sessel, dick eingepackt in einen Stapel Decken. Eine Tasse mit dampfendem Tee stand auf einem Hocker neben ihm. Icherios verspürte einen Anflug von Neid. Der Flurhüter war im selben Alter wie er und hatte Frau, Heim und Kind, während er in einem Kellerloch hauste und von einer dubiosen Kanzlei durch die Welt geschickt wurde.

»Wie geht es Euch?« Kolchin blickte ihm erfreut entgegen.

»Gut, und wie fühlt Ihr Euch? Der Bär hat Euch schwer erwischt.«

»Nur ein Kratzer. Ich würde aufstehen, aber Eva ist ein wahrer Drachen.«

Seine Frau trat an ihn heran und verpasste ihm einen liebevollen Hieb.

»Gibt es Neuigkeiten? Mein Hausdrache sorgt dafür, dass ich kaum etwas mitbekomme.«

»Bisher nicht. Zumindest nichts, das man mir mitteilt.«

»Wir müssen den Mörder unbedingt finden. Im Ort brodelt es seit letzter Nacht. Rabensang hat mich vorhin besucht und mir einen kurzen Bericht gegeben. Der Angriff hat die Situation nur noch verschärft. Die Menschen beschuldigen jetzt die Werwölfe und Vampire und umgekehrt. Rabensang würde Peyr Teker, der die Menschen nur noch mehr gegen die Werwölfe aufbringt, am liebsten die Kehle zerfetzen. Das alte Misstrauen ist wieder da.«

Die Verantwortung lastete schwer auf Icherios. Er fühlte sich wie eine Maus im Labyrinth. Jeder Hinweis, dem er folgte, führte in eine Sackgasse. »Ich werde mich bemühen.«

Kolchin wandte sich an seine Frau. »Du musst uns helfen. Gib uns einen Rat.«

Icherios runzelte die Stirn. Was sollte sie schon wissen?

Doch sie funkelte ihren Mann wütend an. »Bedeuten Kassandra und ich dir so wenig?« Sie nahm ihre Hand von seiner Schulter.

Lynnart ergriff sie und hielt sie fest. »Wenn wir den Mörder nicht bald finden, wird es einen Kampf geben. Dann wird es keinen Unterschied mehr machen, wer dein Geheimnis kennt. Auch wenn die Narren im Ort es nicht begreifen. Bernsten ist der Einzige, der versteht, dass wir uns zurückhalten müssen, wenn wir überleben wollen.«

Icherios fiel es wie Schuppen von den Augen. »Der Pfarrer! Natürlich! Er allein verfügt über die Macht, Meister Belwin zum Schweigen zu veranlassen.«

Kolchin nickte nachdenklich. »Er hasst Vampire und Werwölfe.«

»Seid ihr von Sinnen? Lef würde niemals morden!«, brauste Eva auf.

»Wir behaupten ja auch nicht, dass er der Mörder ist. Kuntz glaubt, dass die Morde nicht von demselben begangen wurden, der die Leichen beseitigt hat. Die Särge waren leer, als sie beerdigt wurden.«

Eva Kolchin ging zum Kamin und sortierte mit fahrigen Bewegungen das Feuerholz. Der Flurhüter stand langsam auf und folgte seiner Frau. Als er hinter ihr stand, streichelte er ihr liebevoll den Nacken. Sie schüttelte seine Hände unwillig ab. »Woher kamen dann die Ghoule?«

»Der Mörder muss die Särge später ausgegraben, die Ghoule eingesperrt und wieder begraben haben.«

Icherios runzelte die Stirn. »Irgendetwas stimmt nicht. Es fühlt sich falsch an.«

»Belwin lügt nicht!«

»Der Meister würde auch nicht glauben, dass ein Pfarrer

einen Mord begeht, selbst wenn er es mit eigenen Augen sehen würde. Wir sollten uns nicht zu sehr auf ihn verlassen. Zudem wusste Bernsten von der Exhumierung und versuchte sie zu verhindern.«

»Aber der Meister behauptet doch, dass die Leichen schon vorher verbrannt wurden.«

»Vielleicht sagt er nicht die Wahrheit.«

»Warum sollte er?«

»Um noch mehr Verwirrung zu stiften.«

»Sein eigener Geist ist zu durcheinander, um sich mit dem Verwirren anderer zu beschäftigen.«

Das ungute Gefühl, ein wichtiges Detail übersehen zu haben, breitete sich in Icherios aus. »Etwas stimmt nicht.«

Kolchin schüttelte den Kopf. »Ein mordender Pfarrer. Das ist nicht normal.«

»Wie könnt ihr Lef nur beschuldigen?« Die hohe Frauenstimme schrillte durch den Raum. Kassandra begann zu weinen. »Er kann sich kaum bücken oder etwas Schweres heben. Wie soll er Leichen schleppen und Gräber ausgraben? Wie soll er Vampire und Werwölfe töten und Ghoule erschaffen?«

»Vielleicht hatte er Hilfe«, überlegte Kolchin.

»Das passt nicht zum Mörder. Es sind keine Zwei«, widersprach Icherios.

»Ein Mörder und jemand, der ihm half.« Der Flurhüter ging zu dem Baby hinüber und beruhigte es.

Icherios zuckte zweifelnd mit den Schultern. »Das mag sein, aber wir brauchen Gewissheit.«

Kolchin wandte sich erneut an seine Frau und blickte sie flehend an. »Du musst uns helfen. Nur du kannst uns verraten, ob der Pfarrer der Mörder ist oder nur die Leichen beseitigt hat.«

Zornig sah sie ihn an. »Gut, aber nur, um Lefs Unschuld zu beweisen. Danach entschuldigst du dich bei ihm.«

Icherios verstand immer noch nicht, worum es ging.

Dann bedeutete sie ihm, auf dem Boden vor dem Kamin Platz zu nehmen. Daraufhin holte sie einen Samtbeutel aus einer Kiste hervor. Icherios Finger spielten nervös mit den Fransen des Teppichs.

»Erzählt niemanden von dem, was Ihr gleich sehen werdet, sonst werden sie mich verbrennen wie sie es mit meiner Großmutter auch getan haben.« Ihre blauen Augen waren weit aufgerissen. Das flackernde Kaminfeuer spiegelte sich in ihnen. Mit dem Beutel in der Hand kniete sie sich vor ihn. Ihr Mann zog einen Stuhl heran und setzte sich in einigem Abstand zu ihnen. Dann stimmte sie einen Gesang in einer fremdartigen Sprache an. Den Beutel schüttelte sie im Rhythmus des Singsangs. Metallisches Klimpern erklang. Icherios hatte von diesem Ritual in einem Buch zur Erkennung von Hexen und Zauberern gelesen. Sie wollte ihm die Zukunft vorhersagen! Das ging zu weit! Irrlichter, Worge, Vampire, Werwölfe und die anderen Kreaturen, denen er begegnet war, waren zumindest real. Für sie bestand die Hoffnung, eine vernünftige, wissenschaftliche Erklärung zu finden. Aber Wahrsagerei! Das konnte er nicht mit sich vereinbaren! »Das ist Zeitverschwendung!«

Icherios versuchte aufzustehen, doch sie hielt ihn am Arm fest. In ihrer Haltung und Stimme schwang eine ungewohnte Strenge mit. »Sagt das nicht. Meine Großmutter und meine Mutter starben, damit diese alte Kunst nicht verloren geht. Setzt Euch!«

Zögerlich sank Icherios zurück. Seine Finger verkrampften sich im Teppich.

»Meistens verraten einem die Münzen mehr über einen

selbst als über die Zukunft, was weitaus wichtiger ist. Nichts ist rätselhafter als das eigene Wesen.«

Sie drückte ihm den hellblauen Beutel in die Hand. »Schüttelt ihn drei Mal, dann legt ihn in die Mitte zwischen uns.«

Icherios nickte und folgte ihren Anweisungen. Anschließend öffnete Eva den Verschluss, ließ eine Hand hineingleiten, während die andere Icherios' Finger umklammerte. Sie schloss die Augen und stimmte erneut den Gesang an. Plötzlich sank ihr Kopf nach vorne, das lange, blonde Haar fiel lose über ihre Brust. In fahrigen, ruckartigen Bewegungen zog sie vier Münzen heraus und ordnete sie in der Form eines Kreuzes auf dem Boden an. Sie bestanden aus Messing, der an den Rändern dunkel angelaufen war. Ihre Rückseiten glänzten makellos glatt im Feuerschein.

»Der erste Stein berichtet von der Vergangenheit.« Ihre Stimme klang, als hätte sich ein fremdes Wesen ihres Körpers bemächtigt. Zudem betonte sie die Silben, als ob sie die Wörter kannte, aber die Sprache noch nie gesprochen hätte.

Sie drehte die oberste Münze um. Auf ihrer Vorderseite befand sich eine verschlungene Rune. »Die Vergangenheit wird Euch einholen. Entweder schließt Ihr mit ihr ab, oder sie wird Euch vernichten.«

Icherios zuckte bei diesen Worten zusammen. Die Male auf seinen Handgelenken brannten.

»Der zweite Stein zeugt von der Gegenwart.« Erneut drehte sie eine Münze um. Diesmal war ein zackenförmiges Symbol eingeprägt. »Ihr seid in großer Gefahr.«

Ihr Atem wurde langsamer, man konnte das Heben und Senken ihres Brustkorbes kaum noch verfolgen. »Der dritte Stein erkennt die Zukunft.«

Diesmal war ein Skelett auf der Münze abgebildet.

»Ihr werdet Unheil bringen.«

Kolchins Frau begann am ganzen Körper zu zittern. Icherios fragte sich, ob das normal sei. Die Besorgnis auf dem Gesicht des Flurhüters sprach dagegen.

»Der letzte Stein rät, was zu tun ist.« Sie nahm die vierte Münze in die Hand, um sie umzudrehen. Plötzlich begann das Metall zu glühen. Hitze strahlte von der Münze aus. Sie brannte sich in das Fleisch ihrer Hand, ohne dass Eva Kolchin eine Reaktion zeigte. Die Männer schrieen auf. Der Gestank verbrannter Haut stieg in die Luft. Icherios schlug heftig gegen ihren Unterarm, sodass die Münze aus ihrer Hand flog. Als sie aufschlug, klang es, als wenn ein großer Bleikasten auf den Boden aufgeschlagen wäre. Sie blieb sofort liegen, ohne noch einmal in die Luft zu springen oder davonzurollen. Rauch wallte auf, als sie sich in das Holz einbrannte. Dann war es schlagartig vorbei. Das Metall erkaltete im Bruchteil eines Augenblickes, und die Frau des Flurhüters brach ohnmächtig zusammen. Das Kind weinte. Während Kolchin seine Frau umdrehte und ihr ein Kissen unter den Kopf legte, ging Icherios zu Kassandra hinüber und versuchte sie zu beruhigen. Sie hatte die blauen Augen ihrer Mutter und die Haarfarbe ihres Vaters. Icherios entlockte ihr ein Lächeln. Ihre Händchen umklammerten seinen kleinen Finger.

Stöhnend kam Eva Kolchin zu Bewusstsein. Sie schlug die Augen auf, erblickte Icherios an der Wiege und schrie. »Bleibt meiner Tochter fern.« Sie stürzte zu ihrem Kind und nahm sie hoch. Dann wich sie, den einen Arm schützend um Kassandra gelegt, auf die andere Seite des Raumes zurück.

Kolchin war mit der Situation überfordert. »Was ist los, meine Liebe?«

»Er wird Unheil bringen.«

Icherios zuckte zusammen. Es tat weh, seine eigenen Befürchtungen aus dem Mund dieser Frau zu hören. Oder war es ein Trick? Sie wusste, dass er sie mit dem Pfarrer gesehen hatte. Wollte sie ihn von hier vertreiben, einen Keil zwischen ihn und ihren Mann treiben? War Bernsten der Mörder und steckte sie mit ihm unter einer Decke?

Während der Flurhüter versuchte, eine vernünftige Antwort aus ihr herauszubekommen, ging Icherios zu der Münze hinüber. Der Holzboden um sie herum war schwarz verbrannt. Sie konnten froh sein, dass sie nicht auf einen der Teppiche gefallen war und das Haus in Brand gesteckt hatte. Bei seiner Berührung zerfiel die Münze zu Staub. Falls es ein Trick war, dann war es ein sehr guter. Icherios bemühte sich, seine aufkommende Panik zu unterdrücken. Es gab mit Sicherheit auch dafür eine wissenschaftliche Erklärung.

Eva Kolchin beäugte unterdessen Icherios weiterhin misstrauisch aus der Ecke des Raumes, während ihr Mann leise auf sie einredete und ihr über die Wangen strich.

Ich sollte sie allein lassen. Icherios wollte sich gerade verabschieden, als es an der Tür klopfte und Pfarrer Bernsten, ohne auf eine Antwort zu warten, eintrat. Bei Bernstens Anblick versteckte Eva Kolchin ihre verbrannte Hand im Kleidchen des Babys. Ihr Mann schob währenddessen den Beutel und die losen Münzen unauffällig unter einen Sessel. Icherios verstand nicht, warum sich diese Frau auf der einen Seite mit dem Pfarrer einließ und auf der anderen ihr Handeln vor ihm verbarg. Zur Ablenkung beschloss Icherios' Bernsten direkt auf ihren Verdacht anzusprechen. »Gut, dass Sie hier sind. Ich wollte Sie heute sowieso noch aufsuchen.«

Der Pfarrer ließ sich nicht so leicht ablenken und tat, als hätte er Icherios nicht gehört. »Wie geht es dir, Lynnart?«

Der Flurhüter lächelte ihn verkrampft an. »Besser, danke der Nachfrage.«

Der Geruch von verbranntem Fleisch hing verräterisch in der Luft. »Schlimme Zeiten«, mischte sich Icherios ein. »Wahrlich schlimme Zeiten, wenn ein sogenannter Diener Gottes zum Mörder wird.«

»Wie bitte?« Der Pfarrer war zu geschockt, um seiner Empörung gebührend Ausdruck zu verleihen. Einzig die immer stärker werdende Rötung seines Gesichtes zeugte von seiner Aufregung.

»Wir haben mit Meister Belwin gesprochen.«

»Und er bezeichnet mich als Mörder?« Der Pfarrer legte seine Stirn in Falten und verschränkte seine Arme vor der Brust.

»Das nicht, aber er sagte uns, dass Sie die Leichen verbrannt haben.«

Eva Kolchin wollte Einspruch erheben, doch ihr Mann brachte sie mit einem strengen Blick zum Schweigen.

Der Pfarrer zuckte zusammen. Er zögerte, dann seufzte er. »Ich habe die Leichen verbrennen lassen, aber ich habe nicht gemordet.«

»Warum habt Ihr das getan?«

Der Pfarrer umklammert sein Kreuz. »Ich kann es nicht dulden, dass Vampire und Werwölfe in geheiligtem Boden liegen. Die Seelen der Menschen sind in Gefahr in der Nähe solch unheiliger Kreaturen.«

»Warum habt Ihr nicht einfach das Anlegen eines anderen Friedhofes angeordnet?«

»Das wollte ich auch, doch Rabensang erhob Einspruch, und dem Fürst ist das Seelenheil der Menschen nicht wichtig genug.«

»Wir befürchteten«, erklärte Kolchin, »dass es zu Unruhen führen könnte. Die Werwölfe und Vampire würden glauben, dass sie als weniger Wert erachtet würden.«

»Das sind sie doch auch«, brummte der Pfarrer.

»Und was sollte Sie daran hindern, sie zu töten?«

»Die Angst um die Menschen in meiner Gemeinde. Sie sehen doch, zu was es führt. Noch ein Mord und sie werden über uns herfallen.« Der Pfarrer zerrte an seiner Kette. »Und mit Sicherheit erschaffe ich keine untoten Bestien.«

Icherios erschienen die Worte des Pfarrers glaubhaft. Er konnte sich nicht vorstellen, dass jemand mit seinem Hass auf alle nichtmenschlichen Kreaturen so weit gehen würde, Ghoule ins Leben zu rufen.

»Wir wissen, dass Sie es nicht allein waren.«

Der Pfarrer stöhnte. »Also gut, was bringt leugnen noch? Der Bürgermeister hat mir geholfen. Er war mir etwas schuldig.«

»Gibt es Beweise dafür, dass Sie nicht der Mörder sind? Jemand, der bezeugen kann, dass Sie sich in den Mordnächten nicht in der Nähe der Opfer befanden?«

»In der Nacht, in der Merelle starb, war ich bei Frau Amersbach, die im Sterben liegt. Sie und ihre Familie können bezeugen, dass ich keine Gelegenheit zu diesem Verbrechen hatte. Sonntagnacht habe ich die heilige Messe gelesen und die Beichte abgenommen.«

Icherios glaubte ihm. Bernsten passte nicht in das Bild eines hinterlistigen und vorbereiteten Mörders. Er würde spontan und voller Wut töten, aber nicht mit Hilfe von Alchemie oder untoten Geschöpfen. »Habt Ihr eine Ahnung, wer der Täter sein könnte?«

»Kein Mensch, so viel steht fest.« Das Gesicht des Pfarrers zeigte vollkommene Überzeugung. »Das sind Streitigkeiten unter den Gottlosen.« Er umklammerte sein Kreuz. »Wir sind alle verloren.«

»Ich werde eine Bestätigung vom Bürgermeister einholen.«

»Ich komme mit.« Kolchin ging zur Tür, doch seine Frau war schneller und hielt ihn zurück.

»Du gehst ins Bett. Für heute hast du dich genug angestrengt. Und der Pfarrer will sicher noch mit dir sprechen.« Eva vermied jeden Blickkontakt mit Bernsten.

Icherios setzte seinen Kastorhut auf, tippte gegen die Hutkante und verabschiedete sich.

23

Der Bürgermeister

Icherios traf Arken in seinem Arbeitszimmer zusammen mit Kindel an. Die beiden waren über Papiere gebeugt, die ihm der Gehilfe zur Unterzeichnung vorlegte.

Der junge Mann zwinkerte Icherios verschmitzt zu. »Ich hörte, Sie hatten eine Begegnung mit einem alten Bären?«

Icherios zwang ein verkrampftes Grinsen auf sein Gesicht. »Dem Fürsten sei dank, geht es dem Tier nicht so gut wie mir.«

»Was soll das Gerede von Bären?«, fluchte der Bürgermeister. »Wir haben bedeutsame Arbeiten zu erledigen. Kann ich Ihnen helfen, oder sind Sie nur hier, um mir die Zeit zu stehlen? Schlimm genug, dass Sie meinen Haushalt durcheinanderbringen.« Arken holte tief Luft, dann polterte er weiter. »Maribelle sorgt für mehr Unruhe, als eine Herde Schweine. Wenn sie schon stirbt, sollte sie den Anstand haben, es leise zu tun.«

Icherios zuckte bei der Erwähnung von Maribelles Namen zusammen. »Dürfte ich Sie kurz allein sprechen?«

Der Bürgermeister vollführte eine abfällige Handbewegung in Richtung seines Gehilfen. »Geh schon!«

Für einen Augenblick verzog sich Kindels Gesicht voller Hass und Wut. Es war aber ein nur so kurzer Moment, dass Icherios sich nicht sicher war, ob er es sich nicht nur eingebildet hatte. Dann verschwand der junge Mann in der kleinen fensterlosen Kammer, in der er seinen Arbeitsplatz hatte, und schloss die dicke Tür hinter sich.

Bevor Arken weitertoben konnte, setzte sich Icherios demonstrativ gelassen hin und beobachtete ihn. »Pfarrer Bernsten erzählte mir, was Sie mit den Leichen getan haben. Ich kann verstehen, warum er zu so etwas fähig ist, aber wieso haben Sie sich darauf eingelassen?«

»Wovon sprechen Sie überhaupt?« Der Bürgermeister ließ sich nichts anmerken.

Icherios bewunderte ihn für seine Abgeklärtheit. Er war raffinierter, als er es ihm zugetraut hatte. »Die drei Leichen, die Sie in der Köhlerei verbrannt haben. Der Pfarrer hat es gerade in Gegenwart des Flurhüters Kolchin und seiner Frau gestanden.«

Arken sah ihm forschend ins Gesicht. Nachdem er sich davon überzeugt hatte, dass Icherios nicht bluffte, sackte er zusammen. Plötzlich wirkte er noch älter und hässlicher als sonst. »Lef bat mich, ihm zu helfen. Sein Hass ist groß, und ich schuldete ihm etwas. Wen interessiert es schon, wo die Kadaver liegen? Gott oder der Teufel finden uns sowieso.«

»Was schuldeten Sie ihm denn?«

»Das soll nicht ihre Angelegenheit sein.«

Icherios gab sich fürs Erste damit zufrieden. Die Geschichten glichen sich ausreichend, um der Wahrheit zu entsprechen, und weder der Bürgermeister noch der Pfarrer passten in das Bild des Mörders. »In Ordnung, dann belassen wir es dabei. Ich würde gerne den Bären untersuchen, ginge das?«

»Er wurde zum Schloss gebracht. Die Leichenhalle ist inzwischen überfüllt. Ein Indiz dafür, dass Sie ihre Arbeit nicht erledigen«, brummte Arken.

Icherios ignorierte diese Spitze. Seine Versuche, ihn zu reizen und zu demütigen waren so unausgereift wie die Bemühungen eines kleinen Kindes. Betont höflich verabschiedete er sich.

Der Weg zur Festung gestaltete sich mühsam und war äußerst schmerzhaft. Icherios zog kurz in Betracht, einfach wieder in sein Bett zurückzukriechen. Aber die Angst vor einer Begegnung mit den Töchtern des Bürgermeisters hielt ihn davon ab. Er wusste nicht, wie er sich Loretta gegenüber verhalten sollte. Ihn plagte sein schlechtes Gewissen, sich mit Carissima eingelassen zu haben. Dabei konnte er sich noch immer vorstellen, mit Loretta zu fliehen. Aber nein, er sollte aufhören, sich mit diesen Gedanken abzugeben. Die Nacht mit Carissima ging schon gegen all seine Prinzipien, da sollte er nicht auch noch an eine Flucht mit Loretta denken.

Icherios' Blick glitt hinüber zu den Fenstern der Festung. Das Tageslicht ermöglichte es ihm, durch sie hindurch in das Innere des Schlosses zu sehen. Halb verdeckt von schweren Samtvorhängen, konnte er Sohon sehen, wie er mit seiner Schwester stritt. So wütend hatte Icherios den Fürsten bisher noch nie erlebt. Selbst im Zorn hatte dieser sich immer noch beherrscht. Sohon gestikulierte wutentbrannt, dann schien Carissima ihn geradezu anzufauchen.

Icherios bemerkte erst, dass er selbst stehen geblieben war, als Sohon aus dem Fenster und ihm direkt in die Augen sah. Hastig senkte er den Blick und eilte zur Leichenhalle. Eine Leiche reihte sich an die andere. Merelle Sgund lag in der Mitte und verströmte den unangenehmen Geruch einsetzender Verwesung. Zwei eisenbeschlagene Kisten standen an der hinteren Wand, aus denen ein scharrendes Geräusch zu hören war. Den Bären hatte man auf drei zusammengeschobenen Tischen, die sich unter dem Gewicht des Tieres bogen, abgelegt. Vorsichtig schritt Icherios um das Geschöpf herum. Zaghaft berührte er den Schädel. Der blinzelnde Ghoul war ihm noch sehr lebhaft in Erinnerung. Wer wusste, ob das untote Wesen nicht auch noch mit abgetrenntem Kopf zubeißen konnte? Das Fell fiel an vielen Stellen ab. Die wenigen verblieben Fetzen hingen locker am Leib. Das graue, stinkende Fleisch bedeckte nur stellenweise die Knochen. Vor allem an den Gelenken blitzten weiße Knochen auf.

Icherios breitete seine Werkzeuge aus und griff zu seiner größten Klinge. Im Vergleich zu der Körpermasse des Bären wirkte das Skalpell lächerlich und verwandelte die Obduktion in ein Schlachtfest, bei der Icherios von oben bis unten mit schleimigen Sekreten bespritzt wurde. Der Geruch, der ihm aus der Bauchhöhle entgegenschlug, ließ ihn würgen. Hastig öffnete Icherios ein Fenster, lehnte sich hinaus und schnappte nach Luft.

In diesem Moment betrat Sohon den Raum. Im Gegensatz zu dem jungen Inspektor schien ihn der Gestank nicht zu stören. »Irgendwelche Neuigkeiten?«

Icherios bemühte sich, seinen Würgereflex unter Kontrolle zu bekommen. »Es ist etwas merkwürdig. Einerseits deuten die Maden im Fleisch darauf hin, dass der Bär erst wenige Tage tot ist. Andererseits dürfte sich nach so kurzer Zeit das Fell noch nicht so stark gelöst haben. Zudem haben sich seine Innereien bereits vollständig zersetzt.« Er ging zu dem Ungetüm hinüber und fuhr mit dem Messer in die Bauchhöhle hinein. Als er es wieder herauszog, war es mit einer stinkenden, schwärzlichen Flüssigkeit bedeckt.

»Die Maden siedelten sich also erst nach seiner Wiederauferstehung an?«

»Vermutlich.«

Sohon nickte. »Das lässt auf einen tierischen Ghoul schließen. Man kann Ghoule aus Knochen erschaffen. Das Fleisch bildet sich aus der ihn umgebenden Erde – ein komplizierter Prozess.«

»Ihr kennt Euch damit aus?«

»Ich bin alt genug, um mich mit allerlei Dingen beschäftigt zu haben. Vor uns liegt der alte Urs. Kein anderer derart großer Bär hat seither im Dunklen Territorium gelebt.«

»Kolchin erwähnte ihn.«

»Gibt es einen Hinweis auf den Mörder?«

Icherios schüttelte verzweifelt den Kopf. »Jeder Weg, den ich einschlage, endet in einer Sackgasse, woraufhin ich gezwungen bin, an den Anfang zurückzukehren.«

»Denken Sie an die Menschen im Ort. Vampire und Werwölfe sind aufgebracht. Für sie ist der Täter unter den Menschen zu finden.«

Icherios fragte sich, ob Sohon tatsächlich glaubte, dass er noch mehr Ansporn benötigte. Dass der Fürst so viel über die Erschaffung untoter Wesen wusste, hatte seine Zweifel erneut geweckt. Was sollte er tun, wenn Sohon der Mörder war?

»Die Menschen hingegen glauben, dass es sich um Streitigkeiten zwischen Vampiren und Werwölfen handelt. Zumindest behauptet dies der Pfarrer.«

Der Vampir ging zum Fenster hinüber. Sein Blick schweifte sehnsuchtsvoll in die Ferne. »Wer auch immer recht hat … Wir wissen beide, wer die Auseinandersetzung überleben wird. Ich weiß nicht, wie lange ich sie zurückhalten kann. Unser ewiges Leben und die uns verliehenen Kräfte bringen leider nicht mehr Verstand mit sich. Die meisten verstehen nicht, dass wir auf die Menschen angewiesen sind und auf ihr Wohlwollen, wenn wir nicht wieder als Nomaden und einsame Jäger umherziehen wollen.«

Icherios wunderte sich über diese Einsichten. Sohon schien ein weitaus vielschichtigerer Mann zu sein, als er im ersten Moment gedacht hatte.

»Wie können Sie eigentlich das Tageslicht ertragen? In allen Berichten, die ich las, wurde die Sonne als tödlich für Vampire beschrieben.«

Sohon lachte auf: »Das Sonnenlicht ist uns unangenehm und schwächt uns, aber es schadet uns nicht mehr als einem Kranken grelles Licht. In dieser Gegend scheint die Sonne selten genug, was es für uns angenehm macht. Viele Legenden sind frei erfunden und falsch. Andere beziehen sich auf die Strigoi.«

»Ist das nicht die transsilvanische Bezeichnung für Vampir?«

»Verzeiht, ich vergaß, dass Ihr mit den Mythen nicht so vertraut seid wie die Bewohner Dornfeldes. Es gibt verschiedene Arten von Vampiren. Zum einen von uns geborene und bewusst geschaffene.« Der Fürst seufzte. »Um einen Menschen in einen Vampir zu verwandeln, muss man ihn aussaugen und anschließend Vampirblut trinken lassen. Es besteht aber auch die Möglichkeit, von einem Vampir gebissen zu werden und nicht zu sterben.« Die Sonne trat hinter einer Wolkenbank hervor. Sohon hielt seine Hand gegen das Licht und bewunderte die geschwungenen Linien seiner Adern. »Stirbt man dann später eines natürlichen Todes, kehrt man als Strigoi, als seelenlose Bestie zurück. Vor ihrem Tod können gebissene Menschen ein normales Leben führen. Nur in der Nacht zum Feiertag des heiligen Andreas, der in Rumänien als der Herr der Wölfe bezeichnet wird, gewinnt die vampirische Seele überhand und die Befallenen ziehen mordend und Blut trinkend umher. Die Erschaffung eines Strigoi ist in unserer Linie verboten. Es zieht unerwünschte Aufmerksamkeit auf sich. Aber gerade in Griechenland, Ungarn, Rumänien und Serbien halten sich die Clans nicht daran. Die Strigoi erfüllen sämtliche Klischees, die von Vampiren existieren. Sie sind brutal, besitzen wenig Verstand und Sonnenlicht würde sie verbrennen. Außerdem haben sie vor allem Angst, was sie aus Geschichten über Vampire gehört haben, auch vor Weihwasser und Kreuzen. Wie gesagt, sie sind nicht die klügsten.«

»Was passiert, wenn ein Vampir einen Menschen bis zum Tode aussaugt?«

»Dann ist der Mensch tot.« Er lächelte.

»Wussten Sie deshalb, wie man den Bären tötet? Ist das Abreißen des Kopfes die übliche Vernichtungsmethode für untote Wesen?«

»Er ist nicht vernichtet.« Sohon schüttelte traurig den Kopf. »Er ist nur handlungsunfähig. Selbst wenn wir die Körper verbrennen, kann es sein, dass die Seelen gefangen im Staub weiterexistieren bis ans Ende der Zeit. Wir wissen es nicht genau.«

Sohon hielt seine Hand immer noch gegen das Licht, sodass Icherios nun sehen konnte, wie dunkles Blut in die Hand des Fürsten schoss.

»Urs war ein stolzes Tier. Ein solches Schicksal hat er nicht verdient. Es mag seltsam anmuten, dies von einem Untoten zu hören, aber Ghoule sind ein Verbrechen an der Natur. Allein dafür sollte ihr Erschaffer mit dem Leben bezahlen.« Wolken nahmen erneut den Platz der Sonne ein, der Himmel verdunkelte sich, und Sohon nahm seine Hand wieder herunter. »Wisst Ihr wo die Leichen hingebracht wurden?«

Icherios zögerte. Die Pause war zu kurz, als dass ein Mensch sie hätte bemerken können, aber den geschärften Sinnen eines Vampirs entging es nicht. Drohend richtete sich der Fürst auf. »Verschweigt mir nichts.«

Icherios verfluchte seine Unfähigkeit zu lügen. »Wir fanden heraus, dass Pfarrer Bernsten und der Bürgermeister gemeinsam die Leichen in der Köhlerei verbrannten. Offenbar schuldete Arken Bernsten einen Gefallen, und der Meister ist dem Pfarrer hörig. Bernsten wollte nicht, dass unheilige Kreaturen die geweihte Erde des Friedhofs beschmutzten.«

Sohons Hände klammerten sich an das Fensterbrett. Seine Knöchel traten schneeweiß hervor. »Ich werde mich darum kümmern.« Er wandte sich um und ging zur Tür. »Und übrigens: Nehmen Sie sich vor Carissima in Acht. Sie sucht ein neues Spielzeug.«

24

Mordpläne

Die Schatten wurden länger, und die Kreaturen der Nacht erwachten. Der Mörder betrachtete sich selbst nicht als ein Geschöpf der Dunkelheit. Auch wenn seine Opfer nur in der Nacht ihr Schicksal ereilte. Bald würde die wunderschöne, filigrane Chaela in ihr Haus zurückkehren. Beim Gedanken an sie regte sich seine Männlichkeit. Es war nicht ihre Erscheinung, sondern die Vorfreude auf ihr Blut und ihre Schreie, die seine Erregung steigen ließen. Mit leichtem Bedauern dachte er daran, dass sie eines seiner letzten Opfer sein würde. Sein Werk war nahezu vollendet. Immerhin blieb ihm noch die Brut des Bürgermeisters. Endlich bog sie um die Ecke. Die Hände des Mörders ballten sich zu Fäusten, als er sah, dass der Fürst von Sohon persönlich seine Cousine nach Hause begleitete und ihr liebevoll einen Arm um die Schulter gelegt hatte. Familie! Alle hatten sie Familie! In seinem Inneren zog sich alles zusammen. Wenn ihn niemand lieben konnte, sollten sie ihn fürchten und im Dreck vor ihm knien. Bald war der Zeitpunkt für die Rache gekommen. Sie würden bezahlen für all sein Leid.

Eine Gruppe von Katzen kam Chaela entgegen. Sie beugte sich hinab und begrüßte sie. Dabei fiel die sonst so unnahbare Arroganz und Kälte von ihr ab. Ihre Ähnlichkeit mit dem Fürsten war unverkennbar. Dieselben herrischen, schwarzen Augen und klaren Züge. Ungeduldig wartete er, bis er sich mit einem leichten Kuss auf ihre Wange verabschiedet hatte und Chaela in ihrem Haus verschwunden war. Er zückte seine Klinge, verbarg sie hinter seinem Rücken und ging zur Hintertür. Dort wartete er auf den richtigen Moment, um sein Werk zu beginnen. Geduld zahlte sich aus.

Chaelas Selbstverliebtheit würde diese Nacht in einem Strom von Blut hinweggespült werden. Er hatte sie sich aufgespart, um zuerst seine Techniken bei den anderen zu verbessern. Bei ihr würde er sich viel Zeit lassen.

25

Blutnacht

Chaela hängte ihren Mantel an die Garderobe. Dann beugte sie sich zu Minel, der ältesten ihrer Katzen, hinab. Das Tier besaß tatsächlich sieben Leben. Sechs Mal war sie dem Tod bereits von der Schippe gesprungen. Das letzte Mal bei der Geburt ihrer Jungen, bei der alle bis auf die kleine Chantal mit dem weißen, vorwitzigen Fleck auf der Nase gestorben waren. Voller Vorfreude auf einen ruhigen Abend am Kamin ging sie in ihre Stube. Sie hatte vor vier Nächten erst ein Räuberlager ausgelöscht. Das Blut der Männer rauschte noch immer köstlich in ihren Adern. Wenn nicht die unseligen Streitereien im Ort wären, könnte sie diesen wunderbaren Abend noch mehr genießen. Chaela verstand Calan nicht. In den vergangenen fünfzig Jahren hatte er sich zu einem Menschenfreund entwickelt. Anstatt sie abzuschlachten, wie man es mit gefährlichen Tieren tat, rief er einen Fremden herbei, um die Morde aufzuklären. Sie vergötterte ihren Cousin, aber sie begriff nicht, warum er bereit war, das Leben der Vampire und Werwölfe zu opfern. Menschen waren leicht zu ersetzen. Besonders in Zeiten des Hungers konnte man sie mit Nahrung zu nahezu allem überreden.

Genussvoll schenkte sich Chaela ein Glas Rotwein ein und setzte sich in einen dick gepolsterten Ohrensessel dicht ans Feuer. Sie liebte den herben Geschmack des dunkelroten Weines. Wenn sie sich konzentrierte, vermochte sie sich vorzustellen, es sei Blut und nicht nur gegorener Traubensaft. Am liebsten trank sie ihn warm, so warm wie das Blut in einem menschlichen Körper war.

Chaela merkte, wie sie die Müdigkeit überkam. Ihre Gliedmaßen sanken herab. Der Tag war anstrengender gewesen, als sie gedacht hatte. Vermutlich, weil sie es nicht gewohnt war, ihren Tätigkeiten bei Tageslicht nachzugehen.

»Der Wein war schon immer deine Schwäche.«

Chaela fuhr auf. Zumindest wollte sie das tun, doch sie konnte sich nicht mehr bewegen.

Der Sprecher trat in ihr Blickfeld.

»Du?« Ihre Stimme klang heiser. Es kostete sie alle Kraft, im Kehlkopf die passenden Laute zu bilden. Sie wusste, dass es der Mörder war, auch wenn sie ihn niemals in dieser Person vermutet hätte. Mit Grauen sah sie, wie er Pflock und Messer hinter seinem Rücken hervorholte.

»Deine Sucht nach dem Menschlichen wird dir zum Verhängnis.«

Chaela sah noch das angespitzte Holz auf sich zukommen und spürte wie es in ihr Herz drang, dann erstarrte sie. Ihre Atmung stand still. Trotzdem konnte sie die Vorgänge bei vollem Bewusstsein verfolgen und sah, wie sich die lange, scharfe Klinge ihrem Körper näherte. Sie wünschte, sie hätte die Augen zugekniffen, damit sie nicht gezwungen gewesen wäre, das Folgende mitanzusehen. Die Geräusche waren grausam genug. Sie fühlte, wie das Metall in sie eindrang. Eine einzelne Träne rann ihre Wange hinab, als der Mörder mit seinem Werk begann. Innerlich schrie sie, während die Schmerzen immer weiter zunahmen, bis sie ihr das Bewusstsein raubten.

26

Leichenfund

Kurz vor der Dämmerung, als sich der Himmel bereits aufhellte, die Sonne die Himmelsbühne aber noch nicht betreten hatte, pochte es an Icherios' Tür. Schnell verbarg sich Maleficium unter der Decke, während der Gelehrte schlaftrunken zur Tür torkelte. Die Tür erzitterte unter weiterem, ungeduldigem Pochen. Icherios öffnete die Tür und sah Jorm Rabensang vor ihm stehen, der ihn finster anstarrte. Sein Gesicht verriet es bereits.

»Es gibt ein neues Opfer.«

Icherios nickte stumm. Worte waren überflüssig.

»Die Leiche wurde nicht berührt. Alles ist, wie der Mörder es hinterlassen hat. Beeilen Sie sich.«

Hastig streifte Icherios seine Kleider über.

In der Eingangshalle erwartete ihn der Bürgermeister, einen panischen Ausdruck in den Augen. Bei Icherios' Anblick verzog er den Mund. »Hatten wir Euch nicht gerufen, damit nicht noch ein weiterer Mord geschieht? Zu was seid Ihr eigentlich gut?« Offensichtlich hatte Arken sich nach seinem Geständnis gefangen und richtete all seinen Zorn gegen Icherios.

Im Hintergrund drückte sich Kindel an die Wand. Icherios biss die Zähne zusammen und ging hinaus. Er war nicht bereit, sich jetzt auf Diskussionen einzulassen.

Der Ort war in den üblichen morgendlichen Nebel gehüllt, der vom See in dicken Schwaden herübertrieb und alle Geräusche zu dämpfen schien. Nur das klagende Jaulen der Worge drang bis in das Tal hinab.

»Sonst winseln sie nie.« Der Blick des Bürgermeisters wanderte zum Himmel empor.

Rabensangs dröhnender Bass klang wie ein Donnergrollen. »Es ist ein weiblicher Vampir, Calans Cousine Chaela. Wir konnten den Fürsten noch nicht benachrichtigen. Er ist unauffindbar.« Er wirkte besorgt. »Wenn er davon erfährt, wird er toben vor Wut. Er liebte sie wie seine eigene Schwester.«

Icherios fürchtete um den Überbringer der Todesnachricht. Ein vor Wut rasender Vampir, vor allem ein so mächtiger wie Sohon, musste eine Gefahr für seine Umgebung sein.

Der Leichnam befand sich im Garten des Opfers. Dieses Mal lag er auf dem Boden, umschwärmt von einer Schar Katzen, die traurig miauend um den Körper strichen. Der Kopf lag abgetrennt daneben. Es waren keine Abwehrverletzungen zu erkennen. Dennoch war Chaela schlimmer zugerichtet als die anderen. Der junge Inspektor schritt langsam um die Leiche herum. In dem Garten stand zwar ein Baum, trotzdem war sie nicht an ihm aufgehängt worden. Vermutlich war dem Mörder das Risiko zu groß gewesen, dabei erwischt zu werden. Das Haus des Opfers lag in einer belebten Gegend. Das bedeutete aber auch, dass es für ihren Tod einen persönlichen Grund geben musste. Sonst hätte der Täter einen Vampir wählen können, der unauffälliger zu töten gewesen wäre.

Icherios kniete neben der Leiche nieder. Beim Anblick der Handgelenke zuckte er vor der unglaublichen Brutalität zurück. Tiefe Einschnitte hatten nicht nur die Adern geöffnet, sondern die Hände beinahe vom Leib getrennt. Selbst wenn der Mörder sie noch hätte aufhängen wollen, wäre es nicht möglich gewesen. Das verbliebene Fleisch hätte das Gewicht nicht halten können. Zusätzlich waren ihr, wie bei den anderen Opfern, die Oberschenkelarterien aufgeschlitzt worden. Das alchemistische Zeichen für Mercurius, Quecksilber, prangte an ihrem Hals. Nachdem sie verblutet war, hatte der Täter mehrfach sein Messer in ihren entblößten Leib gerammt. Es war kaum Blut an den Wundrändern zu erkennen. Icherios nahm einen Ast und führte ihn in die Wunde. »Er hat ein schmales Messer mit einer langen Klinge verwendet.«

Ein kleiner Fleck am Hals fiel Icherios auf. Er war frei von Blut, als wenn vorher ein Amulett an der Stelle gelegen hatte. Er zückte sein Notizbuch und fertigte eine grobe Zeichnung an.

»Wir müssen die Leiche heimlich wegbringen«, schlug Rabensang vor. »Es ist besser wir halten Chaelas Tod geheim, um Unruhen zu verhindern.« Rabensang sank neben Icherios auf die Knie und schloss die Augen der Ermordeten. »Ich weiß, Sie brauchen nicht noch mehr Druck, aber Sie sollten sich beeilen.«

Stampfende Schritte kündigten den Pfarrer an. Ein verächtlicher Blick war die einzige Begrüßung, die Icherios erhielt, während sich der Bürgermeister und Bernsten überschwänglich in die Arme fielen. Rabensang fing die Blicke auf, runzelte verwirrt die Stirn und stellte sich schützend vor den Inspektor. Nun kamen die beiden Männer auf Icherios zu. »Gehen Sie Packen. Wir werden mit dem Fürsten über Ihre Entlassung sprechen. Offensichtlich sind Sie nicht in der Lage, den Mörder zu fassen.« Die Augen des Bürgermeisters glänzten vor Genugtuung. Der junge Gelehrte fragte sich, ob er wusste, dass er damit Icherios' Todesurteil unterschrieb.

»Vermutlich ist es der Blutdämon«, fügte der Pfarrer hinzu, »wie ich von Anfang an sagte.«

Die Frustration und die Angst der letzten Tage kochten in Icherios hoch. »Sobald ich das Gespinst aus Lügen durchdrungen habe, das diesen Ort umgibt, werde ich den Mörder stellen. Doch Sie machen es unmöglich. Wenn Sie nicht die Leichen beiseitegeschafft hätten, ohne den Mut zu haben, es zu gestehen, wäre ich jetzt schon viel weiter, und Flurhüter Kolchin wäre nicht verletzt worden.«

Rabensang legte eine seiner Pranken auf Icherios' Schulter. »Der Pfaffe und der Bürgermeister haben die Ghoule erschaffen?«

»Nein, aber sie sorgten dafür, dass leere Särge beerdigt wurden. Sie sind nämlich der Ansicht, dass unheilige Wesen wie Sie nicht auf dem Friedhof liegen sollten.« In Icherios' Zorn war es ihm gleichgültig, was für Konsequenzen seine Worte mit sich bringen würden.

Aus Rabensangs Kehle drang ein dunkles Knurren. Sein Körper spannte sich.

»Komm doch, und zerfleisch mich,« höhnte der Pfarrer. »Zeig allen, was für ein Tier du in Wirklichkeit bist.«

Arken zog Bernsten erschrocken zurück. »Sei still!«

»Ich werde nicht schweigen! Schau dir diese Bestie an. Wie kann man Zweifel daran hegen, wer der Mörder von Dornfelde ist?«

Rabensangs Hand lag noch immer auf Icherios' Schulter und quetschte sie langsam zusammen. Der Werwolf zitterte am ganzen Körper. Dann machte er seiner Wut in einem Aufschrei Luft, spuckte vor dem Pfarrer auf den Boden und setzte sich mit dem Rücken zu ihnen neben die Trauerweide.

Icherios bewunderte ihn für seine Selbstbeherrschung. Der Zorn, der so leicht in diesem Wesen hochkochte, wirkte übermächtig.

»War das wirklich nötig?«, fauchte Icherios. »Die ganzen Lügen spielen dem Mörder ohnehin in die Hände.«

»Wie können Sie es wagen?« Der Bürgermeister keuchte vor Wut.

»Ich kann es wagen, weil mir niemand die Wahrheit sagt. Was hat es mit dem Tod Ihrer Frau auf sich? Was geschah mit dem Kind? Wem gehören die Ländereien um Dornfelde? Dem Fürsten oder der Familie Freylung?« Icherios fühlte sich ungeahnt befreit. Er hatte noch nie zuvor seinen Gefühlen derart freien Lauf gelassen. Es tat gut, sich den Zorn von der Seele zu reden und nicht ständig unterwürfig zu schweigen.

Bei der Erwähnung des Kindes erblasste der Pfarrer, während der Bürgermeister rot anlief. »Das sind Familienangelegenheiten, die Sie nichts angehen. Der Verlust meiner geliebten Frau und meines Sohnes waren ein schwerer Schlag für mich, da muss nicht auch noch ein Außenseiter meinen, sich einzumischen.«

»Ich werde den Mörder finden, egal wer oder was es ist. Verlassen Sie sich darauf.« Icherios' Worte klangen mehr wie eine Drohung, denn wie ein Versprechen. »Und ich werde die Geheimnisse in diesem Ort aufdecken. Wenn Sie die Morde verhindern wollen, sprechen Sie offen mit mir. So meine Herren, und nun lassen Sie mich meine Arbeit tun. Rabensang, können Sie bitte veranlassen, dass die Leiche zum Schloss gebracht wird? Ich hole meine Instrumente, dann komme ich nach.«

Rabensang stand auf. »Gerne.«

Icherios beachtete Arken und Bernsten nicht, als er sich abwandte. Als er die Straße entlangging, kam Kolchin auf ihn zu. Der Amtsmann war zwar blass, wirkte aber kräftig genug, um laufen zu können. Icherios warf ihm nur einen traurigen Blick zu, ging dann aber weiter. Bevor Icherios am Ende der Straße um die Ecke verschwand, konnte er noch sehen, wie sich der Bürgermeister und der Pfarrer auf den Flurhüter stürzten und auf ihn einredeten. Nun, da seine Wut verflogen war, zitterte Icherios am ganzen Leib. Das befreite Gefühl von vorhin war verflogen und machte nun der ihm so vertrauten Beklommenheit Platz.

Einige Stunden später kletterte er, trotz seines immer noch schmerzenden Knies, die Treppe zur Feste hinauf. Entschlossen öffnete Icherios die Tür zur Leichenhalle, wo er alles so vorfand, wie er es beim letzten Mal hinterlassen hatte. Nur Chaelas übel zugerichteter Körper war nun ebenfalls dort aufgebahrt. Bevor er mit der Obduktion begann, entnahm er Sohons Cousine mit einer Spritze eine Probe des schwarzen Blutes.

Die weitere Untersuchung und Sektion der Leiche ergaben keine neuen Erkenntnisse. Einzig der blutfreie Fleck am Hals gab ihm zu denken. Er vervollständigte seine Zeichnung. Icherios vermutete, dass es sich um eine Kette mit einem dreieckigen Amulett handelte.

Die letzte Naht, um den geöffneten Leib zu verschließen, musste noch verknotet werden, als der Fürst hereinstürmte. Hinter ihm stützte sich Kolchin schweißgebadet, blass und außer Atem am Türrahmen ab. Sohon packte Icherios an den Schultern. Für einen Moment glaubte der Gelehrte, der Vampir würde ihn töten. Dann geschah das Unvermutete: Blutige Tränen traten in Sohons Augen. Mit zitternden

Fingern strich er über Chaelas bleiche Wange. »Findet den Mörder«, flüsterte er. Er ballte die Fäuste und verharrte einen Augenblick über ihren Körper gebeugt. Dann drehte er sich um, stieß den Flurhüter zur Seite und verschwand im Dunkeln. Die beiden Männer blieben schweigend zurück.

Mit bebenden Händen schnitt Icherios den Faden ab und deckte die Leiche zu. Kolchin räusperte sich schließlich. »Ich habe in Chaelas Haus ein Glas Wein gefunden. Der Mörder scheint nachlässig zu werden. Ich habe es in Ihr Zimmer bringen lassen.«

Der Flurhüter lernte schnell. »Danke, ich werde es untersuchen, um zu prüfen, ob unsere Theorie stimmt. Man sieht keine Kampfspuren, also muss der Mörder sie betäubt haben, bevor er ihr den Pflock ins Herz rammte. Er brach in ihr Haus ein, versetzte den Wein mit dem betäubenden Gift und wartete anschließend, bis sie gelähmt war.«

»Was macht das noch für einen Sinn? Wir werden den Mörder nie finden.« Kolchin kauerte sich in einer Ecke zusammen.

»Wir werden ihn fassen. Es ist nur eine Frage der Zeit.«

»Zeit! Wissen Sie, wovon Sie da sprechen? Wir haben keine Zeit mehr, denn entweder löschen uns die Vampire aus, oder der Mörder entvölkert das Dorf.«

»Beruhigen Sie sich.«

»Ich werde mich nicht beruhigen! Der Bürgermeister und der Pfarrer fordern Ihre Entlassung.«

»Ich weiß, sie haben mit mir gesprochen, aber solange der Fürst mich nicht wegschickt, werde ich bleiben.«

»Tun Sie doch endlich etwas. Hören Sie auf mit diesen Tinkturen, den Versuchen und dieser Herumschneiderei! Was soll das bringen? Der Mörder läuft immer noch frei herum.«

Icherios brachte dieser Ausbruch zum Schweigen. Er war fassungslos.

Tränen traten in Kolchins Augen, und er sackte schluchzend zusammen. »Eva ist schwanger. Ich habe solche Angst um sie und das Baby.«

In Icherios kam sofort die Frage auf, wer der Vater war. Der Pfarrer oder der Flurhüter? Aber jetzt war nicht der richtige Zeitpunkt, um seine Befürchtungen mitzuteilen. Hilflos blickte er zu dem weinenden Mann hinüber. Er war noch nie gut darin gewesen, mit Gefühlsausbrüchen anderer Menschen umzugehen. Er setzte sich neben Kolchin und legte einen Arm um dessen Schulter.

»Ich würde es nicht ertragen, sie auch noch zu verlieren. Alle Menschen, die ich liebe, sterben.«

Icherios fühlte mit ihm. Einsamkeit und Verlust waren ihm nur zu bekannt.

»Meine Mutter ist schon lange tot, ich kann mich kaum an sie erinnern. Als mein Vater starb, war ich vierzehn Jahre alt. Er wurde im Wald überfallen. In seiner Brust steckte ein Messer, wie es die Vagabunden benutzen. Man hat den Mörder nie gefasst. Seitdem war ich allein.« Langsam schien er sich wieder zu beruhigen. »Man gab mir Hilfsarbeiten im Dorf, während ich in der Hütte meiner Eltern lebte. Irgendwann wurde ich Amtsmann und dann lernte ich Eva kennen. Sie ist alles, was ich habe. Noch heute reden die Leute über meinen Vater. Angeblich hatte er eine Geliebte.«

»Wissen Sie wer?«

»Ich habe sie nie gesehen. Man munkelt, dass ihr Ehemann ihn umbrachte, aber das habe ich nie geglaubt.«

»Nun haben sie mehr spektakuläre Morde, als ihnen lieb ist. Bleibt die Frage, was die Vampire und Werwölfe betäubt und das Blut schwarz färbt. Welche Auswirkung haben tödliche Gifte auf Vampire?«

»Das weiß ich nicht genau. Auf jeden Fall tötet es sie nicht, da sie schon tot sind. »Zumindest behauptet man das, aber ihr Herz schlägt, wenn auch langsam.«

»Ich hörte, dass einige Substanzen einschläfernd auf sie wirken können.«

Icherios runzelte die Stirn. »Dann könnte es sein, dass ein für Menschen tödliches Gift sie betäubt. Es muss schnell gehen und unauffällig sein. Vielleicht Schierling oder Arsen? Ich brauche frisches Vampirblut. Ich muss es testen!«

Plötzlich stockte Icherios der Atem. Sein Inneres gefror. Arsen! Ohne ein Wort sprang er auf und stürmte hinaus in die Dämmerung. Kolchin versuchte, ihm hinterherzueilen, doch er war zu geschwächt, um mitzuhalten. Icherios ignorierte die Schmerzen im Knie und rannte den Hang hinunter.

Voller Angst hastete er nach Dornfelde zurück. Sein Herz pochte in rasendem Stakkato. Die leuchtenden Strahlen der untergehenden Sonne verhöhnten die düsteren Gefühle, die ihn umtrieben. Vor dem Haus des Bürgermeisters zögerte er. Er hatte Angst hineinzugehen und eventuell seine Befürchtungen bestätigt zu sehen, doch Gewissheit würde er erst haben, wenn er ihre Augen gesehen hatte. Er nahm all seinen Mut zusammen, öffnete die Tür und stürmte an Maria vorbei die Treppe hinauf.

Lorettas Schwester sah aus wie eine lebende Leiche, abgemagert und kaum noch atmend. Loretta schlief zusammengerollt in einem Korbsessel an ihrem Bett. Als Icherios hineinstürmte, fuhr sie erschrocken auf.

»Ihre Augen! Sind ihre Augen rot?« Icherios Stimme überschlug sich. Wie ein Verrückter stürzte er zu ihr hinüber. Maribelle war in einem Fiebertraum gefangen und stöhnte auf, als er ihre Augen öffnete. Icherios Magen verkrampfte sich, als er seine Befürchtungen bestätigt sah. Ihre tieferen Hautschichten leuchteten in dunklem Rot, während ihre Haut feucht und kalt wie die eines toten Fisches war. »Wer bringt ihr das Essen oder kann unbemerkt zu ihr gehen? Wo werden ihre Medikamente aufbewahrt?«

Loretta schreckte vor seinem Redeschwall zurück und starrte ihn an, als hätte er den Verstand verloren. Icherios war sich nicht sicher, ob sie damit nicht recht hatte.

»Das Essen wird in der Küche zubereitet. Für gewöhnlich bringe ich es ihr. Ihr Stärkungsmittel befindet sich im Nachtschränkchen. Vor ihrem Umzug befand es sich im Keller.«

Icherios sackte zu Boden. Schuldgefühle machten sich in ihm breit. Kurz rang er mit sich, ob er die Wahrheit sagen und seine eigene Schuld eingestehen sollte. Er bezweifelte, dass er mit noch mehr Lügen und Geheimnissen leben konnte. »Es ist Arsen. Jemand vergiftet sie. Die roten Augen, ich hätte es früher sehen müssen.« Flehend blickte er zu Loretta auf. »Es tut mir leid. Ich hätte nie gedacht, dass jemand sie töten will.«

Widerstreitende Gefühle zeichneten sich auf Lorettas Gesicht ab. Hass, Enttäuschung, Entsetzen, Wut, aber auch Trauer und Hoffnung. Sie kniete sich neben ihn. »Was kann ich tun?«

»Bleibt bei ihr. Achtet darauf, dass sie nichts zu sich nimmt, das nicht von Euch zubereitet wurde. Lasst niemanden in ihre Nähe.«

»Warum fügt ihr jemand Leid zu? Sie stört doch keinen und ist nicht gefährlich. Sie hat eine liebe Seele, die den Tod unserer Mutter nicht verkraftet hat.« Tränen rannen ihr über die Wangen.

»Ich weiß es nicht.« Icherios fragte sich, ob er auf Lorettas Vater hinweisen sollte, aber er fürchtete ihre Reaktion. Icherios schwirrte der Kopf. Hatte er es nun mit zwei Mördern zu tun? Ein Blick auf Maribelle verriet ihm, dass sie vermutlich nicht überleben würde. Doch er wollte Lorettas Hoffnung nicht gleich zerstören. »Wartet hier.«

Er ging in sein Zimmer und holte ein kleines, braun getöntes Glasfläschchen. »Gebt ihr davon alle paar Stunden einen Löffel. Es ist Carbo medicinalis. Sie muss viel Knoblauch essen.«

Loretta rang sich ein leises »Danke« ab. Tränen liefen ihr übers Gesicht, als sie über die Haare ihrer Schwester strich.

Unschlüssig beobachtete Icherios die Geschwister. Plötzlich drangen laute Schreie und Rufe durch das geöffnete Fenster. Froh darüber, eine Ausrede zu haben, verabschiedete er sich und lief hinunter auf die Straße.

27

Aufruhr

Auf der Straße herrschte Chaos. Menschen, Vampire und Werwölfe drängten aneinander vorbei, schrien und tobten. Eine junge menschliche Frau zog ihre beiden kleinen Kinder hinter sich her, weg vom Marktplatz, von dem der Lärm herüberschallte. Das blond gelockte Mädchen stürzte plötzlich und begann zu schreien. Eilig nahm die Mutter ihr Kind auf den Arm und rannte davon, als wenn der Teufel sie jagen würde.

Icherios schloss sich einem Pulk Männer an, der mit Knüppeln bewaffnet zum Dorfzentrum eilte. Sie kamen zu dem sorgfältig angelegten Markplatz, dessen Pflaster aus bunten, in konzentrischen Kreisen angeordneten Steinen bestand. Am gegenüberliegenden Ende befand sich eine Plattform, die für Redner und Aufführungen genutzt wurde. Die Häuser, die den Platz umsäumten, wirkten verlassen, die Fensterläden und Türen verschlossen. Kein Spielzeug, Stuhl oder Hund lag vor den Häusern, stattdessen füllte sich die Fläche mit wütenden Gruppen der verschiedenen Arten. Ein dutzend Menschen ging auf vier Vampire los. Auf dem Boden lag ein schwer verwundeter Mann. Erboste Rufe gellten von den neben ihm knienden Männern zu den Werwölfen hinüber. Aus ihren Worten konnte Icherios entnehmen, dass es sich beim Verletzten um Peyr Teker, den Anführer des menschlichen Widerstandes handelte. Trotz ihrer zahlenmäßigen Überlegenheit standen die Chancen für die Menschen schlecht. Die Männer schienen sich dessen nicht bewusst zu sein.

Ein großer, schlanker Werwolf schmetterte mit einem einzigen Schlag einen menschlichen Hünen nieder. Die Schlägerei weitete sich immer weiter aus. Die weniger gewaltbereiten Menschen machten der tobenden Menge Platz. Ein Mann wurde gegen die Pfeiler der Plattform geschleudert und sank bewusstlos zu Boden. Da raste ein schwarzer Schemen auf die Plattform. Ein lauter Knall ertönte, dann kniete Sohon auf der freien Fläche. Den Stab in den vorgestreckten Händen auf den Boden gestemmt. Stille kehrte ein, als er sich langsam aufrichtete und jeden einzelnen Menschen, Vampir und Werwolf mit Blicken maß. In diesem Augenblick wirkte er wie das perfekte Abbild eines Adeligen, wie er sein sollte: stolz, beherrscht und von unglaublicher Präsenz. Sein langer Mantel wehte in dem leichten Wind. Sein Gesicht schimmerte blass im Sonnenschein. Es war das erste Mal, dass Icherios ihn nicht in Farbe gekleidet sah, sondern, aus Trauer um seine Cousine, in schwarzem Samt. Die Menge schien die Luft anzuhalten. Mit einem herrischen Wink befahl Sohon, Rabensang, Kolchin und den Pfarrer passieren zu lassen. Vom Bürgermeister war weit und breit nichts zu sehen. Icherios kämpfte sich durch die Menschenmenge hindurch, um ebenfalls zur Plattform zu gelangen.

»Habe ich Euch jemals schlecht geführt?« Sohons Stimme donnerte über den Platz.

Unwilliges Gemurmel antwortete ihm.

»Habe ich Euch jemals schlecht geführt?«

Diesmal erklang ein zögerliches »Nein«, sowohl von Vampiren und Werwölfen als auch Menschen.

»Dann erklärt mir Euer mangelndes Vertrauen! Indem Ihr Euch gegenseitig umbringt, wird der Mörder nicht schneller gefasst werden.«

Der Vater von Jaine Windsucher erhob die Faust. »Wenn wir alle Menschen töten, ist der Mörder ebenfalls dabei. Wir sind zu wenige, um zu riskieren, noch mehr von uns zu verlieren.«

»Und dann? Glaubt Ihr, es bleibt unbemerkt, wenn die Hälfte der Bevölkerung eines Dorfes verschwindet? Was wollt Ihr tun, wenn Untersuchungen vom Kaiser veranlasst werden? Nicht jeder Inspektor wird uns so wohlgesinnt sein wie Herr Ceihn.« Sohon suchte Icherios in der Menge und deutete auf ihn. »Zudem gibt es Fortschritte in den Ermittlungen. Der Mörder wird bald gefasst sein.«

Eine hagere Vampirfrau fuhr dazwischen. »Sie war deine Cousine! Wie kannst du so kalt bleiben?«

»Sie wird nicht zum Leben wiedererweckt, indem wir alles aufs Spiel setzen, was wir uns aufgebaut haben.«

»Außerdem gibt es deutliche Hinweise, dass es kein Mensch war.« Der Pfarrer trat vor und umklammerte sein Kreuz.

Der Fürst blickte ihn einen Augenblick prüfend an, dann nickte er. »Er hat recht. Beruhigt Euch, kehrt in Eure Häuser zurück.«

Icherios kämpfte sich zur Plattform hoch. Bernsten stand direkt vor ihm, ein fanatisches Leuchten im Gesicht. »Es war Rabensang!«

Icherios konnte nicht glauben, was er da hörte. Aus Rabensangs Kehle drang ein lautes Grollen. Seine Selbstbeherrschung zersprang wie ein Tonkrug im Feuer. Er setzte zum Sprung an. Icherios sog scharf die Luft ein. Er durfte das nicht zulassen! Mit einem Aufschrei warf er sich vor den Pfarrer. Der Werwolf riss ihn zu Boden und begrub ihn unter sich. Seine langen Finger krallten sich schmerzhaft in sein Fleisch. Allmählich eroberte sich die Vernunft die Herrschaft über Rabensangs Verstand zurück. Er schien zu erkennen, dass er einen Fehler begangen hatte. Er sprang auf. In dem Moment brach die Unruhe erneut aus. Ein Aufheulen ging durch die Versammlung. Menschen, Vampire und Werwölfe stürmten aufeinander los.

Doch dann geschah etwas, das Icherios mehr erschütterte, als alle Vampire, Irrlichter und Ghoule zusammen: Die Werwölfe verwandelten sich. Sie brüllten auf, und ihre Kleidung zerriss. Dann sanken sie in die Knie, während es so aussah, als wenn jeder einzelne Knochen in ihrem Körper brechen und sich neu anordnen würde. Die Finger ver formten sich, aus den Fingernägeln bogen sich scharfe Krallen. Gleichzeitig zerbarst ihre Haut, wendete sich, sodass das Fell im Inneren ihres menschlichen Leibes nach Außen gewendet wurde, und erneut zusammenwuchs. Der Pelz glänzte feucht vor Blut. Das Gesicht verlängerte sich und bildete eine Schnauze. Bei der ganzen Verwandlung blieb nur eines unverändert: die Augen. Waren Icherios die Worge bereits groß erschienen, so erschütterten ihn die monströsen Wölfe, die die Menschen einkreisten. Sie waren höher als ein Pferd mit erschreckend langen Fangzähnen. Ra bensang war der größte von ihnen. Durch sein graues Fell zog sich vom Kopf bis zur Rute ein tiefschwarzer Streifen, der dabei half, ihn von den anderen Wölfen zu unterscheiden.

Auch die Vampire veränderten sich. Sie wuchsen, während ihre Fangzähne sich verlängerten, bis sie aus dem Mund herausragten. Ihre Fingernägel formten sich zu glänzenden Krallen.

Dann brach Chaos aus. Menschen griffen die Vampire und Werwölfe an. Sie versuchten, sie mit Knüppeln niederzuschlagen, mit Sensen zu zerteilen oder mit Heugabeln aufzuspießen. Doch wann immer sie ihnen eine Verletzung beibrachten, schlossen sich die Wunden augenblicklich wieder.

Die Menschen hatten nicht so viel Glück. Icherios sah sie reihenweise zu Boden gehen. Er presste sich an die Wand hinter der Plattform. Ein männlicher Vampir mit langen schwarzen Haaren schlitzte mit seinen Krallen einem Menschen den Bauch auf. Dann wandte er sich um. Bei Icherios' Anblick fletschte er die Zähne. Mit drei Sätzen sprang er zu ihm. Icherios suchte nach Hilfe, aber niemand war in seiner Nähe. Hastig rappelte er sich auf und versuchte davonzulaufen, doch der Vampir war schneller. Mit einem Hieb schmetterte er ihn zu Boden. Die alten Prellungen vervielfältigten den Schmerz des Aufpralls, der nun wie Feuer in ihm brannte.

»Ich sollte Jorm dankbar sein«, zischte der Vampir. Aus der Nähe war seine Ähnlichkeit mit Chaela unverkennbar. Die gleichen zarten Züge, derselbe arrogante Gesichtsausdruck. »Endlich können wir uns von den Menschen befreien, und alle werden ihm die Schuld geben.« Er grinste boshaft. »Mit dir habe ich aber etwas Besonderes vor.«

Sein Gesicht näherte sich. Die langen Fangzähne glitzerten im Sonnenlicht. Icherios versuchte, sich zu wehren, doch der Vampir war zu stark. Mit einer Hand hielt er ihn auf den Boden, mit der anderen packte er Icherios' Haare und bog seinen Kopf nach hinten, sodass seine Kehle entblößt war. Dann spürte er, wie die Zähne in seinen Hals drangen und sich eine Lähmung in Körper und Geist ausbreitete. Es war ähnlich wie die Wirkung von Laudanum und doch fremdartig. Icherios fühlte, wie sein Leib erschlaffte. Er wusste, dass er kämpfen sollte, aber sein Verstand war wie betäubt. Plötzlich wurde das Gewicht von ihm gerissen. Icherios wandte den Kopf und sah, wie sich Rabensang in Wolfsgestalt mit dem Vampir auf dem Boden wälzte. Der Vampir rappelte sich auf und schleuderte den Werwolf zur Seite. Ein Aufjaulen erklang, als Rabensang gegen einen Pfosten donnerte. Icherios hörte Knochen brechen, doch Rabensang ließ sich dadurch nicht aufhalten. Mit wenigen Sätzen sprang er zu Icherios, stellte sich mit gesträubtem Fell über ihn und fletschte die Zähne. Aus der Nähe wirkte der Schädel des Werwolfes viel zu groß für den schlanken Körper. Der junge Gelehrte beobachtete fasziniert, wie sich die gebrochenen Rippen unter dem Fell neu anordneten und heilten.

Der Vampir maß ihn mit einem verächtlichen Blick. Dann spuckte er Blut. »Du kannst ihn haben.« Er hechtete von der Plattform und verschwand in der Menge.

Der Kampf war zu Ende. Mehrere Menschen lagen auf dem Boden, während der Rest auseinandergetrieben wurde. Icherios war nicht imstande aufzustehen. Das Vampirgift pochte in seinen Venen. Der Werwolf verwandelte sich zurück. Ohne jegliche Scham über seine Nacktheit, zog er Icherios zur Seite und begann, Befehle zu bellen. Icherios' Verstand war zu benebelt, um zu begreifen, was geschah. Die Menschen wurden von den Vampiren und Werwölfen unsanft in ihre Häuser getrieben und dort eingeschlossen. Nach und nach verwandelten sich alle Werwölfe zurück. Sohon stellte sich in die Mitte des Marktplatzes und brüllte in einer Lautstärke, die seine Stimme bis ans andere Ende des Dorfes tragen musste. »Jeder weitere Unruhestifter, egal ob Mensch, Vampir oder Werwolf, wird von mir eigenhändig hingerichtet. Die Menschen bleiben in ihren Häusern.«

Kolchin und der Pfarrer standen dicht an die Wand eines Hauses gedrückt. Ihre Gesichter spiegelten Entsetzten wieder, doch sie schienen unverletzt. Sohon befahl einigen widerwilligen Werwölfen, sich um die verletzten Menschen zu kümmern. Es waren zahlreiche, aber es gab nur wenige Tote. Erleichterung machte sich in dem jungen Gelehrten breit, bevor ihn die Dunkelheit übermannte.

Icherios kam im Amtszimmer des Bürgermeisters zu Bewusstsein. Man hatte ihn in den Sessel am Kamin gelegt, den Rabensang bei seiner Ankunft in Anspruch genommen hatte. Stimmen drangen an sein Ohr. Er war dankbar, dass er mit dem Rücken zu den anderen saß, sodass er Zeit hatte, sich zu sammeln und zu lauschen. Eine rege Diskussion war im Gange. Die Spannung, die im Raum lag, war greifbar.

»Wir sollten die Menschen in Häuser sperren und bewachen«, hörte er Rabensang gerade sagen. »Geschehen keine weiteren Morde, wissen wir, dass es einer von ihnen ist.«

»Das lässt sich niemals durchführen«, widersprach Sohon. »Wie wollt Ihr sie bewachen? Und für wie lange?«

Die hohe Stimme des Pfarrers erklang. »Wie können Sie es auch nur in Erwägung ziehen? Es sind Menschen und keine Tiere!«

»Es geht um ihren Schutz«, wandte der Vampir ein.

Rabensang brummte etwas Unverständliches. Vom Bürgermeister war nur ein Japsen zu hören. Icherios stellte sich vor, wie er mit rot angelaufenem Gesicht und hastig umherirrenden Schweinsäuglein am Schreibtisch saß. Die Situation musste ihn überfordern.

»Vielleicht sollten wir die Vampire und Werwölfe einsperren«, schlug Bernsten vor. Seine Stimme triefte vor Gehässigkeit. »Es sind nicht so viele. Außerdem sind sie dann auch in Sicherheit.«

»Das ist noch weniger machbar.« Kolchins Stimme zitterte.

Dann donnerte Rabensang seine Faust auf den schweren Holztisch. »Wir müssen den Mörder fangen. Das ist das Einzige, das wirklich helfen wird.«

»Und wer soll das tun?«, fragte der Bürgermeister. »Dieser Ceihn? Er hat bisher mehr Ärger verursacht, als dass er irgendwelche Resultate gebracht hat.«

Alle wandten sich zu Icherios um. Ihm wurde bewusst, dass er sich nicht länger besinnungslos stellen konnte. Er gab ein leises Stöhnen von sich und bewegte seine Augenlider.

»Wir sollten ihn den Werwölfen und Vampiren überlassen, dann hätte er wenigstens einen Zweck.«

Kolchin schnappte entsetzt nach Luft. »Wie können Sie so etwas sagen?«

Icherios versuchte zu sprechen, doch seine Kehle fühlte sich ausgetrocknet und wund an. Kolchin reichte ihm ein Glas Wasser und stellte sich an seine Seite.

»Das sind die Nachwirkungen des Bisses«, erklärte Sohon. »In einigen Tagen wird es besser werden. Bis dahin müssen Sie viel trinken.«

»Er wurde gebissen?«, verlangte der Pfarrer zu wissen. »Das hat niemand erwähnt.«

Rabensang nickte. »Es war Chaelas Bruder.«

»Dann können wir ihn nicht gehen lassen«, stellte der Bürgermeister fest. »Wenn er stirbt und sich in einen Strigoi verwandelt, könnten sie die Spur zu uns zurückverfolgen. Wir sollten ihn zur Beruhigung der Vampire und Werwölfe opfern.«

Der Flurhüter schüttelte wortlos den Kopf. Er war zu entsetzt, um etwas hervorzubringen.

Überrascht verfolgte Icherios, wie Sohon sich für ihn einsetzte. »Ich gab ihm mein Wort, dass er Dornfelde verlassen darf, falls er den Mörder fasst. So lange bleibt er unversehrt.«

Erst jetzt wurde Icherios bewusst, was es bedeutete, von einem Vampir gebissen worden zu sein. Er würde nach seinem Tod zu einem geistlosen Blutsauger werden und seine Chancen, den Ort lebend zu verlassen, waren ebenso rapide gesunken. Seine Gedanken schwirrten nur so. Aber darüber würde er sich später Sorgen machen müssen. Zuerst musste er die nächsten Stunden überleben.

Der Pfarrer ging zum Kamin hinüber, griff einen Haken und stocherte wütend im Feuer. »Was hat er denn bisher gebracht? Nichts als Ärger! Der Aufruhr ist nur seine Schuld.«

Das Wasser hatte Icherios geholfen. Er konnte, wenn auch nur krächzend, widersprechen. »Meine? Wer hat denn die Menge mit haltlosen Beschuldigungen aufgestachelt?«

»Hätten Sie Ihre Arbeit getan, wäre der Mörder längst tot. Jedes einzelne Opfer haben Sie mit ihrer Unfähigkeit auf dem Gewissen!«

Icherios zitterte vor Zorn. »Ich sagte es bereits heute Morgen. Ohne Informationen kann ich keinen Mörder stellen. Ständig stoße ich auf Geheimnisse und verschwende Zeit mit der Aufklärung von Dingen, die man mir von Anfang an hätte offenlegen müssen. Warum erzählte mir niemand von den seltsamen Umständen beim Tod von Kolchins Vater und Lorettas Mutter?«

Der Bürgermeister schlug mit der flachen Hand auf den Tisch. »Das sind Familienangelegenheiten. Sie haben nichts mit den Morden zu tun.«

»Was ist daran Familienangelegenheit, Leichen beiseitezuschaffen und mich einen ganzen Tag umherreiten zu lassen? Was ist daran eine Familienangelegenheit, dass es offensichtlich Unstimmigkeiten über die Besitzverhältnisse der Ländereien gibt? Was ist daran eine Familienangelegenheit, dass der Pfarrer mit Kolchins Frau schläft?«

Bei dieser Enthüllung kehrte Stille ein, nur das leise Knacken des Holzes im Kamin war zu hören. Icherios drehte sich zu Kolchin und hob entschuldigend die Hände. »Es tut mir leid, dass ich nicht früher davon gesprochen habe. Ich wollte erst Gewissheit haben und die Umstände aufklären.«

Kolchins Blick hastete von Icherios zu Bernsten. Dann ergriff er einen Brieföffner mit langer, schmaler Klinge und stürzte sich mit einem Aufschrei auf den Pfarrer. Rabensang war allerdings schneller und konnte ihn im letzten Moment abhalten, dem Pfarrer die Kehle aufzuschlitzen. Entsetzt taumelte Bernsten nach hinten und verbrannte sich die Hände am Feuer. »Sie sind genauso verrückt wie Ihre abscheuliche Frau.« Dann wandte er sich an Icherios. »Wie können Sie es wagen derartige Anschuldigungen zu erheben?«

»Ich habe Sie Montagnacht mit Eva Kolchin in der Kirche gesehen. Womit erpressen Sie sie? Sie würde sich wohl niemals freiwillig mit Ihnen einlassen. Haben Sie gedroht, sie als Hexe zu verbrennen?«

»Sie ist ja auch eine. Ich habe sie genau beobachtet. Nichts, das man ihr antut, wäre vor Gott ein Verbrechen.«

»Sie sind aber doch ein Priester!« Selbst Sohon wirkte entsetzt.

»Das Zölibat gebietet nur, sich mit keiner Frau einzulassen. Sie ist keine Frau, sondern eine Hexe, ein Dämon aus der Hölle.«

Kolchins Kehle entrang sich ein weiterer Schrei. Er versuchte, sich loszureißen, doch Rabensang hatte ihn fest im Griff. »Das ist er nicht wert.«

Bernsten hielt sein Kreuz in die Höhe. »Es ist eine Höllenbrut. Ich werde sofort veranlassen, dass Sie und Ihr Balg auf dem Scheiterhaufen verbrannt werden. Den Flurhüter hat sie schon um den Verstand gebracht. Man muss ihn einsperren und für ihn beten.«

»Wie können Sie es wagen.« Sohon packte den Pfarrer an der Kehle. »Sie missbrauchen die Frau und wollen sie obendrein verbrennen? Ich gebe Ihnen zwei Tage, um Ihre Sachen zu packen und aus dem Ort zu verschwinden. Sollten Sie jemals zurückkehren, ein weiterer Abgesandter Ihrer verdammten Kirche hier auftauchen oder Nachricht an mein Ohr dringen, dass Sie etwas über die Existenz von Werwölfen und Vampiren verraten haben, werde ich Sie jagen und in einen Ghoul verwandeln, sodass Ihre Seele niemals zu Ihrem Gott aufsteigen kann.«

Bernsten riss sich los und strich über seinen Talar. »Das werden Sie noch bereuen.« Dann ging er zur Tür und verließ das Haus.

Stille kehrte ein, bis hastige Schritte auf der Treppe zu hören waren. Kurz danach stürmte Loretta herein. »Herr Ceihn, kommen Sie bitte, schnell! Maribelle geht es schlechter.« Sie wartete nicht darauf, dass Icherios ihr folgte, sondern eilte sofort zu ihrer Schwester zurück.

Icherios humpelte die Treppe hinauf. Seine restliche Hoffnung war dahin. Maribelle lag im Sterben, und er wusste nicht, was er tun sollte. Er blickte aus dem Fenster. Die Sonne neigte sich den Baumwipfeln entgegen. Vermutlich würde Maribelle mit den letzten Sonnenstrahlen ihr Leben verlieren.

Lorettas Schwester lag im Bett. Sie war ein Schatten ihrer selbst. Abgemagert und blass hob sich ihre Brust nur leicht durch ihr schnelles, flaches Atmen. Ihr Körper schöpfte die verbliebenen Kraftreserven aus, um dem Tod so lange wie möglich entkommen zu können. Ihre Augen leuchteten so rot, dass sie aussahen, als wenn sie voller Blut wären und bald platzen und auslaufen würden. Immer wieder warf sie den Kopf von einer Seite auf die andere und rief nach ihrem verlorenen Bruder.

»Könnt Ihr nicht helfen?«

Icherios schüttelte den Kopf. Er hatte versagt.

Plötzlich richtete sich Maribelle auf und packte mit ihren abgemagerten Händen Icherios' Unterarm. »Findet meinen Bruder.«

Dann schlossen sich ihre Augen. Ihre Brust hob sich nicht mehr. Zögerlich legte Icherios einen Finger an ihren Hals. Er fühlte keinen Puls. Um ganz sicher zu sein, holte er einen Spiegel aus seiner Tasche und hielt ihn ihr unter die Nase. Keine Feuchtigkeit bildete sich auf der Oberfläche. Sie war tot.

Loretta schluchzte auf und sank über den Körper ihrer Schwester zusammen. Eine ganze Weile verging. Dann kamen der Fürst und der Bürgermeister herein. Arken erfasste die Situation mit einem Blick. »Wenigstens haben wir jetzt wieder Ruhe hier oben.«

Loretta fuhr auf, aber ihr Zorn richtete sich nicht gegen ihren Vater, sondern gegen Icherios. »Ich habe Euch angefleht, sie zu untersuchen, aber Ihr habt Euch geweigert. Ihr hättet sie retten können, wenn Ihr Euch nur bemüht hättet! Ihr seid Schuld, dass man sie ermordet hat!«

»Sie wurde ermordet?«, fragte Sohon überrascht.

»Jemand hat sie vergiftet, doch der werte Inspektor war zu beschäftigt, es mit deiner Hure von Schwester zu treiben.« Loretta holte tief Luft. Dann wurde sie ruhig, straffte die Schultern und schaute Icherios eiskalt in die Augen. »Ich verfluche Euch!« Sie wandte sich um und stolzierte hinaus.

Icherios stand mit gesenktem Kopf, zitternd wie ein geprügelter Hund mitten im Raum. Sohon musterte ihn abschätzig. »Ihr macht Euch nicht viele Freunde.«

Der Bürgermeister ging zum Fenster hinüber und schloss die Läden. Maribelle hatte tatsächlich mit den letzten Sonnenstrahlen ihr Leben ausgehaucht.

»Ich werde dafür sorgen, dass sie entfernt wird. Jemand muss die Grabesrede halten, jetzt da der Pfarrer weg ist. Ein weiterer Verdienst des Inspektors.« Er schritt zur Tür. »Heute gab es genug Ärger. Sperren Sie sich in ihre Kammer ein, und kommen Sie nicht wieder heraus.

Icherios verdrängte seine Gefühle. *Die höchste Tugend ist die Freiheit von Emotionen.* Nie zuvor war ihm der Leitsatz so hilfreich erschienen.

Sobald sie allein waren, wandte sich Icherios an Sohon. »Wären Sie bereit, mir eine Blutprobe zu geben?«

Der Vampir lachte leise. »Immer noch ganz der Wissenschaftler. Lassen Sie uns in Ihr Zimmer gehen.«

Nachdem er eine unbenutzte Spritze hervorgeholt hatte, setzte Icherios zitternd die Nadel an. Sohon bemerkte sein Zögern. »Mein eigenes Blut verursacht kein Verlangen in mir.« Er musterte Icherios prüfend. »Ihr wisst, was der Biss bedeutete?«

»Dass ich mich nach meinem Tod in einen Strigoi verwandeln werde.«

»Es gäbe eine Möglichkeit, dies zu verhindern.«

In Icherios keimte Hoffnung auf. »Wirklich?«

»Ich könnte Sie in einen Vampir verwandeln.«

Icherios fiel vor Schreck die Spritze aus der Hand.

Sohon amüsierte Icherios' Entsetzen. »Denken Sie darüber nach. Wenn nicht, stellen Sie sicher, genaue Anweisungen zu hinterlassen, wie man nach Ihrem Tod mit Ihrer Leiche verfahren soll. Zumindest sollte der Kopf abgetrennt werden.« Lautlos glitt der Fürst zur Tür hinaus und ließ Icherios verängstigt und in Selbstzweifel vertieft zurück.

28

Die Grabende Helene

Icherios saß lange Zeit zusammengekauert auf seinem Bett. Sein Kopf war leer, und er bemühte sich, jeden Gedanken zu verdrängen. Wann immer er ein Gefühl zuließ, zerriss es fast seine Seele. Selbst Maleficium, der seinen Kummer spürte und sich tröstend an ihn kuschelte, vermochte ihn nicht aus seiner Apathie zu lösen. Er hatte die Fensterläden nicht geschlossen, sodass er in den klaren Sternenhimmel hinausblicken konnte. Die Kälte des Universums senkte sich auf die Welt herab. Eisblumen wuchsen an den Fensterscheiben, und ein Käuzchen rief traurig in die Nacht. Icherios fühlte sich so einsam wie noch nie zuvor in seinem Leben. Ob der Tod sich ähnlich eisig anfühlte? Angewidert schüttelte er den Kopf. Selbstmitleid half nicht. Er war schon zu oft davongelaufen. Er hatte es vorgezogen, aus seinem Elternhaus zu verschwinden, statt sich seinem Vater zu stellen. Und bis heute wusste er nicht, woher die Narben an seinen Handgelenken stammten.

Vor zwei Jahren war er nach einer feuchtfröhlichen Nacht mit seinem besten Freund Vallentin nach Hause gegangen. Das Nächste, an das er sich erinnern konnte, war, dass er verletzt in einer Gasse lag, sein Freund tot neben ihm. So sehr er sich auch anstrengte, die Erinnerung wollte nicht wiederkehren. Seither lebte er mit der fürchterlichen Ungewissheit, was tatsächlich passiert war, und ob er selbst ihn getötet hatte. Sogar sein Unterbewusstsein flüchtete sich vor unangenehmen Dingen. Damit musste jetzt Schluss sein. Icherios ging zu seinen alchemistischen Geräten hinüber. Er holte die beiden Blutproben, Chaelas und Sohons, hervor. Er war froh, dass er noch etwas Arsen besaß, das von einem Auftrag zur Herstellung von Rattengift übrig geblieben war. Er füllte Sohons Blut in einen Kolben und gab eine Messerspitze des Pulvers hinzu. Vorsichtig schwenkte er das Gefäß und fächerte sich vom aufsteigenden Dampf zu. Tatsächlich wies die Probe nun denselben eigentümlichen Geruch auf, der ihm bei den Opfern aufgefallen war. Das bedeutete, dass der Serienmörder und Maribelles Mörder ein und dieselbe Person waren. Icherios hielt es für ausgeschlossen, dass zwei Mörder umhergingen, die beide mit Arsen arbeiteten. Dies warf zwar weitere Fragen auf, trotzdem fühlte sich Icherios, als wenn er eine gewaltige Entdeckung gemacht hätte. Jetzt musste er nur noch herausfinden, warum jemand Maribelle tot sehen wollte. Da an Lorettas Schwester keine Markierungen oder Rückschlüsse auf rituelle Verletzungen zu finden waren, konnte er davon ausgehen, dass ein persönlicher Beweggrund vorliegen musste. Icherios sackte erleichtert in seinem Stuhl zusammen. Das war vertrautes Gebiet. Menschen befragen, Motive herausfiltern, um damit den Täter zu entlarven. Doch eines musste er zuvor ausschließen: den Blutdämon. Er wollte sich nicht ein weiteres Mal vorwerfen müssen, voreingenommen und vorschnell gehandelt und geurteilt zu haben. Daher musste er sich den Untergrund der Burg näher ansehen, wo der Blutdämon vermutet wurde. Aber die Katakomben unter der Feste mussten gewaltige Ausmaße besitzen, wenn sie tatsächlich bis tief in den Berg und durch die Überreste einer alten Festung führten.

Es würde Wochen dauern, sie zu untersuchen, und es war leicht, sich in ihnen zu verirren. Icherios faszinierte und erschreckte die Vorstellung einer versunkenen Burg. Was sollte er tun, falls er dem Blutdämon gegenüberstand?

Trotz der Angst und der körperlichen Zerschlagenheit, erfüllte ihn Hoffnung. Gedankenverloren schaute er aus dem Fenster. In dem Glas spiegelte sich eine durchscheinende Gestalt, die hinter ihm stand. Mit einem Aufschrei fiel er vom Stuhl. Die Grabende Helene kicherte vergnügt über ihren gelungenen Auftritt.

»Wenn in der Nacht knirschend Knochen krachen,
eile ich herbei und erschrecke dich ganz sacht.«

Der Geist sprach erneut in diesen seltsamen Reimen.

Icherios rieb sich sein schmerzendes Hinterteil. »Sacht war das nicht.«

»Blutdämons Pracht sich nur enthüllt in der Nacht.«

Icherios horchte auf. »Du kennst den Blutdämon?«

Die Grabende Helene glitt an ihm vorbei zu den Gläschen mit Blut. Langsam fuhren ihre Finger durch das Glas, hinterließen ein leichtes Klingen wie ein fernes Glockenspiel. »Unsterbliches Blut für sterbliche Wut.« Sie lächelte ihn traurig an.

»Weißt du, wie man zum Dämon gelangt?« Icherios streckte ihr die Hände flehentlich entgegen.

»Der Fürst im Dunkeln ruht,
hüte dich vor seiner Glut.«

Dann stimmte sie das Lied an, das die Kinder im Dorf immer sangen, und begann dabei wie diese im Kreis zu hüpfen.

Brüderlein, komm, tanz mit mir!
Beide Hände reich ich dir.
Einmal links, einmal rechts,
Linksherum, das ist nicht schwer.

Ei, das hast du schön gemacht!
Ei, das hätt ich nicht gedacht!
Einmal rechts, einmal links,
Rechtsherum, das ist nicht schwer.

Noch einmal das schöne Spiel,
Weil es mir so gut gefiel:
Einmal rechts, einmal links,
Linksherum, das ist nicht schwer

Dabei wurde sie immer durchsichtiger, bis das Lied mit ihr verklang.

Icherios überraschte die Einfachheit der Lösung. Das beste Versteck befand sich direkt unter der Nase der Suchenden. Der Weg zum Blutdämon war jedem Menschen im Dorf bekannt und dennoch wusste keiner davon. Die Drehungen im Reim standen für die Abzweigungen in den Gewölben unter dem Schloss. Er brauchte nur eine Karte der Burg, um den Einstieg zu finden. Erleichtert legte er sich ins Bett. Er hatte endlich einen vernünftigen Plan. Morgen würde er den Blutdämon suchen und hoffen, dass er nur eine Legende war. Anschließend musste er herausfinden, wer Zugang zu Maribelles Speisen hatte oder anderweitig die Gelegenheit nutzen konnte, ihr Arsen zu verabreichen. Dadurch würde sich der Kreis der möglichen Täter deutlich eingrenzen lassen.

29

Versammlung

Icherios erwachte vor Morgengrauen. Die Eisblumen hatten sich auf das ganze Fenster ausgebreitet. Sein Atem stand als weißes Wölkchen in der Luft. Es kostete ihn Überwindung, seine Füße auf den kalten Boden zu stellen und hastig in seine Kleidung zu schlüpfen. Er wollte den Flurhüter aufsuchen und darum bitten, eine Versammlung einzuberufen. Er brauchte eine Karte der Feste und verspürte kein großes Verlangen, dem Blutdämon alleine gegenüberzutreten.

Kolchin öffnete ihm bereits nach dem ersten leisen Klopfen. Er sah erschöpft aus. Tiefe Ringe unter den Augen deuteten an, dass er in der letzten Nacht nicht geschlafen hatte. Icherios vermutete, dass es in der Beziehung zu seiner Frau kriselte und fühlte sich schuldig, auch wenn er sich einredete, dass die Wahrheit wichtig war. Der Mann nickte ihm kurz zu und ging in den Wohnraum hinüber. Von seiner Frau und dem Kind war nichts zu sehen. Auf dem Sessel lagen Decken. Er hatte dort offenbar die Nacht verbracht.

»Wir haben unsere Probleme«, erklärte Kolchin. »Aber wir werden es schaffen.« Er lächelte traurig.

Icherios konnte in seinem Gesicht die Liebe, die er immer noch für seine Frau empfand, erkennen. Er beneidete ihn um dieses Gefühl der Verbundenheit. Mit einem mitfühlendem Lächeln setzte er sich auf einen der Stühle. »Die Vampire wurden mit Arsen betäubt. Dasselbe Mittel, mit dem Maribelle getötet wurde.«

»Dann war es dieselbe Person?«

Icherios nickte. »Vermutlich, dadurch wird es leichter, ihn zu fangen.«

Kolchin ging unruhig vor dem Kamin auf und ab.

»Ich verstehe, aber warum sollte jemand Maribelle töten wollen? Sie ist seit ihrer Kindheit geistig verwirrt.«

»Was ist mit den Ländereien der Freylungs? Gehen sie bei Lorettas Tod auf ihren Ehemann über oder an Maribelle?«

»Für gewöhnlich an den Gatten.«

»Und wenn nicht? Was, wenn Maribelle die Ländereien erhält?«

Kolchin senkte seine Stimme zu einem Flüstern. »Dann hätte der Fürst ein Motiv. Aber auch der Bürgermeister hätte seiner geisteskranken Tochter niemals etwas vermachen wollen. Am liebsten hätte er sie selbst getötet.«

»Vielleicht wurde es bereits von Lorettas Großeltern so festgelegt. Sie waren unglücklich über die Hochzeit ihrer Tochter und trauten Arken nicht.« Icherios beugte sich zu Kolchin vor. »Es würde nicht erklären, was es mit den Ritualen auf sich hat, aber falls Lorettas Großeltern verfügt hätten, dass nur Kinder aus der direkten Blutlinie ihrer Tochter erbberechtigt sind, dann hätte Sohon ein starkes Motiv. Eine solche Anordnung besäße über Generationen Gültigkeit, und der Fürst könnte sich die Besitztümer nicht aneignen, selbst wenn er Loretta umbringen würde.« Icherios holte tief Luft, um sich für seine nächsten Worte zu wappnen. »Aber natürlich könnte bei der Verwandlung in einen Vampir etwas schiefgehen. Er musste dann nur noch Maribelle, die letzte Erbin aus dem Weg räumen.«

»Aber warum hat er Maribelle nicht wie die anderen getötet?«

»Vielleicht will er Verwirrung stiften, oder es war zu schwierig, sie unbemerkt aus dem Haus zu bekommen. In ihrem Zimmer konnte er sie nicht enthaupten und zu Tode quälen. Zudem wissen wir nicht, was er mit den Ritualmorden beabsichtigt. Sind sie nur Ablenkung oder verfolgt er ein bestimmtes Ziel mit ihnen? Es kann ja auch sein, dass er kein Menschenblut benötigt und sie deshalb nicht hat ausbluten lassen, oder er davon ablenken wollte, dass der Täter ein Vampir sein könnte, der sich ja sicherlich über das Menschenblut hergemacht hätte«

Kolchins Gesicht wurde noch blasser. »Er hatte eine Affäre mit Merelle. Die alte Durmbach hatte recht.«

Icherios fuhr herum. »Und das sagen Sie erst jetzt?«

»Eva erzählte es mir gestern. Ich beachte den Klatsch der Weiber nie.«

»Eine weitere Verbindung des Fürsten zu den Opfern.« Icherios rieb sich grübelnd das Kinn. Stammte der Liebesbrief und der Schmuck, den er in Merelles Schlafzimmer gefunden hatte, womöglich von Sohon?

»Wir haben keine Beweise.«

»Selbst wenn ich Beweise hätte, was sollten wir mit ihnen anfangen? Der Bürgermeister wird uns nicht unterstützen, und der Fürst kann mich unter allgemeinem Jubel hinrichten lassen. Zudem könnten wir uns auch auf einer falschen Fährte befinden. Ich weiß noch immer nicht, wer mir die Karte von den Ländereien unter das Kopfkissen gelegt hat. War es vielleicht der Bürgermeister, um von sich abzulenken? Oder Bernsten? Immerhin geht er im Haus des Bürgermeisters ein und aus. Er hätte auch Merelle vergiften können.«

»Was wollt Ihr nun tun?«

»Hoffen, dass ich mich irre. Es gibt noch immer die Möglichkeit, dass Bernsten mit seinem Blutdämon recht hat.«

Bei der Erwähnung des Pfarrers lief ein Zittern durch Kolchins Körper. »Ich verstand nie, wie Menschen sich gegenseitig töten können. Das hat sich geändert.«

Icherios klopfte ihm mitfühlend auf die Schulter. »Ich kann mir keinen weiteren Fehler leisten, deswegen möchte ich heute die Feste durchsuchen.«

»Woher wollt Ihr wissen, wo Ihr suchen müsst? Die Katakomben sind riesig.«

»Ich hatte letzte Nacht erneut Besuch von der Grabenden Helene. Der Weg zum Blutdämon ist jedem bekannt.«

Der Flurhüter schüttelte den Kopf. »Sicher nicht, sonst wäre er doch keine Legende.«

»Erinnert Ihr Euch an den Reim, den die Kinder singen?«

» Welchen?«

»Brüderlein, komm, tanz mit mir. Und zwar ist das nicht nur die Anweisung für das Hüpfspiel, sondern auch ein Wegweiser durch das versunkene Schloss.«

»Dann glaubt Ihr wirklich, dass der Dämon existiert?«

»Zumindest denkt das die Grabende Helene und der Verfasser des Reimes. Die Frage ist, falls es ihn gibt, ob er noch gefangen ist und wenn nicht, ob ihn jemand befreit hat.«

Kolchin stand auf und schürte das Feuer an. »Dann erwartet Ihr also, dass wir dem Blutdämon, der der Sage nach beinahe ganz Dornfelde entvölkert hat, gegenübertreten?«

»Mein Leben ist eh verwirkt, sollte ich den Mörder nicht fangen.« Icherios zuckte betont gleichgültig mit den Schultern. »Ich brauche allerdings eine Karte, deshalb wollte ich Euch bitten, für mich eine Versammlung einzuberufen.«

Kolchin blickte ihn lange an, dann nickte er. »Ich werde Euch begleiten.«

Icherios hob abwehrend die Hände. »Ihr habt eine schwangere Frau und eine kleine Tochter für die Ihr sorgen müsst. Ihr bleibt hier.«

»Wie ich bereits sagte: Wenn der Mörder nicht gefangen wird, ist unser aller Leben verwirkt. Lieber helfe ich mit, als mich zu verkriechen.«

Icherios beschloss, es vorerst darauf beruhen zu lassen. Er würde es später mit ihm diskutieren.

Die Sonne erhob sich bereits über den Baumwipfeln, als sie sich im Amtszimmer des Bürgermeisters trafen. Ihren Strahlen fehlte aber noch die Kraft, um die Kälte der Nacht zu vertreiben, sodass die Menschen zitternd vor dem Kamin standen. Rabensang und Sohon hingegen wirkten wie immer unbeeindruckt von der Witterung. Die Nacht hatte Arkens Einstellung Icherios gegenüber nicht verbessert, doch war er inzwischen dazu übergegangen, ihn einfach zu ignorieren, anstatt ihn mit Anfeindungen zu überhäufen. Sohon und Rabensang blickten ihn erwartungsvoll an, als er zu sprechen anhob. »Wir müssen ausschließen, dass es der Blutdämon ist, der die Morde begeht.« Icherios hatte sich dazu entschieden, nichts von seinen Erkenntnissen bezüglich des Arsens und seinem Verdacht gegenüber dem Fürsten zu erwähnen. Es sollte vorerst im kleinen Kreis bleiben, bis sie Beweise hatten und einen Plan, wie sie die Enthüllung überleben konnten.

»Nach allem, was geschehen ist, wagt Ihr es, uns die Zeit wegen eines Hirngespinsts des Pfaffen zu stehlen?« Rabensang wandte sich frustriert ab.

Icherios richtete sich auf. Er würde sich nicht einschüchtern lassen. »Ich bin nicht bereit, einen weiteren Fehler zu begehen. Wenn wir den Mörder fassen wollen, müssen wir ausschließen, dass es dieser Dämon ist.«

»Aber niemand weiß, wo der Blutdämon sein soll.«

Icherios bemühte sich, seinen Stolz zu dämpfen. »Ich habe den Weg gefunden.«

In diesem Moment trat Kindel unaufgefordert ein und blieb beim Anblick der Männer verwundert stehen. »Verzeiht, ich wollte nicht stören. Ich wusste nicht, dass so früh eine Versammlung stattfindet.« Dann wandte er sich an den Bürgermeister. »Es kommen immer mehr Bettler und Vagabunden nach Dornfelde. Es gab Beschwerden über Diebstahl, Wilderei und Beschädigungen der Felder.«

Arken winkte unwirsch ab. »Sollen sie draußen verhungern. Wir haben Wichtigeres zu tun. Der Dorfbann bleibt bestehen.«

Kindel senkte demütig den Kopf und verschwand in seiner Arbeitskammer. Die Tür ließ er geöffnet.

Icherios hob erneut zu sprechen an. »Das Lied, das die Kinder singen, wenn sie Hüpfkästchen spielen, ist die Wegbeschreibung durch die Katakomben zum Blutdämon.«

Der Bürgermeister lachte gekünstelt. »Jetzt ist er vollkommen verrückt geworden.«

Rabensang drehte sich mit neu erwachtem Interesse um. »Das mag stimmen. Wir sind der einzige Ort in der Umgebung, in dem der Reim in dieser Form bekannt ist. Wie haben Sie es entdeckt?«

Icherios zögerte. Er fürchtete das kleine bisschen Respekt, das er sich erarbeitet hatte, wieder zu verlieren. Aber er war noch nie ein guter Lügner gewesen. Wann immer er versuchte zu lügen, lief sein Gesicht rot an und er begann zu stammeln. Sein Vater hatte ihn zur Strafe für jede Flunkerei in einen trockengelegten Brunnenschacht gesperrt. Manchmal für Tage, sodass nur die heimlich gebrachten Speisen und Getränke seiner Mutter ihn diese Zeit hatten überstehen lassen.

»Ich hatte gestern Nacht Besuch von der Grabenden Helene.«

»Sie spricht mit Euch?« Sohon wirkte überrascht.

»Tut sie das normalerweise nicht?«

Rabensang antwortete statt des Fürsten. »Für gewöhnlich begnügt sie sich damit, die Menschen zu erschrecken.«

»Immerhin ist es einen Versuch wert,« stellte Kolchin fest. »Im schlimmsten Fall finden wir nichts, dafür könnte es uns Gewissheit über diese Legende verschaffen. Ob der Dämon nun der Mörder ist oder nicht.«

Der Werwolf nickte zustimmend, doch Sohon erhob Einspruch. »In meinen Augen ist es Zeitverschwendung, und wir riskieren unser Leben für nichts.«

Icherios überraschte seine Ablehnung. Bisher war der Vampir nur zu interessiert daran gewesen, alle Möglichkeiten auszuschöpfen. Waren sie endlich auf eine echte Spur gestoßen? Befürchtete er, dass sie etwas aufdecken würden?

Die Diskussion zog sich noch eine Weile hin, doch Icherios vermochte sich durchzusetzen. Selbst der Bürgermeister schien einen widerwilligen Respekt für Icherios neu gewonnene Selbstsicherheit zu empfinden. Schließlich einigten sie sich, dass Icherios, Kolchin, Rabensang und Sohon in die Katakomben steigen sollten. Arken weigerte sich und wäre mit seiner Statur sowieso nicht geeignet gewesen.

»Wir brauchen aber noch eine Karte.« Kolchins Gesicht leuchtete rosig vor Eifer. Das Pläneschmieden tat seiner

Seele gut. Endlich fühlte er sich nicht mehr als hilfloser Zuschauer.

»Kindel!« Der Bürgermeister brüllte lauter als nötig. »Hat Er eine Karte der Festung und der Katakomben?«

»In der Bibliothek der Burg befindet sich eine,« wandte Sohon ein.

Kindel kam aus seiner Kammer heraus und zog aus einem dicken Papierstapel eine Karte hervor. »Hier ist der Eingang zu den Katakomben verzeichnet sowie die ersten Abzweigungen. Cunradt Antonidus Degers, der Zeichner, starb an einer Lungenentzündung kurz nachdem er mit der Kartierung begonnen hatte. Seither wagte es niemand mehr.« Kindel verzog verächtlich den Mund. »Angeblich hat ihn ein Fluch dahingerafft.«

»Danke, Kindel. Er kann jetzt gehen«, befahl der Bürgermeister.

Der junge Mann verneigte sich und verschwand in seiner Kammer. Icherios tat er leid. Er war intelligent und freundlich und verdiente die abfällige Behandlung durch den Bürgermeister nicht.

Es war früher Nachmittag, als sie sich vor dem Schlosstor trafen. Icherios hatte die Zeit genutzt, um das Lied niederzuschreiben und die Anweisungen herauszuarbeiten. Anschließend hatte er sich festes Schuhwerk und eine stabile Lederhose von Kolchin geliehen. Auf dem Rücken trug er einen Rucksack mit Proviant. Der Flurhüter führte zusätzlich mehrere dicke Seile mit sich. Der Fürst lauerte in seinen langen, schwarzen Mantel gehüllt wie ein dunkler Schatten im Hintergrund. Seinen Stab hielt er locker in der rechten Hand. Rabensang war in eine dünne Leinenhose und ein hellbraunes Hemd gekleidet, dessen Schnürung oben offen stand, sodass man seine stark behaarte Brust sehen konnte. Obwohl er Lederkleidung bevorzugte, war sie ihm zu teuer geworden, nachdem er sie mehrfach bei der Verwandlung zerrissen hatte.

Sohon führte sie in das Schloss hinein. Es war das erste Mal, dass Icherios die Feste von innen sah. Entgegen seinen Erwartungen war es ein warmes Gebäude mit glatt gefliestem Boden und dicken Wandteppichen. Von der Eingangshalle führte eine breite Treppe hinauf zu einer Empore, durch deren mannshohe Fenster helles Tageslicht hineinströmte. Niemals hätte Icherios darin die Heimat von Vampiren vermutet.

Der Fürst bemerkte sein Staunen. »Hatten Sie Särge und tropfende Kellergewölbe erwartet?«

Beschämt nickte Icherios. Alte Vorurteile waren nicht leicht abzuschütteln.

Sie folgten einem hohen Gang mit gewölbter Decke. An den Wänden hingen Bilder von Jagdgesellschaften, doch nicht wie man sie kennt. Die Jäger waren Vampire und das Wild flüchtende Menschen. Mehrere Abzweigungen und Türen weiter verschwand die Pracht und machte einfachen Steinwänden Platz. Es gab kaum Fenster, stattdessen spendeten Fackeln Licht. Sie befanden sich nun im Wirtschaftsbereich der Burg. In großen Fässern lagerten Weinbrand und Weine. Icherios fiel es immer noch schwer zu glauben, dass eine blutsaugende Kreatur Gefallen an alkoholischen Getränken fand.

Sohon blieb vor einer Holztür stehen und schob den Riegel beiseite. Mit Rabensangs Hilfe gelang es ihm, die klemmende Tür aufzuziehen. Der Fürst nahm eine Fackel aus einer Halterung, ging damit hinein und entzündete weitere Lichter in dem fensterlosen Raum. Die Decke war hoch, und eine kurze, breite Treppe führte zu einem schwarzen Eisentor hinunter, hinter dem die Dunkelheit lauerte.

»Der Eingang zu den Katakomben.« Sohon verbeugte sich schwungvoll wie ein Zirkusdirektor, der eine besondere Attraktion ankündigte.

Icherios begann sich zu fragen, ob es eine gute Idee war dort hinabzugehen, doch zum Umkehren war es zu spät. Der Fürst zog einen kunstvoll geschmiedeten Schlüssel hervor und öffnete das Tor. Mit einem für die Ohren schmerzhaften Quietschen schwang es auf. Rabensang ergriff ebenfalls eine Fackel und ging vorsichtig einige Schritte in den dahinterliegenden Gang. Bereits nach wenigen Metern endete der Weg. Schutt und herabgefallene Steinblöcke verhinderten ein Weiterkommen. Die Decke zu den darunterliegenden Gewölben war durchbrochen worden. Ein schwarzer Abgrund gähnte ihnen entgegen, in den eine morsche Holzleiter hinabführte. Der Werwolf warf seine Fackel in das Loch. Finsternis umschloss ihn und den jungen Gelehrten, als das Licht im Dunkeln verschwand, bis Sohon und Kolchin mit ihren Fackeln näher kamen. Endlich erklang das dumpfe Geräusch des Aufpralls, als die Fackel aufschlug und nach einem kurzen Aufleuchten erlosch. Icherios schätzte, dass der Boden dreißig Schritte unter ihnen lag. Dankbar beobachtete er, wie Sohon die Leiter zuerst hinabstieg.

»Immer einer nach dem anderen. Das Holz trägt uns nicht alle«, mahnte er, bevor er den Abstieg wagte. Nach zehn Schritten stieß er seine Fackel in das Mauerwerk, sodass deren Licht den Schacht beleuchtete. Im Gegensatz zu dem Vampir würden Kolchin und Icherios beide Hände für den Abstieg benötigen.

Mit einem verängstigten Lächeln legte Kolchin seine Fackel beiseite, kniete sich hin und setzte vorsichtig einen Fuß auf die oberste Sprosse. »Ich hätte heute Morgen nicht so viel essen sollen.« Dann verschwand sein Kopf im Loch.

Icherios legte sich platt auf den Boden und spähte über den Rand. Sohon hatte eine weitere Fackel entzündet, die den gesamten Schacht in flackerndes Licht tauchte. Bei jedem Knirschen des Holzes zuckte der Flurhüter zusammen und presste sich ängstlich an die Leiter. Sein Gesicht war schmerzverzerrt. Die Wunde an seiner Schulter war aufgebrochen und färbte sein Hemd rot. Endlich erreichte er den Boden und stand schwankend neben dem Fürsten. »Ich bin unten!« Die Erleichterung war seiner Stimme deutlich anzumerken.

Icherios folgte mit angehaltenem Atem und zitternden Beinen. Auf halbem Weg begannen seine Finger zu schmerzen, so fest umklammerte er die Sprossen aus Angst, von dem glitschigen Holz abzugleiten. Angewidert beobachtete er, wie Würmer und Käfer im Mauerwerk Schutz suchten, als er an ihnen vorbeikam und ihre langjährige Ruhe störte. Bei jedem Knarren des Holzes unter seinen Füßen hielt er angespannt den Atem an und wartete darauf, den Halt zu verlieren. Endlich erreichte er den Grund und holte tief Luft. Er bezweifelte, dass er den Mut finden würde, auf dem Rückweg wieder hinaufzusteigen.

Prüfend blickte er sich um. Sie befanden sich in einem breiten Gang. Moos wucherte überall und verlieh dem Feuerschein einen grünen Schimmer. Dünne Wasserrinnsale fraßen sich in den Stein hinein. Schleimige Kreaturen wanden sich in den Mauerritzen. Verrostete Fackelhalterungen hingen an den Wänden oder lagen auf dem Boden. Hier sah es so aus, wie Icherios sich in seinen Albträumen die Behausung von Vampiren vorgestellt hatte.

Rabensang stürzte sich kopfüber den Schacht hinab. Seine Hände und Füße fanden an jedem noch so kleinen Vorsprung Halt, als er mit riesigen Sätzen hinunterstürmte. Mit einem eleganten Sprung landete der Werwolf auf dem Boden, wobei er eine dicke Schicht Staub aufwirbelte. Mit einer beiläufigen Geste wischte er seine von zerdrückten Krabbeltieren beschmutzen Hände an seiner Hose ab. »Lasst uns gehen. Laut dem Reim müssen wir zuerst nach links.«

Icherios nickte ihm zu und folgte ihm in die Dunkelheit. Der Werwolf ging voraus, da er im Dunkeln besser sehen konnte, wenn kein Feuerschein seine Augen verwirrte. Sohon bildete die Nachhut. Icherios war sich nicht sicher, ob er froh sein sollte, den mächtigen Vampir im Rücken zu haben oder nicht. Wer wusste, was die Pläne des Fürsten mit ihnen vorsahen? Sein Blick schweifte zur Decke, von der bei jeder Erschütterung durch ihre Schritte feiner Dreck herunterrieselte. Sohon fing ein paar der größeren Steine auf. »Ich übernehme keine Garantie dafür, dass uns nicht die Decke auf den Kopf fällt. Hier war seit langem kein Mensch.«

»Könnt Ihr nicht mit Eurem Stab etwas beschwören, das die Wände abstützt?«

»Ich könnte uns aus dem Schutt heraussprengen, sollten wir einen Einsturz überleben. Komplexere Aufgaben vermag ich mit Thiliel nicht zu vollbringen.«

»Eure Waffe trägt einen Namen?«

»Der Stab befindet sich seit Generationen im Besitz meiner Familie. Thiliel, einer meiner Ahnen, erschuf ihn. Bei seinem Tod ging ein Teil seiner Seele in das Holz ein. Wenn ich seine Macht herbeirufe, saugt er meine Lebenskraft ab, bündelt sie und strahlt sie in einem Impuls ab.«

»Ist es so etwas wie eine Transmutation, ähnlich wie Alchemisten sie betreiben?«

Der Fürst überlegte einen Moment, dann nickte er. »Es sind verwandte Vorgänge. Je nachdem, wie viel Energie ich hineingebe, erschöpft es mich bis zur Ohnmacht. Ich vermute, ich könnte mich damit selbst töten – erneut töten, um genau zu sein.«

Icherios grinste. »Auch ein Vampir lebt also gefährlich.«

Sohon musterte ihn einen Augenblick, dann erwiderte er das Lächeln. »Kann man so sagen.«

Unvermittelt blieb Rabensang stehen und hob die Hand. Icherios wäre beinahe in ihn hineingerannt. »Wir sind nicht die Ersten, die hier entlanggehen.« Er deutete auf den Boden. Im dicken Staub war ein deutlicher Fußabdruck zu sehen. »Der Gang wurde vor kurzem benutzt.«

Icherios wurde flau im Magen. Er hatte nicht damit gerechnet, den Blutdämon oder den Mörder in den Katakomben zu finden. Sohons Reaktion fiel um einiges heftiger aus. Sein blasses Gesicht wurde noch weißer. Seine Augen weiteten sich vor Schreck. Rasch verglich Icherios Sohons Füße mit dem Abdruck im Staub. Der Fürst besaß kleine Füße, während die Spur von jemandem mit normalen, fast schon großen Füßen stammte. Dies bedeutete jedoch nicht, dass er nicht ebenfalls hier gewesen war. Carissimas unfreiwillige Vorführung hatte eindrücklich bewiesen, dass ein Vampir nicht den Boden berühren musste.

Langsam und vorsichtig folgten sie den Anweisungen des Reimes durch die Irrwege der Katakomben. Die Abdrücke begleiteten sie bis zu einer schwarz angelaufenen Eichentür. Trotz ihres Alters war sie nicht annähernd so morsch wie die Leiter, die sie hinuntergestiegen waren. Verstärkt durch Eisenbeschläge trotzte sie den Jahrzehnten.

»Wollt Ihr wirklich weitergehen?« Der Vampir wirkte besorgt.

Doch Icherios war zu weit gegangen, um jetzt noch umzukehren und sich in seinem Bett zu verkriechen. »Wir müssen.«

Sohon seufzte resigniert, dann griff er in die Innentasche seiner Weste und holte einen Bund alter, rostiger Schlüssel hervor. »Einer von denen müsste passen.«

Rabensang schaute ihn fassungslos an. »Ihr habt Schlüssel für die Katakomben?«

Sohon zuckte mit den Achseln. »Die Feste ist schon lange in unserem Besitz.«

Icherios vermutete, dass dahinter mehr steckte, aber es war nicht der richtige Zeitpunkt, um darüber zu diskutieren. Nach einigen Versuchen fand der Fürst einen Schlüssel, der sich im Schloss drehte. Mit einem leisen Knarren sprang die Verriegelung auf. Der Vampir zögerte, dann hob er die Tür leicht an und drückte sie langsam, um jedes Geräusch zu vermeiden, auf. Der Gestank nach faulendem Fleisch und uraltem Staub schlug ihnen entgegen. Auf Icherios' Armen breitete sich eine kribbelnde Gänsehaut aus. Sein ganzer Körper fühlte sich an, als wenn tausend kleine Insekten mit saugenden Füßen über ihn hinwegkrabbelten.

Die Wände des Raumes bestanden, ähnlich den Gängen, durch die sie gekommen waren, aus grob gehauenen, schmalen Felsplatten. In der Mitte befand sich ein großer, steinerner Sarkophag, dessen aufwendige Verzierungen mit den Jahren verblasst waren. Mit der Fackel in der Hand näherte sich Icherios dem Sarg. Er achtete auf jeden seiner Schritte. In seiner Jugend hatte er gerne Abenteuer- und Schauergeschichten gelesen und wusste um die verschiedenen Fallen, die in alten Burgen auf ahnungslose Menschen warteten. »Wer auch immer darin ruht, wir sollten ihn nicht stören.«

»Falls der Blutdämon darin schläft, müssen wir ihn vernichten«, widersprach Rabensang. »Vielleicht hören die Morde dann auf, und selbst wenn nicht, haben wir eine mögliche Gefahr ausgeschaltet.«

»Und wie wollt Ihr ihn töten? Wisst Ihr überhaupt, mit was wir es hier zu tun haben? Sollten wir einen Dämon wecken, könnten wir noch viel größeres Unheil über Dornfelde bringen.« Icherios hoffte, dass man ihm seine Angst nicht anmerkte.

»Habt Ihr einen besseren Vorschlag? Wir haben immerhin eine Chance.« Rabensang blickte jeden Einzelnen von ihnen entschlossenen an.

Kolchin nickte. Er war nicht glücklich mit dem Vorhaben, aber Rabensangs Worte klangen einleuchtend. Mutig zog er einen Pflock aus seiner Tasche. Sohon schnaubte abfällig.

»Ich wollte nur vorbereitet sein«, verteidigte sich der Flurhüter.

Icherios fühlte sich lächerlich hilflos. Er hatte nicht daran gedacht, eine Waffe mitzubringen.

»Na also.« Rabensang trat an den Sarkophag. Der Deckel war zu schwer, selbst für einen Werwolf, doch gemeinsam mit Sohon gelang es ihnen, den Sarg zu öffnen. Polternd fiel der Sargdeckel zu Boden. Es hallte laut in den Katakomben. Kolchin sprang in letzter Sekunde zur Seite, ansonsten hätte er seine Neugier mit zerschmetterten Füßen bezahlt.

»Das war nicht so gedacht«, murmelte Rabensang, als der steinerne Deckel in mehrere Teile zersprang. Dann fesselte der Anblick der Kreatur, die in dem Sarg lag, seine Aufmerksamkeit.

Auf gewisse Weise erinnerte Icherios das Wesen an eine Mumie, doch war der Körper nicht in Leinentücher eingeschlagen, sondern dicht von einem spinnenwebartigen Gewebe eingehüllt. Um den Kopf herum sah man die faserige Struktur. Die Haare waren bis auf einen Halbkranz am Hinterkopf ausgefallen. Die grauen, schütteren Strähnen fielen lang auf die Schulter herab. Den Kopf krönte eine Reihe schwarzer Dornen, die aus dem Schädel herauswuchsen.

Sohon blickte voller Ehrfurcht auf das Wesen, während Rabensang sich breitbeinig und bereit für einen Angriff hinstellte. »Gib mir den Pflock.«

Kolchin folgte mit zitternden Händen seiner Anweisung. Icherios trat zusammen mit dem Flurhüter an den Sarkophag heran. Das Wesen trug keine Kleidung und wirkte vollkommen geschlechtslos. Die Finger waren wie bei den Ghoulen zu scharfen Krallen herangewachsen. Doch handelte es sich nicht um verlängerte Fingernägel wie bei den Vampiren, sondern um scharfkantige, fleischlose Auswüchse des Knochens. Icherios befiel eine ungute Ahnung. Er erinnerte sich an den blinzelnden Schädel des toten Ghouls. Deshalb überraschte es ihn nicht so sehr, als die Augen der Kreatur – bösartige, rote Schlitze – sich öffneten. »Mein Blut kommt mich besuchen«, schnarrte es.

Icherios sah, wie der Mund sich unter dem Netz bewegte. Ab und an spaltete sich das Gewebe und entblößte kurze, spitze Zähne, die einen schwarzen Schlund umsäumten. Auf Sohons Gesicht spiegelten sich widerstreitende Gefühle wieder. Auf der einen Seite war da Angst und Entsetzten, auf der anderen herrschte Bewunderung und Faszination.

Der Fürst sank auf die Knie und bedeutete seinen Begleitern, seinem Beispiel zu folgen. Icherios und Kolchin gehorchten sofort. Der Flurhüter zitterte heftig. Rabensang richtete sich trotzig auf. Sohon packte seinen Stab und stieß ihn blitzschnell gegen die Kniekehlen des Werwolfs, sodass dieser in den Staub fiel. Rabensang wollte auffahren, doch

Sohon brachte ihn mit einem herrischen Wink zum Schweigen. »Wir wollten Eure Ruhe nicht stören, Ältester.«

»Was führt euch dann an meine Ruhestätte?« Der Widerhall der seelenlosen Stimme vibrierte in Icherios Innerem. Langsam setzte sich das Wesen auf. »Bist du gekommen, um das Werk deiner Vorfahren zu vollenden? In deinem Blut singt das Erbe des Brudermörders.«

Sohon senkte demütig den Kopf. »Nein, Ältester. Menschen sterben. Wir wollten überprüfen, ob Ihr erwacht seid und Euren rechtmäßigen Platz einnehmen möchtet.«

Ein hohles Lachen erklang. »Erwacht? Du sagst es, als wenn ich geschlafen hätte. Eingesperrt in diesem Gefängnis hat man viel Zeit nachzudenken über die verräterische Brut. Zum Dank für meine Befreiung werde ich dich schnell töten.«

Kaum hatte das Wesen ausgesprochen, stürzte es sich mit gespenstischer Lautlosigkeit auf Sohon. Rabensang hatte auf diese Gelegenheit gewartet und rammte der Gestalt noch in der Luft den Pflock von hinten durch den Brustkorb ins Herz, sodass die Spitze vorne aus der Brust ragte. Mit einem Aufkreischen, das so hoch war, dass es in den Ohren schmerzte, wirbelte die Kreatur herum und schleuderte Rabensang an die Wand. Dann riss es sich den Pflock aus der Wunde und raste mit einer Geschwindigkeit, die Icherios selbst bei Vampiren noch nicht gesehen hatte, den Gang hinauf und verschwand im Dunkeln.

»Was zum Teufel war das?«, fuhr Kolchin den Fürsten an. »Was habt Ihr uns verheimlicht?«

Icherios empfand Bewunderung für den Mut des jungen Mannes. Alle Augen richteten sich auf Sohon. »Es ist eine alte Legende, die sich in unserer Familie immer wieder erzählt wird.« Er setzte sich auf den feuchten Boden. »Einer meiner Vorfahren hatte zwei Söhne, Dragon und Balthasar. Beide waren brutal und menschenverachtend, doch der Ältere, Balthasar übertraf seinen Bruder bei Weitem. Vor allem seine Faszination für Alchemie, Hermetik und die dunklen Künste brachte großes Leid über die Welt. Er begann verschiedene Experimente und erschuf mit Hilfe des Lunalion die Irrlichter und viele andere schreckliche Wesen.«

»Eure Ahnen besaßen das Lunalion?« Icherios erschauerte vor Ehrfurcht. Während andere Männer von Frauen träumten, wurde sein Nachtschlaf von diesem Buch und seinem Gegenstück beherrscht.

Sohon nickte. »Wir haben unsere eigene Übersetzung im vierzehnten Jahrhundert angefertigt. Das Original verschwand in den Wirren des Deutschen Bauernkrieges, Anfang des sechzehnten Jahrhunderts. Die einzige weitere Übersetzung verbrannte 1653 bei der Zerstörung des Klosters Rupertsberg.«

»Was ist dieses Lunalion?« Rabensang ärgerte sich über seine Unwissenheit. Er mochte es nicht, wenn von Dingen gesprochen wurde, die er nicht verstand.

»Es ist ein alchemistisches Werk«, erläuterte Icherios. »Geschrieben von Hermes Trismegistos, dem Begründer der Alchemie. Er schrieb mehrere hermetische Bücher. Zu seinen bedeutendsten gehören das Lunalion und das Solequium. Beide gelten als verschollen. Das Lunalion ist der dunkle Zwilling des Solequium und beschäftigt sich mit der Verwandlung, Erschaffung und Auflösung von Lebewesen. Das Solequium behandelt die Transmutation und Synthese von Materie.«

Sohon nickte. »Unsere Familie hütete das Lunalion, da wir es für nicht ratsam hielten, Menschen ein derartiges Wissen zu überlassen. Manch eine Gräueltat des Mittelalters geht auf dieses Buch und sein Gegenstück zurück. Was keiner ahnte, war, dass Balthasar seine Macht ebenso missbrauchte. Nicht nur, dass er die Irrlichter erschuf und schreckliche Experimente vollführte; ihm gelang es auch, das Licht zu verdunkeln. Seitdem wird das Gebiet um Dornfelde als das Dunkle Territorium bezeichnet. Er fuhr mit seinen Versuchen fort und wollte das Werk Hermes Trismegistos' fortführen. Dabei veränderte er sich. Selbst für einen Vampir wurde er überaus grausam, brutal, mächtig und gefährlich. Sein Körper wandelte sich zu einem magiedurchtränkten untoten Wesen, einem Lich. Dragon fürchtete, dass seine Wandlung fortschreiten würde bis hin zu dem gottgleichen Geschöpf, das Hermes Trismegistos war. Schließlich rang er sich zu einem hinterhältigen Plan durch. Er brachte es nicht fertig, seinen Bruder zu töten, sondern sperrte ihn, so die Legende, in den Sarkophag und verbannte ihn zusammen mit dem Lunalion in die Katakomben. Das Lunalion ist auch heute noch hier, nur hätte ich nicht gedacht, dass Balthasar tatsächlich in diesem Sarkophag eingesperrt wurde.«

»Das Lunalion ist hier?« Icherios trat unruhig von einem Fuß auf den anderen. Was für einen Ruf er erlangen würde, sollte er mit dem legendären Buch nach Karlsruhe zurückkehren! Eine Zulassung zum Medizinstudium wäre kein Problem mehr, die Universitäten würden sich um ihn reißen.

Sohon stand auf und kniete sich vor das Kopfende des Sarkophages. Zu schnell, um seinen Bewegungen folgen zu können, entriegelte er einen Mechanismus und zog ehrfürchtig eine Lade hervor. Doch sie war leer! Sand bedeckte den Boden, in dem deutlich die Umrisse eines Buches eingedrückt waren.

»Es ist weg!« Sohon schleuderte die Lade an die Wand.

»Der Blutdämon hat sich dafür bedankt, befreit worden zu sein. Das bedeutet, er kann die Morde nicht begangen haben«, überlegte Icherios. »Vielleicht hat der Mörder das Lunalion gestohlen und führt nun einen alchemistischen Versuch durch?«

»Das würde erklären, warum er Ghoule erschaffen kann«, führte Kolchin den Gedanken fort, während er unruhig im Raum auf und ab lief.

»Und um was für ein Experiment handelt es sich?«, fragte Rabensang.

Icherios schüttelte den Kopf. »Das kann ich nicht sagen, nicht ohne Zugang zu dem Buch oder einer Bibliothek. Unser heutiges Wissen über die Alchemie ist vergleichbar mit den Kenntnissen eines Kleinkindes über die Astronomie.«

»In der Schlossbibliothek befinden sich zahlreiche wertvolle, alte Werke. Nun, da das Geheimnis aufgedeckt ist, kann ich Euch Zutritt gewähren.«

Rabensang blickte Sohon finster an. »Ich fasse es nicht, dass Ihr uns etwas Derartiges verschwiegen habt.«

»Es war streng vertraulich. Wann immer ein Familienmitglied eingeweiht wurde, musste es bei seiner unsterblichen Seele schwören, das Geheimnis zu wahren. Zu viel stand auf dem Spiel. Überlegt doch, was geschehen wäre, wenn jemand herausgefunden hätte, dass sich das Lunalion hier befindet. Ein Serienmörder wäre unser geringstes Problem.«

»Kommt darauf an, was der Mörder mit dem Buch vorhat.«

»Es macht wenig Sinn, das jetzt zu diskutieren«, unterbrach sie der Flurhüter. »Der Dämon rennt frei herum, und wir wissen nicht, was er im Schilde führt.«

Sohon lehnte sich seufzend an die Wand. »Ich weiß, was er als Erstes tun wird.«

Alle blickten ihn fragend an.

»Er ist durstig, er braucht Blut.«

Betroffenes Schweigen breitete sich aus. Rabensang stieß einen Fluch aus, dann rannte er zur Festung zurück. Icherios und Kolchin folgten ihm, doch der Werwolf war zu schnell. Die Luft brannte in Icherios' Lunge. Am Schacht hielten sie an. Ein Windhauch kündete das Nahen des Fürsten an, der an ihnen vorbeiraste, die Leiter ignorierte und direkt die Mauer nach oben kletterte. Icherios' Knie zitterten, als er die ersten Sprossen erklomm, doch der Gedanke an die Gefahr, in der die Menschen schwebten, verlieh ihm Mut. Kaum war er oben, folgte ihm Kolchin mit grimmiger Entschlossenheit. Während sie durch die Gänge hasteten, registrierte Icherios erleichtert, dass keine Leichen den Weg säumten und keine Blutspritzer die Wände befleckten.

Er hatte Kolchin vorgelassen, dessen Orientierungssinn selbst in Gebäuden herausragend war. Schließlich erreichten sie den Schlosshof, der still und verlassen vor ihnen lag. Ab und an ging ein Vampir vorbei und musterte sie neugierig. Sie rannten zur Treppe, die nach Dornfelde hinunterführte. Auf dem Weg dahin stießen Rabensang und Sohon zu ihnen.

»Niemand hat ihn gesehen«, schnaufte Rabensang.

»Er war zu schnell«, bemerkte Sohon.

»Aber wenn er Blut braucht, warum ist er nicht über die Menschen hergefallen? Auch im Dorf ist es ruhig.«

Icherios hob die Hand schützend vor die Augen, um gegen die Sonne in den Ort hinunterblicken zu können. Tatsächlich war keinerlei Tumult zu erkennen.

»Vermutlich will er nicht riskieren, andere Unsterbliche zu töten oder zu verletzten«, überlegte Sohon. »Balthasar trachtet mit Sicherheit danach, seinen alten Herrscherrang einzunehmen. Das würde ihm nicht gelingen, wenn er vorher unter seinen Untergebenen wüten würde. Zudem ist er noch nicht genug bei Kräften, um es mit einer ganzen Meute Vampiren und Werwölfen aufzunehmen.«

»Wo treibt er dann sein Unwesen?«, fragte Kolchin.

Icherios erinnerte sich an Kindels Worte vom Morgen. »Sind nicht weitere Vagabunden und Bettler eingetroffen?«

»Woher sollte er wissen, wo sie sind?«, wandte Kolchin ein.

»Bei dieser Kreatur verwundert mich nichts«, brummte Rabensang.

Sohon nickte. »Wer weiß, wie stark seine Sinne sind? Ich kann das Blut der Menschen im Ort riechen. Er ist älter und mächtiger, vielleicht reicht sein Geruchssinn über viele Meilen.«

»Dann müssen wir uns beeilen, um sie zu retten.« Icherios wollte losrennen.

Sohon packte ihn an der Schulter und hielt ihn fest. Seine Nägel gruben sich schmerzhaft in sein Fleisch. »Ihr habt gesehen, wie schnell er war. Wir können den Menschen nicht helfen, indem wir ihm jetzt folgen. Wir brauchen Verstärkung, Pferde und einen Plan zu seiner Vernichtung.«

Icherios nickte beschämt. Beinahe wäre ihm erneut ein Fehler unterlaufen. Sohon bedeutet ihm zu warten, während er mit Rabensang loszog, um Vorkehrungen zu treffen.

30

Im Schatten der Kirche

Aus dem alten Gemäuer der Kirche drang das herzzerreißende Schluchzen einer Frau und schreckte einige Tauben auf, die Zuflucht im Glockenturm gesucht hatten. Das Schlagen ihrer Flügel hallte von den Wänden wider, als sie sich in die Luft erhoben und über den moosgrünen See hinwegflogen.

Er verbarg sich im Dachstuhl der Kirche, aus dessen Fenster er in das Dorf zu blicken vermochte, in dem die Menschen, Werwölfe und Vampire emsig mit den Vorbereitungen für die Suche nach dem Blutdämon beschäftigt waren. Er lachte leise, während unten Lorettas Schluchzen in ein leises Weinen überging.

Der Inspektor tanzte wie eine Puppe an seinen Fäden. Das Blut würde schon bald in Strömen fließen. Niemand vermochte ihn jetzt noch aufzuhalten.

Er spähte zwischen den Balken nach unten in den Chor der Kirche. Dort saß die blondgelockte Tochter des Bürgermeisters zusammengesunken auf einer Bank und betete um ihr Seelenheil.

Wie ein junges Reh, das um sein bevorstehendes Ende weiß.

Aus seiner Position hätte der Mörder den tiefen Einblick in ihr Dekolleté, das von einem kunstvollen, dreieckigen

Amulett geziert wurde, genießen können, doch über solch primitive Gelüste war er hinaus. Sein Blut würde sich niemals mit dem von Lügnern mischen. Zorn kochte in ihm empor. *Alles Heuchler, die in Sünde lebten und die Augen vor den Gräueltaten in ihrer Mitte verschlossen. Sie alle verdienten den Tod!*

Lautlos kletterte er aus dem Dachstuhl hinunter und schlich nach draußen. Es gab noch viel zu tun.

31

Die Jagd auf den Unsterblichen

Zwei Stunden nach Balthasars Wiederauferstehung, die Sonne senkte sich den Bergen entgegen, sammelte sich auf dem Hof eine große Schar Vampire und Werwölfe. Die Blutsauger holten ihre Rösser aus den Stallungen des Fürsten. Es waren beeindruckende, riesige Tiere. Nur wenig zierlicher als die Kaltblüter, die Icherios nach Dornfelde gebracht hatten. Das gleiche schwarze Fell bedeckte die muskulösen Körper. Ihre langen, dichten weißen Mähnen und Schweife wehten in der abendlichen Brise. Die Augen der Pferde leuchteten rötlich, ihre Hufe trugen dornenbesetzte Kappen. Fasziniert beobachtete Icherios, wie die massigen Tiere mit der leichtfüßigen Eleganz eines Arabers tänzelten. Sohons Hengst übertraf die anderen noch an Größe und stellte sein feuriges Temperament mit einem herrischen Wiehern unter Beweis. Seine cremefarbene Mähne fiel in sanften Wellen fast bis auf den Boden. Auf Sohons Zeichen hin öffneten sich die Zwinger, und drei Dutzend Worge stürzten aufgeregt hechelnd auf den Hof. Icherios wurde blass, als man ihm und Kolchin zwei zierliche Stuten brachte. Die Intelligenz in den Augen der Geschöpfe erschreckte ihn.

Icherios fühlte sich verantwortlich für das Unheil, das den Menschen durch das Wesen, das er befreit hatte, widerfahren konnte. Deshalb nahm er all seinen Mut zusammen und saß auf. Erstaunlicherweise reagierte sein Pferd sensibel auf seine Hilfen und versuchte nicht ihn abzuwerfen.

Rabensang brüllte auf, und die Werwölfe verwandelten sich. Für Icherios war es noch immer faszinierend zu beobachten, wie die Haut aufriss und sich die Knochen neu anordneten.

Mit den letzten Strahlen des Tageslichts ritt die Meute los. Vampire voraus, dicht gefolgt von Werwölfen, um sie herum ein schützender Kreis aus Worgen. Icherios und Kolchin ritten in der Mitte. Der Fürst preschte an die Spitze. Icherios verstand, warum die Menschen das Dunkle Territorium mieden. Auch wenn er die schauerliche Schönheit der weißen Gestalten auf ihren Rössern bewunderte.

Sie stürmten hinunter zum Dorf, wo die Menschen sich am Wegesrand gesammelt hatten, und sie mit bewundernden Rufen anfeuerten. Doch sie ritten nicht durch Dornfelde hindurch, sondern rasten entlang der Stadtmauer am See vorbei, um auf der anderen Seite auf den Weg zu stoßen, der zur Köhlerei führte. Durch den Hohlweg, in dem sie von dem untoten Bären angegriffen worden waren, bis zur Wegkreuzung ging die Hatz. Dort folgten sie dem Rabenpfad in den Wald hinein.

»Es ist nicht mehr weit«, keuchte der Flurhüter. Er beugte sich dicht über die Mähne seines Pferdes. Bei jedem Schritt verzog er schmerzhaft das Gesicht. Aus seiner Wunde an der Schulter sickerte Blut, doch die Vampire waren zu sehr auf die Jagd konzentriert, um darauf zu reagieren.

Sie mussten eine schmale, steinerne Brücke über einen Bach nehmen. Dann beschrieb der Weg eine scharfe Kurve den Berghang entlang und endete auf einer Lichtung. Überall lagen Leichen. Blutspritzer hatten die Zelte und bunten Wagen der Vagabunden verunstaltet. Selbst die Kadaver von

Hunden lagen leblos auf dem Boden. Die Menschen hatten keine Gelegenheit zur Gegenwehr gehabt. Die Männer waren als Erste niedergemetzelt worden. Die Frauen hat es auf der Flucht erwischt; sie lagen wie zerbrochene Puppen neben ihren Kochfeuern. In der Mitte des Schlachtfeldes kauerte Balthasar über dem zuckenden Leib einer jungen Frau. Achtlos schleuderte er sie beiseite. »Seid ihr gekommen, um an meinem Festmahl teilzuhaben?« Ein heiseres Kichern erklang.

Sohon gab ein Zeichen. Vampire, Werwölfe und Worge strömten aus und bildeten einen Kreis um den Dämon. Icherios und Kolchin hielten sich im Hintergrund. Die Worge traten einen Schritt vor. Ihr Fell war gesträubt und die Zähne gebleckt. Sohon trieb sein Pferd vorwärts. Mit dem schwarzen Mantel, der im Wind wehte, und dem langen Stab mit dem Kristallkopf in der Hand wirkte er wie ein König aus alten Legenden. »Ältester, ich bitte Euch in aller Demut, Euch zur Ruhe zu begeben. Dies ist keine Zeit für Euch.«

Der Blutdämon deutete mit einer ausladenden Geste auf das zerstörte Lager. »Dann mache ich es zu meiner Zeit.«

»Das kann ich nicht zulassen.«

Der Blutdämon lachte. »Wer soll das verhindern?«

Sohon senkte den Kopf, dann gab er das Zeichen zum Angriff.

Der folgende Kampf verlief zu schnell für Icherios, um ihn in allen Einzelheiten verfolgen zu können. Immer wieder blitzte der weiße Körper des Blutdämons auf, während wutentbrannte Schreie und verzweifeltes Jaulen erklangen. Würgend wandte sich Icherios ab, als der zerfetzte Leib eines Worges vor seinen Füßen zusammenbrach. Die Vampire kämpften mit beeindruckender Eleganz. Sie wirbelten durch die Luft, drehten und wendeten sich. Selbst wenn sie gepackt und zur Seite geschleudert wurden, schafften sie es sanft wie eine Feder auf den Füßen zu landen. Die Werwölfe nutzten ihre Flinkheit und unmenschliche Kraft, um dem Dämon zuzusetzen. Doch wann immer sie Erfolg hatten und ihm eine Wunde zufügen konnten, schloss diese sich innerhalb von Sekunden wieder. Die Worge hingegen waren ein einzige Meute aus geifernder Wut und Kraft.

Der Kampf hatte erst wenige Minuten gedauert, für Icherios fühlte es sich allerdings an wie Stunden, als der riesige Leitworg Lantag den Blutdämon aus dem Sprung heraus zur Seite riss und ihn mit seinen Pfoten auf den blutdurchtränkten Boden drückte. Sohons Streitross preschte eilends herbei und schlug seine Vorderhufe in den sich windenden Leib, sodass er von den langen Dornen auf den Boden genagelt wurde. Mit einem triumphierenden Aufschrei stürzten sich die Kämpfenden auf die Kreatur und zerrissen ihn in tausend Stücke.

»Wir brauchen Feuer!«, brüllte Sohon.

Sofort verwandelten sich die Werwölfe zurück und zerlegten die Wagen. Sie häuften das Holz zu einem Scheiterhaufen auf. Währenddessen wüteten die Worge und Vampire weiter in den Überresten des Blutdämons und zerrissen die sich regenerierenden Fleischfetzen. Nachdem die Flammen entfacht waren, warfen sie Balthasars Kadaver hinein.

»Vergesst nicht das kleinste Stückchen«, wies Sohon sie an.

Icherios und Kolchin halfen bei der unangenehmen Aufgabe. Ein süßlicher Gestank breitete sich aus, und ein schleimiger Film bildete sich auf Haut und Kleidern.

Sohon warf ihnen ein triumphierendes Lächeln zu. »Wir haben nur drei Werwölfe, einen Vampir und das halbe Rudel Worge verloren.«

Icherios konnte die Freude des Fürsten nicht teilen. Traurig betrachtete er die geschundenen Leiber.

Kolchin legte ihm tröstend einen Arm um die Schulter. »Immerhin ist die Gefahr beseitigt.«

Rabensang gesellte sich zu ihnen und umarmte Icherios. »Meine Entscheidung hat zu viele Leben gefordert.«

Sohon schnaubte verächtlich. »Alles auf der Welt hat seinen Preis, und dieses Mal war er angemessen.«

Rabensang entließ Icherios aus der Umarmung, hielt ihn aber immer noch an seine Seite gedrückt. »Wir wissen nun, dass der Mörder das Lunalion hat, und können Calans lieben Verwandten als Täter ausschließen.« Er boxte Icherios freundschaftlich in die Seite. »Ich bin froh, dass der Blutdämon ausgeschaltet ist. Stellt Euch vor, was er angerichtet hätte, wenn er ohne unser Wissen erwacht wäre.«

Icherios war dankbar für die ermutigenden Worte. Trotzdem blieb das Schuldgefühl. Er war erleichtert, als er mit Kolchin und den Verletzten nach Dornfelde zurückkehren durfte. Die restlichen Kämpfer kümmerten sich währenddessen um die Leichen.

»Wir müssen die Menschen verbrennen«, erklärte Sohon. »Wir können nicht riskieren, dass jemand auf die Gräber stößt und unangenehme Fragen stellt.«

»Wird es nicht sowieso auffallen, dass eine ganze Sippe verschwunden ist?«, fragte Icherios.

Kolchin schüttelte den Kopf. »Niemand interessiert sich für Zigeuner und Obdachlose oder führt Buch über ihren Verbleib. Aber wenn andere Vagabunden auf die Wagen und Gräber stoßen, werden sie aufmerksam. Nirgendwo verbreiten sich Gerüchte so schnell wie unter Zigeunern.«

Icherios verstand, trotzdem erschien es ihm unmenschlich, dass die Opfer kein anständiges Begräbnis erhielten.

32

Loretta

Lorettas Welt geriet immer stärker aus den Fugen. Es hatte mit dem Tod ihrer Mutter angefangen. Seither kämpfte sie einen aussichtslosen Kampf, Ordnung und Sicherheit in ihrem Leben zu erhalten. Für einige Zeit war es ihr gelungen, doch in den letzten Wochen herrschte das Chaos. Der Gedanke, gegen ihren Willen in einen Vampir verwandelt zu werden, erschreckte sie mehr als sie in Worte zu fassen vermochte. Obwohl sie unter übernatürlichen Wesen aufgewachsen war, fürchtete sie die Kälte der Vampire. Sie hatte Angst, ihre Gefühle mit der Wärme ihres Körpers zu verlieren. Oft rollte sie sich in ihren Decken zusammen und spürte das Pulsieren des Blutes in ihrem Leib, um sich zu vergewissern, dass sie noch lebte. Nun war ihr letzter Halt, ihre Schwester, gestorben. Die Trauer drückte sie nieder. Auch wenn sie wusste, dass es irrational war, verfluchte sie Icherios für jede Sekunde, die er gezögert hatte, Maribelle zu untersuchen.

Sie hatte sich in ihr Zimmer eingeschlossen, um ihrem kleinen geheimen Laster nachzugeben. Tief verborgen unter ihrer Wäsche befand sich eine Flasche Branntwein. Der Alkohol schien ihr in ihrer Trauer der einzige wahre Freund zu sein.

Sie kauerte sich in ihrem dünnen, durchscheinenden

Nachthemd auf den Boden. Die Kälte kroch in ihre Knochen, doch sie beachtete es nicht. Sie verlor den Kontakt zur Wirklichkeit. Es war nicht der Alkohol, der das auslöste. Dieses Gefühl kannte sie. Etwas anderes bemächtigte sich ihrer.

Die Trauer um ihre Mutter, ihre Schwester und ihr eigenes Leben wurde übermächtig. Liebevoll, fast wie einen Freund, betrachtete sie den Brieföffner in ihrer Hand. Die Klinge war scharf, scharf genug, um sich damit die Pulsadern aufschlitzen zu können. Erschrocken ließ sie ihn fallen. Woher kam dieser Gedanke? Etwas schien von ihr Besitz zu ergreifen, und sie konnte nur hilflos zuschauen.

Sie erinnerte sich, Maribelle war ermordet worden. Was, wenn ihr dasselbe widerfuhr? Icherios! Er war der Einzige, der ihr zu helfen vermochte, auch wenn er bei ihrer Schwester versagt hatte. Es gab Hoffnung!

Schwankend richtete sie sich auf. Der Brieföffner glitzerte verführerisch im Schein der Lampen. Zwei tiefe Schnitte und der Lebenssaft würde aus ihr herausfließen und alles Leid mit sich nehmen. Keine Sorgen mehr um ein Leben voller Kälte.

Hastig wandte sie sich ab, streifte einen Morgenmantel über und stolperte hinaus. Die wenigen Schritte zu Icherios' Zimmer wurden zur Qual. Ihr Körper wollte nicht gehorchen. Immer stärker war sie versucht, die Klinge in sich zu rammen. Es schien ihr Jahre her zu sein, dass sie Icherios gedrängt hatte, sie nach Karlsruhe zu bringen. Hätte er es doch getan! Der Inspektor war kein schlechter Mensch, und unter seiner Verbohrtheit und Angst glaubte sie, ein gutes Herz zu erkennen. Er war weder grob noch gewalttätig wie ihr Vater; nicht so kalt und gefährlich wie Calan. Er vermochte ihr zwar nicht den Luxus zu bieten, den sie gewohnt war, aber sie verzichtete gerne darauf, solange sie nur geliebt wurde. Die erste Liebe seit dem Tod ihrer Mutter. Für Calan war sie nichts weiter als eine Trophäe und eine Möglichkeit, an noch mehr Macht und Reichtum zu gelangen. Manch eine Frau im Ort beneidete sie darum, von ihm umworben zu werden. Sie bildeten sich ein, das kalte Herz entfachen zu können, und gaben sich der Hoffnung auf eine ewige Romanze hin. Loretta stand zu fest in der Wirklichkeit, um zu glauben, dass sie die große Liebe des Fürsten war.

Und doch hat dein wunderbarer Icherios dich betrogen, flüsterte eine Stimme in ihrem Kopf. Gleichzeitig blitzte wieder das Bild des Brieföffners vor ihren Augen auf.

Endlich erreichte sie die Tür. Sie hielt sich nicht mit Klopfen auf, sondern trat direkt ein. Icherios lag auf dem Bett, lang ausgestreckt in seinem Nachtgewand. Die Decke lag halb auf dem Boden. Auf seiner Brust saß eine dicke, schwarze Ratte. Sie stürzte auf ihn zu, so gut es in ihrem verwirrten Zustand möglich war, und rüttelte ihn. Dabei schlug sie ihm aus Versehen ins Gesicht.

Icherios blinzelte. »Was?« Er stotterte. Seine Pupillen waren geweitet und glasig. Er hatte keine Orientierung.

Loretta wollte ihm erklären, was nicht mit ihr stimmte, doch über ihre Lippen kam nur ein gestammelter Hilferuf. Icherios nahm sie nicht wahr. Seine Augen blickten trüb ins Leere. Loretta versuchte es erneut, aber es wurde nicht besser. Der Inspektor sank zurück. Loretta ließ ihren Blick zu seinen alchemistischen Apparaturen und dann zu seinem Schreibtisch schweifen. Ein Fläschchen stand darauf. Sie hatte es vorher in seiner Tasche gesehen: Laudanum.

Innerlich schluchzte sie auf, als sie begriff, dass er nicht in der Lage war, sie zu verstehen. Sie rappelte sich auf, ging in ihr Zimmer, schmiss mit der größten Willensanstrengung, die sie jemals vollbracht hatte, den Brieföffner aus dem Fenster und kauerte sich neben ihr Bett. Sie betete, dass die Nacht bald vorbeigehen würde. Tränen liefen ihr über das ausdruckslose Gesicht. Sie hatte keine Kontrolle über ihren Körper. Immer wieder drängte es sie dazu, aus dem Fenster zu springen, aber sie wehrte sich. Dann wiederum fuhr es ihr durch den Kopf, dass sie sich aus dem Bettlaken einen Galgen bauen könnte. Es gab so viele Möglichkeiten, ihrem Leben ein Ende zu setzen. Bestürzt verfolgte Loretta ihre Gedanken. Sie wollte schreien, doch sie war nicht in der Lage dazu. Irgendwann stand sie auf. Tränen rannen über ihre Wangen. Ihre Augen waren weit aufgerissen. Trotzdem ging sie mit langsamen, zögerlichen Schritten zum Fenster und öffnete es. Das Mondlicht verband sich mit der Kälte der Nacht und umflutete ihren Körper. Sie spürte nichts. Sie sah hinunter und schrie im Geiste auf. Das Pflaster war weit weg. Eiskalter, harter Stein. Ihre Finger klammerten sich am Fensterrahmen fest.

33

Vorwürfe

Ein gellender Schrei riss Icherios aus seinem komatösen Schlaf. Am vorherigen Abend hatte er der Versuchung des Laudanums nicht widerstanden. Er verstand sich nicht. Ging es ihm elend, arbeitete er und rührte die Droge nicht an, doch sobald er ein leichtes Hochgefühl verspürte, wollte er es unbedingt mit Laudanum verstärken.

Der furchtbare Schrei erklang erneut. Icherios kannte die Stimme: Es war das Hausmädchen. Seine Kopfschmerzen ignorierend stand er auf und eilte aus seinem Zimmer. Die Schreie kamen aus Lorettas Kammer. In Icherios breitete sich Angst aus. Das Feuer war heruntergebrannt, das Bett ungenutzt. Im Zimmer herrschte eisige Kälte. Eines der Fenster stand weit offen. Marie kauerte unter dem Fenstersims und schluchzte heftig. Icherios traute sich kaum, hinauszublicken. Er wusste, was er sehen würde. In seiner Erinnerung regte sich etwas. Hatte ihn nicht Loretta letzte Nacht besucht? Allmählich kehrten die Bilder zurück. Er sah sie um Hilfe flehen, doch er war zu müde gewesen, um es wahrzunehmen. Er beugte sich aus dem Fenster, die Augen fest zusammengepresst. Irgendwann brachte er es fertig, sie zu öffnen. Ein Keuchen entrang sich seiner Kehle. Loretta lag leblos auf der Straße. Die Augen starrten weit geöffnet ins Leere. Ihre blonden Locken lagen zu einem roten Teppich verklebt in einer Blutlache. Das weiße Nachthemd war nach oben gerutscht und entblößte ihre Schenkel. Icherios taumelte, dann rannte er hinunter. Er stieß dabei den Bürgermeister um, der in einen dicken Morgenmantel gehüllt aus seinem Zimmer trat. Auf der Straße begegnete ihm Sohon. »Ich habe Schreie gehört. Was ist geschehen?« Der Fürst war wie immer sorgfältig gekleidet. Die Ereignisse des vorherigen Tages hatten keine Spuren hinterlassen.

Icherios fragte sich, was er im Ort gemacht hatte, dass er die Schreie hatte hören können. Natürlich, er war wegen Loretta hier, und er spürte, wie ihm Tränen übers Gesicht liefen. Mit zitternden Händen deutete er auf die Seitengasse. Sohons Anwesenheit beruhigte ihn. Er wusste nicht, ob er es fertig brachte, zu Loretta zu gehen. Sohon verschwand in die Gasse, dann hörte man einen schmerzerfüllten Aufschrei. Arken riss die Haustür auf. In dem Moment kam der Vampir mit Loretta auf den Armen zurück. Das Antlitz des Bürgermeisters verzerrte sich vor Schmerz und Wut. »Wie konnte das passieren? Ist sie tot?«

Sohon nickte. Sein Gesicht war zu einer ausdruckslosen Maske erstarrt. »Was ist geschehen?«, fauchte der Fürst.

»Ich weiß es nicht.« Icherios erwog, ihnen von Lorettas Besuch zu berichten, doch er brachte es nicht über sich.

Maria schrie von oben herab. »Das Fenster stand offen, als ich sie fand. Sie muss irgendwann diese Nacht gesprungen sein.«

»Ich bringe sie weg.« Sohon hüllte Loretta in seinen Mantel.

Der Bürgermeister war zu erschüttert, um Einspruch zu erheben. Er setzte sich mitten auf die Straße und senkte den Kopf. Hilflos und frierend stand Icherios in der Morgendämmerung. Seine Schuldgefühle nahmen ungeahnte Ausmaße an. Vielleicht sollte er Lorettas Beispiel folgen, bevor er noch mehr Unheil verursachte.

Icherios wusste nicht, wie viel Zeit vergangen war, als das Hausmädchen mit einer Decke herauskam, die sie um den Bürgermeister legte, ihre Augen waren tränenverquollenen. Kurz darauf kamen mitfühlende Nachbarn und führten Arken hinein. Um Icherios kümmerte sich keiner. Für ihn war aber eines sicher, er konnte nicht mehr in dieses Haus zurückkehren.

Der junge Gelehrte wanderte ziellos im Ort umher. Er wusste nicht weiter, konnte keinen klaren Gedanken mehr fassen. Die Kirchenglocken verkündeten die Mittagsstunde, als Carissima ihn fand. Gedankenverloren stand Icherios vor einer alten Hauswand und fuhr mit den Fingern jede einzelne Rille ab. Als sie ihn berührte, zuckte er zusammen. »Wir haben ein Zimmer im Schloss für dich herrichten lassen«, sagte sie sanft. Seine Hand hielt inne, langsam drehte er sich zu ihr um. Der Verstand kehrte in seine leeren Augen zurück und mit ihm der Schmerz. Er stöhnte auf. Er durfte sich jetzt nicht der Trauer hingeben. Erst musste er den Mörder fangen. Wut stieg in ihm auf. Er würde ihn mit nach Karlsruhe nehmen und ihn dort den Folterknechten übergeben.

Mit einer fast schon mütterlichen Geste legte Carissima den Arm um Icherios und führte ihn zum Schloss hinauf. Unwillkürlich fragte er sich, ob sie jemals den Wunsch verspürt hatte, Kinder zu bekommen. Unter ihrer geltungssüchtigen Oberfläche schien ein ganz anderer Mensch darauf zu warten, entdeckt zu werden. Forschend beobachtete er sie. Ihre Züge waren starr und traurig, solange sie sich unbeobachtet fühlte, doch wann immer sich ihre Blicke trafen, schenkte sie ihm ein freundliches Lächeln. »Ich habe dein Gepäck bereits packen und zur Feste bringen lassen.«

»Und meinen Versuchsaufbau?«

»Er wird wieder genauso aufgebaut, wie du ihn zurückgelassen hast.«

Carissima führte ihn in das Schloss, dann über die elegante Treppe hinauf in das erste Stockwerk. Ihre Füße versanken in einem dicken, roten Samtteppich. An den Wänden hingen dicht gereiht Lampen aus zartem Glas und Gemälde mit Porträts ihrer Vorfahren. Zahlreiche Fenster ließen das graue Tageslicht hinein. Carissima blieb vor einer kunstvoll verzierten, schmalen Tür stehen. »Du kannst hier wohnen. Wenn du etwas brauchst, sag Calan oder mir Bescheid. Wir besitzen keine Diener, jeder im Schloss erfüllt gewisse Pflichten. Ein ausreichender Vorrat an Feuerholz befindet sich in deinen Räumlichkeiten. Meleine wird für dich kochen, sie ist zwar ein Vampir, aber zu Lebzeiten war sie eine begnadete Köchin, und sie freut sich über jede Gelegenheit, einen Menschen bekochen zu können.« Carissima zwinkerte ihm zu. »Das ist nicht sehr häufig der Fall.« Dann wurde sie ernst. »Eine Bitte: Versuche Verletzungen zu vermeiden und halte dich nur in den Hauptgängen, deinen Gemächern und der Bibliothek auf. Manche der hier lebenden Vampire sind jung und unbeherrscht. Frisches Blut könnte sie zu Dummheiten verleiten.«

Icherios beschloss, sein Zimmer für die Nachtruhe sorgfältig abzuschließen und auch die Fenster nicht zu vergessen.

»Ich werde dich nun verlassen, um dir Zeit zu geben dich einzurichten. In einer Stunde hole ich dich ab, um dir die Bibliothek zu zeigen.« Carissima hauchte ihm einen Kuss auf die Wange. Ihre Fangzähne kratzten leicht über seine

Haut. Dann wandte sie sich ab und rauschte mit ihren knisternden Röcken davon.

Icherios blieb eine Minute vor der Tür stehen und atmete tief durch. Schließlich trat er in sein neues Zimmer. Die Größe und Pracht, die ihn erwartete, überraschte ihn. Selbst auf dem Anwesen seines Vaters wäre solch verschwenderischer Prunk niemals anzutreffen gewesen. Helle, dicke Teppiche bedeckten den Boden, die Tapete bestand aus goldenem Seidenbrokat, in den einzelne Silberfäden eingewebt waren. Icherios standen zwei Räume zur Verfügung. Im hinteren befand sich ein Bett, das so riesig war, dass er glaubte, in ihm eine Woche schlafen zu können, ohne jemals dieselbe Stelle zu berühren. Auf den blank polierten Nachtschränkchen leuchteten zahlreiche Kerzen. Ein Waschtisch mit eingelassener Schüssel und einem goldverzierten Krug lehnte an der Wand. Das Schlafzimmer verfügte über einen Kamin, der in der Nacht wohlige Wärme spenden würde. Zog man die schweren Samtvorhänge zur Seite, fiel helles Tageslicht herein. Icherios wünschte sie sich allerdings vergittert und deutlich kleiner. Im Hauptraum lud ein breites Sofa dazu ein, sich mit einem Buch in der Hand auf ihm niederzulassen. Die Tapete über ihm wies ein bleiches, quadratisches Rechteck auf. Hier musste bis vor kurzem ein Bild gehangen haben. Icherios fragte sich, was darauf zu sehen war, dass man ihm den Anblick nicht zumuten wollte. Unter dem Fenster stand ein großer Schreibtisch mit einem bequemen Stuhl davor. In einer Ecke hatte man mehrere Tische aneinandergestellt und seinen Versuchsaufbau darauf errichtet. Dabei war man sehr sorgfältig und korrekt vorgegangen. Icherios entdeckte keinen Fehler. Ein Bücherregal im Schlafzimmer enthielt eine Sammlung zeitgenössischer Literatur und einige Werke von Shakespeare. Icherios holte

Maleficium aus seiner Tasche hervor und setzte ihn auf den Boden. »Unser neues Zuhause.«

Die Schnurrhaare der Ratte zitterten aufgeregt. Es roch ungewohnt, und die weichen Teppiche verwirrten sie. Doch sie ließ sich nicht lange beirren und begab sich an die Erkundung ihrer Umgebung. Trotz der Gegenwart der Vampire fiel Icherios in sein Bett. Er versuchte zu schlafen, um Lorettas zerschmetterten Körper aus seinem Geist zu verbannen, aber es gelang ihm nicht. Ruhelos wälzte er sich hin und her, bis ihn Carissima abholte.

Die Bibliothek lag im Ostflügel der Festung und zeichnete sich durch ihre hohen Wände aus, die bis zur Decke von randvollen Bücherregalen bedeckt wurden. Die Luft war kühl und trocken. Im Hintergrund flackerte ein Feuer im Kamin, um den herum mehrere gemütlich aussehende Sessel und ein kleiner Lesetisch, der sich unter der Last von Zeitungen und Büchern bog, gruppiert waren. Icherios stand ehrfurchtsvoll vor den Regalen. Kaum wagte er, einen der dicken Wälzer zu berühren. Bibliotheken stellten für ihn eine Art Heiligtum dar. Andere Menschen gingen in die Kirche, er pilgerte zu den Büchern. Zu seinen liebsten Kindheitserinnerungen gehörten die Besuche in alten Klöstern und ihren umfangreichen Buchsammlungen. Würde ihn nicht seit seiner Jugend die unbändige Neugierde antreiben, die Welt erforschen und ihre Mechanismen verstehen zu wollen, hätte er sich für immer unter einem Stapel Bücher verkrochen und wäre nie wieder hervorgekommen. Carissima bemerkte seine Freude. »Es steht dir frei, jedes Buch zu lesen und mit in deine Gemächer zu nehmen.«

Icherios strahlte sie ein. »Danke. Das muss das Schönste an der Unsterblichkeit sein. Ihr habt genug Zeit, um alles zu lesen, was je geschrieben wurde.«

Carissimas Schultern sanken herab. »Viel schöner ist das Leben zu leben, anstatt nur von ihm zu lesen. Ich werde heute Abend noch einmal nach dir schauen.« Sie verließ die Bibliothek und schloss sorgfältig die Tür hinter sich.

Icherios verbrachte eine Stunde damit, sich einen Überblick über die Bücher und ihre Sortierung zu verschaffen. Von Gedichten über Abenteuerromane und Liebesgeschichten reihten sich auch zahlreiche wissenschaftliche Abhandlungen in den aus dunklem Kirschholz gefertigten Regalen. Normalerweise hätte Icherios seine helle Freude an der großen Auswahl an Büchern gefunden, doch jetzt fand er keines, das ihm Aufschluss über die Pläne des Mörders zu geben vermochte. Trotzdem zog er einige alchemistische Lehrwerke hervor und blätterte sie im Sessel durch. Sein Magen knurrte. Er traute sich nach Carissimas Warnung nicht, einfach aufzustehen und durch das Schloss zu wandern. In seine Studie vertieft vergaß er das Hungergefühl jedoch schnell wieder.

Er bemerkte den Fürsten erst, als dieser ihm eine Hand auf die Schulter legte. »Wie ich sehe, sind Sie bei der Arbeit.« Sohon stellte ein Tablett mit Tee und einen Teller Gebäck auf den Tisch. »Ich habe Ihnen etwas zur Stärkung mitgebracht. Meine Artgenossen vergessen manchmal, dass Menschen Nahrung und Flüssigkeit brauchen.«

Icherios war von der ungewohnten Freundlichkeit überrascht. »Danke«, stotterte er verlegen.

Sohon beobachtete, wie Icherios sich Tee eingoss und an einem Keks knabberte. Wie alle geborenen Vampire faszinierten ihn die menschlichen Bedürfnisse. »Wissen Sie schon etwas Neues über die Pläne des Mörders?«

»Bisher fand ich keinen Hinweis, aber ich bezweifle, dass Loretta Selbstmord begangen hat.«

Sohon zog einen weiteren Stuhl heran und setzte sich zu ihm. »Wie kommen Sie darauf?«

»Es ist nicht mehr als ein Gefühl. Ist es nicht ein großer Zufall, dass erst die eine Tochter ermordet wird und sich die andere dann umbringt? Selbst wenn man annimmt, dass der Tod ihrer Schwester ein schwerer Schlag für sie war, so halte ich Loretta nicht für jemanden, der sich etwas antun würde. Vielmehr glaube ich, dass der Mörder es auf die Familie des Bürgermeisters abgesehen hat.«

Sohon starrte nachdenklich in das Feuer. »Zumindest unter der Annahme, dass der Ritualmörder und Maribelles Mörder ein und dieselbe Person sind.«

Icherios nickte. »Ich vermute, dass Loretta mit einer Droge oder einem alchemistischen Elixier beeinflusst wurde. Wer weiß, was man alles mit Hilfe des Lunalion bewirken kann. Haben Sie das Buch gelesen oder Auszüge davon?«

Sohon seufzte. »Leider nicht. Es bestand immer die Gefahr, dass die Gegenwart eines Nachfahren Balthasar erweckt.« Der Fürst wanderte vor dem Kamin auf und ab. »Wir müssen das Buch unbedingt wiederbeschaffen.«

Icherios faltete seine Hände, um ihr nervöses Spiel zu beenden. »Ich werde nicht eher ruhen, bis ich nicht den Mörder und das Lunalion gefunden habe.«

Sohon blickte ihn lange an. »Ich muss Ihnen etwas zeigen.« Er bedeute Icherios ihm zu folgen und führte ihn zu einer Regalwand in der Nähe der Eingangstür. Dort griff er mit seinen Fingern hinter einen Folianten und legte einen versteckten Hebel um. Sofort reagierte ein Mechanismus, und das Regal drehte sich in die Wand hinein, sodass seine Rückseite zum Vorschein kam. In dieser standen ebenfalls Bücher mit dicken staubigen Einbänden. Sie waren offensichtlich sehr alt. »Das sind unsere geheimsten und wertvollsten Werke. Sie dürfen die Bibliothek nicht verlassen. Und über ihre Existenz darf kein Wort nach Außen dringen.« Sohon runzelte die Stirn. »Ich brauche Ihnen hoffentlich nicht zu verdeutlichen, was eine Nichtbefolgung für Konsequenzen für Sie hätte?«

Geistesabwesend schüttelte Icherios den Kopf. Er nahm Sohons Worte nur noch am Rande wahr. Zu fasziniert war er von den Büchern. Sie waren aus den verschiedensten Jahrhunderten zusammengetragen worden. Manche galten als verschollen, andere waren sehr selten. Er fand zahlreiche alchemistische Bücher und medizinische Werke sowie das *Daemonolatria* des Remigius, Junzt' *Unaussprechliche Kulte* und das *Buch vom Summen*. Selbst unbekannte Schriften von Galileo Galilei und Leonardo da Vinci reihten sich in diesen Schatz ein. Dann glitten seine Finger über den Rücken eines dicken, ledergebundenen Wälzers. Er schnappte nach Luft. »Das ist das *Monstrorum Noctis*! Aber es ist von nahezu doppeltem Umfang wie das mir bekannte.«

Sohon zog den Band vorsichtig heraus. Auf dem Deckel war ein Hexagramm eingeprägt und ein lederner Gurt verschloss das Buch. »Das ist das Original. Es gibt nur noch wenige Kopien. Wir hielten es für sinnvoller, das Wissen aus einigen Büchern der Menschheit nicht vollständig zu offenbaren. Die Rosenkreuzer und vor allem der Ordo Occulto besitzen vermutlich ein weiteres vollständiges Exemplar.«

Icherios fühlte sich, als wenn sich ihm eine neue Welt auftat.

Sohon beobachtete amüsiert, wie sich in Icherios' Gesicht Erstaunen und Dankbarkeit abwechselten. »Lesen Sie den Abschnitt über Vampire und Werwölfe zuerst. Ich muss mich nun um Verwaltungsangelegenheiten kümmern.« Der Fürst verbeugte sich elegant und verließ die Bibliothek.

Icherios blickte ihm eine Weile sinnend hinterher. Einerseits war Sohon so freundlich und hilfsbereit, andererseits verlief keine ihrer Begegnungen, ohne dass er ihm drohte. Dann nahm er das *Monstrorum Noctis* mit an den Kamin, kuschelte sich dort in einen Sessel und vergaß die Welt um sich herum.

Bald schon erfuhr er Unglaubliches. Die Schrift war alt und die Formulierungen umständlich. Trotzdem gelang es Icherios, den Inhalt zu entziffern. Offensichtlich waren Vampire und Werwölfe keine Spielerei der Natur oder von Gottes Fluch getroffene Menschen, sondern das Ergebnis von Experimenten. Hermes Trismegistos, der Begründer der Alchemie, hatte sich vor Jahrhunderten im alten Ägypten mit der Alchemie beschäftigt. Heutzutage wurde ihm oft ein gottgleicher Status zugesprochen, und nach Beendigung seiner Lektüre konnte Icherios die Gründe dafür nachvollziehen. Hermes war es in seinen Versuchen gelungen, unsterbliche Wesen zu erschaffen, Vampire. Er erschuf zudem Mischungen aus Mensch und Tier. Die Werwölfe waren die bekanntesten Wesen, aber es gab noch weitere Arten wie Werfüchse oder Werratten. Die Vorstellung, welche Macht der Mörder durch das Lunalion erhalten hatte, ließ Icherios wie erstarrt in sein Zimmer zurückkehren.

In Icherios' Räumlichkeiten wartete die nächste Überraschung auf ihn. Man hatte die Lampen in den Gängen und seinem Zimmer entzündet. Ein sanft schimmerndes Licht spendete Wärme und Helligkeit. In der Mitte des Raumes stand Loretta, und ihr Lächeln war alles andere als freundlich.

»Loretta«, stammelte er. »Ihr seid doch tot.«

Bedrohlich kam sie auf ihn zu. »Dachtet Ihr.«

Icherios wich nach hinten aus, bis er mit dem Rücken gegen die Wand stieß. Sie war ihm ganz nah und schnupperte an seinem Nacken, als wenn sie ein Stück Fleisch auf seine Frische überprüfte. Jegliche Sanftheit war aus ihren grauen Augen gewichen. »Ich rieche immer noch das Laudanum an Euch. Hat es Euch Spaß gemacht, meine Schwester krepieren zu sehen? Ihr seid ein schlechter Mensch. Ihr habt mich sterben lassen.« Sie fletschte die Zähne in einem Grinsen und entblößte dabei zwei Fangzähne. »Calan hat mich gerettet.«

Deshalb war Sohon so ruhig und freundlich gewesen!, durchfuhr es Icherios. Er hatte bekommen, was er wollte. Loretta war sein. Für immer. Er drehte den Kopf auf der Suche nach einer Waffe. Arsen! Er besaß noch einen kleinen Rest.

»Ich dachte, Vampire wären kalt«, fuhr sie fort. »Dabei brenne ich. Ich brenne vor Durst.« Ihre Zunge strich über seinen Nacken. Genau an der Stelle, an der die Verletzung von Chaelas Bruder zu sehen war. »Und ich brenne vor Hass.« Ihre Augen verdunkelten sich. »Ich werde Euer Leben nehmen, um meine Schwester zu rächen.«

Icherios wusste, dass jeder Versuch einer Rechtfertigung sinnlos war. Er konnte ihr ihren Hass nicht verübeln. Trotzdem war er nicht bereit, kampflos unterzugehen. Er musste sie so lange aufhalten, bis er sie mit dem Rest des Arsens betäuben konnte. Mit aller Kraft stieß er sie von sich und wollte an ihr vorbei zu seiner Tasche rennen. Doch sie war schneller und erwischte ihn am Bein, sodass er krachend zu Boden stürzte. Er versuchte, ihr auszuweichen, aber sie warf sich sofort auf ihn. Am vorherigen Abend hätte er es noch als verführerisch empfunden, ihre weichen Brüste gegen seinen Körper gepresst zu spüren. Jetzt vertrieb die Mordlust in ihren Augen alle erotischen Gedanken. Das Vampirdasein hatte ihr unmenschliche Kräfte verliehen. Ihre Hände fesselten seine Arme, während ihr Leib seinen Körper niederdrückte. Ihr Kopf näherte sich seinem Hals, sie zögerte kurz und wählte die andere Seite, die nicht bereits von einer Bisswunde befleckt war. Er fühlte, wie sich ihre Lippen an seiner Haut festsaugten. Dann folgte der Schmerz, als ihre Zähne in ihn eindrangen und ihre Zunge das herausfließende Blut aufleckte. Icherios spürte die lähmende Wirkung des Vampirgiftes. Gleichgültigkeit überkam ihn. In Karlsruhe war sein Weltbild so klar gewesen. Wissenschaft, Analyse – alles war sachlich zu erklären. Nun starb er unter den Händen eines neugeborenen Vampirs.

Doch dieses Mal war es anders. Sobald das Ziehen in seinem Rachen einsetzte, begann etwas in seinem Kopf zu vibrieren. Energie breitete sich in seinem Körper aus, und seine Kraft kehrte zurück. Er sammelte sich, dann zog er ruckartig seine Knie an und stieß Loretta von sich, sodass sie durch den Raum geschleudert wurde. Hastig sprang Icherios auf und schwankte in sein Schlafzimmer. Er schloss die Tür. Dann rannte er zum Waschtisch. Er hörte, wie sich die Tür hinter seinem Rücken öffnete. Loretta schlenderte hinein. Beim Anblick des Wasserkruges fauchte sie und durchquerte den Raum mit einem einzigen Satz. Doch Icherios war schneller und goss ihr den Inhalt über den Kopf. In panischem Entsetzen erstarrte sie. Das Wasser verwandelte sich in eine zähflüssige Masse, die sie wie ein lebendiges Wesen umschlang. Icherios wusste, dass ihm nur wenige Sekunden blieben. Er stürmte mit letzter Kraft zurück in das andere Zimmer. Auf dem Tisch mit seinem Versuchsaufbau befanden sich seine Pulver und Tinkturen. Hastig stellte er den Krug ab, packte das Arsen und versuchte, mit zitternden Fingern den Verschluss zu öffnen. Ein derber Fluch kam über seine Lippen, als ihm das Fläschchen beinahe aus den Händen glitt. Endlich gab das widerspenstige Ding nach, sodass er seinen Inhalt in das Gefäß schütten konnte. Das Gift löste sich in der restlichen Flüssigkeit. Icherios hörte Loretta im Nebenzimmer stöhnen. Gleich würde der Bann gebrochen sein. Er bückte sich, holte aus seiner Tasche eine Spritze hervor und zog die Mischung auf. Dann rannte er zu Loretta zurück. Bevor sie sich regen konnte, rammte er ihr die Nadel in den Arm und injizierte ihr das Gift. Er hoffte, dass es reichen würde. Lorettas Augen weiteten sich, dann sank sie zu Boden und blickte starr an die Decke. Icherios betete, dass er sie nicht endgültig getötet hatte. Zitternd kauerte er sich neben sie, dann übermannte ihn die Ohnmacht.

34

Schattengänger

Er spürte, wie er sich veränderte – innerlich und äußerlich. Seine Augen vermochten in der Nacht fast ebenso gut zu sehen wie am Tag. Sein Geruchssinn hatte sich geschärft, und die Härchen auf seiner Haut warnten ihn vor Bewegungen in seiner Umgebung. Er hatte gelernt, mit den Schatten zu reden und sich in ihrer dunklen Umarmung zu verbergen. Die größte Veränderung ging jedoch in seinem Inneren vor. Hatte er zuvor Gefallen am Töten gefunden, so berauschten ihn nun die Qualen und Todesschreie seiner Opfer.

Die Nacht breitete ihren Schleier über Dornfelde. Zeit zu töten! Er eilte von Schatten zu Schatten. Niemand im Ort bemerkte sein Kommen oder Gehen. Er liebte es, aus dem Dunkeln heraus ahnungslosen Menschen hinterherzuschleichen und in ihrem Rücken zu verharren, ohne dass sie seine Gegenwart spürten. Dann zückte er seine Klinge und stellte sich vor, wie er ihnen das Rückgrat aufschlitzte. Fürs Erste beschränkte er sich darauf, ihnen Haarlocken abzutrennen und als Andenken mitzunehmen. Sobald sich seine Pläne erfüllt hätten, würde er seine Fantasien ausleben. Keiner konnte ihn jetzt noch aufhalten.

Das Haus des Flurhüters tauchte am Ende der Gasse auf. Die Fenster leuchteten hell, die Läden standen offen. Der

Mörder schüttelte über so viel Leichtsinn den Kopf. Lynnart Kolchin verdiente seinen Posten als Amtsmann nicht. Er verdiente es nicht zu leben. Der Mörder presste sein Gesicht gegen das Fensterglas und beobachtete die Familie. Alle waren sie da: Lynnart, Eva und die kleine Kassandra. Heute war eine besondere Nacht. Er würde seine Tinktur vollenden und Rache nehmen. Zitternd holte er das lange Messer hervor. Er musste sich beruhigen, bevor er den Kolchins einen Besuch abstattete.

35

Vallentin

Icherios erwachte von einem lauten Krachen. Er verfluchte sich für seinen Leichtsinn, in Lorettas Nähe zusammenzubrechen. Als er seine Umgebung wieder wahrnahm, stand Carissima schützend vor ihm. Sie wendete den Kopf, um sich zu vergewissern, dass er noch lebte. Sie trug einen golddurchwirkten, königsblauen Brokatrock, der das blaue Leuchten ihrer Augen verstärkte. Loretta lauerte fauchend an der Wand, doch Carissimas Zorn hatte sie nichts entgegenzusetzen. »Wie kannst du es wagen einen Gast anzurühren?«, fuhr Carissima die neugeborene Vampirin an.

»Er trägt Schuld am Tod meiner Schwester!«

»Du weißt, dass das nicht wahr ist. Wo ist Calan? Ich dachte, er hätte dich in deinen Räumen zurückgelassen.«

»Ich bin nicht sein Eigentum!« Loretta zitterte am ganzen Körper vor Wut.

»Verschwinde, und lass dich nicht noch einmal in seiner Nähe blicken!«

»Du hast mir nichts zu befehlen!« Trotz ihrer Worte raffte Loretta ihre Röcke und eilte hinaus. Die Tür schlug mit einem lauten Knall hinter ihr zu.

Erst jetzt fiel Icherios auf, dass sie ein Amulett trug, dessen Form dem Fleck auf Chaelas Brust ähnelte. »Hast du die Kette gesehen? Es könnte dieselbe sein, die Chaela geraubt wurde.«

Carissima half ihm auf die Beine. »Bist du sicher?«

»Nein, aber ich habe eine Zeichnung angefertigt. Wenn ich das Amulett damit vergleichen könnte, wüssten wir es.«

Zögerlich nickte sie. »Ich werde es besorgen. Sprich sie nicht selbst darauf an. Sie ist nicht sehr gut auf dich zu sprechen.« Ein Lächeln spielte um ihre Lippen. Sie wirkte lebendig. Ihre Augen funkelten. Sie schien den Ärger zu genießen.

Carissima führte Icherios zum Bett und setzte sich neben ihn. Icherios fühlte Zuneigung in sich aufwallen. Sanft strich sie ihm über die Wange. »Konntest du etwas herausfinden?«

Icherios seufzte. »Ich weiß nun, dass ihr Vampire und Werwölfe von Hermes Trismegistos erschaffen wurdet. Das bestärkt mich in der Ansicht, dass der Mörder mit dem Blut eine Tinktur mischen will. Zu welchem Zweck kann ich noch nicht sagen.« Er ließ sich ins Bett zurückfallen. »Ich wusste nicht, dass sie mich so sehr hasst.«

Carissima legte sich neben ihn und stütze sich auf ihren Ellbogen ab. »Es wird vergehen. Wir Vampire empfinden anders. Du kannst dir unser Gefühlsleben so vorstellen: Es ist wie Wasser auf dem eine dicke Schicht Öl schwimmt, das es dämpft. Alles ist abgeschwächt, aber wann immer eine Emotion durchbricht, schießt sie in ungeahnte Höhen.«

»Und bei ihr ist es der Hass auf mich.«

»Bei jedem jungen Vampir bestimmt ein Gefühl das Handeln. Hass ist das Häufigste. Es vergeht nach einigen Tagen, sodass Ruhe einkehren kann. Zumindest in den meisten Fällen.« Bei dem Gedanken, Loretta könnte ihn für immer mit ihrem Hass verfolgen, fröstelte er. Carissima beugte sich zu ihm vor und drückte ihm einen Kuss auf die Lippen. Icherios zuckte zurück.

Carissima schenkte ihm ein mitleidiges Lächeln. »Du hast Angst vor Nähe.« Ihre Finger glitten an seinen Armen herunter und schoben sein Hemd hoch, sodass die vernarbten Handgelenke offen vor ihr lagen. »Es hängt mit diesen Malen zusammen.«

Icherios wollte eigentlich nicht darüber sprechen, doch etwas zwang ihn zu antworten. »Vor zwei Jahren starb mein Jugendfreund Vallentin. Er war nicht nur mein bester Freund, sondern auch mein einziger. Ich kann mich nicht erinnern, wie es dazu kam, aber ich wurde neben ihm gefunden. Sein Schädel war zerschmettert, mich konnte man retten. Seitdem werde ich verdächtigt, ihn umgebracht zu haben, aber es gibt keine Beweise dafür.«

»Und was glaubst du?«

Icherios drehte sich um und blickte aus dem Fenster. »Ich weiß es nicht. Wir waren wie Brüder. Weshalb sollte ich ihm etwas antun? Andererseits ist es auch mir ein Rätsel, warum ich verletzt neben ihm in einer Gasse lag.«

»Ein Überfall.«

»Uns fehlte weder Geld noch Schmuck.«

Carissima berührte Icherios Kinn sanft und zwang ihn in ihre Augen zu blicken. »Wer auch immer Vallentin tötete, du warst es nicht.«

Icherios versuchte, sich aus ihrem Griff zu befreien, aber sie hielt ihn beharrlich fest. »Ich habe zahlreiche Menschen getötet, ebenso mein Bruder und alle anderen Bewohner der Festung. Ich rieche Gewalt. Ich weiß, dass du bisher niemanden ein Leid zugefügt hast.«

Hoffnung spiegelte sich in Icherios Gesicht wider.

»Glaub mir.«

Icherios schlug die Augen nieder. Carissima ließ ihn los. Der junge Gelehrte sank ins Bett und starrte an die Decke. »Ich kann nur hoffen, dass du recht hast.«

Carissima stand langsam auf. Sie wusste, dass sie heute nicht mehr gebraucht wurde. Mit einem letzten Blick über die Schulter verließ sie den Raum. Icherios war der interessanteste Mensch, der ihr seit Langem begegnet war. Sie war sich nicht sicher, was sie von ihm wollte. Freundschaft, Vergnügen oder doch mehr? Leise zog sie die Tür ins Schloss.

36

Brüderlein, komm, tanz mit mir!

Lynnart betrachtete Evas schlanken, geraden Rücken, während sie das Geschirr abwusch. Trotz aller Enttäuschung über ihr mangelndes Vertrauen und den damit verbundenen Betrug liebte er sie noch immer. Er wusste, dass es an der Zeit war, ihr zu vergeben. Er würde es nicht mehr länger ertragen, ihr leises Weinen in der Nacht zu hören. Sie hatte ihm so viel Gutes geschenkt. Nicht nur die kleine Kassandra, sondern auch ihre Liebe und sein erstes richtiges Zuhause. Er nahm seinen Mut zusammen und stand vom Tisch auf. Die Lampen verliehen dem Raum ein warmes Licht, das Evas Haare wie ein Gespinst aus flüssigem Gold erscheinen ließ. Lynnart umschlang ihren Körper von hinten. Sie verkrampfte sich zuerst, doch dann ließ sie ihre Hände in das Spülwasser sinken und lehnte sich an ihn. Zart küsste er ihren Nacken. »Verzeih mir.«

Sie drehte sich zu ihm um. Tränen schimmerten in ihren Augen. »Du nimmst mich also zurück?«

Lynnart drückte sie an sich. »Ich habe dich nie verstoßen. Wie könnte ich? Du bist mein Leben.« Sanft hob er ihr Kinn an und gab ihr einen liebevollen Kuss.

Eva schluchzte auf und barg ihren Kopf in seinen Armen. »Ich hatte solche Angst, dass du mir nie vergeben könntest.«

Unbeholfen strich Lynnart ihr über die Haare. Evas Tränen gaben ihm ein Gefühl von Hilflosigkeit. Er fühlte sich schuldig. Wie hatte er nur so stur sein können? Anstatt sie zu trösten, hatte er ihr noch mehr Kummer bereitet. Es wäre seine Aufgabe gewesen, ihr beizustehen nach dem Leid, das der verfluchte Pfarrer ihr angetan hatte. Er drückte sie noch fester an sich. Dann führte er sie von der Spüle weg, hob sie hoch und trug sie zum Bett. Dort ließ er sich zusammen mit ihr fallen und umschlang sie mit seinen Armen. Er hatte ihren warmen Duft nach Holz und frischen Kräutern vermisst. Lynnart dankte Gott, dass Kassandra ein ruhiges Baby war und ihnen diese Minuten der Zweisamkeit gönnte.

Während sie in wiedergewonnener Vertrautheit aneinandergekuschelt dalagen, bemerkte Lynnart nicht, wie ein bleiches Gesicht sich von außen gegen das Fenster presste. Lautlos öffnete sich die Tür, und ein Mann schlich herein. Nachdem er sich einen schnellen Überblick verschafft hatte, huschte er zu Kassandras Wiege. Vorsichtig hob er das Baby an, strich ihm sanft über die Wange. Das Mädchen gab leise glucksende Laute von sich und streckte die Finger erfreut aus. Sie hatte schon oft mit diesem Mann gespielt. Dann ging er mit dem Baby im Arm ins Schlafzimmer hinüber.

»Ich möchte, dass wir alle ganz ruhig bleiben.«

Lynnart schreckte von der Stimme in seinem Rücken hoch. Dann sah er Kassandra und das Messer an ihrer kleinen Kehle. Sofort begriff er, wen er vor sich hatte, obwohl er den Mörder niemals in dieser Gestalt vermutet hätte. »Du?«

»Ja, Bruderherz.«

»Du bist nicht mein Bruder.«

»Doch, Halbbruder, auch wenn du mich immer verleugnet hast.«

»Das kann nicht sein.«

Eva war inzwischen aufgewacht und starrte aus weit aufgerissenen Augen auf ihr Baby. Sie wagte es nicht, einen Finger zu rühren, während die Männer stritten.

»Ich möchte, dass ihr ins Wohnzimmer hinübergeht. Ganz langsam. Macht keinen Fehler. Das Messer ist lang genug, um damit die süße Kassandra wie eine Weihnachtsgans aufzuspießen.

»Das würdest du nicht tun«, schluchzte Eva.

Ein böses Lächeln umspielte das Gesicht des Mannes. »Ich würde es genießen.«

Lynnart schauderte. Sollte dieses Monster wirklich sein Halbbruder sein? Er befürchtete, dass es die Wahrheit sein könnte.

Langsam gingen sie ins andere Zimmer. Der Eindringling achtete darauf, ihnen niemals den Rücken zuzukehren. Lynnart musste seine Hoffnung aufgeben, ihn hinterrücks überfallen zu können. Dann befahl der Mann dem Flurhüter, sich auf einen Stuhl zu setzen. Eva warf er ein Seil zu und ordnete ihr an, ihren Mann sorgfältig zu fesseln. Anschließend schickte er sie auf die andere Seite des Raumes, um die Stricke an Händen und Füßen selbst noch einmal überprüfen zu können. »Bevor ich mich dir zuwende, möchte ich, dass du den Anblick genießt, wie ich mich mit deiner Frau vergnüge.«

»Bitte nicht, sie ist schwanger. Das Kind ist auch von deinem Blut. Töte mich, aber verschone Kassandra und Eva.«

Der Mann spuckte aus. »Meine eigene Familie hat sich nie um mich gekümmert. Mein Blut bedeutet mir nichts.« Dann wandte er sich an Eva. »Du hörst mir jetzt gut zu. Ich werde das Baby wieder in die Wiege legen. Tust du, was ich sage, wird ihm nichts passieren. Widersetzt du dich, greifst mich an oder versuchst davonzulaufen, werde ich den Balg töten.«

Eva liefen die Tränen über die Wangen. Sie flehte darum, dass er ihrer Tochter nichts antue und sie und ihren Mann gehen lasse. Doch er hatte nur ein verächtliches Lächeln für sie.

Lynnart versuchte, die Stricke unbemerkt zu lösen. Er ertrug es nicht, seine Frau so zu sehen, doch die Fesseln lockerten sich keinen Deut. Er wagte nicht zu schreien aus Angst davor, was sein Halbbruder mit seinem Baby und seiner Frau machen würde. Seine einzige Chance war, sich zu befreien und ihn zu überrumpeln. Entsetzt sah er, wie der Mann zwei leere Schläuche und ein kleines Messer aus seinem Mantel hervorholte.

Dann zwang der Mann Eva ihn anzuschauen. Ihr Schluchzen ging in ein Wimmern über. »Bleib ganz ruhig, dann geschieht deinem Kind nichts. Für jeden Laut trenne ich ihm einen Finger ab.« Dann setzte er das Messer an ihre Stirn und ritzte ein Symbol tief in ihr Fleisch.

Für Lynnart sah es aus wie ein liegendes Ei, geteilt von einer längs verlaufenden Linie. Eva umklammerte den Stuhl, den Mund im stummen Schrei aufgerissen. Lynnart zerrte an seinen Fesseln. Er liebte seine Frau für ihren Mut. Blut rann ihr von der Stirn in die Augen, vermischte sich dort mit ihren Tränen und hinterließ blutige Striemen auf ihren Wangen.

»Du weißt, was jetzt passiert.« Seine Stimme war ruhig. Er nahm das lange Messer. »Dein Mann darf entscheiden, wo ich schneide.«

Lynnart knirschte mit den Zähnen.

»Oberschenkel oder Handgelenk, welche Arterie darf es sein?« Lynnarts Halbbruder verzog den Mund zu einem spöttischen Lächeln.

Lynnart bäumte sich auf, gegen die Stricke. Er weigerte sich zu antworten.

Gelassen ging der Mann zur Wiege und ließ beiläufig das Messer übers Holz schaben. »Entscheide dich, oder dein süßes, kleines Mädchen wird dafür büßen.«

»Handgelenk.« Lynnart spuckte das Wort förmlich aus. Er hatte nicht geglaubt, dass er zu so einem Hass fähig wäre. Er ertrug den Gedanken nicht, dass dieses widerwärtige Monster die Schenkel seiner Frau berührte. Ein Schluchzen drang aus seiner Kehle, als dieser Unmensch wieder zu Eva ging und ihre Hand packte. Dann entsann dieser sich eines Besseren, ging zum Kamin und holte zwei Schüsseln vom Sims. Anschließend ergriff er erneut Evas Handgelenk. »Schau hin, Brüderchen. Sonst muss Kassandra bezahlen.«

Lynnart musste sich dazu zwingen, Eva in die Augen zu blicken. Er weigerte sich mit anzusehen, wie ihre Adern aufgeschlitzt wurden. Lieber wollte er ihre wunderschönen, blauen Augen in Erinnerung behalten. Selbst voller Angst und rot verquollen fand er sie schön. Er fragte sich, was er verbrochen hatte, dass seine Familie etwas Derartiges ertragen musste. Evas Augen flehten ihn an, ihr zu helfen. »Das kann doch nicht sein. Das kann doch nicht sein«, murmelte sie ständig vor sich hin.

Dann stimmte der Widerling auch noch einen lateinischen Singsang an. Lynnart verstand ihn kaum. Er hörte nur immer wieder das Wort ›sanguis‹, das Blut bedeutete, so viel wusste er.

»Es wird nicht sehr weh tun.« Lynnarts Halbbruder strich mit dem Messer über ihr Handgelenk. »Sei ganz artig.« Dann schnitt er. Ein Keuchen kam über Evas Lippen, mehr nicht. Der Mann hielt ihren Arm so, dass das Blut in die Schüssel tropfte. Nach den ersten paar Tropfen färbte sich die Flüssigkeit schwarz. Auch aus der Stirn quoll nun eine dunkle Flüssigkeit und wandelte ihre Tränen in ein schwarzes Rinnsal. Ohnmächtig vor Wut musste Lynnart beobachten, wie das andere Handgelenk seiner Frau aufgeschlitzt wurde. Das Blut sprudelte nur so aus ihr hervor.

Eva suchte Lynnarts Blick. Sie wollte in ihrem letzten Moment ein geliebtes Gesicht vor Augen haben. Mit dem Blut flossen Schmerz und Angst aus ihr heraus. Eine eigentümliche Euphorie breitete sich in ihr aus. »Ich liebe dich.«

Bei diesen Worten lief das Gesicht ihres Peinigers rot an. »Hure!« Er zerrte sie an den Haaren nach hinten und schlitzte ihre Kehle auf. Wie eine Stoffpuppe sackte sie in sich zusammen.

Lynnart bäumte sich in den Fesseln auf. Er wusste, dass er ihr nicht mehr helfen konnte. Seine einzige Hoffnung war, dass Kassandra verschont bleiben würde.

Sein Halbbruder blickte prüfend in die Schüssel. »Das wird reichen.« Dann riss er einen blutdurchtränkten Stofffetzen aus ihrem Kleid und knebelte Lynnart.

Anschließend ging er zur Wiege.

37

Die Folterkammer

Früh am nächsten Morgen sprang Icherios aus dem Bett. Er kramte in seiner Tasche und holte einen Beutel mit Nüssen hervor, die er vor Maleficium auftürmte. »Lass es dir schmecken.« Dann tanzte er zu seinen Kleidern hinüber und zog sich an. Er hatte sich lange nicht mehr so gut gefühlt.

Carissima hatte recht gehabt, er konnte nicht der Mörder von Vallentin sein. Die Wahrheit war schon immer in ihm gewesen, verborgen unter einer dicken Schicht Selbstzweifel. Nun war die Last vom Tod des Freundes endlich von seiner Schultern gefallen, und er fühlte sich wie neugeboren. Carissima hatte mit noch etwas anderem recht: Er hatte jede Bindung gescheut, solange er nicht wusste, ob er zu einem Mord an einem Freund in der Lage war. Er wollte früh am Morgen zu Kolchin gehen und ihm von seiner Entdeckung um die Herkunft der Vampire und Werwölfe berichten. Vielleicht würden sie zusammen eine Spur finden. Gleichzeitig hoffte er, ihre aufkeimende Freundschaft vertiefen zu können. Und auch über Carissima musste er sich Gedanken machen. So fremdartig sie war, so sehr faszinierte sie ihn. Normalerweise hieß es, dass Frauen von Gefahr angezogen wurden. Anscheinend galt das auch für Männer wie ihn. Vergnügt hob er Maleficium auf, der sein Glück über die Nüsse mit lautem Quieken kund tat, und steckte ihn in seine Tasche. Das kleine Tier umklammerte zwei Haselnüsse mit den Pfötchen. Er wollte seinen Schatz nicht zurücklassen. Beruhigend tätschelte Icherios ihm den Kopf, sammelte die restlichen Nüsse auf und stopfte sie ebenfalls in seine Jacke. Sofort verschwand Maleficium. Einzig das Strampeln in der Tasche verriet seine Anwesenheit.

Bevor Icherios seine Räumlichkeiten verließ, zog er die Vorhänge zu Seite. Ein Blick nach draußen bestätigte seine Vermutung, dass die Sonne noch nicht aufgegangen war. Die Morgendämmerung brach herein. Die bevorzugte Schlafenszeit der Vampire von Dornfelde.

Auf dem Weg zur Eingangshalle hörte er ein leises Wehklagen. Während er die Treppen hinabstieg, stellte er fest, dass die Geräusche irgendwo unter dem Westflügel ihren Ursprung hatten. Icherios zögerte. Carissimas Warnung war ihm noch im Ohr. Aber er konnte niemanden, der Hilfe benötigte, unbeachtet lassen. Die Erinnerung an sein Versagen bei Maribelle half ihm, einen Entschluss zu fassen. Vorsichtig ging er den Gang zum Westflügel hinunter. Nur wenige Lampen brannten. Dunkle Schatten tanzten an den Wänden. Das Stöhnen wurde immer lauter. Am Ende des Ganges blieb er vor einer Tür stehen. Icherios hielt einen Moment inne, dann öffnete er sie. Zu seiner Überraschung war sie nicht verschlossen. Er sah, dass dahinter eine Kellertreppe lag, die in ein von Fackeln erleuchtetes Gewölbe hinunterführte. Von dort kam auch das Stöhnen. Icherios lief kalter Schweiß den Rücken hinab, als er der Treppe nach unten folgte. Das Gewölbe war ein Kerker. Neben der Stiege stand ein mit Handschellen und Haken beladener Tisch, umringt von einigen morschen Stühlen. Der Boden war feucht. Erst dachte Icherios, dass es sich nur um Wasser handelte, dann erkannte er, dass ein großer Teil davon Blut war. Frisches und angetrocknetes Blut bedeckten den Boden, die Wände, die Haken und spitzenbewehrten Gitter. Türen mit vergitterten Gucklöchern verschlossen die Zellen. Langsam ging Icherios auf die vorderste zu und schaute hinein. Zuerst konnte er in dem Dämmerlicht nichts erkennen. Dann erblickte er einen halb nackten Mann, der im dreckigen Stroh auf dem Boden kauerte. Ein Eimer diente als Nachttopf. Der Gefangene war mittleren Alters. Seine Haare standen in grauen Filzsträhnen vom Kopf ab und verwoben sich mit dem Bart zu einem Geflecht. Als der Mann Icherios sah, schrak er zurück. Seine Augen glänzten in dem schwachen Licht. Schließlich siegte seine Neugier und er tappte zur Tür. »Du bist keiner von denen. Du riechst anders.«

Aus der Nähe erkannte Icherios, dass der Gefangene Bisswunden am Hals aufwies. Ein Vampir hatte von ihm getrunken.

»Lass mich frei«, flüsterte der Mann. »Ich habe Schätze. Sie sind im Wald vergraben. Ich gebe dir alles. Lass mich frei.«

Icherios schüttelte hilflos den Kopf. »Ich habe keinen Schlüssel.

»Du weißt nicht, was sie mit mir machen. Bestien sind das. Wir müssen fliehen.« Der Mann stieß ein irres Lachen aus. Dabei entblößte er eine Reihe gelber Zahnstummel. »Ich schlitze dir schon nicht deinen Wanst auf.«

Icherios schrak zurück. Die Stimme des Mannes verfolgte ihn, während er die restlichen Zellen abschritt. Er fand in allen dasselbe vor: halb verhungerte Männer und Frauen mit Malen am Hals. Manche waren apathisch, andere flehten um Hilfe. Nachdem er seinen Rundgang beendet hatte, war

Icherios kreidebleich im Gesicht. Er wollte nur noch weg. Da fiel ein Schatten auf ihn. Sohon stand oben an der Treppe und betrachtete ihn. »Hat Carissima Euch nicht davor gewarnt, in der Feste umherzustreifen?«

Icherios wich zurück. Zuerst wollte er sich entschuldigen, aber das Wehklagen der Menschen hielt ihn ab. Trotzig reckte er das Kinn vor. »Ich habe Stöhnen gehört. Ich kann wohl kaum wegsehen, wenn jemandem Gefahr droht.«

Der Fürst schritt langsam auf ihn zu. Ein resigniertes Seufzen kam über seine Lippen. »Das können Sie nicht, da haben Sie recht. Und nun verlangen Sie eine Erklärung.«

»Allerdings! Was tun Sie mit den armen Menschen?«

»Es sind Mörder und Vergewaltiger. Sie verdienen kein Mitleid.«

»Deshalb werden sie wie Vieh gehalten?«

Sohon zuckte gleichgültig mit den Schultern. »Von etwas müssen wir leben. Das Märchen, das wir im Dorf verbreiten, dass wir nur außerhalb jagen, ist leicht zu durchschauen. Wir können nicht wochenlang durch die Wälder streifen, um einen Menschen zu finden, und in den Dörfern wären wir zu auffällig. Dieses ist eine viel praktischere Lösung.«

»Sie behandeln sie wie Tiere.« Icherios schreckte vor der Kälte in Sohons Augen zurück.

»Wir sind keine Menschen, Icherios. Vergessen Sie das nicht. Menschen sind eine Nahrungsquelle für uns. Wie Sie ihre Kuh halten, halten wir uns Verbrecher. Seien Sie froh, dass es nur Abschaum ist.«

»Weiß Carissima davon?«

Sohon lächelte amüsiert. »Natürlich. Sie jagt nicht gerne. Dabei beschmutzt sie ihre geliebten Kleider.«

Icherios wollte nichts mehr hören. In den letzten Tagen hatte er versucht zu verdrängen, von was sich Carissima ernährte. Nun wurde ihm mit erschreckender Deutlichkeit bewusst, dass zwischen ihnen ein nicht zu überwindender Abgrund herrschte. Hastig wandte er sich ab und stolperte die Treppe nach oben. Er wollte das Bild von den Gefangenen aus seinem Kopf verdrängen, nicht mehr darüber nachdenken, ob er diese Männer einfach ihrem Schicksal überlassen durfte.

Icherios atmete erleichtert auf, als er die Straßen Dornfeldes betrat. Die Sonne tauchte über den Baumwipfeln auf und hüllte die Ortschaft in ein dunkles Rot. Er war froh, in der Nähe von Menschen zu sein. Selbst ein Werwolf erschien ihm eine angenehmere Gesellschaft als ein Vampir. Sobald das Haus des Flurhüters vor ihm auftauchte, hellte sich Icherios Miene auf. Er freute sich auf seinen neu gewonnen Freund. Er hoffte für ihn, dass er sich bald wieder mit seiner Frau vertragen würde. Er wusste, wie einsam ein Leben ohne Familie war. Kolchin sollte nicht denselben Fehler begehen.

Er klopfte an die Tür. Als ihm niemand öffnete, klopfte er ein zweites Mal. Doch weiterhin blieb alles still. Er überlegte kurz, ob sie noch schliefen. Viele Menschen in Dornfelde passten ihren Lebensrhythmus an die Vampire an und umgekehrt. Dadurch standen die meisten erst mittags auf und gingen spät nachts ins Bett. Der Amtsmann hingegen war immer früh wach. Er behauptete, so Gelegenheit zu haben, ungestört Nachforschungen anstellen und seine Aufträge erledigen zu können, ohne die neugierigen Blicke der Menschen ertragen zu müssen. Unruhe befiel Icherios. Etwas war nicht in Ordnung. Einen Moment lauschte er noch, dann stieß er die Tür auf. Das rote Morgenlicht spendete genug Helligkeit, um Icherios das Grauen, das sich in der letzten Nacht abgespielt hatte in aller Deutlichkeit wahrnehmen zu lassen. Zitternd schloss er die Tür hinter sich und nahm den Ort des Todes in Augenschein. An den Wänden klebte Blut. Eva Kolchin hing ausgeblutet vornüber auf einem Stuhl, aus der Wiege erklang kein fröhliches Glucksen mehr, und Lynnart Kolchin war so übel zugerichtet, dass er kaum noch als Mensch zu erkennen war. Icherios wusste, dass es zwecklos war. Trotzdem ging er zur weiblichen Leiche und fühlte ihren Puls. Kein Herzschlag pochte unter seinem Finger. Auch das Kind war tot. In der schmierigen Blutlache, in der der Flurhüter lag, wäre er beinah ausgerutscht. Er betrachtete die zusammengesunkene Gestalt. Eigentlich hätte er Zorn und Trauer empfinden müssen, doch es herrschte Leere in seinem Inneren. Nüchtern registrierte er, dass der Mörder erneut zugeschlagen hatte. Eva Kolchin war mit dem Symbol für Salz gekennzeichnet, ihr Mann mit dem für Schwefel. Beide hatte man ausbluten lassen. Auch wenn die Wände klebrig vor Blut waren, war es zu wenig für die Unmengen an Stichwunden und Schnitten, die ihre Körper entstellten. Lynnart Kolchin musste kurz vor seinem Tod von dem Stuhl gesunken sein. Icherios wunderte sich über die gekrümmte Haltung. Er lag, als wenn er etwas hatte verbergen wollte. Icherios packte ihn an den Schultern. Der Körper des Flurhüters war steif und kalt. Icherios drehte ihn zur Seite. Darunter kam ein verwischter Schriftzug zum Vorschein, den er nicht mehr zu entziffern vermochte. Er hatte versucht, mit seinem eigenen Blut eine Nachricht zu hinterlassen.

Eine einzelne Fliege erhob sich vom Obstteller und schwirrte durch den Raum. Ihr lautes, träges Brummen klang unangemessen in der Stille. Sie flog zum Leichnam von Lynnart Kolchin und setzte sich auf seine weit aufgerissenen Augen. Mit ihrem Rüssel tastend, trippelte sie über die Pupillen. Schlagartig kehrten in Icherios die Empfindungen zurück. Übelkeit stieg in ihm auf. Er musste hier raus. Polternd rannte er zur Tür hinaus an die frische Luft und übergab sich in einen der liebevoll gepflegten Geranienkübel. Zittrig wischte er sich den Mund ab. Er musste zurück zum Schloss. Es waren nun sieben Morde. Der Mörder hatte alles, was er brauchte, und in Icherios keimte ein Verdacht auf. Er glaubte, den Mörder und seine Absichten zu kennen.

Ein kleiner Junge, den Icherios öfters beim Bäcker gesehen hatte, vermutlich sein Gehilfe, schlenderte fröhlich pfeifend den Weg herunter. Die Mütze saß ihm schräg auf dem Kopf. Darunter lugten vorwitzige Büschel roter Haare hervor. Icherios winkte ihn zu sich heran. Der Bursche rümpfte beim Geruch des Erbrochenen die Nase. Sobald er vor Icherios stand, wandelte sich der Knabe von einem Lausbuben zu einem höflichen jungen Menschen. Der Bäcker musste viel Wert auf seine Ausbildung gelegt haben. Mit zuvorkommender Stimme fragte er: »Was kann ich für Euch tun?«

Icherios lächelte ihm wohlwollend zu. Es kostete ihn einiges an Beherrschung, aber er wollte den Jungen nicht erschrecken. »Wie heißt du?«

»Michel.« Der Bäckergehilfe sagte es, als wäre er besonders stolz auf seinen Namen.

»Ich gebe dir einen Kreuzer, wenn du für mich zu Jorm Rabensang rennst.«

Die Augen des Jungen leuchteten beim Anblick der Münze auf. Die kindliche Natur brach durch, als er hastig danach griff. »Was soll ich ihm ausrichten?«

»Er soll zum Haus des Flurhüters kommen und mich danach im Schloss treffen. Sag ihm, dass Inspektor Ceihn dich schickt.«

»Ich weiß, wer Ihr seid.« Der Junge grinste. »Mein Papa redet von Euch. Er sagte Ihr wärt ein ganz schöner Trottel.« Verlegen kaute der Junge auf seiner Unterlippe, als ihm auffiel, dass er etwas Ungebührliches gesagt hatte.

Icherios konnte sich kaum ein Lächeln verkneifen. »Dein Vater scheint ein schlauer Mann zu sein und nun lauf!«

Das ließ der Junge sich nicht zweimal sagen und verschwand zwischen den Häusern.

38

Die Tinktur der Unsterblichkeit

Als er den Gang zur Bibliothek entlangstürmte, hörte er Schritte hinter sich. In ihm herrschte ein Aufruhr, der nur von einem Gedanken beherrscht wurde. Alles schien sich plötzlich zu einem Gesamtbild zusammenzufügen. Der Mord an dem Flurhüter hatte ihm den letzten Hinweis gegeben. Aufregung ließ seine Glieder kribbeln, während er gleichzeitig versuchte die zerschundenen Körper aus seinem Gedächtnis zu streichen. Jetzt musste er unbedingt im *Traktat vom rechten Gebrauch der Alchimei* nachschlagen. In der Bibliothek angekommen hielt er inne, stürmte dann zum Regal mit den geheimen Bänden und holte das Buch hervor. Er besaß ebenfalls ein Exemplar, doch hatte es nicht die Hälfte an Umfang. Icherios hörte, wie jemand hinter ihm den Raum betrat.

»Was ist geschehen?« Es war Sohon. In seiner Stimme klang aufrichtige Besorgnis. Vermutlich fragte er sich, ob der Anblick der Gefangenen zu viel für Icherios' Verstand gewesen war.

Icherios ließ sich jedoch nicht beirren. Gebieterisch hob er die Hand und verlangte Stille. Endlich fand er, was er gesucht hatte. »Et sicut omnes res fuerunt ab uno, meditatione unius: sic omnes res natae fuerunt ab hac una re, adaptione«, zitierte er. »Und gleich wie alles aus einem durch des einzigen Schöpfers Wort entstanden: Also werden auch alle Ding nunmehr aus diesem einzigen Ding durch Anordnung der Natur geboren. So erzeuge denn die Tinktur der Unsterblichkeit aus dem Werke des Hermes, denn er besitzt alle drei Teile Weisheit dieser ganzen Welt.« Icherios hielt kurz inne. Triumph strahlte auf seinem Gesicht. »Ich kenne den Plan des Mörders.«

Sohon faltete die Hände. Die Geste erinnerte Icherios an seine Mutter, wenn er ihr eine wilde Entschuldigung für begangene Übeltaten vortrug.

»Der Mörder kann mit Hilfe von Vampir-, Menschen- und Werwolfblut eine Tinktur erzeugen, die ihm Unsterblichkeit verleiht. Sie verbindet dabei die Kräfte beider Wesen ohne die Nebenwirkungen, die das ewige Leben bei den Vampiren hat.

Sohon riss das Buch an sich und wiederholte die Worte. »Hermes, steh uns bei! Wir müssen ihn aufhalten, bevor er die letzten Morde begeht.«

Icherios senkte den Kopf. Er spürte einen Kloß in seiner Kehle. »Dafür ist es zu spät. Er hat Lynnart Kolchin, seine Frau und das Kind ...« Icherios' Stimme versagte.

Sohon erstarrte. Dann brach seine Wut in einem lauten Schrei heraus. Er schlug seine Faust gegen eine Regalwand. Das Holz splitterte. Einige Stücke blieben in seiner Hand stecken, bis die Regenerationskräfte des Vampirs einsetzten, sie herausschoben und die Wunde schlossen. »Ich werde dieses Monster büßen lassen.«

»Ich weiß vielleicht, wer der Mörder ist.«

»Wer?«, verlangte Sohon zu wissen.

Icherios schüttelte den Kopf. »Ich möchte keine falschen Anschuldigungen aussprechen. Wo ist Loretta?«

»In ihren Räumen. Nach dem Zwischenfall gestern habe

ich ihr verdeutlicht, dass sie ihre Zimmerflucht nicht verlassen darf, solange Carissima oder ich sie nicht begleiten.«

Icherios spürte Mitleid in ihm aufsteigen. Lorettas schlimmste Ängste hatten sich bewahrheitet. »Hat Carissima Euch von dem Amulett berichtet?«

Der Vampir nickte. »Sie war zu aufgebracht, um sie danach zu fragen.«

»Es ist wichtig«, drängte Icherios. »Ich muss wissen, ob es Chaelas Kette ist.«

Der Fürst fluchte leise. »Ich habe meine Cousine in all ihren Gewändern gesehen, aber nie auf ihren Schmuck geachtet.« Dann sah er entschlossen auf. »Wir gehen zu ihr.«

Der Weg zu Loretta war kurz. Sie war in der Nähre der Bibliothek untergebracht. Bei Icherios' Anblick fletschte sie die Zähne wie eine zornige Wildkatze. Doch ein warnender Blick von Sohon genügte, um sie in Zaum zu halten.

»Wo ist das Amulett, das du gestern getragen hast. Und wo hast du es her?«

Loretta drehte ihnen den Rücken zu. Sie trug ein dunkelgraues Seidenkleid, das ihre unnatürliche Blässe betonte.

Sohon hatte keine Geduld für ihre Spielchen. Er packte sie am Arm und riss sie herum. »Wir können unsere Unterhaltung von gestern gerne fortsetzen.« In Lorettas Augen glomm der Hass auf, doch sie beugte sich. Langsam ging sie zu einer Schatulle, holte das Amulett heraus und schleuderte es dem Vampir direkt ins Gesicht. »Mein Leben hast du schon, was bedeutet da noch Schmuck?«

Sohon reichte die Kette an Icherios weiter. Es war dieselbe. Icherios war sich sicher. Trotzdem zog er die Skizze hervor und verglich sie. Es stimmte bis ins letzte Detail. Er nickte dem Fürsten zu. Dieser wandte sich an Loretta. »Wo hast du sie her?«

»Es lag vorgestern Morgen vor meinem Zimmer. Ich dachte es sei ein Geschenk.«

»Dass man dir nicht persönlich überreicht«, fiel Sohon ihr ins Wort.

Loretta zuckte mit den Schultern. »Eine Frau fragt selten nach, wenn sie Schmuck bekommt.«

»Es war ein Trick des Mörders. Es sollte so aussehen, als wenn sie in die Morde verstrickt sei.«

»Aber es musste doch auffliegen, sobald er nach Lorettas Tod die nächsten Morde begeht.«

»Bis dahin hätte er uns beschäftigt. Wäre Loretta nicht verwandelt worden, wäre ich darauf hineingefallen. Eine weitere falsche Fährte, die mich Zeit gekostet und mich von seinen wahren Plänen abgelenkt hätte. Wir müssen nach Dornfelde.«

Sohon stimmte ihm zu. Sie ließen Loretta zurück, die sie ignorierte und sich benahm, als ginge sie das alles nichts mehr an. In der Eingangshalle stand Rabensang. Er brüllte einen jungen, erschreckten Vampir an, ihm zu verraten, wo der Fürst und der Inspektor steckten. Das Temperament der Werwölfe ging mit ihm durch. Seine Augen leuchteten in Zorn und Entsetzen. Bei ihrem Anblick verstummte er. Sohon klärte ihn über die Neuigkeiten auf, während sie ins Dorf zurückeilten. Icherios war immer noch nicht bereit, den Namen des Mörders preiszugeben. Er wollte keine falschen Anschuldigungen aussprechen und nachher dafür verantwortlich sein, dass ein Unschuldiger gezwungen wäre, mit den gleichen Verdächtigungen zu leben, wie er es die letzten Jahre tun musste.

Icherios bedeutete Sohon und Rabensang still zu sein, als sie das Haus des Bürgermeisters betraten. Er hatte das ungute Gefühl, dass etwas nicht in Ordnung war. Schon das zweite Mal an diesem Tag. Behutsam schlichen sie zum Amtszimmer. Leises Schluchzen drang heraus. Mit Rabensangs Selbstbeherrschung war es vorbei. Er riss die Tür auf und sprang hinein. Icherios sah, wie er erstarrte, dann betrat er selbst das Zimmer. Maria und Maren kauerten auf dem Sessel. Die Köchin hatte schützend einen Arm um das Hausmädchen gelegt. Auf der anderen Seite stand Kindel und hielt ein Messer an die Kehle des Bürgermeisters gedrückt. Er wirkte nicht überrascht, sie zu sehen. »Sie sind besser, als ich dachte, Icherios. Aber das war zu erwarten, nachdem Endrik Sie wie Abschaum behandelte. Er verachtet alle Menschen, die intelligenter sind als er. Und nun schließen Sie langsam die Tür. Sie auch, Fürst.« Er spuckte Sohons Titel regelrecht aus. »Machen Sie keinen Fehler.«

»Sie werden ihn doch so oder so töten«, behauptete Icherios. Er bemühte sich, ruhig und bestimmt zu wirken.

»Mein Plan sah vor, ihn im Anschluss an seine Töchter zu töten. Nun musste ich aber leider feststellen, dass Loretta lebt, wenn auch als Vampir. Aber das interessierte ihren lieben Vater noch nie, solange die Kasse klingelt. Ich kann seinen Tod also nach hinten verlegen.«

»Ich kenne Ihre Absichten. Sie werden keinen Erfolg haben.«

»Glauben Sie?« Kindel verzog spöttisch das Gesicht. »Ich habe sorgfältig geplant. Ihre Anwesenheit ist nicht mehr als ein kleines Ärgernis. Blitzschnell zog Kindel ein Fläschchen aus seiner Tasche und schleuderte es auf den Boden. Es zerschellte, und ein grünlicher Dampf stieg empor. Bevor Icherios begriff, was geschah, kroch der ätzende Nebel schon in seine Nase. Ihm schwindelte, dann verlor er die Kontrolle über seine Beine. Als er aufschlug, umfing ihn bereits die Ohnmacht.

Die Bewusstlosigkeit währte nicht lange. Als er aufgewacht war, sah er, dass auch Sohon und Rabensang wieder zu sich gekommen waren und sich aufrichteten. Die beiden waren außer sich vor Zorn. Rabensang schlug seine Fäuste gegeneinander. »Ich werde diesen Mistkerl fangen.« Er wollte schon hinausstürzen, doch Icherios hielt ihn auf.

»Wartet.«

Rabensang riss sich los, seine Augen leuchteten gelb. Für einen Moment schien es, als würde er sich auf den jungen Gelehrten stürzen, da trat Sohon zwischen sie. »Der Inspektor hat recht. Er hat alles geplant. Warum sonst sollte er uns am Leben lassen? Er glaubt nicht, dass wir ihn noch aufhalten können und will, dass wir seinen Triumph erleben, bevor er uns vernichtet.«

»Ich werde nicht tatenlos dabei zusehen«, knurrte Rabensang.

Sohon seufzte, öffnete die Tür und schob Icherios nach draußen. »Wir werden das ganze Dorf mobilisieren, aber er könnte überall sein. Bisher hat er alles bedacht, da wird sein Versteck nicht einfach zu finden sein.«

Icherios schnappte nach Luft. »Er wusste jedoch nicht von den Büchern in der Bibliothek. Ich muss ins Schloss!« Ohne auf die anderen zu achten, stürmte er nach draußen, doch bereits nach wenigen Schritten holten ihn der Vampir und der Werwolf ein.

Sohon schüttelte den Kopf. »Warum er? Warum tut er das?«

»Rache«, stieß Icherios zwischen zwei Atemzügen hervor. »Maribelle hat versucht, es mir zu sagen.«

»Maribelle?« Im Gegensatz zu dem jungen Gelehrten merkte man Rabensang die Anstrengung des Rennens nicht an. »Aber die war doch verrückt?«

»Nur verwirrt, weil sie den Mord an ihrer Mutter mit ansehen musste. Kolchin hat mir erzählt, dass Lorettas Mutter nicht glücklich war mit der Heirat. Aus ihrem Tagebuch geht hervor, dass Arken sie vergewaltigt hat und dann zur Hochzeit zwang.« Icherios drückte sich die Seite mit der Hand. Es stach, als würden ihn tausend Nadeln drangsalieren.

»Ihr habt Annas Tagebuch gefunden?« Sohon nahm keine Rücksicht auf Icherios' zunehmende Erschöpfung, sondern beschleunigte das Tempo noch weiter.

Icherios nickte. »Ich fand es bei Kindels Unterlagen. Anna hatte einen Geliebten. Als sie schwanger wurde und Arken davon erfuhr, ließ er sie das Kind gebären und brachte sie danach um.«

»Sie starb doch bei der Geburt!«, wandte Sohon ein. Er konnte nicht glauben, dass sich Derartiges unter seinen Augen abgespielt hatte.

»Zumindest verbreitete Arken das Gerücht, und die Hebamme starb kurze Zeit später bei einem angeblichen Unfall. Maribelle musste mit ansehen, wie ihr Vater die eigene Mutter tötete. Das schockte ihren kindlichen Geist so sehr, dass sie sich in sich selbst zurückzog.« Beim Anblick des steilen Pfads, der zum Schloss führte, blieb Icherios schwer atmend stehen und ging in die Knie. »Arken hatte von nun an Angst, dass sie wieder zu Verstand kommen könnte, brachte es aber nicht fertig, sein eigenes Fleisch und Blut zu töten. Deshalb strafte er sie mit Missachtung. Das neugeborene Kind schickte er fort und holte es Jahre später als angebliche Waise nach Dornfelde zurück. Kindel.«

»Dann ist Kindel Lorettas Halbbruder?« Rabensang trat unruhig von einem Fuß auf den anderen. In die einfache Welt eines Werwolfs wollten solche Pläne und Intrigen nicht passen.

»Ja, und der Bürgermeister rächte sich an seiner Frau, indem er ihren Sohn, den einzigen, den sie je in Liebe empfangen hatte, schlecht behandelte. Kindel erfuhr irgendwann von seiner wahren Herkunft. Ich habe in seinem Arbeitszimmer Annas Tagebuch gefunden, in dem sie von ihrer Schwangerschaft schrieb. Den Namen ihres Liebhabers erwähnte sie nicht. Dessen Identität wurde mir erst klar, als ich Lynnart Kolchin fand, der zusammen mit seiner Familie auf so bestialische Weise ermordet wurde. Der Mörder muss also einen tiefsitzenden Hass auf ihn verspüren, der vermutlich dadurch ausgelöst wurde, dass Kindel herausfand, dass Kolchins Vater eine Affäre mit Anna hatte. Kindel ist somit Maribelles, Lorettas und Lynnarts Halbbruder. Aus Rache brachte Arken später Lynnarts Vater um. Vielleicht beherrschte ihn auch die Angst, dieser könne Nachforschungen über den Tod seiner Liebsten anstellen.«

»Aber wie konnte er aus dem Tagebuch entnehmen, dass er der Sohn ist?«, fragte Rabensang.

»Ich fand verschiedene Rechnungen, mit denen ich bisher nichts anfangen konnte. Zahlungen an eine Bauernfamilie, die nach Kindels Ankunft in Dornfelde bei einem Brand umkam. Die Hebamme erhielt ebenfalls einen deutlich höheren Betrag, als angemessen gewesen wäre. Kindel hatte viel Zeit, um Nachforschungen anzustellen. Vermutlich trieb ihn zuerst nur Neugier. Dann stieß er auf die Wahrheit. Sobald er von seiner Herkunft wusste, plante er seine Rache. Er ist intelligent, und durch seine Arbeit als Gehilfe konnte er heimlich im Namen des Bürgermeisters Bücher bestellen.« Der junge Gelehrte richtete sich auf und begann den Aufstieg mit zittrigen Beinen. »Ich wunderte mich über die große Anzahl verschiedener wissenschaftlicher Werke. Ich vermute er las auch alchemistischen Arbeiten, verbarg sie aber, nachdem er mit den Morden begann. Sein Plan ist einfach. Er will aus Rache und aus materiellen Gründen Arken und seine Töchter aus dem Weg schaffen. Ich gehe davon aus, dass wir im Arbeitszimmer des Bürgermeisters irgendwo ein Testament von Annas Eltern finden werden, das sämtlichen Besitz nur der Blutlinie ihrer Tochter hinterlässt. Nach dem Tod seiner Verwandten kann Kindel seine Herkunft beweisen und das Erbe beanspruchen.«

Sohon nickte. »Ich kenne diese Verfügung.«

Icherios dachte an Loretta. Ob sie den Fürsten heiraten würde? Dann fuhr er mit seinen Erläuterungen fort. »Während seiner Nachforschungen ist er dann auf die Möglichkeiten der Alchemie gestoßen. Dadurch dass er immer schlecht behandelt und unterdrückt wurde, scheint er jetzt nur so nach Macht und Geltung zu gieren. Unsterblichkeit und übermenschliche Kräfte würden ihm noch mehr davon bescheren. Allerdings weiß ich nicht, wie er an das Lunalion kam oder überhaupt davon erfuhr.«

Sohon verbarg seinen Kopf in den Händen. »Das war mein Fehler. Er tat mir leid. Arken behandelte ihn schlecht, obwohl er sich bemühte, es allen recht zu machen. Hätte Carissima mich nicht gewarnt, hätte ich ihn zu einem der unseren gemacht, sobald er das entsprechende Alter erreicht hatte. Meine Schwester sah das Böse in ihm, doch ich wollte es nicht wahrhaben. Ich erzählte Kindel von magischen Büchern, die sich unter dem Schloss befinden, und den Mächten der Alchemie. Ich dachte, er hielte es für unterhaltsame Geschichten. Da habe ich mich wohl getäuscht.«

Icherios nickte. »Wenn er sich ausgiebig mit der Festung und der Alchemie beschäftigt hat, muss es ihm möglich gewesen sein, heimlich Nachforschungen anzustellen. Wie er das Lunalion entwenden konnte, wird vermutlich immer sein Geheimnis bleiben.«

Rabensang blieb stehen. »Genug geredet. Wir müssen ihn fangen. Vor allem wenn er nun alles für diese Tinktur besitzt.«

»Heute Nacht kann er sie fertig stellen«, erläuterte Icherios. »Der Mondstand ist günstig.«

»Ich werde die Dorfbewohner auf die Suche nach dem Kerl schicken und sie vor seiner möglichen Verwandlung warnen. Vielleicht findet sich so eine Spur.«

Der Fürst nickte. »Ich begleite den Inspektor in die Bibliothek.«

Rabensang schlug Icherios auf den Rücken, dann wandte er sich ab und sprang in gewaltigen Sätzen die Treppen hinunter, während der junge Gelehrte und Sohon schweigend den Weg fortsetzten.

In der Schlossbibliothek zog Icherios das *Traktat vom rechten Gebrauch der Alchimei* hervor und schlug es an einer Stelle auf, die er zuvor nur überflogen hatte. Unter der Überschrift *Anleytung zur Erstellung des Pulveris vestigii* befand sich die gesuchte Rezeptur. »Gebt mir eine Stunde, und wir können vom Haus des Bürgermeisters aus Kindels Spur folgen.«

Sohon nickte ihm zu. »Wenn Sie etwas benötigen, sagen Sie es.«

»Das Buch und einen Sack Mehl.«

»Wie bitte? «

»Tun Sie es einfach.«

»In Ordnung, ich werde es veranlassen. Sollten Sie weitere Dinge brauchen, zögern Sie nicht den Ersten, dem Sie begegnen darum zu bitten. Ich werde Anweisung geben, all Ihre Wünsche zu erfüllen.«

Eine Stunde später trafen sich der Fürst und Rabensang in Icherios' Räumlichkeiten, in denen ein feiner Nebel aus Mehlstaub und der Geruch von Asche in der Luft hingen. Sohon war noch blasser als sonst. »Carissima ist verschwunden.«

Icherios ahnte, was es bedeutete, wollte es jedoch nicht wahrhaben. Rabensang sprach seine Befürchtung aus. »Kindel hat sie.«

Sohon fluchte in einer Sprache, die Icherios nicht kannte. »Wie hat er sie nur überwältigen können?«

»Vielleicht hat er ihr Arsen gespritzt oder er erpresste sie«, überlegte der junge Gelehrte. »Vielleicht gehörte es von Anfang an zu seinem Plan. Er wollte den Bürgermeister töten und sich dann zurückziehen, um das Elixier zu brauen. Damit wäre seine Identität sofort aufgeflogen. Carissima als Geisel zu nehmen, gibt ihm Sicherheit.«

»Wer weiß, was für ein Teufelzeug er mit dem Lunalion mischen kann«, fuhr Rabensang dazwischen. »Das interessiert jetzt aber niemanden. Wir müssen los, wenn wir sie noch lebend finden wollen.« Er ballte die Fäuste. »Fast wünschte ich mir, diese Missgeburt würde unsterblich werden. Dann könnte ich den Rest meines Lebens damit verbringen, kleine Fetzen aus ihm herauszureißen.«

Sohons Augen leuchteten bei dieser Vorstellung auf. »Wir sollten zu dritt gehen. Dadurch haben wir eine Chance, unbemerkt an ihn heranzukommen. Wenn das halbe Dorf reiten würde, könnte er uns hören und wird flüchten.«

Rabensang nickte nachdenklich. »Wir müssen die anderen über unser Vorhaben und über Carissimas Verschwinden unterrichten.«

»Informiert die Werwölfe darüber, dass wir Zeichen hinterlassen werden, damit sie uns folgen können, falls wir am nächsten Morgen nicht zurück sind«, befahl Sohon.

Icherios schluckte. Der nüchterne Kommentar über ihren möglichen Tod hielt ihm vor Augen, was in den nächsten Stunden passieren könnte. Der Fürst öffnete die Tür zum Gang und gab einem vorbeieilenden Vampir Anweisungen, dann wandte er sich an Icherios. »Holen Sie alles, was Sie für die Unternehmung brauchen. Wir treffen uns in einer halben Stunde im Hof.« Er blickte an Icherios feinen Stoffkleidern herunter und runzelte die Stirn, als er die dünnen Schuhe sah. »Ziehen Sie sich etwas Robustes an.«

Icherios fühlte sich wie ein kleines Kind, dem die Mutter vorschrieb, was es zur Schule anziehen sollte. Trotzdem eilte er zu seinem Kleiderkoffer. Er hatte noch keine Zeit gefunden auszupacken. In seinen Gedanken sammelte er bereits die verschiedenen Pulver und Tinkturen, die er mitnehmen wollte. Dies Mal würde er auch Seil, Fackel und Messer nicht vergessen.

39

Menschenjagd

Der dicke Beutel mit dem Staub ruhte vor ihnen auf dem Tisch im Amtszimmer des Bürgermeisters.

»Ich weiß nicht, was passieren wird, wenn ich ihn verteile«, erklärte Icherios. »Die Anleitung besagt nur, dass es der Auffindung von Personen dient.«

Rabensang knurrte ungeduldig. Die Aufregung brachte den Wolf in ihm zum Vorschein. Icherios griff in den Beutel. Das Pulver besaß die Konsistenz des Mehles, aus dem es gemacht war, aber es hatte einen grünlichen Schimmer angenommen und roch nach Moos, das auf feuchten Steinen wuchs.

Ihnen blieben noch drei Stunden bis zum Sonnenuntergang. Icherios warf den Staub in die Luft. Zuerst rieselte er wie normales Mehl zu Boden, doch dann verdichtete es sich und legte eine gebogene Linie zur Zimmertür. In Rabensang erwachte der Jagdeifer. »Es zeichnet Kindels Weg nach. Nützliches Zeug. Wir müssen es nur verteilen, wann immer wir die Spur zu verlieren drohen.«

Dann machten sie sich auf den Weg. Im hellen Licht der Sonne war die Mehlspur schwerer zu erkennen. Trotzdem kamen sie recht zügig voran. Wie erwartet führte der Weg zur Wettereiche, einem uralten, riesigen Baum an der Grenze zum Wald. Um den Stamm befand sich ein runder, grob gesägter Holztisch. Baumstümpfe dienten als Stühle. Unter der Eiche zeichnete der Staub ein wirres Muster auf die dunkle Erde.

»Hier hat er meine Schwester überwältigt.« Sohons Finger umklammerten den Tisch so fest, dass ein Stück herausbrach.

Ein leichter Wind kam auf und wehte ihnen trockenes Laub entgegen, das unter ihren Füßen knisterte, als sie den Berg umrundeten. Sie drangen in den Wald ein, dann begann der Anstieg zum Gipfel. Schließlich kamen sie zu einem kleinen, grasbewachsenen Plateau. Regenwasser plätscherte die Wände hinunter. Am hinteren Ende wuchs ein dichter Teppich aus wildem Wein und Efeu empor. Heidelbeerbüsche säumten das Plateau. Die Spur führte geradewegs auf die Wand zu. Im ersten Moment fürchtete Icherios, einen Fehler bei der Zubereitung des Spurenstaubes begangen und wertvolle Zeit vergeudet zu haben. Doch Sohon ließ sich nicht beirren. Zügig schritt er zur Wand und schob die Ranken zur Seite. Darunter kam eine in die Wand eingelassene, alte Holztür zum Vorschein. »Der Mistkerl weiß mehr über die Feste als ich«, fluchte er.

»Glaubt Ihr, der Gang führt bis zur Burg?« Rabensang fühlte sich sichtlich unwohl bei dem Gedanken, wieder in die Katakomben hinabsteigen zu müssen.

Sohon nickte. »Wohin sollte er sonst führen? Vermutlich gab es einen Fluchtweg aus dem alten Schloss. Kindel hat ihn entdeckt. Wir brauchen eine Fackel für den Inspektor. Ich werde sie holen, ich bin am schnellsten im Dorf und wieder zurück.«

»Ich habe eine.« Icherios nahm seinen Rucksack herunter. Ein stolzes Lächeln spielte um seine Lippen. Endlich fühlte er sich nicht nutzlos.

»Ich muss wohl vorangehen«, brummte Rabensang. Dann riss er die Tür auf. Er wartete nicht auf die anderen, bevor er den ersten Schritt ins Dunkle wagte.

Der Gang führte in den Berg hinein. Es handelte sich um einen grob in den Stein geschlagenen Tunnel, der gerade einmal einer Person Platz bot. Rabensang musste sich bücken und fluchte mehr als ein Mal, als sein Kopf gegen einen Felsvorsprung stieß. Das Licht der Fackel durchdrang die Dunkelheit nur wenige Meter, danach war nur Finsternis. Ab und an hörte man Steine fallen und Wasser tropfen, aber der Ursprung der Laute blieb im Dunklen verborgen.

Immer wieder kamen sie zu Abzweigungen, an denen Icherios neuen Staub in die Luft warf und darauf hoffte, dass der Zauber nicht versagte. Je weiter sie gingen, desto abgestandener roch die Luft. In Icherios machte sich Angst vorm Ersticken breit. Er redete sich ein, dass Kindel ebenfalls hier unten war und dass dieser zu gewieft war, um in den Katakomben an Luftmangel zu sterben. Dann veränderte sich der Gang. Er wurde breiter, und Steinplatten bedeckten den Boden. Nach einer weiteren Kreuzung glaubte Icherios einen Schrei zu hören, der abrupt erstarb. Rabensang hatte es auch gehört und hob die Hand. »Macht die Fackel aus, und seid leise«, flüsterte er.

Icherios gehorchte und trat das Feuer auf dem Boden aus. Finsternis umgab sie nun. Es dauerte mehrere Minuten, in denen sie sich nicht weiterbewegten, bis sich seine Augen an die Dunkelheit gewöhnt hatten. Schwach konnte er die Umrisse seiner Begleiter vor einem diffusen Licht sehen, dessen Ursprung er nicht bestimmen konnte. Vorsichtig gingen sie weiter, doch sie waren nicht achtsam genug. Ein Geräusch erklang, als Rabensang auf eine Platte trat. Sofort schossen spitze Nägel nach oben und durchbohrten seine Füße. Er heulte auf. Sohon erfasste die Situation blitzschnell und riss den Werwolf nach hinten. Icherios hörte ein knirschendes Geräusch, als die Nägel aus Rabensangs Füßen glitten. Die Schreie des Werwolfs hallten von den Wänden wider. Jede lebende und tote Seele in den Katakomben wusste nun von ihrer Anwesenheit. Hastig tastete Icherios sich zur Fackel zurück. Mühsam entzündete er sie. Das Licht blendete seine Augen. Es dauerte eine Weile, bis er sich erneut an die Helligkeit gewöhnt hatte, dann eilte er zu den Männern. Rabensangs Füße waren nur noch blutige Klumpen. Das Gesicht des Werwolfs war schmerzverzerrt und von kaltem Schweiß bedeckt. »Silber«, presste er zwischen zusammengebissenen Zähnen hervor.

Der Fürst kniete sich neben ihn. »Das müssen alte Abwehranlagen sein. Wie konnte der Bastard sie nur umgehen?« Er untersuchte die Verletzungen.

Der Werwolf stöhnte bei jeder Berührung auf. »Ihr müsst mich zurücklassen.«

Sohon zögerte kurz, dann nickte er. Icherios wollte Einspruch erheben, doch der Vampir ließ ihn nicht zu Wort kommen. »Wir können Kindel nicht gewähren lassen und Rabensang sollte bis zu unserer Rückkehr sicher sein.«

Widerwillig stimmte Icherios zu. Von nun an gingen sie mit äußerster Vorsicht weiter. Mehrere Abzweigungen später erhellte sich der Gang. Sohon bedeutete Icherios stehen zu bleiben und huschte kopfüber die Wand entlang zur nächsten Biegung. Dort sprang er herunter und winkte Icherios zu sich. Der nächste Gang war mit Fackeln erleuchtet. Ihr Rauch hing schwer in der Luft. Der Tunnel veränderte sich ein weiteres Mal. Nun war nicht nur der Boden mit Platten bedeckt, sondern der Gang nahm eine quadratische Form an. Die Wände waren glatt und ebenmäßig. In unregelmäßigen Abständen flackerten Fackeln in rostigen Halterungen. Icherios runzelte die Stirn. Warum brannten sie? Das Gefühl einer drohenden Gefahr überkam ihn, aber sie hatten keine Wahl. Sie mussten weiter.

Der Vampir ging voraus und tastete jede Platte ab. Nach einer Kurve tauchte vor ihnen eine Tür auf. Trotz ihrer Vorsicht traf sie die nächste Falle unvorbereitet. Sie waren nur noch wenige Schritte von der Tür entfernt, als der Boden unter ihnen wegkippte und sie sich auf einer spiegelglatten, abschüssigen Rampe wiederfanden. Die Tür war nur eine Attrappe gewesen. Der Gang führte in steilem Winkel unter sie hindurch. Durch die unerwartete Biegung stürzten die Männer und rutschten mit zunehmender Geschwindigkeit dem Abgrund entgegen. Icherios' Fackel zischte im Wind und beleuchtete das vor ihnen liegende Ende des Schachtes. Ein Holzbrett, gespickt mit langen, silbrig glänzenden Nadeln, erwartete sie dort. Ihnen blieben nur noch wenige Sekunden. Sie versuchten sich festzuklammern, doch der Boden war zu glatt. In letzter Sekunde warf sich Sohon schützend vor Icherios und wurde als Erster gegen das Nadelbrett geschleudert, das unter der Wucht des Aufpralls umstürzte. Aus Sohons Kehle drang ein dumpfes Stöhnen. Durch den Körper des Fürsten war Icherios vom Sturz weitgehend unverletzt geblieben. Schnell rappelte er sich auf und zog den Vampir von den Silbernadeln ab. Blut rann aus seinen Wunden und bildete eine Lache. Dann hörte Icherios ein Lachen. Erst jetzt sah er sich um. Er blickte in einen großen, hell erleuchteten Raum, an dessen gegenüberliegenden Seite sich eine weitere Tür befand. In der Mitte des Raumes stand ein großer Tisch, auf dem ein komplexer alchemistischer Aufbau errichtet worden war. Icherios beobachtete, wie an dessen Ende eine dunkelviolette Flüssigkeit in einen

Kolben tropfte. Daneben stand Kindel. Carissima kniete vor ihm, während er eine silberne Klinge an ihre Kehle hielt. Die Vampirfrau war mit dicken Eisenketten gefesselt und wies mehrere blutende Verletzungen auf. Icherios wusste nun, wer geschrien hatte.

»Ihr kommt zu spät.«

Icherios fühlte sich verloren. Sohon lag ohnmächtig und blutend hinter ihm. Er musste sich allein dem Mörder stellen. Carissimas Augen waren vor Schreck geweitet. Ihr Blick war auf ihren reglos am Boden liegenden Bruder gerichtet. Icherios suchte die Wände nach einem Hilfsmittel ab, aber außer Regalen voller Bücher, kleinen Fläschchen, Beuteln, medizinischen und alchemistischen Geräten war nichts zu sehen. Dann fiel sein Blick auf einen Athanor, einen alchemistischen Ofen, der neben ihm an der Wand stand. Daneben lehnte ein langes, dünnes Metallrohr.

»Nehmt Euren Rucksack ab, und werft ihn zur Seite«, forderte Kindel ihn auf. Er zerrte Carissima auf die Beine.

Icherios befolgte die Anweisung betont langsam. »Warum habt Ihr Maribelle und Loretta getötet?« So unsinnig es ihm auch schien. Er wollte Zeit schinden in der Hoffnung Rettung würde kommen. »Ihr scheint mir niemand zu sein, der wert auf materielle Dinge legt.«

Kindel lachte. »Ihr wollt also vor Eurem Tod noch die Wahrheit hören? Warum auch nicht? Sie verdienten zu sterben. Ihr Vater sollte leiden. Er brachte meine Mutter um und behandelte mich wie Abschaum. Er sollte sehen, wie seine Blutlinie erlischt.«

»Sie haben Euch nichts getan!«

»Sie hatten eine Familie!«, schrie Kindel. Die Klinge an Carissimas Kehle ritzte ihre Haut. Ein feiner Blutfaden rann ihren Hals herab.

»Ihr braucht uns nicht zu töten. Mit der Tinktur werdet Ihr unbesiegbar.«

Kindel nickte anerkennend. »Ihr habt es also herausgefunden. Vielleicht werde ich Euch am Leben lassen, aber diese Hure wird sterben.«

Icherios bewunderte Carissima für ihren Mut. Sie zuckte nicht, als das Metall tiefer in ihr Fleisch schnitt. »Sie hat Euch doch nichts getan.«

»Sie verweigerte mir die Unsterblichkeit. Ich hörte, wie sie Calan von meiner Verwandlung abriet, während sie gleichzeitig das Bett mit mir teilte. Sie ist eine verräterische Hure.«

Icherios wusste, dass ihm nicht viel Zeit blieb. Kindel würde nicht zögern, Carissima zu töten. Das Elixier war so gut wie fertig. Nur noch wenige Tropfen fehlten. Ihm fiel das Metallrohr wieder ein. Wenn er Kindel ablenken könnte, würde es ihm vielleicht gelingen, ihn damit zu schlagen. Als Kindel von einem Zischen in der Apparatur einen Moment abgelenkt war, glitt Icherios Hand in seine Westentasche und holte Maleficium hervor. Er ließ das Tier auf den Boden fallen und hoffte, dass die Ratte sein Handzeichen verstand. In vielen langen Nächten hatte Icherios sich bemüht, dem kleinen Nager verschiedene Befehle beizubringen. Jetzt hing es davon ab, ob Maleficium sie beherrschte. Kindel hatte von dem Vorgang nichts bemerkt. Während Maleficium unbeobachtet die Wand entlang huschte, fuhr er in seiner Rede fort. »Es ist Schade. Wir hätten Freunde werden können.«

Icherios schüttelte den Kopf. »Eure wahre Natur wäre früher oder später zutage getreten.«

Kindel lachte traurig. »Wer weiß schon, wie ich wirklich bin. Wäre meine Mutter nicht gestorben ...« In dem Moment erklang das Klirren von Glas. Ein Kolben fiel aus dem Regal hinter Kindel und zersprang. Es war zwar nicht Maleficiums Auftrag gewesen, aber die Ablenkung funktionierte. Kindel fuhr erschrocken herum. Icherios nutzte die Gelegenheit, um das Metallrohr zu packen und auf Kindel loszustürmen. Dieser hörte das Geräusch, drehte sich um und hielt Carissima wie ein Schutzschild vor sich. Doch Icherios ließ sich nicht beirren. Er hatte nur diese eine Chance. Bevor Kindel Zeit hatte, Carissimas Kehle aufzuschlitzen, holte Icherios aus und stieß das Rohr mit aller Kraft durch Carissimas weichen Vampirleib, aber Kindel konnte noch rechtzeitig zur Seite springen, sodass das Metall nur seine Schulter ritzte. Carissima stürzte auf den Tisch und riss ihn mitsamt Apparatur zu Boden. Das Bersten von Glas und Klirren von Metall erklang.

»Meine Tinktur!«, schrie Kindel. Einen Moment starrte er fassungslos auf die zersplitterten Gefäße, dann flackerte der Wahnsinn in seinen Augen auf, und er zog einen Dolch aus seinem Stiefel, dessen Klinge gefährlich glänzte.

Aus den Augenwinkeln beobachtete Icherios, wie sich eine Blutlache um Carissimas Leib bildete und ihre Haut ihren Glanz verlor, während er verzweifelt überlegte, was er gegen Kindel unternehmen sollte. Im Kämpfen war er ein Versager; verletzte sich selbst gewöhnlich stärker als seinen Gegner. *Ich will noch nicht sterben!* Scharf sog er die Luft ein und wappnete sich für Kindels Angriff. In dem Moment, in dem dieser sich auf ihn stürzte, schleuderte Icherios ihm den Rest des *Pulveris vestigii* ins Gesicht. Geblendet schrie Kindel auf. Der junge Gelehrte rannte zu dem Regal mit den verschiedenen Tinkturen und Pulvern. Ihm blieb nur wenig Zeit. Kindel stöhnte und rieb sich die roten, tränenden Augen. Sein Dolch fuhr ziellos durch die Luft.

Mit zitternden Fingern mischte Icherios verschiedene Reagenzien miteinander, schnappte sich eine alte, rostige Spritze und hastete, während er die Tinktur mit ihr aufzog, zur anderen Seite des Raumes, um möglichst viel Abstand zwischen sich und Kindel zu bringen. Mit dem Rücken an die feuchte Wand gepresst, verbarg Icherios die Spritze in den überlangen Ärmeln seines Hemds und versuchte seinen Atem zu beruhigen. Er durfte jetzt nicht versagen!

Kindel wischte sich noch einmal über die Augen, dann endlich konnte er wieder sehen. Sein Blick schweifte suchend durch den Raum, bis er Icherios sah. Sein Gesicht verzerrte sich zu einer hasserfüllten Fratze, während er langsam auf ihn zuschritt.

Icherios sammelte seinen ganzen Mut. Er musste Kindel nah an sich heranlassen, um ihn mit der Spritze erreichen zu können. Tränen stiegen ihm in die Augen, doch er blinzelte sie weg, bevor er sich mit einem Aufschrei auf den jungen Mann stürzte. Kindel war zu überrascht, um mit seinem Dolch zielen zu können, sodass die Klinge nur in Icherios Schulter fuhr, als sie gemeinsam zu Boden stürzten.

Trotz des stechenden Schmerzes, der Icherios den Atem raubte, rammte er die Nadel in Kindels Hals und drückte den gesamten Inhalt des Kolbens in dessen Blutbahn. Kindel schrie auf und warf sich auf Icherios, sodass dieser unter ihm lag. Für einen Moment legte sich ein schwarzer Schleier über seine Augen, ein Zittern lief durch seinen Körper. Dann lachte er: »Arsen«. Er packte Icherios' Kopf und schmetterte ihn auf den Boden.

Für mehrere, schmerzhafte Atemzüge verschwand die Welt vor den Augen des jungen Gelehrten.

»Über die Wirkung dieses Mittels bin ich schon lange erhaben.« Kindel hielt einen Moment inne. Dann gab er Icherios eine grobe Ohrfeige. »Wacht auf! Es ist Zeit zu sterben.« Nachdem er sich vergewissert hatte, dass der junge Gelehrte wieder bei Bewusstsein war, holte er mit dem Dolch aus. Doch in dem Moment, als er die Klinge in Icherios' Herz rammen wollte, verkrampfte sich sein ganzer Körper. Ein gurgelnder Laut schwemmte weißen Schleim aus seinem Mund, seine Augen färbten sich in blutigem Rot. Der Dolch fiel aus seinen zuckenden Fingern, und er brach über Icherios zusammen.

Zitternd stieß der junge Gelehrte ihn von sich. »Nicht erhaben genug, um Silber zu widerstehen.« Er presste seine Hand auf die blutende Schulter und wartete, bis sich sein rasendes Herz beruhigt hatte, bevor er sich vergewisserte, dass von Kindel keine Gefahr mehr ausging. Dessen blutige Augen starrten überrascht ins Leere.

Dann wandte er sich Carissima zu. Sie lag gekrümmt und Blut spuckend auf dem Boden. Sie schrie auf, als er das Metallrohr mit einem Ruck aus ihr herausriss. »Das wird schon wieder«, gurgelte sie.

Icherios' Verstand sagte ihm, dass er sie nicht getötet hatte. Es war kein Silber gewesen. Seine Gefühle hingegen spielten verrückt. Es schmerzte ihn, sie so leiden zu sehen. Erschöpft setzte er sich auf den Boden und bettete ihren Kopf in seinem Schoß. Sein Blick fiel auf Maleficium. Die Ratte saß mitten in der violetten Flüssigkeit und leckte die Tinktur auf. Seine Augen glühten in dunklem Purpur.

40

Abschied

Einige Nächte später stand Icherios kurz vor Morgengrauen vor der Kutsche, die ihn nach Dornfelde gebracht hatte. Während Renfin seine Koffer auflud, ging er mit Carissima in den Schatten einer Häuserwand. Das *Monstrorum Noctis* hielt er fest umklammert. Sohon hatte ihm zum Dank die vollständige Ausgabe aus seiner Bibliothek geschenkt. Das Lunalion, das sie in Kindels Unterschlupf gefunden hatten, hat er in seine geheime Bibliothek aufgenommen, bis er einen sicheren Aufbewahrungsort dafür finden würde.

Die Wunden durch die Nadeln hatten den Vampir geschwächt und ihn gezwungen, mehrere Tage im Bett zu ruhen, aber er würde genesen – ebenso Rabensang. Carissima hingegen war bereits am Morgen nach der Blutnacht – wie Kindels Todestag von nun an genannt wurde – wieder völlig wiederhergestellt. Arkens Blut, der sein Dasein nun in den Verliesen der Festung fristete, trug zu ihrer Genesung bei.

»Willst du wirklich abreisen?«, fragte Carissima ungewohnt schüchtern.

Icherios nickte.

»Du könntest für immer hierbleiben und die Unsterblichkeit mit mir teilen.«

Die Versuchung war groß, doch Icherios musste ablehnen. »Ich habe einige Dinge zu erledigen, und ich möchte meine Menschlichkeit genießen, solange ich kann.«

Carissima seufzte traurig. »Ich werde warten. Eines Tages wirst du es dir vielleicht anders überlegen. Ich habe Zeit.« Ein Lächeln stahl sich auf ihre Lippen. Carissima konnte nie lange betrübt sein. »Wir könnten viel Spaß miteinander haben.«

Icherios grinste. »Da bin ich mir sicher.« Dann wurde er ernst. »Pass auf dich auf. Der Frieden ist nach wie vor nicht ganz wiederhergestellt, auch wenn dein Bruder es nicht wahrhaben möchte.« Er zog sie an sich und gab ihr einen sehnsuchtsvollen Kuss.

»Wir können aufbrechen, Herr.« Renfin brüllte vom Dach der Kutsche herunter, wo er den letzten Koffer festzurrte.

»Ich muss gehen.« Icherios deutete in Richtung des Gefährtes. »Ich werde dir schreiben.«

Er wandte sich ab, doch Carissima packte ihn am Handgelenk und hielt ihn fest. Wie unbeabsichtigt strichen ihre Finger über seine Narben. »Du bist immer noch voller Zweifel.«

Icherios schüttelte den Kopf. »Ich weiß, dass ich Vallentin nicht getötet habe.«

»Du weichst mir aus.« Carissimas Augen funkelten im Halbdunkel und schienen in die Seele des jungen Gelehrten einzudringen.

»Woher« – Icherios stockte – »woher kommen die Male?«

»Vielleicht wollte jemand Rache an deinem Freund nehmen, und du standest im Weg.«

»Vallentin hatte keine Feinde.«

»Deine Naivität ist so menschlich.« Carissima hauchte ihm einen Kuss auf die Wange. »Jeder Mensch birgt dunkle Geheimnisse. Aber das ist nicht deine wahre Sorge.«

Icherios lehnte sich gegen die Hauswand und schloss die

Augen. »Anselm von Freyberg, der Chronist der Kanzlei, die mich geschickt hat, befürchtet, dass ich versucht haben könnte, Selbstmord zu begehen.« Mit einer leichten Drehung seines Handgelenkes löste er sich aus Carissimas Griff und starrte auf die Narben. »Er behauptet, dass ein Selbstmordversuch mich anfällig machen würde. Ich wurde zwei Mal von Vampiren gebissen. Das ist ein deutlicher Hinweis.«

»Wärst du empfänglich, hättest du dich dem Tod hingegeben, und dein Leben wäre mit dem ersten Biss verwirkt gewesen. Schau mich an.«

Icherios hielt den Kopf trotzig gesenkt.

»Schau mich an!« Carissima fauchte wie eine Katze. Als er sich weiterhin weigerte, packte sie ihn grob am Kinn und zwang ihn, ihr in die Augen zu blicken. »Du bist kein Selbstmörder. Ich spüre deinen Lebenswillen in jedem deiner Atemzüge. Vertrau endlich deiner inneren Stimme.«

Ein Käuzchen verabschiedete die Nacht mit einem traurigen Ruf. Icherios holte tief Luft und spürte, wie die morgendliche Kälte in seine Lungen drang. Carissima hatte wieder einmal die Wahrheit erkannt. Trotz all seiner Schwächen gehörte Selbstaufgabe nicht zu seinen Eigenschaften. Dafür war er zu stur. Was auch immer in der Nacht von Vallentins Tod geschehen war, er trug keine Schuld daran, und er hatte nicht versucht, sich etwas anzutun. »Danke.« Er nahm Carissima in die Arme und atmete ihren Duft von Mondscheinblumen und Violen ein.

»Herr, die Zeit drängt!« Renfins Stimme hallte durch die Straßen. In den benachbarten Häusern gingen die Lichter an.

Icherios seufzte und wandte sich ab. Die wenigen Schritte bis zur Kutsche fielen ihm schwer. Ein Leben an der Seite der schönen Vampirfrau verlockte ihn, aber er war nicht bereit dafür – noch nicht. Seine Finger strichen über die langsam verheilenden Bisswunden an seinem Hals. In seiner Brusttasche trug er ein Pergament, das genaue Anweisungen gab, wie mit seinem Körper nach dem Tod zu verfahren sei. Er hoffte, dass man seine Bitte erfüllen und seinen Kopf abtrennen würde. Er wollte nicht als geistloser, mordender Strigoi durch die Welt ziehen.

An der Kutsche zögerte er, bevor er einstieg. Carissima winkte ihm zu, dann sprang sie die Hauswand hoch und krabbelte zum First hinauf. Icherios konnte ihre Silhouette gegen das Licht der aufgehenden Sonne erkennen. Dann verschwand sie über die dahinterliegenden Hausdächer.

Als die Pferde anzogen, legte der junge Gelehrte die Füße hoch. Er erinnerte sich an seine Ankunft. Damals war er ein anderer Mensch gewesen. In Dornfelde hatte sich ihm eine fremdartige Welt aufgetan. In Karlsruhe warteten nun neue Aufgaben auf ihn. Er war sich nicht mehr sicher, ob er Medizin studieren oder sich um eine Aufnahme in den Ordo Occulto bemühen sollte, um die geheimnisvollen Kreaturen der Nacht zu erforschen. Noch hatte er seinen Glauben an die Wissenschaft nicht völlig aufgegeben. Wenn er nur lange genug forschte, würde er für alles eine rationale Erklärung finden. Vielleicht fand er sogar einen Weg, die Verwandlung in einen Strigoi zu verhindern. Zudem wartete der Mord an Vallentin auf seine Aufklärung.

Nachdenklich holte Icherios Maleficium aus seiner Tasche. Die Ratte war gewachsen, und ihr Fell hatte einen leicht violetten Schimmer angenommen. Ansonsten hatte sie sich äußerlich nicht verändert. Allerdings entwickelte sie einen ausgesprochenen Appetit auf Blut und Fleisch.

Es gab vieles, über das Icherios nachdenken musste.

Danksagung

Ein Riesendank geht an meine Eltern, Ele und Helmut, die mich mein Leben lang unterstützt und mich in die Welten der Wissenschaft und Fantasie eingeführt haben.

Den »Jungs«, Jörg, *Old Man* Dennis und dem ganz besonders edlen, netten und durchgeknallten Thomas *Digger* Dauenhauer (ich wurde gezwungen, das zu schreiben!), danke ich für ihre Dienste als Testleser und die stundenlangen Diskussionen über größere und kleinere Logikprobleme.

Außerdem bedanke ich mich bei Ole, der mir mit seiner Erfahrung so bereitwillig zur Seite steht; bei Sandra, die das Manuskript beinahe öfter gelesen hat als ich; bei Claudia für ihre unbestechliche Logik und ehrliche Analyse der Charaktere und bei Nora Melling, mit der es sich so schön gemeinsam leiden lässt!

Meinem Agenten Bastian Schlück danke ich für die Chance, die er einem Neuling gab, und seine unermüdliche Hilfe und Unterstützung.

Aufs Wärmste bedanke ich mich bei meiner Lektorin Nicole Geismann, die Icherios' Abenteuer den letzten Schliff gab und mich so herzlich als Neuautorin begrüßte. Nicht zu vergessen das Team vom Goldmann Verlag, das meinen verrückten Traum, einst meinen Namen auf einem Buchcover zu sehen, Wirklichkeit werden ließ.

Und zum Schluss ein ganz besonderes Dankeschön an die Spielleute von Saltatio Mortis, deren Musik mich immer wieder inspiriert und motiviert.

Glossar

Alchemie: Ein Zweig der Naturphilosophie, in dem Chemie und Magie miteinander verknüpft wurden.

Athanor: Spezieller Ofen der Alchemisten, auch *Philosophischer Ofen* genannt.

Berline: Die Pferdekutsche Berline ist ein voll durchgefederter Reisewagen. Der Wagentyp erhielt seinen Namen aufgrund der Beliebtheit, die er in der zweiten Hälfte des 17. Jahrhunderts am Brandenburger Hof erlangte.

Bleichsee: See, an dessen Ufer Dornfelde liegt, wird gespeist von der Bleiche, Sagen berichten von mystischen Seemännchen, die in dem Gewässer leben.

Destillation: Ein thermisches Trennverfahren, um ein flüssiges Gemisch verschiedener, ineinander löslicher Stoffe zu trennen.

Ghoul: Eine untote, leichenfressende Kreatur, die auch vor frischem Fleisch nicht zurückschreckt.

Glashütte: Eine Ortschaft im Schwarzwald, die ihre Entstehung und den Namen der 1733 gegründeten Glashütte verdankt.

Hermes trismegistos: Verfasser hermetischer Schriften in vorchristlichen Zeiten, die zur Grundlage der Alchemie wurden.

Kastorhut: Ein aus Biberhaar gefertigter Filzhut, Vorgänger des Zylinders. Wurde Ende des achtzehnten bis Mitte des neunzehnten Jahrhunderts getragen.

Kanzelley zur Inspektion unnatürlicher Begebenheiten: Niederlassung des Ordo Occulto in Karlsruhe.

Laudanum: In Alkohol gelöstes Opium.

Lich: Ein Vampir oder anderes untotes Wesen, das sich mit Hilfe der Alchemie in ein mächtiges, magisches Wesen verwandelt hat. Auch einige menschliche Alchemisten, Hermetiker und Magier vermögen sich nach ihrem Tod in solch eine Kreatur zu verwandeln.

Luna: Lateinische Bezeichnung für den Mond.

Mercurius: Quecksilber, eines der sieben Elemente der Alchemisten (Wasser, Erde, Feuer, Luft, Mercurius, Salz, Sulphur).

Miasma: Ein übler Dunst oder eine Verunreinigung, die bis zum Ende des neunzehnten Jahrhunderts als Verursacher für geistige und körperliche Krankheiten angesehen wurden.

Ordo occulto: Ein geheimer Bund der Rosenkreuzer, der sich der Überwachung und Untersuchung übernatürlicher Geschehnisse verschrieben hat.

Rosenkreuzer: Geheimer, mystischer Orden, dessen Ursprünge im Anfang des sechzehnten Jahrhunderts liegen. Seine Lehrinhalte bestehen aus hermetischen, alchemistischen und kabbalistischen Elementen.

Sulphur (citrinum): Schwefel, eines der sieben Elemente der Alchemisten (Wasser, Erde, Feuer, Luft, Mercurius, Salz, Sulphur).

Tabula smaragdina: Zitat aus dem *Geheimbuch der Schöpfung* und Grundlage der Alchemie.

Vampir: Ein untotes Wesen, das von Menschenblut lebt.

Werwolf: Ein Mensch, der sich in einen Wolf verwandeln kann. Seine Kräfte stehen in Verbindung mit dem Mond.

Worge: Von Vampiren erschaffene, wolfsähnliche Kreaturen.

Dramatis personae

Menschen

Icherios Ceihn	Junger Gelehrter und Assistent der Stadtwache
Donak Ceihn	Vater von Icherios
Raban von Helmstatt	Icherios' Mentor
Anselm von Freyberg	Chronist der Kanzlei
Lef Bernsten	Pfarrer von Dornfelde
Endrik von Arken	Bürgermeister von Dornfelde
Loretta und Maribelle von Arken	Töchter des Bürgermeisters
Anna von Arken	Frau des Bürgermeisters
Kindel	Gehilfe des Bürgermeisters
Marie	Hausmädchen im Hause Arken
Maren	Köchin im Hause Arken
Lynnart Kolchin	Amtsmann, Flurhüter
Eva Kolchin	Frau des Flurhüters
Kassandra Kolchin	Tochter von Lynnart und Eva Kolchin
Hennlin Kolchin	Vater von Lynnart
Vallentin Zirker	Freund von Icherios
Kuntz Belwin	Meister der Köhlerei
Peyr Teker	Unruhestifter auf Dornfelde

Vampire

Calan, Fürst von Sohon	Herrscher über Dornfelde
Carissima von Sohon	Schwester des Fürsten
Bamian Centh	Zweites Opfer
Merelle Sgund	Viertes Opfer
Chaela von Sohon	Cousine des Fürsten

Werwölfe

Jorm Rabensang	Anführer der Werwölfe
Urch Dornschweif	Erstes Opfer
Hel Dornschweif	Frau von Urch
Jaine Windsucher	Drittes Opfer
Jorge Windsucher	Vater von Jaine

Sonstige

Maleficium	Icherios' zahme Hausratte
Grabende Helene	Reimender Hausgeist